MOEWIG
SCIENCE FICTION

Philip K. Dick

WARTE AUF DAS LETZTE JAHR

Herausgegeben und mit einem Nachwort
von Hans Joachim Alpers

MOEWIG
Deutsche Erstausgabe

Titel der Originalausgabe: Now Wait for Last Year
Aus dem Amerikanischen von Thomas Ziegler

Umschlagillustration: Oliviero Berni
Umschlagentwurf und -gestaltung: Franz Wöllzenmüller, München
Redaktion: Hans Joachim Alpers
Verkaufspreis inkl. gesetzl. Mehrwertsteuer
Auslieferung in Österreich:
Pressegroßvertrieb Salzburg, Niederalm 300, A-5081 Anif
Printed in Germany 1981
Druck und Bindung: Mohndruck Graphische Betriebe GmbH, Gütersloh
ISBN 3-8118-3520-3

Für Nancy Hackett

...Ein Weg, um der Sonne gegenüberzutreten und vielleicht heller zu strahlen als sie.

Henry Vaughan

1

Das apterixförmige Gebäude, das ihm so vertraut war, verbreitete wie gewöhnlich rauchiges graues Licht, als Eric Sweetscent sein Rad zusammenklappte und es in den winzigen Verschlag schob, der ihm zugeteilt worden war. Acht Uhr morgens, dachte er verdrossen. Und sein Chef, Mr. Virgil L. Ackerman, hatte die Büros der TF&D Corporation bereits geöffnet. Man stelle sich vor, sinnierte Dr. Sweetscent, daß ein Mensch schon um acht Uhr früh völlig klar denken kann. Das verstößt gegen die göttliche Ordnung. Eine schöne Welt, die man uns da vorgesetzt hat; der Krieg entschuldigt jede menschliche Verirrung – sogar die des alten Mannes.

Nichtsdestoweniger steuerte er auf den Eingang zu – nur um gleich darauf wieder anzuhalten, als jemand seinen Namen rief. „Hallo, Mr. Sweetscent! Einen Moment bitte, Sir!" Die näselnde – und ausgesprochen widerwärtige – Stimme einer Robameise; Eric blieb verdrossen stehen, und dann erreichte ihn auch schon die Maschine mit beflissen rotierenden Armen und Beinen. „Mr. Sweetscent von der Tijuana Fur & Dye Corporation?"

„Ich bin Dr. Sweetscent", bestätigte er gelangweilt.

„Ich habe hier eine Rechnung für Sie, Doktor." Die Maschine zog ein zusammengefaltetes weißes Stück Papier aus ihrer Metalltasche. „Ihre Frau, Mrs. Katherine Sweetscent, hat dies hier vor drei Monaten während ihres Traumland-für-alle-Urlaubs auf die Rechnung setzen lassen. Fünfundsechzig Dollar und eine Bearbeitungsgebühr von sechzehn Prozent. Sie kennen ja die Vorschriften. Es tut mir leid, daß ich Sie belästigen muß, aber es ist, äh, illegal." Sie beobachtete ihn wachsam, während er mit äußerstem Widerwillen nach seinem Scheckbuch griff.

„Was hat sie denn gekauft?" fragte er düster, während er den Scheck ausschrieb.

„Eine Lucky-Strike-Packung, Doktor. In der historisch authentischen grünen Version von 1940, noch bevor man während des Zweiten Weltkrieges die Packung änderte. ‚Lucky Strike in Grün ist in den Krieg gezogen', Sie kennen den Spruch ja." Sie kicherte.

Er konnte es nicht glauben; irgend etwas stimmte nicht. „Aber das müßte doch der Gesellschaft in Rechnung gestellt werden“, protestierte er.

„Nein, Doktor“, erklärte die Robameise. „Es war Mrs. Sweetscents freier Entschluß. Sie hat darauf bestanden, die Ware zu ihrer persönlichen Verwendung zu behalten.“ Und dann fügte sie noch eine Erklärung hinzu, die er sofort als falsch erkannte. Aber ob nun die Robameise oder Kathy sie erfunden hatte – das konnte er nicht sagen, zumindest nicht in diesem Augenblick. „Mrs. Sweetscent“, bemerkte die Robameise salbungsvoll, „baut an einem 39er Pitts.“

„Den Teufel wird Sie tun.“ Er warf der Robameise den ausgefüllten Scheck zu, und als sie nach dem davonflatternden Papierstück griff, ging er weiter in Richtung Eingang.

Eine Lucky-Strike-Packung. Nun, dachte er grimmig, mit Kathy ist es also wieder soweit. Ihr Schöpferdrang, den sie nur überwinden kann, indem sie ihm nachgibt. Und natürlich niemals ihr eigenes Gehalt damit belastet – das, wie er zugeben mußte, sehr viel höher war als sein eigenes. Doch wie dem auch sei, warum hatte sie ihm nichts davon gesagt? Eine Ausgabe in dieser Höhe ...

Die Antwort war natürlich offensichtlich. Die Rechnung allein enthüllte das Problem in all seiner deprimierenden Einfachheit. Vor fünfzehn Jahren, dachte er, hätte ich behauptet – und habe es sogar –, daß mein und Kathys Einkommen zusammengelegt ausreichen würde und gewiß auch ausreichen *müßte*, zwei halbwegs verantwortungsbewußten Erwachsenen einen vernünftigen Lebensstandard zu verschaffen. Selbst wenn man die kriegsbedingte Inflation mit einbezieht.

Nun, es hatte nicht funktioniert. Und er hatte das sichere Gefühl, daß es niemals funktionieren würde.

Im TF&D-Gebäude nahm er den Gang, der zu seinem Büro führte, und unterdrückte den Impuls, Kathys Büro einen kurzen Besuch abzustatten und die Angelegenheit sofort zu klären. Später, entschied er. Nach der Arbeit, vielleicht beim Abendessen. Gott, und sein Terminplan ließ ihm kaum noch Luft; er besaß nicht die Kraft – und hatte sie auch in der Vergangenheit nicht besessen –, diese endlosen Zankereien durchzustehen.

„Guten Morgen, Doktor.“

„Hallo“, sagte Eric und nickte Miss Perth, seiner Sekretärin, zu;

diesmal hatte sie sich die Haut hellblau gefärbt, und in dem blauen Sprayfilm waren Glitzerkörner eingelassen, die das Licht der Deckenlampen reflektierten. „Wo steckt Himmel?“ Von dem Leiter der Abteilung Qualitätskontrolle war nichts zu sehen, und er hatte bereits Himmels erste Untergebenen vom Parkplatz heraufkommen sehen.

„Bruce Himmel hat angerufen und mitgeteilt, daß ihn die Stadtbibliothek von San Diego verklagt hat und er vielleicht vor Gericht erscheinen muß und deshalb wahrscheinlich zu spät kommen wird.“ Miss Perth lächelte ihn gewinnend an und entblößte dabei ihre makellosen synthetischen Ebenholzzähne, eine Modetorheit, mit der sie im letzten Jahr aus Amarillo, Texas, zurückgekommen war und die ihn frösteln ließ, sobald er sie sah. „Gestern haben die Cops der Bibliothek sein Konap durchsucht und über zwanzig Bücher entdeckt, die er ihnen gestohlen hat – Sie kennen Bruce, er hat diese Angewohnheit, alles an sich zu nehmen ... wie lautet doch gleich die griechische Bezeichnung dafür?“

Er ging weiter und betrat das Büro, das ihm allein zur Verfügung stand; Virgil Ackerman hatte auf diesem Statussymbol bestanden – und ihm als Ausgleich die Gehaltserhöhung verweigert.

Und dort, in seinem Büro, stand seine Frau Kathy am Fenster, rauchte eine süßlich riechende mexikanische Zigarette und blickte hinaus auf die öden braunen Berge, die sich im Süden der Stadt erhoben. An diesem Morgen sah er sie zum erstenmal; sie war eine Stunde vor ihm aufgestanden, hatte sich angezogen und allein gefrühstückt und war dann mit ihrem eigenen Rad davongefahren.

„Was ist los?“ fragte Eric unwirsch.

„Komm herein und mach die Tür zu.“ Kathy drehte sich herum, aber sie sah ihn nicht an; der Ausdruck ihres feingeschnittenen Gesichtes war nachdenklich.

Er schloß die Tür. „Danke, daß du mich in meinem eigenen Büro willkommen heißt.“

„Ich wußte, daß dieser verdammte Schuldeneintreiber dich heute morgen abfangen würde“, sagte Kathy mit leiser Stimme.

„Fast achtzig Dollar“, erklärte er. „Einschließlich der Gebühren.“

„Hast du sie bezahlt?“ Zum erstenmal blickte sie ihn an; ihre künstlichen schwarzen Wimpern zuckten und verrieten ihre Besorgnis.

„Nein“, erwiderte er sardonisch. „Ich habe mich von der Robameise unten auf dem Parkplatz erschießen lassen.“ Er hing seinen Mantel in den Wandschrank. „Natürlich habe ich bezahlt. Seit der Maulwurf das gesamte Kreditzahlungssystem zerstört hat, ist es Vorschrift. Ich weiß, daß dich das nicht interessiert, aber wenn du nicht binnen ...“

„Bitte“, unterbrach ihn Kathy. „Versuche nicht, mich zu belehren. Was hat die Robameise gesagt? Daß ich ein 39er Pitts baue? Sie hat gelogen; ich habe die grüne Lucky-Strike-Packung als Geschenk gekauft. Ich würde nie ein Babyland errichten, ohne dir etwas davon zu sagen; schließlich würde es auch dir gehören.“

„Von einem 39er Pitts abgesehen“, widersprach Eric. „Ich habe weder 1939 noch sonst irgendwann in Pittsburgh gelebt.“ Er setzte sich an seinen Schreibtisch und schaltete das Video ein. „Ich bin eingetroffen, Mrs. Sharp“, informierte er Virgils Sekretärin. „Wie geht es Ihnen heute, Mrs. Sharp? Haben Sie die Veranstaltung über die Kriegsschuldverschreibung heil überstanden? Oder sind Sie mit dem Saalschutz in Berührung gekommen?“ Er schaltete wieder ab. Zu Kathy gewandt, erklärte er: „Lucile Sharp ist eine glühende Verfechterin der Friedenspolitik. Ich finde, daß es einem Unternehmen gut bekommt, wenn es seinen Angestellten gestattet, sich in der Politik zu engagieren, meinst du nicht auch? Und noch besser ist, daß es nicht einen Cent kostet; politische Versammlungen sind umsonst.“

„Aber man muß dabei beten und singen“, bemerkte Kathy. „Und man bekommt diese Schuldverschreibungen aufgeschwatzt.“

„Für wen war die Zigarettenpackung bestimmt?“

„Natürlich für Virgil Ackerman.“ Sie stieß den Rauch ihrer Zigarette aus; grauer Dunst stieg hinauf zur Decke. „Du denkst, daß ich woanders arbeiten möchte?“

„Wenn du dort mehr verdienen würdest...“

„Es ist nicht das hohe Gehalt, das mich hier hält, Eric“, sagte sie nachdenklich, „auch wenn du das annimmst. Ich glaube, daß wir den Krieg gewinnen helfen.“

„Hier? *Wie?*“

Die Bürotür öffnete sich; Miss Perth erschien, und ihre lumineszierenden, flaumbedeckten, hohen Brüste berührten den Rahmen, als sie sich ihm zuwandte. „Oh, Doktor, tut mir leid, daß ich Sie stören muß, aber Mr. Jonas Ackerman ist gerade gekommen und möchte Sie gern sprechen – Mr. Virgils Großneffe von den Brütern.“

„Was machen die Brüter, Jonas?“ fragte Eric und streckte die Hand aus; der Urgroßneffe des Firmenbesitzers trat auf ihn zu, und sie schüttelten einander die Hände. „Ist irgend etwas während der Nachtschicht herausgesprudelt?“

„Wenn ja", entgegnete Jonas, „dann hat es die Gestalt eines Arbeiters angenommen und ist durch den Vordereingang verschwunden." Dann bemerkte er Kathy. „Guten Morgen, Miss Sweetscent. Sagen Sie, ich habe diese neue Struktur gesehen, die Sie für unser 35er Wash erworben haben, dieses käferartige Auto. Was ist es, ein Volkswagen vielleicht? Hat man sie so genannt?"

„Es ist ein luftgekühlter Chrysler", erklärte Kathy. „Es war ein gutes Auto, aber es bestand aus zuviel unflexiblem Metall. Ein Konstruktionsfehler, der verhinderte, daß es sich auf dem Markt durchsetzen konnte."

„Großer Gott", sagte Jonas beeindruckt. „Wie muß es sein, wenn man etwas wirklich eingehend kennt. Ich..." Er verstummte, weil er bemerkte, daß die beiden Sweetscents in düsterer, wortkarger Stimmung waren. „Habe ich Sie bei etwas unterbrochen?"

„Das Geschäft", erklärte Eric, „ist wichtiger als unsere persönlichen Angelegenheiten." Er war froh über das Erscheinen des jüngsten Mitglieds der verwickelten Firmenhierarchie. „Bitte, Kathy, verschwinde jetzt", forderte er seine Frau auf, ohne sich um einen jovialen Tonfall zu bemühen. „Beim Abendessen werden wir uns weiter unterhalten. Ich haben zuviel zu tun, um meine Zeit damit zu verschwenden, darüber zu streiten, ob nun eine Robameise technisch in der Lage ist zu lügen oder nicht." Er begleitete seine Frau zur Bürotür; ohne Widerstand, fügsam, ging sie hinaus. Leise sagte Eric: „Wie alle anderen hat sich auch der elektronische Schuldeneintreiber über dich lustig gemacht. Jeder klatscht über dich." Er schloß hinter ihr die Tür.

Jonas Ackerman zuckte die Achseln. „Nun", brummte er, „so ist heutzutage die Ehe. Legalisierter Haß."

„Warum sagen Sie so etwas?"

„Oh, die Obertöne waren nicht zu überhören; man konnte sie spüren, wie man auch die Gegenwart des Todes spürt. Es sollte ein Gesetz geben, das es einem Mann verbietet, mit seiner Frau in der gleichen Firma zu arbeiten; zum Teufel, nicht einmal in der gleichen Stadt müßten sie arbeiten dürfen." Er lächelte, und sein schmales, jugendliches Gesicht hatte plötzlich alle Ernsthaftigkeit verloren. „Aber sie ist wirklich tüchtig; Virgil hat alle seine anderen Antiquitätensammler entlassen, nachdem Kathy hier anfing ... aber natürlich wird Sie Ihnen gegenüber das schon erwähnt haben."

„Schon oft." Fast jeden Tag, dachte er sarkastisch.

„Warum haben Sie sich denn nie voneinander getrennt?"

Eric zuckte die Achseln, eine Geste, die er immer einsetzte, wenn er jemand anders von seiner philosophischen Natur überzeugen wollte. Zumindest hoffte er, daß sie ihren Zweck erfüllte.

Offenbar nicht, denn Jonas fragte: „Bedeutet das, daß es Ihnen gefällt?“

„Ich will damit sagen“, erklärte er resigniert, „daß ich schon einmal verheiratet gewesen bin, und das war auch nicht besser. Wenn ich Kathy verlasse, dann werde ich wieder heiraten – denn wenn ich meinem Seelenklempner trauen kann, bin ich nur glücklich in der Rolle eines Ehemannes, eines Vaters, kurz, des Familiennikolaus', der das Geld verdient und mit den großen Einkaufstüten voller guter Sachen nach Hause kommt – und beim nächsten Mal wird es genauso sein, weil mich nur eine bestimmte Sorte Frauen anzieht. So bin ich eben.“ Er hob den Kopf und sah Jonas an und bemühte sich, soviel masochistischen Trotz wie möglich in seinen Blick zu legen. „Also, was wollen Sie, Jonas?“

„Eine Reise“, sagte Jonas Ackerman heiter. „Zum Mars. An der alle teilnehmen werden, Sie eingeschlossen. Eine Tagung! Wir beiden könnten uns zwei Sitze schnappen, die so weit wie möglich vom ollen Virgil entfernt sind, damit wir nicht über Geschäfte und die Kriegsanstrengungen und Gino Molinari sprechen müssen. Und da wir das große Schiff nehmen, kostet uns der Flug jedesmal nur sechs Stunden. Aber wir müssen um Himmels willen für Sitze sorgen, sonst stehen wir noch die ganze Reise zum Mars und zurück, und da danke ich für!“

„Wie lange werden wir dort bleiben?“ Im Inneren verfluchte er die Reise; sie würde ihn zu lange von seiner Arbeit abhalten.

„Mit Sicherheit werden wir morgen oder übermorgen wieder zurück sein. Hören Sie, dadurch können Sie Ihrer Frau einige Zeit aus dem Weg gehen; Kathy bleibt hier. Es klingt wie Ironie, aber ich habe bemerkt, daß der Alte seine Antiquitätenexperten nie bei sich haben will, wenn er sich im 35er Wash befindet ... er zieht es vor, sich dem, ähem, Zauber des Erlebnisses hinzugeben ... vor allem, je älter er wird. Wenn Sie erst einmal einhundertdreißig Jahre alt sind, werden Sie das verstehen – und ich wohl auch. Bis dahin müssen wir es mit ihm aushalten.“ Düster fügte er hinzu: „Aber das wissen Sie wohl alles schon, Eric, denn Sie sind sein Arzt. Er wird niemals sterben; er wird nie die letzte Entscheidung treffen – wie man so sagt –, gleichgültig, welche Organe in ihm versagen und ausgetauscht werden. Manchmal beneide ich ihn um seinen – Optimismus. Weil ihm das Leben so sehr gefällt, weil er es für so wichtig hält. Tja, wir unbedeutenden Sterblichen – in unserem Alter ...“ Er blickte Eric an. „Mit lächerlichen dreißig oder dreiunddreißig Jahren ...“

„Ich fühle mich noch sehr lebenslustig“, unterbrach Eric. „Ich halte noch lange Zeit aus. Und das Leben erdrückt mich keinesfalls.“ Aus seiner Manteltasche holte er die Rechnung hervor, die ihm der robotische Schuldeneintreiber überreicht hatte. „Überlegen Sie mal. Ist vor drei Monaten im 35er Wash eine Schachtel Lucky Strike *in der grünen Verpackung* aufgetaucht? Ein Geschenk von Kathy?“

Nach einer Weile erwiderte Jonas Ackerman: „Sie armer, mißtrauischer, dummer Bastard. Das ist alles, worüber Sie nachgrübeln. Hören Sie, Doktor, wenn Sie Ihre Gedanken nicht bei der Arbeit behalten können, dann sind Sie erledigt; es stehen zwanzig vollausgebildete Ärzte auf unserer Personalliste, die nur darauf warten, für einen Mann wie Virgil arbeiten zu können, für einen Mann, der so wichtig ist für unsere Wirtschaft und unsere Kriegsführung. Und Sie sind nicht einmal halb so gut wie die.“ Sein Gesichtsausdruck war freundschaftlich und mißbilligend zugleich, eine seltsame Mischung, die Eric Sweetscent abrupt aus seinen Gedanken aufschreckte. „Was mich persönlich betrifft, falls mein Herz versagen sollte – und zweifellos wird es in naher Zukunft soweit sein –, dann wären Sie der letzte, den ich deswegen aufsuchen würde. Sie sind zu sehr mit Ihren eigenen Angelegenheiten beschäftigt. Sie leben nur für sich, nicht für die planetenweite Auseinandersetzung. Mein Gott, Sie wissen es doch auch! Wir führen einen Krieg auf Leben und Tod. Und wir verlieren ihn. Wir können jeden gottverdammten Tag ausgelöscht werden!“

Das stimmt, sagte sich Eric. Und wir haben einen kranken, hypochondrischen, mutlosen Führer. Und die Tijuana Fur & Dye Corporation ist eine von diesen riesigen industriellen Giganten, die jenem kranken Führer gehören, die es gerade noch schaffen, den Maulwurf an der Macht zu halten. Ohne die warme, feste, persönliche Freundschaft eines Mannes wie Virgil Ackerman wäre Gino Molinari schon gestürzt oder tot oder in einem Altersheim. Ich weiß das alles. Und dennoch – für jeden einzelnen geht das Leben weiter. Schließlich war es nicht meine Absicht, dachte ich, von meinem Privatleben, von meinem Ehekrieg mit Kathy so sehr eingebunden zu werden. Und falls du glaubst, daß ich es doch darauf angelegt habe, dann liegt es einfach an deiner schrecklichen Jugend. Dir ist es nicht gelungen, die Freiheit deiner Jugend hinter dir zu lassen und jenes Land zu betreten, in dem ich lebe – verheiratet mit einer Frau, die mir wirtschaftlich, intellektuell und – ja, auch das – die mir sogar erotisch überlegen ist.

Bevor Dr. Eric Sweetscent das Gebäude verließ, fuhr er hinunter zu den Brutkammern, um nachzusehen, ob Bruce Himmel inzwischen eingetroffen war. Er fand ihn neben dem großen Ausschußkorb, der von defekten Faulen Braunen Hunden überquoll.

„Schmeißen Sie sie weg", forderte Jonas Himmel auf, der wie immer leer und zusammenhangslos lächelte, als ihm der jüngste der Ackermans eine der defekten Kugeln zuwarf, die von den TF&D-Förderbändern rollten, auf denen die brauchbaren weiterglitten und später in den Steuermechanismus der interplanetarischen Raumschiffe eingebaut werden würden. „Wissen Sie", wandte Jonas sich an Eric, „wenn Sie ein Dutzend von diesen Kontrollgeräten nehmen – nicht die defekten, sondern die aus den für die Armee bestimmten Kisten –, dann werden Sie entdecken, daß sich ihre Reaktionszeit im Vergleich zu den vor einem Jahr oder sechs Monaten hergestellten Apparaten um mehrere Mikrosekunden verlangsamt hat."

„Wollen Sie damit sagen", entfuhr es Eric, „daß unser Qualitätsniveau gesunken ist?"

Es schien unmöglich. Die Produkte von TF&D waren zu wichtig. Das gesamte System der militärischen Operationen hing von diesen schädelförmigen Kugeln ab.

„Genau." Es sah nicht so aus, als wäre Jonas beunruhigt. „Wir müssen zu viele Einzelstücke wegen ihrer Defekte aussortieren. Es springt für uns nichts mehr dabei heraus."

„M-m-manchmal", stotterte Himmel, „wünsche ich, wir wären wieder in dem alten Geschäft mit dem Guano der marsianischen Fledermäuse."

Damals hatte die Gesellschaft den Dung der marsianischen Fledermäuse gesammelt, damit ihre ersten Gewinne erzielt und so die Möglichkeit bekommen, sich den größeren wirtschaftlichen Aspekten zuzuwenden, die eine andere extraterrestrische Lebenform bot – die marsianische Kopieramöbe. Dieser beeindruckende einzellige Organismus sicherte sein Überleben, indem er andere Spezies kopierte – hauptsächlich jene, die seine Größe besaßen –, und obwohl diese Fähigkeit die irdischen Astronauten und die Vertreter der UNO amüsierte, hatte niemand eine Möglichkeit zur wirtschaftlichen Nutzung gesehen, bis der mit dem Guano der Fledermäuse bereits erfolgreiche Virgil Ackerman aufgetaucht war. Binnen weniger Stunden kam er auf den Gedanken, eine dieser Kopieramöben mit einem der Nerze seiner damaligen Geliebten zusammenzubringen; die Kopieramöbe hatte die Gestalt des Nerzmantels angenommen, so daß Virgil und dem Mädchen mit einem Mal zwei Nerze zur Verfügung standen. Nun, schließlich war es die Amöbe leid geworden, die Nerzgestalt beizubehalten, und hatte wieder ihr ursprüngliches Aussehen angenommen. Dieses Ergebnis ließ noch etwas zu wünschen übrig.

Eine Lösung für dieses Problem zu finden, hatte mehrere Monate in Anspruch genommen, und es stellte sich heraus, daß man die Amöbe während ihrer Mimikry töten und den Kadaver in ein Bad mit Chemikalien legen mußte, die die Eigenschaft besaßen, die letzte Gestalt der Amöbe zu konservieren; die Amöbe veränderte sich nicht mehr, und es war sogar unmöglich, sie von dem kopierten Original zu unterscheiden. Kurz danach hatte Virgil Ackerman eine Handelsfirma in Tijuana, Mexiko, eröffnet, und von seinen Werken auf dem Mars trafen ganze Schiffsladungen mit Ersatzpelzen von jeder Form und Qualität ein. Und fast über Nacht war von ihm der Naturpelzmarkt auf der Erde in den Ruin getrieben worden.

Nun, der Krieg hatte all das geändert.

Aber was hatte der Krieg nicht geändert? Und wer hatte jemals geglaubt, damals, als man den Friedensvertrag mit dem verbündeten Lilistern schloß, daß sich alles so furchtbar entwickeln würde? Denn was Lilistern und seinen Minister Freneksy betraf, so war dies die dominierende Militärmacht der Galaxis; ihre Feinde, die Riegs, waren militärisch und auch in allen anderen Bereichen unterentwickelt, und niemand hatte daran gezweifelt, daß der Krieg binnen kurzem beendet sein würde.

Krieg allein war schon schlimm genug, überlegte Eric, aber nichts konnte einen so zum Nachdenken zwingen wie ein verlorener Krieg, so daß man – erfolglos – versuchte, in der Vergangenheit getroffene Entscheidungen zu widerrufen – den Friedensvertrag, um ein Beispiel zu nennen, ein Beispiel, das vermutlich auch den meisten Menschen in den Sinn kommen würde, wenn man sie fragte. Aber in dieser Zeit wurde niemand von dem Maulwurf oder der Regierung Lilisterns um seine Meinung gebeten. Um die Wahrheit zu sagen, wurde allgemein angenommen – und auch offen in den Kneipen oder in der Intimität der Wohnungen darüber gesprochen –, daß nicht einmal Wert auf die Meinung des Maulwurfs gelegt wurde.

Sobald die Auseinandersetzungen mit den Riegs begonnen hatten, waren die Geschäfte der Tijuana Fur & Dye Corporation von dem luxuriösen Handel mit Ersatzpelzen auf Kriegsproduktion umgestellt worden, so wie bei allen anderen Unternehmen. Die fast übernatürlich perfekte Duplikation von Steuermechanismen für die Raumschiffahrt, die man durch die Fixierung der Marsamöbe in der Gestalt der Faulen Braunen Hunde erreichte, bedeutete für TF&D kein Problem; die Umstellung war schmerzlos und rasch vonstatten gegangen. Und deshalb betrachtete Eric Sweetscent nachdenklich den Korb mit der Ausschußware und fragte sich – wie sich jeder der Firmenmitarbeiter früher oder später fragte –, wie aus diesen primitiven und dennoch komplexen Geräten noch Gewinn herausgeschlagen werden konnte. Er nahm eines in die Hand; gewichtsmäßig erinnerte es an einen Baseball, größenmäßig an eine Grapefruit. Nun, offensichtlich waren diese Mängelexemplare zu nichts mehr zu gebrauchen, und schon wollte er sich umdrehen und die Kugel in die Trichtermündung werfen, wo die konservierte Form wieder ihre ursprüngliche organische Einzellergestalt annahm, da krächzte Himmel plötzlich: „Warten Sie!"

Eric und Jonas sahen ihn an.

„Schmelzen Sie es nicht ein", bat Himmel. Seine unansehnliche Gestalt wand sich verlegen; die Arme zuckten, die langen, knotigen Finger zitterten. Närrisch verzog er den Mund, als er brabbelte: „Ich ... möchte das nicht. Jedenfalls ist dieses Teil nicht mehr wert als einen Viertelcent. Und alles, was in der Kiste ist, kostet einen knappen Dollar."

„So?" machte Jonas. „Trotzdem müssen sie ..."

„Ich habe sie gekauft", stammelte Himmel. Er griff in die Hosentasche und suchte nach seiner Geldbörse; es dauerte lange, doch schließlich brachte er sie zum Vorschein.

„Was haben Sie mit dem Zeug vor?" fragte Jonas.

„Wir haben eine Vereinbarung getroffen", erwiderte Himmel nach einer langen Pause. „Für jeden defekten Faulen Braunen Hund zahle ich einen halben Cent, also das Doppelte seines tatsächlichen Wertes, so daß die Gesellschaft noch einen Gewinn erzielt. Warum also sollte irgend jemand etwas dagegen einzuwenden haben?"

Nachdenklich erklärte Jonas: „Niemand hat etwas dagegen einzuwenden. Ich möchte nur gerne wissen, was Sie damit anfangen wollen." Er blickte zu Eric hinüber, als ob er sagen wollte: Was halten Sie denn davon?

„Äh", machte Himmel, „ich benutze sie." Düster wandte er sich ab und schlurfte auf eine nahegelegene Tür zu. „Aber sie gehören mir, denn der Preis dafür wurde bereits von meinem Gehalt abgezogen", rief er über die Schulter, als er die Tür öffnete. Widerwillen verdunkelte sein von den Spuren verborgener Phobien zerfurchtes Gesicht, als er zur Seite trat.

In dem hinter der Tür gelegenen Raum – offenbar ein Lagerraum – rollten kleine Wägelchen auf Rädern von der Größe eines Silberdollars geschäftig hin und her und wichen einander geschickt aus; insgesamt mochten es über zwanzig sein.

An jedem Wägelchen war ein Fauler Brauner Hund angebracht, der ihre Bewegungen steuerte.

Jonas rieb über seinen Nasenflügel und knurrte: „Wodurch werden sie angetrieben?" Er bückte sich, als eines der Fahrzeuge an seinem Fuß vorbeirollte; er hob es auf, und die Räder drehten sich geschäftig weiter.

„Von einer kleinen, billigen A-Batterie, die knappe zehn Jahre Lebensdauer besitzt", sagte Himmel. „Sie kostet ebenfalls einen halben Cent."

„Und *Sie* haben diese Dinger gebaut?"

„Ja, Mr. Ackerman." Himmel nahm ihm das Wägelchen ab und setzte es wieder auf den Boden; flink rollte es davon. „Diese hier sind noch zu neu, um sie fortzulassen", erklärte er. „Sie müssen noch ein wenig üben."

„Und dann", vermutete Jonas, „geben Sie ihnen ihre Freiheit."

„So ist es." Himmel wackelte mit dem langen, fast kahlen Kopf, und seine Hornbrille begann auf seiner Nase zu rutschen.

„Warum?" fragte Eric.

Himmel errötete, wand sich unbehaglich und zeigte dennoch eine Art seltsamen, versteckten Stolz. „Weil", stieß er hervor, „sie es verdient haben."

„Aber das Protoplasma lebt nicht mehr", wandte Jonas ein. „Es starb, als es dem chemischen Fixierspray ausgesetzt wurde. Das wissen Sie doch. Seitdem stellen diese Dinger nichts anderes dar als eine elektronische Schaltung, die genausowenig lebt wie – nun, wie eine Robameise."

Würdevoll entgegnete Himmel: „Aber ich betrachte sie als Lebewesen, Mr. Ackerman. Und nur weil sie defekt und nicht in der Lage sind, ein Raumschiff durch das All zu steuern, bedeutet das doch nicht, daß sie kein Recht haben, ihr armseliges Leben zu leben. Ich lasse sie frei, und sie werden vermutlich sechs Jahre oder auch länger herumrollen können; und so kommen auch sie zu ihrem Recht."

Jonas wandte sich an Eric und bemerkte: „Wenn der alte Mann darüber informiert wäre ..."

„Mr. Virgil Ackerman ist darüber informiert", unterbrach Himmel. „Und er ist damit einverstanden. Oder", fügte er hinzu, „er hat zumindest nichts dagegen; er weiß, daß ich die Firma dafür entschädige. Und ich baue die Wagen in der Nacht, in meiner freien Zeit; zu Hause in meinem Konap habe ich mir ein Montageband zusammengebastelt – es ist zwar primitiv, aber sehr nützlich." Und er ergänzte: „Ich arbeite jede Nacht bis ein Uhr."

„Was geschieht mit ihnen, wenn Sie sie freigelassen haben?" erkundigte sich Eric. „Treiben sie sich in der Stadt herum?"

„Das weiß der Teufel", zuckte Himmel die Achseln. Offensichtlich schien ihn diese Frage nicht allzusehr zu berühren; sobald er die Wägelchen zusammengebaut und die Faulen Braunen Hunde angeschlossen hatte, interessierte ihn die Angelegenheit nicht mehr. Und vielleicht hatte er recht; er konnte schwerlich den Weg eines jeden Fahrzeugs verfolgen und es vor den Gefahren der Stadt beschützen.

„Sie sind ein Künstler", stellte Eric fest, und er wußte nicht, ob er amüsiert oder empört war. Zumindest war er nicht beeindruckt; soviel war sicher – die ganze Angelegenheit war bizarr, närrisch, vollkommen absurd. Unablässig arbeitete Himmel, hier in der Firma und zu Hause in seinem Konap, und sorgte dafür, daß die Ausschußproduktion der Fabrik ihren Platz an der Sonne erhielt ... und dann? All das geschah, während alle anderen Menschen mit der albernen, größeren, kollektiven Absurdidät des Krieges beschäftigt waren.

Vor diesem Hintergrund wirkte Himmel weniger verrückt. So waren eben die Zeiten. Wahnsinn bestimmte das Leben, vom Maulwurf angefangen bis hinunter zu diesem Qualitätskontrolleur, der im klinischen, psychiatrischen Sinne zweifellos gestört war.

Während er mit Jonas Ackerman den Korridor entlangging, bemerkte Eric: „Er ist ein Irrer."

„Gewiß", nickte Jonas betroffen. „Aber das läßt den alten Virgil in einem ganz anderen Licht erscheinen, wenn man bedenkt, daß er das toleriert – und bestimmt nicht nur deswegen, weil er Profit dadurch erzielt. Darum geht es nicht. Ich bin wirklich froh. Ich hielt Virgil für hartgesottener; ich hätte erwartet, daß er diesen armen Bekloppten sofort feuern und ihn mit einem Zwangsarbeitertransport zum Lilistern schicken würde. Großer Gott, was wäre das für ein Schicksal! Himmel ist ein Glückspilz."

„Was meinen Sie, wie alles enden wird?" fragte Eric. „Glauben Sie, daß der Maulwurf mit den Riegs einen Separatfrieden schließen und den Krieg den Leuten vom Lilistern allein überlassen wird – was sie auch verdient hätten?"

„Das kann er nicht", erklärte Jonas leise. „Freneksys Geheimpolizei würde über die Erde herfallen und Hackfleisch aus ihm machen. Ihn aus dem Amt werfen und über Nacht einen militanteren Burschen an seine Stelle setzen. Jemanden, dem es *gefällt*, den Krieg fortzusetzen."

„Aber das dürfen sie nicht", entfuhr es Eric. „Er ist unser gewählter Führer, nicht ihrer." Aber er wußte, daß Jonas diesen rechtlichen Einwänden zum Trotz die Wahrheit sprach. Jonas betrachtete den Alliierten lediglich realistischer, hielt sich an die Tatsachen.

„Das Beste, was uns widerfahren könnte", sagte Jonas, „wäre eine Niederlage. Eine langsame, unaufhaltsame Niederlage – wie wir sie derzeit erleben." Er senkte seine Stimme zu einem heiseren Flüstern. „Ich hasse es, defätistisch daherzureden ..."

„Legen Sie sich keinen Zwang an."

„Eric", fuhr Jonas fort, „das ist die einzige Möglichkeit, da herauszukommen, auch wenn uns dadurch ein Jahrhundert Besetzung durch die Riegs als Strafe dafür bevorsteht, daß wir zur falschen Zeit den falschen Alliierten in einem falschen Krieg gewählt haben. Unser erster Kontakt mit dem interplanetaren Militarismus, und *wie sehr* wir uns darum bemüht haben – wie sehr sich der Maulwurf darum bemüht hat." Er schnitt eine Grimasse.

„Und wir haben uns um den Maulwurf bemüht", erinnerte ihn Eric. Und so war die Verantwortung wieder ihnen zugefallen.

Vor ihnen erschien eine schmächtige, an ein Blatt erinnernde, vertrocknete und gewichtslose Gestalt und näherte sich ihnen, während sie mit dünner, schriller Stimme rief: „Jonas! Und Sie auch, Sweetscent – es wird Zeit, daß wir uns auf die Reise zum 35er Wash vorbereiten."

Virgil Ackermans Tonfall war leicht gereizt, wie der eines Vogelweibchens, das ihre Jungen herumscheuchte; in seinem fortgeschrittenen Alter war Virgil fast zu einem Hermaphroditen geworden, eine geschlechtslose, saftlose Mischung aus einem Mann und einer Frau, die als Einheit dennoch vital war.

2

Virgil Ackerman öffnete die antiquierte, leere Packung Camel-Zigaretten, preßte sie zusammen und fragte: „Hits, Cracks, Taps oder Pops. Was nehmen Sie, Sweetscent?“

„Taps“, antwortete Eric.

Der alte Mann musterte den Aufdruck der Packung. „Cracks. Ich habe es wieder geschafft, Sie auf den Arm zu nehmen – zum zweiunddreißigsten Mal.“ Rituell klopfte er Eric auf die Schulter, lächelte heiter und entblößte dabei seine natürlich geformten, elfenbeinfarbenen Zähne, die im Licht lebhaft funkelten. „Mir liegt es fern, Sie zu kränken, Doktor; schließlich könnte ich jeden Augenblick eine neue Leber benötigen ... Als ich gestern Nacht zu Bett ging, habe ich einige schlimme Stunden durchgemacht, und ich glaube, daß es wieder an der Blutvergiftung lag. Ich fühlte mich wie erschlagen.“

Dr. Eric Sweetscent saß neben Virgil Ackerman. Er drehte den Kopf. „Wie lange waren Sie auf, und was haben Sie getan?“

„Tja, Doktor, da war dieses Mädchen.“ Virgil grinste boshaft Harvey, Jonas, Ralf und Phyllis Ackerman an, die anderen Mitglieder der Familie, die um ihn herum in dem kleinen, konischen Interplanschiff saßen, das sich mit hoher Geschwindigkeit auf dem Weg von der Erde zum 35er Wash auf dem Mars befand. „Muß ich noch mehr sagen?“

Seine Urgroßnichte Phyllis sagte streng: „Großer Gott, du bist doch viel zu alt. Irgendwann wird dir dabei das Herz stehenbleiben. Und was wird sie dann denken? Es ist würdelos, während dem Du-weißt-schon-was zu sterben.“ Mißbilligend sah sie Virgil an.

„Dann“, krächzte Virgil, „wird die für derartige Notfälle in meiner rechten Hand eingebaute Sterbekontrolle Dr. Sweetscent herbeirufen, der auf der Stelle mein krankes altes Herz herausholt und ein funkelnagelneues einsetzt, und ich ...“ Er kicherte und wischte dann mit einem zusammengefalteten, leinenen Taschentuch den Speichel von Kinn und Unterlippe. „Und ich werde dann weitermachen.“ Seine papierdünne Haut glänzte, und man konnte sogar deutlich sehen, wie seine Knochen, die Umrisse seines Skelettes vergnügt und heiter zitterten, weil es ihm gelungen war, sie zu schockieren; sie besaßen keinen Zugang zu seiner Welt, zu seinem Privatleben, das er aufgrund seiner privilegierten Position selbst in dieser Zeit des Mangels, die der Krieg mit sich gebracht hatte, genießen konnte.

„*‚Mille tre‘*“, zitierte Harvey säuerlich Da Ponte. „Ich hoffe, wenn ich einmal in deinem Alter bin ...“

„Du wirst niemals in mein Alter kommen“, knurrte Virgil, während seine Augen vor Vergnügen tanzten und glühten. „Vergiß es, Harvey. Vergiß es und kümmere dich um deine Steuerunterlagen, du verdammter Rechenschieber. Dich wird man bestimmt nicht tot im Bett neben einem Mädchen finden, sondern neben einem“ – Virgil suchte nach einem treffenden Ausdruck –, „neben einem Tintenfaß.“

„Ich bitte dich!“ entfuhr es Phyllis, und dann wandte sie den Kopf und blickte hinaus zu den Sternen und der Finsternis des interplanetaren Weltraums.

„Ich würde Sie gerne etwas fragen“, bemerkte Eric und sah Virgil forschend an. „Es geht um eine grüne Packung Lucky Strike. Vor ungefähr drei Monaten ...“

„Ihre Frau liebt mich“, unterbrach Virgil. „Ja, die Packung war für mich bestimmt, Doktor; ein Geschenk ohne irgendwelche Hintergedanken. Also regen Sie sich wieder ab; Kathy ist nicht interessiert. Außerdem würde das nur zu Problemen führen. Frauen gibt es überall, aber Transplantspezialisten ...“ Er dachte nach. „Hm, wenn ich es mir richtig überlege, gibt es davon auch genug.“

„Das habe ich Eric heute morgen schon gesagt“, bemerkte Jonas. Er blinzelte Eric zu, der ihn hartnäckig ignorierte.

„Aber ich mag Eric“, fuhr Virgil fort. „Er ist ein ruhiger Charakter. Schaut ihn euch doch an. Vollkommen vernünftig, ein Verstandesmensch, der jeder Krise gelassen begegnet; ich habe ihm schon oft bei der Arbeit zugesehen, Jonas, ich weiß Bescheid. Und er ist zu jeder Tages- und Nachtzeit bereit ... und so etwas findet man selten.“

„Du bezahlst ihn“, erklärte Phyllis knapp. Wie immer war sie wortkarg und in sich gekehrt; Virgils attraktive Urgroßnichte, die im Aufsichtsrat der Gesellschaft saß, war ein kaltes, nüchternes Geschöpf und ähnelte sehr dem alten Mann, ohne allerdings seine Schrullen zu besitzen. Für sie zählten nur Geschäfte und Geld. Wüßte sie von Himmels Aktivitäten, dachte Eric, wären die kleinen, umherrollenden Wägelchen bereits verschwunden; in Phyllis' Welt gab es keinen Platz für Spielereien. Sie erinnerte ihn ein wenig an Kathy. Und wie Kathy war sie bemerkenswert sexy; sie trug ihr langes, ultramarin gefärbtes Haar zu einem Zopf geflochten und hatte sich mit automatisch rotierenden Ohrringen und (was ihm weniger gefiel) mit einem Nasenring geschmückt, der in den oberen Kreisen der Bourgeoisie als Zeichen für die Heiratsfähigkeit galt.

„Was ist eigentlich der Zweck dieser Konferenz?“ wandte sich Eric an Virgil Ackerman. „Können wir denn nicht, um Zeit zu sparen, bereits jetzt damit beginnen?“ Eric war gereizt.

„Es ist eine Vergnügungsreise“, erklärte Virgil. „Eine Möglichkeit, für kurze Zeit die verdammten Geschäfte zu vergessen. Im 35er Wash erwartet uns ein Gast; ich nehme an, daß er bereits da ist ... ich habe ihm einen Blankoscheck gegeben: habe für ihn mein Babyland geöffnet – das erste Mal, daß ich das für jemanden gemacht habe.“

„Wer ist es?“ erkundigte sich Harv. „Schließlich befindet sich das 35er Wash technisch gesehen im Besitz der Gesellschaft, und wir gehören zum Vorstand.“

„Wahrscheinlich hat Virgil all seine authentischen Karten aus der Reihe *Die Schrecken des Krieges* an diesen Burschen verloren“, bemerkte Jonas in ätzendem Tonfall. „Was blieb ihm also anders übrig, als ihm die Tür zu diesem Ort zu öffnen?“

„Ich spiele weder mit meinen FBI-Karten, noch mit den *Schrecken des Krieges*“, stellte Virgil richtig. „Nebenbei bemerkt, besitze ich ein Duplikat des *Untergangs der Panay*. Eton Hambro – ihr wißt schon, dieser Fettsack, der bei Manfrex Enterprises Aufsichtsratvorsitzender ist – hat es mir zu meinem Geburtstag geschenkt. Ich dachte, jeder wüßte, daß meine Sammlung komplett ist, aber Hambro war offenbar nicht darüber informiert. Kein Wunder, daß seine sechs Fabriken heute von Freneksys Leuten geführt werden.“

„Erzähl uns von Shirley Temple in ihrem Film *The Littlest Rebel*“, bat Phyllis gelangweilt, während sie noch immer die Sterne betrachtete. „Erzähl uns, wie sie ...“

„Du hast den Film selber gesehen.“ Virgils Stimme klang verärgert.

„Ja, aber ich kann nie genug davon bekommen“, erwiderte Phyllis. „Ich finde den Film noch immer bis zum letzten Meter faszinierend.“ Sie drehte sich zu Harv herum. „Dein Feuerzeug.“

Eric erhob sich von seinem Sitz, betrat die Kombüse des kleinen Schiffes, setzte sich an den Tisch und griff nach der Getränkekarte. Seine Kehle war trocken; das Gezänk, dem sich die Mitglieder des Akkerman-Clans hingaben, machte ihn immer durstig, als sei er nach einem beruhigenden Elixier süchtig ... vielleicht, dachte er, nach einem Ersatz für die Muttermilch, die *Urmilch* des Lebens. Ich hätte auch ein eigenes Babyland verdient, sagte er sich halb im Scherz. Aber nur halb.

Für jeden außer Virgil Ackerman war das Washington des Jahres 1935 Zeitverschwendung, weil sich nur Virgil an die Stadt, die Zeit, den Ort und das Milieu erinnerte, an die Dinge, wie sie damals wirklich gewesen waren und die nun schon so lange zurücklagen. Deshalb bestand das 35er Wash in jedem Detail aus einer sorgfältigen, mühevollen Rekonstruktion jener begrenzten Kindheitswelt, die Virgil gekannt hatte und die von Kathy Sweetscent, seiner Antiquitätenberaterin, ständig verfeinert und auf ihre Authentizität hin überprüft wurde – ohne daß sie sich jemals wirklich veränderte: sie war erstarrt, verhaftet mit der toten Vergangenheit ... zumindest soweit es den Rest des Clans betraf. Aber für Virgil war sie natürlich lebendig. Dort blühte er auf. Er regenerierte dort seine nachlassenden biochemischen Energien und kehrte dann zurück in die Gegenwart, in die wirkliche Welt, die er kannte und manipulierte, ohne sich jedoch in ihr heimisch zu fühlen.

Und sein großes, regressives Babyland war bekannt geworden und hatte sich zu einer Mode entwickelt. Andere Top-Industrielle und Geldleute – oder um es brutal und offen zu sagen: andere Kriegsgewinnler – hatten ebenfalls lebensgroße Modelle ihrer eigenen Kindheit angelegt; Virgils Babyland war nicht mehr einzigartig. Natürlich erreichten die anderen nicht die Komplexität und Authentizität von Virgils Schöpfung; Fälschungen antiker Gegenstände waren überall verbreitet. Aber um der Gerechtigkeit willen, dachte Eric, mußte man zugeben, daß niemand das Geld und die wirtschaftlichen Mittel besaß, um dieses zugegebenermaßen einzigartig kostspielige und vollkommen unpraktische Wagnis einzugehen. Und dies alles inmitten dieses schrecklichen Krieges.

Aber dennoch war es auf seine absonderliche Art harmlos. Es erinnerte ein wenig an Bruce Himmels schrullige Beschäftigung mit den rasselnden Wägelchen. Niemand erlitt dadurch Schaden. Was man schwerlich von der nationalen Aufgabe sagen konnte ... dem Heiligen Krieg gegen die Kreaturen von Proxima.

Während er darüber nachdachte, übermannten ihn unangenehme Erinnerungen.

Auf der Erde lebten in der UNO-Hauptstadt Cheyenne, Wyoming, zusätzlich zu denen in den POW-Lagern, eine Anzahl gefangener

Riegs, die von den irdischen Militärbehörden zu Propagandazwecken eingesetzt wurden. Die Bevölkerung durfte diese exoskelettierten Wesen mit den sechs Extremitäten anglotzen, die sich mit großer Geschwindigkeit auf zwei oder vier Beinen vorwärts bewegen konnten. Die Riegs besaßen keine Stimmapparate; untereinander verständigten sie sich durch komplizierte, kunstvolle Bewegungen ihrer Sensorfühler. Um mit Terranern oder den Sternmenschen zu kommunizieren, benutzten sie einen automatischen Translator, der auch den vielen Neugierigen Gelegenheit gab, ihren gedemütigten Gefangenen Fragen zu stellen.

Bis vor kurzem waren die Fragen eine Ansammlung banaler, ärgerlicher Plattheiten gewesen. Aber jetzt hatte eine neues, geschickt geführtes Verhör unheilverkündende Ergebnisse gezeigt – unheilverkündend zumindest vom Standpunkt der Behörden aus. Abrupt hatte man deshalb die Propagandaveranstaltungen für unabsehbare Zeit beendet. *Wie können wir zu einer Einigung gelangen?* Sonderbarerweise besaßen die Riegs eine Antwort auf diese Frage. Sie lautete: Leben und leben lassen. Sobald die Terraner ihre Expansion in das Proxima-System einstellten, würden die Riegs – wie auch bereits in der Vergangenheit – das Sol-System verschonen.

Aber was den Lilistern betraf: Für dieses Problem hatten die Riegs keine Lösung; seit Jahrhunderten schon waren die Sternmenschen ihre Feinde gewesen, und jetzt war es zu spät, etwas dagegen zu unternehmen. Ganz abgesehen davon, daß es den ‚Helfern' vom Lilistern bereits gelungen war, sich auf der Erde als Sicherheitsberater niederzulassen ... als ob ein vierarmiges, ameisenähnliches Wesen von zwei Metern Größe sich unbemerkt auf einer New Yorker Straße herumtreiben konnte.

Die Anwesenheit der Lilistern-Berater wurde jedenfalls kaum bemerkt; die Sternmenschen waren zwar von phykomythischer Mentalität, unterschieden sich aber morphologisch kaum von den Terranern. Und dafür gab es einen guten Grund. Vor Urzeiten hatte eine Flotte aus dem Alpha-Centauri-Imperium des Lilisterns das Sol-System erreicht und die Erde und teilweise auch den Mars kolonisiert. Dann brach ein tödlicher Streit zwischen den Siedlern der beiden Welten aus, gefolgt von einem langen, zerstörerischen Krieg, der beide Kulturen in das Dunkel der Barbarei zurückstieß. Durch klimatische Veränderungen war die Mars-Kolonie schließlich ganz vernichtet worden, während sich die überlebenden Siedler der Erde im Lauf der Zeit erholt und eine neue Zivilisation gegründet hatten. Abgeschnitten von Alpha Centauri durch den Konflikt zwischen dem Lilistern und den Riegs, hatte sich die irdische Kolonie über den ganzen Planeten ausgebreitet, weiterentwickelt, die ersten Satelliten in den Orbit geschossen, dann eine unbemannte Sonde zum Mond geschickt und schließlich auch ein bemanntes Schiff ... bis es ihnen gelungen war, auch jenes System zu erreichen, aus dem sie stammten. Natürlich war die Überraschung auf beiden Seiten ungeheuer groß gewesen.

„Ist es Ihnen zuviel geworden?“ erklang Phyllis Ackermans Stimme. Sie nahm neben Eric in der engen Kombüse Platz und lächelte ihn an; das Lächeln verwandelte ihr schmales, wohlgeformtes Gesicht, so daß sie für einen Moment aufreizend hübsch wirkte. „Geben Sie mir auch etwas zu trinken – damit ich diese Welt aus Fledermäusen und Jean Harlow und Baron von Richthofen und Joe Louis ertragen kann.“ Sie verengte nachdenklich die Augen. „Ah, Tom Mix habe ich vergessen. Tom Mix und seine Ralston Straightshooters. Und den Cowboy. Dieser unglückliche Cowboy. Und die Hafergrütze! Und diese gottverdammten unsterblichen Hits aus der Musikbox. Sie wissen, was uns erwartet? Eine weitere Runde mit Orphan Annie und ihren kleinen Dechiffrierbons ... wir werden der Werbung für Ovaltine lauschen und diese Zahlen herausfiltern müssen, um sie zu entziffern – und um zu erfahren, was Annie am Montag treibt. Großer Gott.“ Sie beugte sich nach vorn und griff nach ihrem Glas, und er konnte dem Drang nicht widerstehen, mit fast professionellem Interesse zuzusehen, als ihr Kleid den Blick auf ihre kleinen, bleichen Brüste freigab.

Von diesem Anblick in bemerkenswert gute Laune versetzt, erklärte Eric scherzhaft, aber vorsichtig: „Eines Tages werden wir alle Zahlen notiert haben, die der falsche Ansager über das falsche Radio bekanntgibt, sie mit den Dechiffrierbons von Orphan Annie entschlüsseln und ...“ Düster fügte er in Gedanken hinzu: *Schließt sofort einen Separatfrieden mit den Riegs ab!* – so wird die Botschaft lauten.

„Ich weiß“, nickte Phyllis. „Es ist hoffnungslos, Erdenmensch. Gib auf. Hier spricht der Herrscher der Riegs; he, hört alle zu. Ich bin in die Radiostation WMAL in Washington D.C. eingedrungen und ich werde dich *vernichten“*. Geistesabwesend nippte sie an ihrem großen Glas. „Und *außerdem* ist das Ovaltine, von dem du gerade trinkst ...“

„Ich wollte es eigentlich ein wenig anders ausdrücken.“ Aber sie war seinen Worten verflucht nahe gekommen. Verärgert bemerkte Eric: „Wie der Rest Ihrer Familie besitzen Sie ein Gen, das Sie dazu zwingt, dem Gesprächspartner ins Wort zu fallen, bevor ein Nichtbluter ...“

„Ein *was?*“

„So nennt man Sie“, versetzte er grimmig. „Alle Ackermans.“

„Also, machen Sie weiter, Doktor.“ Heiterkeit blitzte in ihren grauen Augen auf. „Sagen Sie, was Sie zu sagen haben.“

„Nein“, erklärte Erix. „Wer ist der Gast?“

Die großen blassen Augen der Frau waren ihm nie zuvor so groß, so gefaßt erschienen; sie beherrschten und bezwangen ihn mit ihrer Ausgeglichenheit. Mit ihrer Ruhe, die von dem absoluten, unveränderlichen Wissen über alles Wissenswerte herrührte. „Ich schlage vor, wir warten ab, bis wir mit ihm zusammentreffen.“ Und dann begannen ihre Lippen vor neckischem, schelmischem Vergnügen zu zucken, ohne daß dadurch die Unveränderlichkeit ihrer Augen berührt wurde; einen Moment später trat ein neues, ungewöhnliches Funkeln in ihre Augen und verwandelte ihren Gesichtsausdruck. „Die Tür“, murmelte sie spöttisch, während ihre Augen funkelten und sich ihr Mund zu dem Gekicher eines heranwachsenden Mädchens spitzte, „die Tür öffnet sich, und es erscheint ein schweigender Abgesandter von Proxima. Ah, was für ein Anblick! Ein aufgedunsener, schmieriger, feindseliger Rieg. In geheimer Mission, um nicht Freneksys herumschnüffelnder Geheimpolizei in die Arme zu laufen, tritt er ein, um ...“ – sie verstummte und fuhr dann leiser fort – „... um mit uns einen Separatfrieden auszuhandeln.“ Mit finsterem, mißgelauntem Gesicht und Augen, deren Gefunkel erloschen war, leerte sie lustlos ihr Glas. „Ja, was wäre das für ein Tag! Und wie gut ich mir das alles vorstellen kann. Der alte Virgil sitzt da, strahlend und gackernd wie immer, und sieht zu, wie seine Kriegsverträge den Bach runtergehen. Er kehrt zurück zu den falschen Nerzen. Zu den Tagen des Fledermausdungs ... als noch die ganze Fabrik zum Himmel stank.“ Sie lachte kurz und höhnisch. „Es kann jede Minute geschehen, Doktor. *Bestimmt.*“

„Freneksys Bullen“, wandte Eric ein, „würden, wie Sie schon angedeutet haben, das 35er Wash so blitzartig auf den Kopf stellen ...“

„Ich weiß. Es ist nur ein Traum, ein Hirngespinst. Ein Wunschbild, das hoffnungsloser Sehnsucht entstammt. Also spielt es auch keine Rolle, ob Virgil nun ein derartiges Vorhaben in die Tat umsetzen würde oder nicht. Denn selbst in einer Million Jahren hätte es keinen Erfolg. Man könnte es versuchen. Aber man würde es nicht schaffen.“

„Verdammt schade“, sage Eric und nickte gedankenverloren.

„Verräter! Wollen Sie auf die Liste der Zwangsarbeiter kommen?“

Eric musterte sie und erwiderte vorsichtig: „Ich wollte ...“

„Sie wissen nicht, was Sie wollen, Sweetscent; jeder Mann, der unter einer unglücklichen Ehe leidet, verliert die metabiologische Fähigkeit zu wissen, was er will – sie wird ihm einfach genommen. Sie sind ein nichtsnutziger Knacker, der versucht, das Richtige zu tun, ohne daß es Ihnen gelingt, weil Ihr armseliges kleines Herz seit langem leidet. Schauen Sie sich doch an! Sie haben sich sogar von mir zurückgezogen.“

„Das habe ich nicht.“

„So daß wir uns nicht mehr körperlich berühren. Vor allem nicht mehr mit den Schenkeln. Aber es ist schwer, nicht wahr, sich in einem so engen Raum von jemandem zurückzuziehen .. hier in der Kombüse. Und trotzdem haben Sie es geschafft, oder?“

Eric wechselte das Thema. „Ich habe gestern abend im Fernsehen gehört, daß dieser Quatrelogist mit dem albernen Bart, dieser Professor Wald, zurückgekehrt ...“

„Nein. Er ist nicht Virgils Gast.“

„Dann vielleicht Marm Hastings?“

„Dieser Taoist, dieser bezaubernde, verrückte, kauzige Narr? Soll das ein Witz sein, Sweetscent? Ja? Sie glauben doch nicht, daß Virgil einen Schwindler tolerieren würde, der ...“ Sie machte eine obszöne Geste mit ihrem Daumen, während sie gleichzeitig lächelte und ihre weißen, makellosen Zähne entblößte. „Vielleicht“, sagte sie, „ist es Ian Norse.“

„Wer ist denn das?“ Er hatte den Namen schon einmal gehört, er klang vertraut, und obwohl er wußte, daß er einen taktischen Fehler beging, wenn er sie danach fragte, konnte er nicht anders handeln; das war seine Schwäche gegenüber den Frauen. Sie folgten, wohin er sie führte – zumindest manchmal. Doch mehr als einmal, vor allem in kritischen Phasen seines Lebens, wenn es um wichtige Entscheidungen ging, da folgte er arglos, wohin sie ihn führten.

Phyllis seufzte. „Ians Firma stellt all diese funkelnden, sterilen neuen und sehr teuren Transplantorgane her, die sie kunstfertig den sterbenden reichen Menschen einpflanzen; bedeutet das, daß Sie nicht wissen, wem Sie zu Dank verpflichtet sind, Doktor?“

„Natürlich weiß ich das“, widersprach Eric irritiert und verärgert. „Ich hatte es im Moment nur vergessen; das ist alles.“

„Vielleicht ist es ein Komponist. Wie in Kennedys Zeiten; vielleicht ist es Pablo Casals. Mein Gott, der wäre *wirklich* alt. Vielleicht ist es Beethoven. Hmm.“ Sie dachte nach. „Herr im Himmel, ich glaube nicht, daß er davon etwas erwähnt hat. Ludwig van *Irgendwer;* ist denn ein Ludwig van Irgendwer etwas anderes ...“

„Mein Gott“, stieß Eric zornig hervor, überdrüssig, geneckt zu werden. „Hören Sie auf.“

„Spielen Sie sich nicht so auf; so wichtig sind Sie auch nicht. Halten einen einzigen gruseligen alten Mann Jahrhundert um Jahrhundert am Leben.“ Sie lachte ihr leises, süßes und sehr intimes, warmes Jungmädchenlachen.

Mit soviel Würde, wie er aufbringen konnte, erklärte Eric: „Ich bin bei TF&D für das Wohlergehen von achtzigtausend wichtigen Persönlichkeiten verantwortlich. Und da mir das vom Mars aus nicht möglich ist, bin ich gegen diese Reise. Ich verabscheue sie sogar.“ Genau wie dich, fügte er verbittert in Gedanken hinzu.

„Was für ein Verhältnis“, spottete Phyllis. „Ein Transplantchirurg für achtzigtausend Patienten – genauer für achtzigtausendundeinen. Aber Sie haben doch Ihre Robameisen, die Sie unterstützen ... vielleicht können sie alles erledigen, während Sie abwesend sind.“

„Eine Robameise ist etwas, das nichts taugt“, erklärte er in Abwandlung eines Wortes von T.S. Eliot.

„Und ein Transplantchirurg“, schloß Phyllis, „ist etwas, das kriecht.“

Er blickte sie mürrisch an; sie nippte an ihrem Glas und zeigte keine Reue. Er kam nicht gegen Sie an; sie war ihm psychisch einfach überlegen.

Das Zentrum des 35er Wash, ein fünstöckiges Backsteinhaus, in dem Virgil seine Jugend verbracht hatte, besaß ein modernes Apartment, eingerichtet mit allen Bequemlichkeiten des Jahres 2055, die Virgil während dieser Kriegsjahre noch zur Verfügung standen. Einige Blocks davon entfernt befand sich die Connecticut Avenue, in der man alle Geschäfte rekonstruiert hatte, an die sich Virgil erinnerte. Da war Gammage's, ein Laden, in dem Virgil seine Tip-Top-Comics und Zukkerstangen gekauft hatte. Daneben entdeckte Eric die vertrauten Umrisse des People's Drugstore; während seiner Kindheit hatte der alte Mann dort ein Feuerzeug und Chemikalien für seinen *Gilbert Number Five*, einen Glasbläserei- und Chemiekasten, erworben.

„Was läuft heute im *Uptown Theater?*“ brummte Harv Ackerman, während das Schiff die Connecticut Avenue entlangrollte, damit Virgil einen Blick auf die angehäuften Schätze werfen konnte. Er sah genauer hin.

Es war Jean Harlow in *Hell's Angels*, den jeder von ihnen mindestens schon zweimal gesehen hatte. Harv gähnte.

„Erinnerst du dich noch an diese wundervolle Szene“, wandte sich Phyllis an Harv, „wo die Harlow sagt: ‚Ich glaube, ich werde mir etwas Bequemeres anziehen‘? Und dann, als sie zurückkehrt ...“

„Ich weiß, ich weiß.“ Harv nickte irritiert. „In Ordnung, es gefällt mir.“

Das Schiff verließ die Connecticut Avenue, bog in die McComb Street ein und hielt dann vor der Nummer 3039 mit ihrem schwarzen, schmiedeeisernen Zaun und dem schmalen Rasenstück. Als die Luke aufglitt, schlug Eric nicht die Stadtluft der langvergessenen irdischen Hauptstadt, sondern die dünne und kalte Atmosphäre des Mars entgegen; das Atmen fiel ihm schwer, und er stand keuchend da und fühlte sich verwirrt und krank.

„Ich werde den Burschen von der Luftversorgungsanlage in den Hintern treten“, drohte Virgil, während er, gestützt von Jonas und Harv, die Rampe hinunterging und den Bürgersteig betrat. Allerdings schien es ihn nicht allzusehr zu stören; flink eilte er auf den Eingang des Mietshauses zu.

Robameisen in der Gestalt von kleinen Jungen sprangen auf die Beine, und einer brüllte mit lebensechter Stimme: „He, Virgil? Wo hast du gesteckt?“

„Ich mußte was für meine Mutter erledigen“, krächzte Virgil glückstrahlend. „Wie geht's dir, Earl? Hör mal, ich hab von meinem Vater ein paar tolle chinesische Briefmarken bekommen; er hat sie aus seinem Büro mitgebracht. Einige davon sind doppelt; du kannst sie haben, wenn du mir was anderes dafür gibst.“ Er wühlte in seinen Taschen, während er sich am Zaun festhielt.

„He“, schrie ein zweites Robameisen-Kind, „weißt du, was ich habe? Trockeneis; ich hab Bob Rougy dafür meine Schleuder geliehen. Du kannst was abhaben, wenn du willst.“

„Ich gebe dir dafür eines von meinen Heftchen“, bot Virgil an, während er seinen Schlüssel hervorkramte und die Haustür aufschloß. „Wie wär's mit *Buck Rogers und der Komet des Verderbens?* Das ist wirklich klasse.“

Als die anderen das Schiff verließen, wandte sich Phyllis an Eric. „Bieten Sie den Kindern doch einen 1952er Pin-up-Kalender von Marilyn Monroe in tadellosem Zustand an; vielleicht geben sie Ihnen dafür eine Brausetüte."

Die Haustür öffnete sich, und verspätet erschien ein Wächter der TF&D Corporation. „Oh, Mr. Ackerman, ich habe gar nicht bemerkt, daß Sie angekommen sind." Der Wächter führte sie in den dunklen, mit Teppichen ausgelegten Korridor.

„Ist er schon hier?" fragte Virgil mit plötzlicher Spannung.

„Ja, Sir. Er schläft oben im Apartment und hat darum gebeten, nicht vor sieben Uhr geweckt zu werden." Der Wächter schien ebenfalls nervös zu sein.

„Wie viele sind es insgesamt?" Virgil war stehengeblieben.

„Nur er, sein Adjutant und zwei Beamte vom Geheimdienst."

„Wer hat Lust auf einen Begrüßungsschluck?" fragte Virgil über die Schulter, während er voranging.

„Ich, ich", rief Phyllis und ahmte Virgils begeisterten Tonfall nach. „Für mich bitte ein Glas Himbeersaft; wie ist es mit Ihnen, Eric? Was halten Sie von einem Gin-Bourbon oder einem Scotch mit Wodka und Kirschsaft? Oder gab es diese Mischung 1935 noch nicht?"

„Ich würde mich gern irgendwo hinlegen und ein wenig ausruhen", flüsterte Harv Eric zu. „Diese marsianische Luft macht mich völlig schlapp." Sein Gesicht hatte eine kränkelnde Färbung angenommen. „Warum hat er keine Kuppel bauen lassen? Man kann hier ja nicht einmal richtig *atmen.*"

„Vielleicht", vermutete Eric, „verfolgt er damit einen bestimmten Zweck. Er wird dadurch gezwungen, nach kurzer Zeit wieder von hier zu verschwinden; sonst würde er womöglich für immer hierbleiben."

Jonas gesellte sich zu ihnen. „Ich für meinen Teil freue mich immer, hierherzukommen, Harv. Es ist ein amüsantes Museum." Er sah Eric an. „Alles, was recht ist, aber Ihre Frau versteht es wirklich, die richtigen Artefakte aus dieser Periode zu sammeln. Hören sie doch – was sagte man noch dazu? – dieses Radio." Pflichtgemäß lauschte er. Es spielte „Betty und Bob", ein altes Rührstück, das noch aus den dreißiger Jahren des vorigen Jahrhunderts stammte. Und selbst Eric war beeindruckt; die Stimmen klangen lebendig und völlig real. Sie schienen in diese Zeit zu passen und wirkten keinesfalls wie ein Echo aus der Vergangenheit. Wie Kathy das erreicht hatte, konnte er sich nicht einmal vorstellen.

Steve, der hochgewachsene, stattliche, männliche schwarze Hausmeister – oder besser sein elektronisches Simulacrum –, tauchte in diesem Moment auf; er zog an seiner Pfeife und nickte ihnen freundlich zu. „Morgen, Doktor. In den letzten Tagen ist es kälter geworden. Nicht mehr lange, dann können die Kinder Schlitten fahren. Georgie, mein eigener Sohn, spart schon seit längerem für einen Schlitten."

„Ich werde einen Dollar beisteuern", verkündete Ralf Ackerman und griff nach seiner Brieftasche. „Oder", flüsterte er Eric zu, „ob der alte Virgil diesem farbigen Kind keinen Schlitten gönnt?"

„Das ist nicht nötig, Mr. Ackerman", versicherte Steve. „Georgie verdient sich das Geld für den Schlitten; er will keine Trinkgelder, sondern jeden Cent selbst erarbeiten." Die Robameise in der Gestalt des Hausmeisters ging an ihnen vorbei und war dann verschwunden.

„Verdammt beeindruckend", murmelte Harv.

„So ist es", stimmte Jonas zu. „Großer Gott, wenn man bedenkt, daß der wirkliche Steve seit über einem Jahrhundert tot ist ...! Mir fällt es schwer zu glauben, daß wir auf dem Mars und nicht auf der Erde sind – und dieses Gefühl sagt mir ganz und gar nicht zu. Es ist mir lieber, wenn die Dinge auch das sind, was sie zu sein vorgeben."

Eric kam ein Gedanke. „Haben Sie auch etwas dagegen, zu Hause in Ihrem Apartment die Stereoaufnahme einer Symphonie abzuspielen?"

„Nein", erklärte Jonas. „Aber das ist etwas ganz anderes."

„Das ist es nicht", widersprach Eric. „Es gibt kein Orchester in Ihrer Wohnung, und das Studio, in dem die Symphonie aufgenommen wurde, ist seit langem leer, die Originalmusik verstummt; alles, was Sie besitzen, ist ein vierhundert Meter langes Eisenoxidband, das auf spezifische Weise magnetisiert worden ist ... also geben Sie sich einer Illusion hin. Wie hier. Nur daß die Illusion hier vollkommen ist." Er stieg die Treppen hinauf. Wir sind jeden Tag von Illusionen umgeben, dachte er. Als sich der erste Barde sein erstes Epos über eine vergangene Schlacht ausdachte, trat die Illusion in unser Leben ein; die *Ilias* ist genauso „unecht" wie diese Robameisen-Kinder, die unten vor dem Haus Briefmarken tauschen. Die Menschen haben schon immer versucht, die Vergangenheit zum Leben zu erwecken, sie festzuhalten; und dies ist nicht schlecht. Ohne dies besäßen wir keine Kontinuität und würden nur für den Augenblick leben. Und verglichen mit der Vergangenheit ist ein Augenblick – die Gegenwart – nicht sehr viel wert.

Vielleicht, sagte er sich, während er die Stufen hinaufhastete, ist das mein Problem mit Kathy. Ich kann mich nicht an unsere gemeinsame Vergangenheit erinnern, nicht an die Zeit, als wir noch freiwillig zusammengelebt haben ... denn nun ist es eine unfreiwillige Verbindung, und nur Gott weiß, wie es dazu gekommen ist.

Keiner von uns begreift es. Keiner von uns kennt den Sinn des Ganzen oder die Beweggründe, die uns dazu treiben. Würden wir uns besser erinnern, wäre alles viel einfacher.

Vielleicht, dachte er, ist dies das erste Zeichen, daß man alt wird. Alt ... dabei bin ich erst vierunddreißig!

Phyllis war auf der Treppe stehengeblieben und wartete auf ihn. „Schlafen wir doch zusammen, Doktor."

Innerlich begann er zu zittern; Hitze erfüllte ihn, Erschrecken, Erregung, Hoffnung, Hoffnungslosigkeit, Schuld, Begierde.

„Sie haben die schönsten Zähne, die ich jemals gesehen habe", sagte er laut.

„Antworten Sie."

„Ich ..." Er suchte nach den richtigen Worten. Aber waren denn Worte das richtige? Obwohl das Angebot in Worte gekleidet worden war ... „Und er wird von Kathy zu Schlacke verbrannt – von Kathy, die alles sieht, was vorgeht?" Er fühlte den Blick der Frau auf sich ruhen, fühlte den Blick ihrer großen, starren Augen. „Hmm", machte er unsicher, und er fühlte sich elend und klein.

„Aber sie brauchen es", sagte Phyllis.

„Ah", stieß er hervor und wand sich unter der unerbetenen, unerwünschten weiblichen psychiatrischen Untersuchung seiner sündigen Seele; sie hatte seine Seele gepackt und wälzte sie auf ihrer Zunge hin und her. Zur Hölle mit ihr! Sie hatte es erkannt, sprach die Wahrheit, und dafür haßte er sie und sehnte sich gleichzeitig danach, mit ihr ins Bett zu gehen. Und natürlich wußte sie es – sah es seinem Gesichtsausdruck an –, sah es mit ihren verfluchten großen Augen, mit Augen, die keine sterbliche Frau besitzen sollte.

„Ohne es werden Sie zugrunde gehen", bemerkte Phyllis. „Ohne wahre, spontane, entspannende, körperliche ..."

Er lachte heiser. „Es ist wirklich albern von uns, hier auf dieser verdammten Treppe herumzustehen." Er ging an ihr vorbei und erreichte den zweiten Stock. Was hast du schon zu verlieren? fragte er sich. Ich bin es doch. Ich ...

Die Tür von Virgils privatem, modernem Apartment stand offen;

Virgil war bereits hineingegangen. Ihm folgten seine Familienangehörigen und dann die Angestellten der Firma.

Eric trat ein – und erblickte Virgils Gast.

Den Mann, der der Grund ihres Besuches auf dem Mars war. Er saß zurückgelehnt da, mit ausdruckslosem, schlaffem Gesicht, dicken, dunkelroten Lippen und blicklos starrenden Augen. Gino Molinari. Der gewählte oberste Führer der vereinten Erde und Oberbefehlshaber der Streitkräfte im Krieg gegen die Riegs.

Seine Hose stand offen.

3

In der Frühstückspause verließ Bruce Himmel, verantwortlich für die Qualitätskontrolle in der Abteilung Endfertigung der Tijuana Fur & Dye Corporation, seinen Arbeitsplatz und schlenderte durch die Straßen von Tijuana zu dem Cafe, wo er gewöhnlich aß, da es dort am billigsten war. Das Xanthus, ein kleines gelbes Holzhaus, das zwischen zwei Gebäude aus Luftziegeln gequetscht war, in denen sich mehrere Textilgeschäfte einquartiert hatten, besaß große Anziehungskraft auf die in der Umgebung beschäftigten Angestellten und auf eine Anzahl sonderbarer Menschen von zumeist fünfundzwanzig, dreißig Jahren, bei denen es unerfindlich blieb, wie sie ihren Lebensunterhalt verdienten. Aber sie ließen Himmel in Ruhe, und das war alles, wonach er sich sehnte. Um es genau zu sagen, verlangte er vom Leben auch nicht mehr. Und merkwürdigerweise erfüllte ihm das Leben diesen Wunsch.

Während er in einer Nische saß und seinen Teller mit den gepfefferten weißen Bohnen auslöffelte und hin und wieder in die klebrige, helle, dicke Brotscheibe biß, die er aus dem Korb genommen hatte, beugte sich plötzlich jemand zu ihm hinunter. Es war ein Angelsachse mit wirrem Haar, bekleidet mit einer Lederjacke, Jeans, Stiefeln und Handschuhen, alles in allem ein altmodisch herausgeputzter Mann, der an diesem Orte seltsam fehl am Platze wirkte. Es war Christian Plout, der in Tijuana ein altertümliches, turbinengetriebenes Taxi fuhr; seit ungefähr zehn Jahren versteckte er sich in Niederkalifornien vor den Behörden von Los Angeles, die wegen des Verkaufs von Capstene nach ihm fahndeten, einer Droge, die aus dem Fliegenpilz gewonnen wurde. Himmel kannte ihn flüchtig, da Plout wie er dem Taoismus zugeneigt war.

„*Salve, amicus*", intonierte Plout und ließ sich Himmel gegenüber auf einen Stuhl fallen.

„Hallo", murmelte Himmel und schob sich einen neuen Löffel heißer Bohnen in den Mund. „Was gibt's Neues?" Plout war bekannt dafür, alles besorgen zu können. Tagsüber kutschierte er mit seinem Taxi durch Tijuana, und man konnte darauf wetten, daß er jeden in der

Stadt kannte. Wenn es etwas Neues gab, dann hatte Plout bereits davon erfahren und vermutlich schon versucht, Gewinn daraus zu schlagen. Im Grunde war Plout ein einziges Bündel aus Nebengeschäften.

„Hören Sie“, begann Plout und beugte sich nach vorn, während sich sein sandfarbenes, trockenes Gesicht in tausend Fältchen legte, „ich habe hier etwas für Sie. Schauen Sie sich das an!“ Er öffnete seine Hand und ließ eine Kapsel über den Tisch rollen; mit einem Mal griff er wieder danach, und so schnell, wie sie aufgetaucht war, so schnell verschwand sie auch wieder.

„Aha.“ Himmel nickte und aß weiter.

„He, he“, flüsterte Plout. „Mann, das ist JJ-180.“

„Was ist das?“ Mißtrauen keimte plötzlich in Himmel auf; er wünschte, Plout würde aus dem Xanthus verschwinden und nach anderen Kunden Ausschau halten.

„JJ-180“, wiederholte Plout mit fast unhörbarer Stimme, und er beugte sich noch weiter nach vorn, so daß seine Nasenspitze fast Himmels Gesicht berührte. „JJ-180 ist die deutsche Bezeichnung für eine Droge, die in Südamerika unter dem Namen Frohedadrin verkauft wird. Ein deutsches Chemieunternehmen hat sie entwickelt; vertrieben wird sie von ihrem argentinischen Zweigwerk. In die USA darf sie nicht eingeführt werden. Um es genau zu sagen – selbst hier in Mexiko ist nur schwer ranzukommen. Glauben Sie's mir.“ Er lächelte, entblößte seine unregelmäßigen gelblichen Zähne. Selbst seine Zunge, erkannte Himmel mit plötzlichem Widerwillen, war sonderbar verfärbt, als sei sie von irgendeiner künstlichen Substanz angegriffen. Angeekelt rückte er ein wenig vom Tisch ab.

„Ich dachte immer, daß hier in Tijuana alles erhältlich sei“, brummte Himmel.

„Das dachte ich auch. Darum war ich auch so heiß auf JJ-180 und habe mir etwas von diesem Zeug besorgt.“

„Haben Sie es schon probiert?“

„Heute nacht werde ich die Droge testen“, erklärte Plout. „In meiner Wohnung. Ich habe fünf Kapseln besorgen können, und eine davon ist für Sie bestimmt. Falls Sie interessiert sind.“

„Wie ist die Wirkung?“ Irgendwie faszinierte ihn die Idee.

Plout schaukelte leicht hin und her. „Man bekommt Halluzinationen. Aber das ist nicht alles. Es krempelt einen vollkommen um, bläst die Spinnweben aus dem Gehirn. Kosmisch, Mann.“ Seine Augen glitten hin und her, und er lächelte glücklich. Himmel wartete geduldig, bis Plout schließlich fortfuhr. „Bei jedem wirkt es anders. Irgendwie hat es mit dem Phänomen zu tun, was Kant die ‚Kategorien der Wahrnehmung' nannte. Sie verstehen?"

„Also mit unserem Sinn für Raum und Zeit", nickte Himmel, der die *Kritik der reinen Vernunft* gelesen hatte und gleichermaßen von Kants erzählerischem Können wie von seinen Gedanken beeindruckt gewesen war. In seinem kleinen Konap befand sich eine Taschenbuchausgabe dieses Werkes.

„Genau! Vor allem verändert JJ-180 den Zeitsinn, so daß man sie im Grunde als temporale Droge bezeichnen könnte – nicht wahr?" Plout schien von seinem Durchblick hingerissen zu sein. „Die erste temporale Droge ... oder besser ausgedrückt: die erste detemporale Droge. Vorausgesetzt, Sie *glauben*, was Sie unter ihrer Einwirkung erleben."

„Ich muß zurück zur TF&D", erklärte Himmel und erhob sich.

Plout drückte ihn auf seinen Stuhl zurück. „Fünfzig Mäuse. US-Währung."

„W-was?"

„Soviel kostet eine Kapsel. Mann, das Zeug ist *selten*. Ich habe selbst erst jetzt davon gehört." Erneut ließ Plout die Kapsel kurz über den Tisch rollen. „Ich hasse es, sie zu verkaufen, aber es wird für uns alle ein Erlebnis sein; wir werden eins werden mit dem Tao, alle fünf. Ist es denn nicht fünfzig US-Dollar wert, trotz dieses beschissenen Krieges, mit dem Tao verschmelzen zu können? Vielleicht ist es das letzte Mal, daß Sie die Gelegenheit bekommen, JJ-180 zu nehmen; die Mexpolypen stehen schon Gewehr bei Fuß, um die Lieferungen aus Argentinien abzufangen. Und diese Bastarde sind tüchtig."

„Ist es denn wirklich etwas anderes als ..."

„Aber ja! Hören Sie, Himmel. Wissen Sie, was ich soeben fast mit meinem Taxi überfahren hätte? Eines von Ihren Wägelchen. Ich hätte es zerquetschen können, aber ich habe es nicht getan. Ich begegne ihnen jeden Tag; ich könnte Hunderte von ihnen zerstören ... alle paar Stunden fahre ich am TF&D-Gebäude vorbei. Ich werde Ihnen etwas verraten: Die Behörden von Tijuana haben sich bereits bei mir erkundigt, ob ich wüßte, woher diese gottverdammten Karren stammen. Ich sagte ihnen, daß ich keine Ahnung hätte ... aber Gott helfe mir, wenn wir heute nacht nicht alle eins werden mit dem Tao, dann werde ich ..."

„Na schön“, seufzte Himmel. „Ich kaufe Ihnen eine Kapsel ab.“ Er griff nach seiner Brieftasche und sagte sich, daß das Ganze glatte Geldverschwendung war. Der Abend würde sicherlich mit einer Enttäuschung enden.

Er wußte nicht, daß er sich nicht ärger hätte irren können.

Gino Molinari, der Oberbefehlshaber der Erde in diesem Krieg gegen die Riegs, trug wie gewöhnlich eine Khakiuniform, an deren Brust nur ein einziger Orden prangte, das Goldene Kreuz Erster Klasse, das ihm vor fünfzehn Jahren von der UNO-Generalversammlung verliehen worden war. Molinari bedurfte, wie Dr. Eric Sweetscent feststellte, dringend einer Rasur; Bartstoppeln bedeckten seine untere Gesichtshälfte und erinnerten an einen schmutzigen, rußigen Fleck, der die Poren zu verstopfen schien.

Dieser Mann sieht schrecklich aus, dachte Eric.

Molinar hob weder den Kopf, noch veränderte sich sein dumpfer Gesichtsaudruck, als Virgils Begleiter nacheinander das Zimmer betraten, ihn anstarrten und entsetzt aufkeuchten. Zweifellos war er ein kranker, verbrauchter Mann; und wie sich erweisen sollte, war der erste Eindruck vollkommen richtig.

Zu Erics Überraschung sah der Maulwurf in natura genauso aus wie kürzlich im Fernsehen; klein, schwächlich, machtlos. Obwohl es unmöglich schien, war es so, und trotzdem *besaß* er noch immer die Macht. Im rechtlichen Sinne hatte er seine Machtposition erhalten, war niemandem unterworfen – zumindest niemandem hier auf der Erde. Und Eric erkannte plötzlich, daß Molinari nicht beabsichtigte abzutreten – trotz seiner schlechten psychophysischen Verfassung. Vielleicht lag es an dem Anblick seiner verfallenen Gestalt, doch Eric zweifelte nicht daran, daß sich Molinari bewußt in dieser Art und Weise einer Gruppe weniger einflußreicher Persönlichkeiten stellte. Der Maulwurf blieb, was er war, verweigerte jede Pose, lehnte es ab, den kämpferischen Helden zu spielen. Entweder war er schon zu weit gegangen, um sich darüber Sorgen zu machen, dachte Eric, oder es standen zuviel und wichtigere Dinge auf dem Spiel, als daß er seine nachlassenden Kräfte damit verschwenden wollte, andere Menschen zu beeindrucken – vor allem, wenn es Menschen seines eigenen Planeten waren. Für den Maulwurf spielte das keine Rolle mehr.

So oder so.

Virgil Ackerman flüsterte Eric zu: „Sie sind Arzt. Also fragen Sie ihn, ob er ärztliche Hilfe benötigt." Er schien ebenfalls besorgt zu sein.

Eric sah Virgil an. Deshalb mußte ich mitkommen, dachte er. Es war von vornherein beabsichtigt, daß ich Molinari hier treffen sollte, und alles andere, die Ackermans, die uns begleitet haben – Tarnung. Um die Sternmenschen zu täuschen. Jetzt verstehe ich; ich verstehe, um was es geht und was man von mir verlangt. Ich weiß, wen ich behandeln muß; das also ist der Mann, dem in Zukunft mein Geschick und mein Können zur Verfügung stehen werden – zur Verfügung stehen *müssen*.

Er beugte sich nach vorn und begann unsicher: „Herr Generalsekretär ..." Seine Stimme schwankte. Aber es war keine Ehrfurcht, die ihn verstummen ließ – der zurückgelehnt dasitzende Mann löste *dieses* Gefühl sicherlich nicht in ihm aus –, sondern Unwissenheit; er wußte einfach nicht, was er zu einem Mann sagen sollte, der ein so wichtiges Amt innehatte. „Ich bin Allgemeinmediziner", fuhr er schließlich fort und erkannte erst danach, wie nichtssagend diese Bemerkung war. „Außerdem arbeite ich als Transplantchirurg." Er schwieg, aber er erhielt keine Antwort. „Während Sie sich hier im 35er Wash ..."

Mit einem Mal hob Molinari den Kopf; seine Augen wurden klar. Er musterte Eric Sweetscent, und plötzlich, ganz unerwartet, erklang seine vertraute, leise Stimme. „Zum Teufel damit, Doktor. Mir geht es gut." Er lächelte; es war ein kurzes, aber natürliches, menschliches Lächeln, das Verständnis für Erics ungeschickte, angestrengte Bemühungen verriet. „Amüsieren Sie sich! Genießen Sie das Leben im Stil von 1935! Galt damals nicht die Prohibition? Nein, ich glaube, die lag schon einige Jahre zurück. Wie wär's mit einer Pepsi-Cola?"

„Ich wollte gerade einen Himbeer-Shake probieren", erklärte Eric, der allmählich seine Fassung zurückgewann; sein Herzschlag normalisierte sich langsam.

„Der alte Virgil hat sich ja hier eine hübsche Anlage errichten lassen", fuhr Molinari im jovialen Tonfall fort. „Ich habe die Erlaubnis bekommen, mich ein wenig umzusehen. An sich sollte ich das ganze dösige Babyland verstaatlichen; zuviel privates Kapital ist hier investiert worden, das besser unseren Kriegsvorbereitungen zugute kommen sollte." Er sprach nur halb im Scherz; offenbar bedrückte ihn die Umgebung. Molinari führte, wie allen Bürgern der Erde bekannt war, ein asketisches Leben, obwohl er sich hin und wieder genußvollen Ausschweifungen hingab, die jedoch kaum bekannt waren. In der letzten Zeit allerdings, hieß es, wurden seine Saufgelage immer seltener.

„Dieser Bursche dort ist Dr. Eric Sweetscent“, sagte Virgil. „Der bestverdienende Transplantchirurg der Erde, wie Sie vermutlich schon den Akten des Oberkommandos entnommen haben; in den letzten zehn Jahren hat er mir fünfundzwanzig – oder waren es sechsundzwanzig? – verschiedene Kunstorgane eingepflanzt, für die ich teures Geld bezahlt habe. Jeden Monat streicht er einen fetten Batzen ein. Obwohl seine geliebte Frau noch mehr verdient als er.“ Er grinste Eric an, und sein knochiges, langes Gesicht strahlte väterliche Wärme aus.

Nach einem Moment des Schweigens wandte sich Eric an Molinari und raunte ihm zu: „Ich warte nur auf den Tag, an dem ich Virgil ein neues Gehirn transplantieren kann.“ Der ärgerliche Klang seiner Stimme überraschte ihn selbst; vermutlich hatte ihn die Erwähnung Kathys so gereizt. „Ich habe schon mehrere Gehirne bereitliegen. Eines davon ist ziemlich bescheuert.“

„Ich war die letzten Monate sehr beschäftigt“, murmelte Molinari zusammenhanglos. „Mußte zu viele Gesetze vorbereiten, zu viele Reden halten ... Es ist ein bescheuerter Krieg, nicht wahr, Doktor?“ Seine großen, dunklen, schmerzerfüllten Augen richteten sich auf Eric, und Eric bemerkte etwas, das ihm bisher noch nicht aufgefallen war. Eine Kraft ging von Molinari aus, die weder normal noch menschlich war. Und es war ein physiologisches Phänomen, eine Schnelligkeit der Reflexe, die sicherlich auf einer einzigartigen und überdurchschnittlichen Entwicklung des Nervensystems beruhte. Der Blick des Maulwurfs übertraf mit seiner Autorität und Klugheit sowie seiner Macht alles, was gewöhnlichen Menschen gegeben war, und Eric wurde der Unterschied zwischen dem Maulwurf und ihnen allen bewußt. Sein Wahrnehmungsvermögen, seine Sicht der Realität war so hochentwickelt, daß diesem Mann nichts entging und er auch nichts vergaß, was jemals seinen Lebensweg gekreuzt hatte. Und darüber hinaus beinhaltete diese ungeheure visuelle Überlegenheit den Aspekt der *Vorsicht*, das Bewußtsein drohenden *Leids*.

Diese Fähigkeit hielt den Maulwurf am Leben.

Und dann wurde Eric etwas bewußt, etwas, das ihm während all der erschöpfenden, schrecklichen Kriegsjahre niemals in den Sinn gekommen war.

Der Maulwurf wäre in jedem Zeitalter, in jedem Gesellschaftssystem ihr Führer geworden. Und auch – überall sonst.

„Jeder Krieg“, erklärte Eric mit äußerster Behutsamkeit und größtmöglichem Takt, „ist ein schwerer Krieg für jene, die in ihn verwickelt sind, Generalsekretär.“ Er verstummte, dachte kurz nach und fügte dann hinzu: „Sobald man an ihm teilnimmt, versteht man es. Es ist das Risiko, das ein Planet, ein Volk eingeht, wenn es freiwillig an einem ernsten und uralten Konflikt teilnimmt, der schon seit langer Zeit zwischen zwei anderen Völkern besteht.“

Stille trat ein; wortlos starrte ihn Molinari an.

„Und die Sternmenschen“, erklärte Eric, „sind von unserem Blut. Wir sind genetisch mit ihnen verwandt, nicht wahr?“

Nur Schweigen antwortete ihm, eine wortlose Leere, die niemand auszufüllen wagte. Schließlich begann Molinari nachdenklich zu furzen.

„Erzählen Sie Eric von Ihren Magenschmerzen“, forderte Virgil Molinari auf.

„Von meinen Schmerzen ...“, echote Molinari und verzog das Gesicht.

„Der Sinn unseres Zusammentreffens ...“ begann Virgil.

„Schon gut“, knurrte Molinari mürrisch und bewegte seinen mächtigen Schädel hin und her. „Ich weiß. Und Sie wissen es auch. *Genau das* ist der Zweck.“

„So sicher, wie ich weiß, daß es Steuern und Gewerkschaften gibt, so sicher weiß ich auch, daß Dr. Sweetscent Ihnen helfen kann, Generalsekretär“, fuhr Virgil fort. „Wir werden verschwinden und uns in die anderen Räume begeben, damit Sie beide sich ungestört unterhalten können.“ Mit ungewöhnlicher Bedachtsamkeit wandte er sich ab, und nacheinander strömten die anderen Mitglieder des Familienclans und die Angestellten der Firma aus dem Zimmer und ließen Eric Sweetscent mit dem Generalsekretär allein.

Nach einer Weile straffte sich Eric. „In Ordnung, Sir; erzählen Sie mir von Ihren Magenverstimmungen, Herr Generalsekretär.“ Ein kranker Mensch war ein kranker Mensch, gleichgültig, wieviel Macht er besaß, und Eric ließ sich auf dem Lehnstuhl nieder, der vor Molinari stand, und wartete.

4

Als Bruce Himmel an diesem Abend die altersschwache Holztreppe hinaufstolperte, die zu Chris Plouts Konap führte, einem verwahrlosten Gebäude im heruntergekommenen mexikanischen Stadtviertel vom Tijuana, ertönte hinter ihm in der Dunkelheit eine weibliche Stimme. „Hallo, Brucie. Wie es scheint, wird das heute eine richtige TF&D-Nacht werden; Simon Ild ist ebenfalls hier."

Die Frau glitt an seine Seite. Es war die erotiksprühende, scharfzüngige Katherine Sweetscent; er hatte sie vorher schon mehrmals bei Plout angetroffen, und deshalb überraschte es ihn nicht sehr, sie auch heute hier zu sehen. Mrs. Sweetscent trug eine irgendwie veränderte Ausgabe jenes Kostüms, das sie auch bei der Arbeit anzog; aber auch das versetzte ihn kaum in Erstaunen. Von der Hüfte aufwärts war sie nackt, natürlich abgesehen von ihren Brustwarzen, die zwar nicht im eigentlichen Sinne bedeckt, sondern eher mit einer Schicht aus lebender Materie überzogen waren, einer marsianischen Lebensform namens Fühlstoff, die jeder Warze ein eigenständiges Bewußtsein zu verleihen schien. Und so reagierten beide Brustwarzen mit aufgeregten Bewegungen auf alles, was sich in der Nähe abspielte.

Himmel war wie gebannt von ihrem Anblick.

Hinter Kathy Sweetscent wurde Simon Ild sichtbar; in dem Zwielicht wirkte sein Gesicht eigentümlich leer – kein großer Unterschied zu seinem sonstigen dumpfen, pickeligen, ungebildeten Mienenspiel. Alles in allem ein Mann, dem Himmel lieber nicht begegnet wäre, erinnerte er ihn doch unangenehm an ein schlechtes Abziehbild seiner selbst. Und es gab wenige Dinge, die Himmel mehr störten.

Der vierte Gast, der sich in dem unbeheizten, niedrigen Wohnzimmer von Chris Plouts unordentlichem, nach abgestandenem Essen riechenden Konap eingefunden hatte, war ein Mann, den Himmel sofort erkannte – den er erkannte und unverhohlen anstarrte, war er ihm doch wohlvertraut von den Fotos auf den Umschlägen diverser Bücher. Bleich, bebrillt, mit langen, sorgfältig gekämmten Haaren, bekleidet mit teuren, geschmackvollen Kreationen der Fabriken auf Io und auf den ersten Blick ein wenig kränkelnd wirkend, stand vor ihm der bekannteste Taoist San Franciscos, Marm Hastings, ein schlanker, aber überaus stattlicher Mann Mitte Vierzig, der, wie Himmel wußte, durch seine vielen Bücher über fernöstliche Mystik außerordentlich wohlhabend geworden war. Warum befand sich Hastings hier? Offensichtlich, um JJ-180 zu probieren; Hastings war berüchtigt dafür, jede halluzinogene Droge zu testen, ob sie nun legal war oder nicht. Für Hastings bedeutete dies immer eine religiöse Handlung.

Aber soweit Himmel bekannt war, befand sich Marm Hastings heute zum erstenmal in Chris Plouts Tijuana Konap. Inwieweit ließen sich dadurch Rückschlüsse auf JJ-180 ziehen? Er nahm in einer Ecke Platz und blickte sich um. Hastings war damit beschäftigt, Plouts Bücher über Drogen und Religion durchzusehen; an allen anderen Werken schien er nicht interessiert zu sein und war sich offenbar auch nicht ihrer Gegenwart bewußt. Wie gewöhnlich hatte sich Simon Ild auf dem Teppich zusammengekauert und setzte eine Marihuana-Zigarette in Brand; geistesabwesend rauchte er und wartete auf Chris' Erscheinen. Und Kathy Sweetscent kniete nieder, schlug reflexartig auf ihre Sprunggelenke, wie eine Fliege, die sich putzte, und brachte ihren schlanken, muskulösen Körper in einen Zustand der Konzentration.

Ihre körperliche Ausstrahlung irritierte ihn; Himmel wandte den Blick ab. Es störte die spirituelle Betonung dieses Abends. Aber niemand war in der Lage, Mrs. Sweetscent darauf aufmerksam zu machen; sie befand sich jetzt in einem nahezu autistischen Zustand.

Dann erschien Chris Plout. Barfüßig, bekleidet mit einem roten Morgenmantel, verließ er die Küche und äugte hinter seiner Sonnenbrille hervor, um sich zu überzeugen, daß alle bereit waren. „Marm", murmelte er, „Kathy, Bruce, Simon und ich, Christian. Wir sind vollzählig. Und auf uns fünf wartet ein Abenteuer, eine Reise ins Unerforschte, die ermöglicht wird durch eine neue Substanz, die kürzlich mit einem Bananenfrachter aus Tampico eingetroffen ist ... Hier!" Er öffnete die Hand. Fünf Kapseln wurden sichtbar. „Jeder von uns erhält eine – Kathy, Bruce, Simon, Marm und ich; es ist die erste Reise durch das Bewußtsein, die wir gemeinsam unternehmen. Werden wir alle zurückkehren? Und wird es uns verändern, wie Bottom es ausdrückt?"

In Wirklichkeit hat Peter Quince dies gesagt, dachte Himmel.

Laut erklärte er: „‚Bottom, du hast dich verändert.'"

„Bitte?" fragte Chris Plout stirnrunzelnd.

„Ich habe nur zitiert“, murmelte Himmel.

„Komm schon,Chris“, rief Kathy Sweetscent ungeduldig. „Her mit den Trips, damit es losgeht.“ Sie nahm einer der Kapseln von seiner Handfläche. „Ab die Post“, erklärte sie. „Und ohne Wasser.“

Marm Hastings' Stimme besaß einen leicht britischen Akzent, als er leise sagte: „Ich frage mich, ob es nicht einen Unterschied macht, wenn man die Droge ohne Wasser zu sich nimmt.“ Seine Augen bewegten sich nicht, als er die Frau betrachtete, doch der leise Ruck, der durch seinen Körper ging, verriet ihn. Himmel war empört; diente denn ihre Zusammenkunft nicht dazu, sie von den Fesseln des Fleisches zu befreien?

„Es spielt keine Rolle“, versicherte Kathy. „Nichts spielt eine Rolle, wenn man den Durchbruch zur absoluten Realität schafft; warten Sie nur ab.“ Dann schluckte sie und hustete kurz. Die Kapsel war verschwunden.

Himmel nahm seine Dosis ebenfalls. Die anderen folgten.

„Wenn uns die Polizei des Maulwurfs erwischt“, brummte Simon, ohne jemanden direkt anzusprechen, „steckt man uns alle in die Armee und schickt uns an die Front.“

„Oder wir kommen in ein Arbeitslager auf dem Lilistern“, fügte Himmel hinzu. Jeder war von Spannung erfüllt und wartete darauf, daß die Droge zu wirken begann; so war es immer in diesen kurzen Sekunden, bevor man auf die Reise ging. „Zur Ehre des guten alten Freneksy. Bottom, du hast dich in Freneksy verwandelt.“ Er kicherte unsicher. Katherine Sweetscent starrte ihn an.

„Miss“, meldete sich Marm Hastings mit ruhiger Stimme zu Wort, „ich frage mich, ob wir uns nicht schon begegnet sind; Sie kommen mir bekannt vor. Waren Sie schon einmal in Frisco? Ich besitze in den Bergen von West Marin, dicht am Meer, ein Studio und ein Haus ... ich halte dort oft Seminare ab. Natürlich verkehren dort ein Haufen Leute, aber an Sie würde ich mich erinnern. Gewiß.“

„Mein verdammter Mann“, erklärte Katherine Sweetscent, „würde nicht zulassen, daß ich Sie besuchen komme. Ich bin finanziell unabhängig – und sogar mehr als das –, und trotzdem muß ich mich mit seinem Gemecker und Gequake herumärgern, wenn ich etwas allein unternehmen will.“ Und sie fügte hinzu: „Ich bin Antiquitäten-Spezialistin, aber das alte Zeug wird allmählich langweilig. An sich würde ich gerne ...“

„Sagen Sie", schnitt Marm Hastings ihr das Wort ab und sah Chris Plout an, „woher stammt dieses JJ-180 eigentlich? Ich meine, Sie sagten aus Deutschland. Aber sehen Sie, ich habe zu vielen deutschen pharmazeutischen Forschungsinstituten gute Verbindungen, zu den staatlichen Einrichtungen wie zu den privaten, und soweit ich mich erinnern kann, hat keines der Institute ihren Entwicklungen Namen wie JJ-180 verliehen." Er lächelte, aber es war ein kurzes, listiges Lächeln, das eine Antwort verlangte.

Chris zuckte die Achseln. „Ich hab's unter dieser Bezeichnung bekommen, Hastings. Mehr kann ich nicht sagen." Er wirkte nicht verärgert; wie die anderen wußte er, daß unter diesen Umständen von ihm keine Rechtfertigung verlangt werden konnte.

„Dann stammt das Zeug nicht wirklich aus Deutschland", stellte Hastings mit einem leichten Nicken fest. „Ich verstehe. Könnte dieses JJ-180 oder Frohedadrin, wie man es auch bezeichnet ... *ist es möglicherweise extraterrestrischen Ursprungs?*"

Chris zögerte. „Ich hab keinen blassen Schimmer, Hastings", sagte er dann. „Wirklich nicht."

„Nun", fuhr Hastings fort, und seine Stimme klang ernst und gefaßt, „es hat schon mehrmals Fälle gegeben, wo illegale extraterrestrische Drogen eingeführt wurden. Sie waren nicht besonders interessant. Meist wurden sie aus marsianischen Pflanzen gewonnen oder aus den Flechten von Ganymed. Ich nehme an, Sie haben davon gehört. Wie es scheint, sind Sie alle gut über dieses Thema informiert, und das ist vollkommen richtig. Oder zumindest ..." Sein Lächeln wurde breiter, doch seine Augen hinter den randlosen Brillengläsern waren kalt. „Oder zumindest scheinen Sie mit der Herkunft dieses JJ-180 zufrieden zu sein, für das Sie diesem Mann fünfzig US-Dollar gezahlt haben."

„Ich bin zufrieden", versicherte Simon Ild auf seine hohlköpfige Art. „Auf jeden Fall ist es jetzt zu spät; wir haben Chris das Geld gegeben, und wir haben alle die Kapseln genommen."

„Das stimmt", nickte Hastings verständnisvoll. Er nahm auf einem von Chris' wackligen billigen Stühlen Platz. „Spürt jemand bereits eine Veränderung? Bitte melden Sie sich, sobald die Wirkung einsetzt." Er blickte Katherine Sweetscent an. „Ihre Brustwarzen scheinen mich zu beobachten, oder bilde ich mir das nur ein? Jedenfalls ist dies ein entschieden unangenehmes Gefühl."

„Um ehrlich zu sein", sagte Chris Plout gedehnt, „spüre ich schon etwas, Hastings." Er fuhr mit der Zunge über seine Lippen, versuchte, sie zu befeuchten. „Entschuldigen Sie. Ich ... offen gesagt, ich bin allein hier im Raum. Von Ihnen ist keiner mehr zu sehen."

Marm Hastings beobachtete ihn.

„Ja", fuhr Chris fort. „Ich bin in meinem Konap allein. Sie existieren nicht mehr. Aber die Bücher und die Stühle ... alles andere ist noch vorhanden. Also, mit wem rede ich eigentlich? Sagte da jemand etwas?" Er blickte sich um, aber es war deutlich, daß er keinen von ihnen sehen konnte.

„Meine Brustwarzen beobachten weder Sie noch irgend jemand anders", wurde Hastings von Kathy Sweetscent versichert.

„Ich kann Sie nicht mehr hören", stieß Chris panikerfüllt hervor. „Antworten Sie!"

„Wir sind hier", erklärte Simon Ild und kicherte.

„Bitte", sagte Chris, und seine Stimme klang flehentlich.

„Sagen Sie etwas; ich sehe nur Schatten. Alles ... alles ist leblos. Nur die toten Gegenstände sind geblieben. Und es fängt erst an – ich fürchte mich vor dem, was noch kommen wird, aber ich kann nichts dagegen unternehmen."

Marm Hastings legte Chris Plout seine Hand auf die Schulter.

Und die Hand glitt durch ihn hindurch.

„Nun", bemerkte Kathy Sweetscent mit leiser, humorloser Stimme, „das Zeug scheint doch seine fünfzig Dollar wert zu sein." Sie stand auf und näherte sich Chris.

„Versuchen Sie es nicht", bat Hastings sanft.

„Doch", erklärte sie. Und ging durch Chris Plout hindurch. Aber sie erschien nicht auf der anderen Seite. Sie war verschwunden; nur Plout war noch da, und er flehte noch immer um Antwort, tastete mit den Händen nach seinen Gästen, die er nicht mehr sehen konnte.

Isolation, dachte Bruce Himmel. Wir sind voneinander abgeschnitten. Schrecklich. Aber – es geht vorbei. *Oder nicht?*

Er wußte es nicht. Und bei ihm hatte die Wirkung noch nicht einmal eingesetzt.

„Diese Schmerzen", krächzte UNO-Generalsekretär Gino Molinari, „peinigen mich meistens in der Nacht." Er lag auf der großen, roten, handgearbeiteten Couch im Wohnzimmer von Virgil Ackermans 35er Wash-Apartment. Seine Augen hatte er geschlossen; das breite, fleischige Gesicht wirkte eingefallen, und die stoppeligen Wangen zitterten, während er sprach. „Ich bin schon untersucht worden; Dr. Teagarden ist mein Leibarzt. Er hat unzählige Tests vorgenommen, vor allem im Hinblick auf bösartige Geschwülste."

Es klingt, als hätte er das auswendig gelernt, dachte Eric. Seine Wortwahl wirkt fremd. Diese Sätze hat er schon tausendmal zu tausend verschiedenen Ärzten gesagt. Und – er leidet trotzdem.

„Es gibt keine Geschwülste", fuhr Molinari fort. „Rein medizinisch gesehen bestehen da keine Zweifel, wie mir von kompetenter ärztlicher Seite versichert wurde." Mit seinen Worten, erkannte Eric plötzlich, verspottete er die übliche pompöse Ausdrucksweise der Mediziner. Der Maulwurf schien allen Ärzten feindselig gegenüberzustehen, da es ihnen nicht gelungen war, ihm zu helfen. „Gewöhnlich lautet die Diagnose auf akute Gastritis. Oder man stellt eine krampfartige Verengung des Magenausgangs fest. Oder gar eine hysterische Spätreaktion auf die Geburtswehen, die meine Frau vor drei Jahren ertragen mußte." Halb zu sich selbst fügte er hinzu: „Kurz vor ihrem Tod."

„Was essen Sie für gewöhnlich?" wollte Eric wissen.

Mühsam öffnete der Maulwurf die Augen. „Was ich esse? Ich esse nicht, Doktor. Absolut nichts. Die Luft ernährt mich; haben Sie das nicht gewußt? Ich brauche keine Speisen zu mir zu nehmen wie die gewöhnlichen Sterblichen. Ich bin anders." Seine Stimme klang eindringlich und sogar leicht verbittert.

„Belastet Sie das?" fragte Eric.

Der Maulwurf starrte ihn an. „Sie glauben, daß mein Leiden psychosomatischer Natur ist – nach dieser altmodischen Pseudowissenschaft, die es darauf anlegt, die Menschen moralisch verantwortlich für ihre Krankheiten zu machen?" Er spuckte wütend aus; sein Gesicht verzerrte sich, und unvermittelt war seine Haut nicht mehr schlaff und wabbelig, sondern straff gespannt, als ob sie von innen heraus aufgeblasen würde. „Ich rede mir das alles nur ein, um mich der Verantwortung meines Amtes zu entziehen, eh? Hören Sie, Doktor, ich trage noch immer die Verantwortung – daran ändern auch die Schmerzen nichts. Halten Sie mich deshalb für neurotisch?"

„Nein", erklärte Eric. „Aber wie dem auch sei, ich bin nicht qualifiziert, psychosomatische Leiden zu kurieren; Sie müßten sich an ..."

„Da war ich schon", unterbracht ihn der Maulwurf. Mit einem Satz war er auf den Beinen, stand schwankend da und blickte Eric ins Gesicht. „Holen Sie Virgil zurück; es ist sinnlos, daß Sie weitere Zeit damit verschwenden, mich zu untersuchen. Ganz abgesehen davon lehne ich es ab, untersucht zu werden. Es gefällt mir einfach nicht." Unsicher näherte er sich der Tür und zog dabei seine rutschende Khakihose hoch.

„Generalsekretär, Sie wissen, daß man Ihnen jederzeit Ihren Magen entfernen und ein Transplantat einpflanzen kann", rief Eric ihm nach. „Die Operation ist einfach und fast immer erfolgreich. Ohne ein Studium Ihrer Fallgeschichte sollte ich das an sich nicht sagen, aber vielleicht *muß* ihr Magen in den nächsten Tagen ausgewechselt werden. Risiko hin, Risiko her." Er war überzeugt, daß Molinari die Operation überleben würde; offensichtlich war seine Furcht phobischen Ursprungs.

„Nein", erklärte Molinari entschlossen. „Ich werde es nicht zulassen; es ist meine Entscheidung. Statt dessen kann ich auch sterben."

Eric starrte ihn an.

„Gewiß", nickte Molinari. „Auch wenn ich der Generalsekretär der UNO bin. Ist Ihnen denn niemals der Gedanke gekommen, daß ich vielleicht sterben möchte, daß diese Schmerzen, diese körperliche – oder psychosomatische – Erkrankung einen Ausweg für mich darstellt? Ich möchte nicht mehr weitermachen. Oder? Wer weiß? Welchen Unterschied macht das schon? Ach, zum Teufel damit!" Er riß die Tür auf. „Virgil", brüllte er mit einer überraschend kräftigen Stimme. „Es wird Zeit, daß die Party steigt." Über die Schulter hinweg knurrte er: „Wußten Sie eigentlich, Doktor, daß hier eine Party stattfindet? Ich wette, der Alte hat Ihnen gesagt, daß eine Konferenz zur Lösung der militärischen, politischen und ökonomischen Probleme der Erde geplant ist. Und das alles in einer halben Stunde." Er grinste und entblößte seine großen, weißen Zähne.

„Ehrlich gesagt", erwiderte Eric, „bin ich froh, daß wir statt dessen eine Party feiern." Die Zusammenkunft mit Molinari war für ihn genauso schwierig gewesen wie für den Generalsekretär. Und dennoch – er war überzeugt, daß Virgil Ackerman mit dem Verlauf ihres Gesprächs nicht zufrieden sein würde. Virgil wollte dem Maulwurf helfen; ihm ging es darum, ihn von seiner Krankheit zu befreien, und das aus einem guten Grund.

Molinaris Tod würde gleichzeitig auch Virgils Ende bedeuten und ihm die Kontrolle über TF&D nehmen. Zweifellos war die Verwaltung der irdischen Industriekomplexe für Freneksy von größter Wichtigkeit, und wahrscheinlich standen seine Agenten schon bereit, die Firma zu übernehmen.

Virgil Ackerman war ein gewitzter Geschäftsmann.

„Wie“, fragte Molinari unvermittelt, „werden Sie eigentlich von dem alten Knacker bezahlt?“

„Oh, s-sehr gut“, erklärte Eric überrascht.

Molinari musterte ihn. „Er hat mir von Ihnen erzählt. Vor unserer Zusammenkunft. Schwärmte davon, wie gut Sie sind. Daß er es Ihnen zu verdanken hat, noch am Leben zu sein, obwohl er an sich schon längst unter der Erde liegen müßte, und das ganze Zeug.“ Sie lächelten beide. „Was möchten Sie trinken, Doktor? Was mich betrifft, ich mag alles.“

„Bourbon“, sagte Eric.

Die Tür öffnete sich. Ein Mann kam herein. Er besaß ein grimmiges Gesicht, und Eric vermutete, daß es sich bei ihm um einen der Sicherheitsbeamten des Maulwurfs handelte.

„Das ist Tom Johannson“, wandte sich der Maulwurf an Eric. „Er sorgt für *mein* Wohlergehen und ist in gewisser Hinsicht mein Dr. Eric Sweetscent. Nur daß er dazu seine Pistole benutzt. Zeigen Sie dem Doktor Ihre Waffe, Tom; zeigen Sie ihm, daß Sie jeden zu jeder Zeit und aus jeder Entfernung umlegen können. Knallen Sie Virgil ab, wenn er hereinkommt, feuern Sie ihm direkt in sein armseliges Herz. Dann kann der Doktor ihm ein neues Herz einpflanzen. Wie lange werden Sie dafür brauchen, Doktor? Zehn oder fünfzehn Minuten?“ Der Maulwurf lachte laut. Und dann drehte er sich zu Johannson herum. „Schließen Sie die Tür.“

Sein Leibwächter gehorchte; der Maulwurf blickte Eric Sweetscent offen ins Gesicht.

„Hören Sie Doktor. Ich möchte Ihnen eine Frage stellen. Angenommen, Sie setzen mir ein Transplantat ein, entfernen meinen alten Magen und tauschen ihn gegen einen neuen aus, und irgend etwas geht dabei schief. Wird es weh tun? Darum geht es mir. Ich meine, wären Sie dazu in der Lage?“ Er musterte Erics Mienenspiel. „Sie verstehen mich, nicht wahr? Ja, Sie verstehen mich.“ Hinter ihm, neben der geschlossenen Tür, stand der Leibwächter reglos da und verhinderte, daß jemand hereinkam und ihr Gespräch hörte. Was Molinari zu sagen hatte, war nur für Eric bestimmt.

„Warum?“ fragte Eric nach einer Weile. Warum benutzte er nicht einfach Johannsons Laserpistole? Wenn es ihm darum ging ...

„Ich weiß es nicht, wirklich nicht“, erklärte der Maulwurf. „Aus keinem bestimmten Grund. Möglicherweise wegen des Todes meiner Frau. Oder wegen der Verantwortung, die ich tragen muß ... und die ich nicht so einfach abwälzen kann, wie viele Menschen meinen. Obwohl ich da anderer Ansicht bin; ich glaube, es gelingt mir. Aber sie verstehen nicht alle Faktoren dieser Situation." Dann fügte er hinzu: „Und ich bin müde."

„Es ... wäre möglich", sagte Eric aufrichtig.

„Und *Sie* könnten es tun?" Molinaris Augen funkelten, sahen ihn abschätzend an.

„Ja, ich könnte es tun." Persönlich besaß er ein seltsames Verhältnis zum Selbstmord. Trotz seines Kodex, jener ethischen Verpflichtung, die jeder Mediziner eingegangen war, glaubte er – und dieser Glaube beruhte auf bestimmten Erfahrungen, die er selbst gemacht hatte –, daß ein Mensch das Recht besaß zu sterben, wenn er sterben wollte. Diese Überzeugung war keine Folge sorgfältiger rationaler Überlegung; er hatte sich nicht einmal bemüht, sie verstandesmäßig zu rechtfertigen. Ihm schien es einfach selbstverständlich zu sein. Es gab keinen Beweis, daß das Leben an sich ein Segen war. Vielleicht waren einige der Menschen dieser Ansicht, aber offensichtlich nicht alle. Für Gino Molinari war das Leben ein Alptraum. Der Mann war krank, von Schuldgefühlen geplagt, und er stöhnte unter der Last einer ungeheuren, hoffnungslosen Aufgabe. Er besaß weder das Vertrauen seines eigenen Volkes, noch genoß er den Respekt oder die Wertschätzung der Bevölkerung des Lilisterns. Und dann gab es noch persönliche Gesichtspunkte, die Erfahrungen seines eigenen Lebens, der plötzliche, unerwartete Tod seiner Frau, die Schmerzen, die ihn plagten ... Aber wahrscheinlich, begriff Eric plötzlich, gab es noch andere Gründe. Gründe, die nur der Maulwurf kannte. Entscheidende Gründe, die er nicht verriet.

„*Würden* Sie es auch tun?" fragte Molinari.

Nach einer langen, sehr langen Pause antwortete Eric: „Ja. Es wäre eine Vereinbarung zwischen uns beiden. Sie würden darum bitten, und ich würde Ihnen diesen Wunsch erfüllen. Eine Sache, die nur Sie und mich betrifft."

„Ja." Der Maulwurf nickte, und sein Gesichtsausdruck verriet Erleichterung; er schien sich ein wenig zu entspannen, ruhiger zu werden. „Ich verstehe jetzt, warum Virgil Sie empfohlen hat."

„Vor nicht allzu langer Zeit", murmelte Eric, „stand ich selbst kurz davor, meinem Leben ein Ende zu machen."

Der Maulwurf fuhr zusammen; er starrte Eric Sweetscent mit einem durchdringenden Blick an, der die tiefsten, stillsten Winkel seiner Seele erreichte. „Wirklich?" fragte der Maulwurf.

„Ja.“ Er nickte. Und deshalb verstehe ich dich, dachte er, deshalb weiß ich, was in dir vorgeht, auch wenn ich deine Gründe nicht genau kenne.

„Aber ich“, erklärte der Maulwurf, „möchte die Gründe kennen.“ Eric war wie gelähmt. Konnte Molinari Gedanken lesen? Er war nicht in der Lage, dem Blick der durchdringenden Augen auszuweichen, und er begriff, daß der Maulwurf keine parapsychologischen Fähigkeiten besaß; es mußte etwas Schnelleres, Stärkeres als Telepathie sein.

Der Maulwurf reichte ihm die Hand; reflexartig ergriff Eric sie. Und sobald er sie berührt hatte, ließ der Maulwurf seine Hand nicht mehr los, sondern verstärkte den Druck, so daß Schmerz in Erics Arm aufwallte. Der Maulwurf versuchte, ihn zu verstehen, versuchte – wie Phyllis Ackerman vor nicht allzu langer Zeit – alles zu erfahren, was über ihn zu erfahren war. Aber der Maulwurf stellte keine glatten, platten Vermutungen auf; dem Maulwurf ging es um die Wahrheit – die Wahrheit, wie Eric Sweetscent sie sah. Ihm blieb keine Wahl; er mußte dem Maulwurf alles verraten.

In Wirklichkeit war die Ursache nur geringfügig gewesen. Wenn man davon erzählte – und er war nie so närrisch gewesen, es irgend jemandem zu erzählen, nicht einmal seinem professionellen Gehirnklempner –, wäre es absurd erschienen, hätte ihn in den Augen der anderen, und zu Recht, als Idiot dastehen lassen. Oder, noch schlimmer, als seelisch gestört.

Es war ein Zwischenfall gewesen, der nur ihn und ...

„Ihre Frau“, stellte der Maulwurf fest, während er ihn unverwandt ansah. Und noch immer seine Hand umklammerte.

„Ja.“ Eric nickte. „Meine Videobänder ... über Jonathan Winters, den großen Komiker des zwanzigsten Jahrhunderts.“

Seine berühmte Sammlung hatte ihm einen Vorwand geliefert, Kathy Lingrom einzuladen. Sie hatte den Wunsch geäußert, sie sich anzusehen, und ihn in sein Konap begleitet.

„Und“, stellte der Maulwurf fest, „sie hat den tieferen psychologischen Grund erkannt, der Sie dazu trieb, diese Bänder zu sammeln. Etwas ‚Bedeutungsvolles‘ über Ihre Persönlichkeit.“

„Ja.“ Eric nickte bedrückt.

Nachdem Kathy zusammengekauert die Nacht über in seinem Wohnzimmer dagehockt hatte, langbeinig und weich wie eine Katze, die bloßen Brüste nach der neuesten Mode schwach grün gefärbt, gebannt auf den Bildschirm starrend und lachend – wer würde dabei nicht lachen? –, hatte sie nachdenklich erklärt: „Weißt du, Winters' Talent, sich in eine Rolle hineinzuversetzen – das hat ihn berühmt gemacht. Und sobald er diese Rolle spielte, verschmolz er mit ihr; er schien wirklich eins mit ihr zu sein."

„Ist das schlecht?" hatte Eric gefragt.

„Nein. Aber es verrät mir, warum Winters dir so sehr gefällt." Kathy berührte leicht ihr kaltes, beschlagenes Glas, senkte ihre langen Wimpern. „Aber da ist dieser Teil in ihm, der sich nicht durch die Rolle verdrängen läßt. Es bedeutet, daß du das Leben ablehnst, genau wie die Rolle, die du spielst – die Rolle des Transplantchirurgen. Irgendein kindlicher, unbewußter Teil deines Ichs lehnt die Gesellschaft anderer Menschen ab."

„Nun, ist *das* denn schlecht?" Er hatte versucht, seine Frage scherzhaft klingen zu lassen und diese pseudopsychologische, langweilige Diskussion in unterhaltsamere Bahnen zu lenken ... in Bahnen, um die seine Gedanken kreisten, sobald er ihre wohlgeformten blaßgrünen, bloßen Brüste ansah, die von innen heraus zu leuchten schienen.

„Es ist unaufrichtig", sagte Kathy.

Als er das hörte, hatte er tief in seinem Innern Schmerz empfunden, und so auch jetzt. Der Maulwurf schien es zu bemerken.

„Du betrügst deine Mitmenschen", fuhr Kathy fort. „Zum Beispiel mich." Mitleidig hatte sie dann das Thema gewechselt. Er war erleichtert gewesen. Aber trotzdem – warum hatte es ihn so verletzt?

Später, als sie geheiratet hatten, verlangte Kathy von ihm, daß er seine Videosammlung in sein Arbeitszimmer schaffen sollte. Sie behauptete, es würde sie stören, wenn sich die Bänder in den von ihnen beiden bewohnten Räumen ihres Konap befanden. Aber sie wußte nicht – oder sagte es zumindest nicht –, wieso sie davon so irritiert wurde. Und wenn er an den Abenden den alten Drang verspürte, seine Bänder abzuspielen, beschwerte sich Kathy.

„Warum?" fragte der Maulwurf.

Er wußte es nicht; er hatte es damals nicht verstanden und verstand es auch jetzt noch nicht. Aber es war ein unheilverkündendes Zeichen gewesen; er bemerkte ihre Abneigung, doch die Bedeutung entging ihm, und sein Unvermögen, die Einflüsse zu durchschauen, die sein Eheleben bestimmten, machte ihn tief unglücklich.

In der Zwischenzeit war er durch Kathys Vermittlung von Virgil Ackerman eingestellt worden. Seine Frau hatte es ihm ermöglicht, einen bemerkenswerten Schritt nach vorn in der ökonomischen und sozialen Hierarchie des Lebens zu machen. Und natürlich war er ihr dankbar dafür; wie hätte es auch anders sein können? Damit war sein Ehrgeiz befriedigt gewesen.

Die Art, wie er das erreicht hatte, war ihm nicht übermäßig wichtig erschienen; viele Frauen halfen ihren Ehemännern dabei, Karriere zu machen. Und umgekehrt. Und dennoch ...

Es ärgerte Kathy. Obwohl es ihre Idee gewesen war.

„*Sie* hat Ihnen Ihre Stellung besorgt?" fragte der Maulwurf stirnrunzelnd. „Und danach hielt sie es Ihnen vor? Allmählich beginne ich zu verstehen." Sein Gesicht hatte sich verfinstert.

„Eines Nachts, als wir schon im Bett waren ..." Er verstummte; es fiel ihm schwer weiterzusprechen. Es ging nur ihn etwas an. Und es war zu unangenehm.

„Ich möchte, daß Sie mir davon erzählen", verlangte der Maulwurf. „Alles."

Er zuckte die Achseln. „Nun – sie sagte, sie sei es müde, weiter mit einer Lüge zu leben. Natürlich meinte sie mit der ‚Lüge' meine Stellung."

Nackt hatte sie im Bett gelegen, ihr weiches Haar kräuselte sich über ihre Schultern – damals hatte sie es noch länger getragen –, da sagte sie plötzlich: „Du hat mich nur geheiratet, damit du diesen Posten bekommst. Und du bemühst dich nicht einmal, weiter aufzusteigen; ein Mann sollte seinen Weg allein machen." Tränen traten in ihre Augen, und sie drehte sich zur Seite, um zu weinen – jedenfalls schien es so, als ob sie weinen würde.

„Aufsteigen?" hatte er verblüfft wiederholt.

„Karriere machen", sagte der Maulwurf. „Eine bessere Stellung zu bekommen. Das meinen sie, wenn sie etwas Derartiges sagen."

„Aber ich liebe meine Arbeit", erwiderte er.

„Also bist du schon zufrieden", stieß Kathy verbittert hervor, „wenn es nur so *aussieht*, als ob du erfolgreich seist. Obwohl es gar nicht stimmt." Und schluchzend fügte sie hinzu: „Außerdem bist du im Bett ein Versager."

Er stand auf und setzte sich allein ins Wohnzimmer ihres Konap und blieb dort lange Minuten, bis er wie von einem Drang beherrscht in sein Arbeitszimmer ging und eines von seinen kostbaren Johnny-Winters-Bändern in den Projektor schob. Unglücklich saß er da und sah Johnny Winters zu, wie er einen Hut nach dem anderen aufsetzte und unter jedem zu einem anderen Menschen wurde, als plötzlich ...

... Kathy im Türrahmen erschien, weich und nackt und schlank, mit verzerrtem Gesicht. „Hast du es gefunden?“

„Was gefunden?“ Er schaltete den Projektor ab.

„Das Band“, erklärte sie, „das ich gelöscht habe.“

Er starrte sie nur an, unfähig zu akzeptieren, was er gehört hatte.

„Es war vor einigen Tagen.“ Ihre herausfordernde Stimme schmerzte in seinen Ohren. „Ich war ganz allein hier im Konap. Ich war niedergeschlagen – du warst damit beschäftigt, irgendeine Scheißarbeit für Virgil zu erledigen –, und da habe ich ein Band in den Projektor gelegt. Ich habe es richtig gemacht und bin genau nach Vorschrift vorgegangen. Aber dieses *Ding* hat irgend etwas verpatzt. Und das Band gelöscht.“

Düster knurrte der Maulwurf: „Sie hätten sagen sollen, daß es nicht so wichtig sei.“

Natürlich, er hatte es damals gewußt, und er wußte es jetzt. Aber mit einer fremden, heiseren Stimme hatte er gefragt: „Welches Band war es?“

„Ich kann mich nicht mehr daran erinnern.“

Gegen seinen Willen schrie er. „Zum Teufel, *welches* Band war es?“ Er stürzte zum Regal mit den Bändern, griff nach der ersten Cassette, öffnete sie und legte sie in das Abspielgerät.

„Ich wußte doch“, sagte Kathy rauh, während sie ihn mit wachsender Verachtung ansah, „daß deine ... deine Bänder dir wichtiger sind, als ich es jemals war.“

„Sage mir, welches Band es war“, flehte er. „*Bitte!*“

„Nein, sie hat es nicht getan“, murmelte der Maulwurf nachdenklich. „Das also ist es. Sie mußten jedes Band abspielen, um es herauszufinden. Tagelang waren Sie damit beschäftigt. Eine raffinierte Frau; verdammt raffiniert.“

„Nein“, stieß Kathy mit einer leisen, verbitterten, fast unhörbaren Stimme hervor. Haß prägte nun ihr Gesicht. „Ich bin *froh*, daß ich es getan habe. Weißt du, was ich tun werde? Ich werde alle deine Bänder ruinieren.“

Betäubt starrte er sie an.

„Du hast es verdient“, fuhr Kathy fort, „weil du mir deine Liebe vorenthalten hast. *Hier* fühlst du dich wohl, kriechst wie ein Tier herum, wie ein panikerfülltes Tier. Schau dich doch nur an! Verachtenswert – wie du dahockst und zitterst und fast in Tränen ausbrichst. Nur weil jemand eines deiner UNBESCHREIBLICH wertvollen Bänder ruiniert hat.“

„Aber“, murmelte er, „es ist mein Hobby. Von Kindheit an.“

„Wie ein kleiner Junge, der an seinem Zipfel herumspielt.“

„Sie – sie sind unersetzlich. Einige davon gibt es sonst nirgendwo auf der Welt. Das Band mit der Jack-Paar-Show ...“

„Na und? Weißt du was, Eric? Weißt du eigentlich, warum es dir so gefällt, dir die Männer auf der Leinwand anzusehen?“

Der Maulwurf räusperte sich; sein breites, fleischiges Gesicht hatte sich gerötet.

„Weil du“, erklärte Kathy, „eine Tunte bist.“

„Oh“, murmelte der Maulwurf und blinzelte.

„Du bist ein verkappter Homosexueller. Ich bezweifle zwar, daß dir das bewußt ist, aber es ist so. Schau mich an, schau her. Hier bin ich, eine attraktive Frau, die dir zur Verfügung steht, wann immer du willst.“

Trocken fügte der Maulwurf hinzu: „Und dazu noch kostenlos.“

„Und trotzdem treibst du dich hier bei deinen Bändern herum, anstatt mich im Schlafzimmer zu bumsen. Ich wünsche, Eric, und Gott stehe mir bei, ich wünsche, daß ich eines von den Bändern gelöscht habe, auf denen ...“ Sie wandte sich ab. „Gute Nacht. Und viel Spaß noch.“ Ihre Stimme war tatsächlich – obwohl es unglaublich erschien – wieder beherrscht, fast gelassen.

Er sprang auf und stürzte ihr nach. Griff nach ihr, als sie weich und weiß und nackt durch den Korridor zurück ins Schlafzimmer ging und ihm den Rücken zuwandte. Er packte sie, packte sie fest und grub seine Finger in das weiche Fleisch ihres Armes. Wirbelte sie herum. Blinzelnd, erschreckt sah sie ihn an.

„Ich werde dich ...“ Er verstummte. *Ich werde dich umbringen!* hatte er sagen wollen. Aber in den Tiefen seiner Gedanken, unter der Raserei seines hysterischen Anfalls, flüsterte ihm eine kalte, rationale Stimme voll frostiger Gelassenheit zu: Sage es nicht. Denn wenn du es tust, dann hat sie dich im Griff. Sie wird es nie vergessen. Solange du lebst, wird sie dich damit quälen. Sie ist eine Frau, die man nicht verletzen darf, denn sie weiß ebenfalls, wie man verletzt. Und sie weiß es tausendmal besser. Ja, darin liegt ihre Weisheit begründet. Sie kann dir weh tun. Und sie kann noch mehr.

„Laß ... mich ... los.“ Ihre Augen blitzten.

Er gehorchte.

Sie massierte ihren Arm und zischte dann: „Ich verlange, daß bis morgen abend diese Bänder aus unserem Apartment verschwunden sind. Andernfalls sind wir geschiedene Leute, Eric."

„In Ordnung", nickte er.

„Und jetzt" fuhr Kathy fort, „werde ich dir sagen, was ich außerdem verlange. Ich möchte, daß du dich um eine besser bezahlte Stellung bemühst. Bei einer anderen Firma. Damit wir uns nicht dauernd über den Weg laufen. Und dann ... nun, wir werden sehen. Vielleicht können wir weiter zusammenleben. Auf einer neuen Basis, einer für mich faireren Basis. Wo du versuchst, nicht nur auf auf deine, sondern auch auf meine Bedürfnisse zu achten." Erstaunlicherweise wirkte sie vollkommen gelassen, beinahe kühl. Bemerkenswert.

„Sie haben sich Ihrer Bänder entledigt?" fragte ihn der Maulwurf.

Er nickte.

„Und Sie haben die letzten Jahre damit verbracht, all Ihre Kräfte darauf zu verwenden, den Haß auf Ihre Frau zu kontrollieren."

Er nickte wieder.

„Und der Haß, den Sie für sie empfanden", fuhr der Maulwurf fort, „führte schließlich dazu, daß Sie sich selbst haßten, weil Sie es nicht ertragen konnten, Furcht vor einer schwachen Frau zu haben. Die aber eine sehr starke Persönlichkeit ist – ich sagte ‚Persönlichkeit' und nicht ‚Frau'."

„Diese Tiefschläge", murmelte Eric. „Zum Beispiel, als sie das Band löschte und ..."

„Es lag nicht daran", unterbrach ihn der Maulwurf, „daß sie das Band gelöscht hat. Was Sie bedrückte, das ist ihre Weigerung, ihnen zu sagen, welches Band sie gelöscht hatte. Und die Tatsache, daß ihr die Auseinandersetzung Spaß machte. Wenn es ihr leid getan hätte – aber eine Frau, eine Persönlichkeit wie sie ist nicht in der Lage, Reue zu zeigen. Niemals." Er schwieg für einen Moment. „Und Sie können sie nicht verlassen."

„Wir sind aneinandergekettet", erklärte Eric. „Es ist zu spät." Zu spät, um etwas daran zu ändern, daß sie sich gegenseitig Schmerzen zufügten, ohne daß irgend jemand etwas davon mitbekam und einschritt und ihnen zu Hilfe eilte. Hilfe, dachte Eric. Wir brauchen beide Hilfe. Denn es wird immer schlimmer werden und uns mehr und mehr zerstören, bis schließlich der gnädige ...

Aber das konnte noch Jahrzehnte dauern.

Deshalb verstand Eric Gino Molinaris Todessehnsucht. Wie der Maulwurf, so begrüßte auch er ihn als Erlösung – die einzige zuverlässige Erlösung, die es gab ... oder zu geben schien.

In der Tat verspürte er eine enge Bindung zu Molinari.

„Der eine“, erklärte der Maulwurf einfühlsam, „leidet in unerträglicher Weise an seinen privaten Qualen, der Öffentlichkeit unbekannt, klein und unwichtig. Der andere leidet auf die große cäsarische Art in aller Öffentlichkeit, wie ein durchbohrter, sterbender Gott. Seltsam. Zwei völlige Gegensätze. Der Mikro- und der Makrokosmos.“

Eric nickte.

„Nun“, seufzte der Maulwurf, ließ Erics Hand los und klopfte ihm auf die Schulter, „ich habe Ihnen die Stimmung verdorben. Tut mir leid, Dr. Sweetscent; wechseln wir das Thema.“ Seinem Leibwächter befahl er: „Öffnen Sie die Tür. Wir sind fertig.“

„Warten Sie“, bat Eric. Aber dann wußte er nicht, wie er fortfahren, wie er es ausdrücken sollte.

Der Maulwurf kam ihm entgegen. „Was halten Sie davon, Mitglied meines Stabes zu werden?“ fragte Molinari unvermittelt und beendete das Schweigen. „Es läßt sich einrichten; Sie müßten nur formell zum Militärdienst einberufen werden.“ Und er schloß: „Sie können davon ausgehen, daß Sie mein Leibarzt werden.“

Eric versuchte seine Erregung zu dämpfen.

„Sie würden Ihre Frau dann einige Zeit nicht sehen. Das wäre schon ein Anfang. Der erste Schritt, um sich später endgültig von ihr zu trennen.“

„Ja.“ Er nickte. Molinari hatte recht. Und sein Angebot klang unter diesem Blickwinkel sehr verlockend. Und ironischerweise war dies genau das, was Kathy die ganzen Jahre von ihm verlangt hatte – eine interessantere, bessere Stellung. „Ich müßte es zunächst mit meiner Frau besprechen und ...“ Er brach ab, errötete. „Nun, zumindest mit Virgil“, murmelte er. „Er muß sein Einverständnis geben.“

Der Maulwurf blickte ihn ernst an und sagte dann mit schleppender, gepreßter Stimme: „Es gibt nur einen Nachteil. Zwar werden Sie Kathy seltener sehen, aber in meiner Gesellschaft treffen Sie oft mit unseren ...“ Er schnitt eine Grimasse. „Nun, Sie werden oft mit unseren Alliierten zu tun haben. Was halten Sie von der Aussicht, die Sternmenschen kennenzulernen? Möglicherweise bekommen Sie dadurch in der Nacht Darmbeschwerden ... und möglicherweise schlimmere –

andere – psychosomatische Leiden, die Sie sich trotz Ihres Berufes schwerlich vorstellen können."

„Im Augenblick ist für mich schon jede Nacht schlimm genug", erwiderte Eric. „Auf diese Art erhalte ich vielleicht ein wenig Gesellschaft."

„Sie meinen mich?" fragte Molinari. „Sehr unwahrscheinlich, Sweetscent. Ich bin ein Geschöpf, das jede Nacht sein Leben verliert. Gegen zehn Uhr ziehe ich mich zurück und bin dann gegen elf gewöhnlich wieder auf den Beinen. Ich ..." Er schwieg und schien nachzudenken. „Nein, die Nacht ist für mich keine gute Zeit, wirklich nicht."

Es stand dem Mann deutlich im Gesicht geschrieben.

5

In der Nacht, in der Eric Sweetscent vom 35er Wash zurückkehrte, begegnete er seiner Frau in ihrem Konap am Stadtrand von San Diego. Kathy war vor ihm eingetroffen. Die Zusammenkunft war natürlich unvermeidlich.

„Ah, zurück vom kleinen roten Mars“, stellte sie fest, als sie die Wohnzimmertür hinter ihm schloß. „Was hast du die zwei Tage hindurch getrieben? Vielleicht mit den anderen Jungen und Mädchen Murmeln gespielt und alle besiegt? Oder habt ihr Abziehbilder von Tom Mix getauscht?“ Kathy saß auf der Couch, hielt in der Hand ein Glas und hatte ihr Haar zurückgekämmt und zu einem Pferdeschwanz zusammengebunden, so daß sie wie ein Teenager aussah; sie trug ein schlichtes schwarzes Kleid, und ihre Beine waren lang und schlank, so wohlgeformt wie ihre Fesseln. Ihre Füße waren nackt, und jeder Zehennagel war mit einem Bild versehen. Er bückte sich, um sie sich genau anzuschauen: Es waren Szenen, die die Raubzüge der Normannen darstellten. Die Nägel der beiden kleinsten Zehen wiesen Darstellungen auf, die zu obszön waren, als daß er ihren Anblick ertragen konnte; er ging in den Korridor und hing seinen Mantel in den Garderobenschrank.

„Wir haben uns über den Krieg unterhalten“, erklärte er.

„Habt ihr das? Und wer? Du und Phyllis Ackerman? Oder war noch jemand zugegen?“

„Es waren alle da. Nicht nur Phyllis.“ Er überlegte, was er sich zu essen machen sollte; sein Magen war leer, und ihm war übel. Allerdings empfand er keine Schmerzen. Vielleicht stellten sie sich später ein.

„Gab es irgendeinen besonderen Grund dafür, daß man mich nicht eingeladen hat?“ Ihre Stimme traf ihn wie eine Peitsche, so daß er unwillkürlich zusammenzuckte; sein biochemisches tierisches Selbst fürchtete sich vor der Veränderung, die ihm – und auch ihr – bevorstand. Offensichtlich trieb etwas sie beide dazu, die Konfrontation zu suchen; sie war ebenso gefangen und hilflos wie er.

„Es gab keinen besonderen Grund.“ Er betrat die Küche und fühlte sich leicht benommen, als ob Kathys Worte die Empfindlichkeit seiner Sinne herabgesetzt hätten. Viele derartige Begegnungen hatten ihn gelehrt, daß es besser war, wenn er sich zumindest körperlich von ihr entfernte. Nur alte Ehemänner, nur müde, erfahrene Ehemänner, kannten diesen Trick. Die Neulinge hingegen ... Nun, sie hatten es schwerer.

„Ich verlange eine Antwort“, fauchte Kathy. Sie stand im Türrahmen. „Ich möchte wissen, warum man mich vorsätzlich davon ausgeschlossen hat.“

Gott, was für einen anziehenden Körper seine Frau doch besaß; natürlich trug sie nichts unter ihrem schwarzen Kleid, und jede ihrer Kurven konfrontierte ihn mit ihrer sinnlichen Vertrautheit. Aber wo war die sanfte, weiche, vertraute Seele, die zu dieser äußeren Hülle gehörte? Der Haß hatte dazu geführt, daß der Fluch – der Fluch, der über dem Hause Sweetscent lag, wie er es gelegentlich nannte – seine volle Wirkung entfaltet hatte; er stand einer Kreatur gegenüber, die auf der körperlichen Ebene die sexuelle Perfektion selbst darstellte und auf der seelischen Ebene ...

Eines Tage würde ihre Härte, ihre Unbeweglichkeit alles durchdringen und ihre körperliche Vollkommenheit zerstören. Und dann? Schon jetzt war es in ihrer Stimme spürbar, die sich von jener vor ein paar Jahren oder gar von jener vor ein paar Monaten unterschied. Arme Kathy, dachte er. Denn wenn die tödlichen Kräfte des Eises und der Kälte deine Lenden, deine Brüste und Hüften und deinen Po ebenso durchdringen wie dein Herz – und tief im Herzen herrschen sie bereits –, dann wirst du keine Frau mehr sein. Und das wirst du nicht überleben. Gleichgültig, ob nun ich oder jemand anders etwas dagegen zu unternehmen versucht.

„Man hat dich ausgeschlossen“, erklärte er bedächtig, „weil du eine Plage bist.“

Sie riß die Augen weit auf; für einen Moment drückte ihr Blick Wachsamkeit und Verwunderung aus. Sie begriff nicht, und ihre Verständnislosigkeit ließ sie sekundenlang wieder menschlich erscheinen, als ob der Panzer, der um ihre Seele lag, ein wenig durchlässiger geworden wäre.

„Laß mich allein“, bat er. „Ich möchte mir etwas zu essen machen.“

„Vielleicht hilft dir Phyllis Ackerman dabei.“ Sie strahlte wieder die alte, übermächtige Autorität aus; die Verachtung, die sie für ihn empfand und die aus der entarteten Kryptoweisheit ihrer Lebenserfahrung herrührte, war zurückgekehrt. Auf fast psionische Weise, mit dem Instinkt einer Frau, hatte sie von seiner flüchtigen Romanze mit Phyllis auf dem Mars erfahren. In jener Nacht ...

Nein, beruhigte er sich, es war unwahrscheinlich, daß sie etwas davon wußte. Er ignorierte sie und begann ein gefrorenes Hähnchen im Infrarotherd aufzuwärmen, während er ihr dabei den Rücken zudrehte.

„Rate mal, was ich getan habe, als du fort warst“, forderte ihn Kathy auf.

„Du hast dir einen Liebhaber genommen.“

„Ich habe eine neue halluzinogene Droge ausprobiert. Chris Plout hat sie mir besorgt; in seiner Wohnung fand dann auch die Trip-Party statt, und kein Geringerer als der weltberühmte Marm Hastings hat daran teilgenommen. Als wir unter dem Einfluß der Droge standen, ist er über mich drübergestiegen, und es war – nun, es war einfach wundervoll.“

„Tatsächlich?“ Eric setzte sich an den Tisch.

„Was wäre das für eine Wonne, sein Kind zur Welt zu bringen“, schwärmte Kathy.

„‚Eine Wonne‘. Großer Gott, was für ein sentimentaler Unfug.“ Er starrte sie an. „Hast du wirklich mit ihm ...“

Kathy lächelte. „Nun, vielleicht war es nur eine Halluzination. Obwohl ich es nicht glaube. Und ich verrate dir auch, warum. Als ich zu Hause war, da ...“

„Erspare mir die Details!“ Verärgert stellte er fest, daß er zu zittern begann.

Im Wohnzimmer klingelte das Videofon.

Eric ging an den Apparat, und als er den Hörer abnahm, da erschien auf dem kleinen grauen Monitor das Gesicht eines Mannes namens Captain Otto Dorf, einer von Gino Molinaris Militärberatern. Dorf hatte sich ebenfalls im 35er Wash aufgehalten und die Sicherheitsbeamten des Maulwurfes unterstützt; er war ein schmalgesichtiger Mann mit verkniffenen, melancholischen Augen, der dem Generalsekretär treu ergeben war. „Dr. Sweetscent?“

„Ja“, nickte Eric. „Aber ich habe noch nicht ...“

„Genügt Ihnen eine Stunde? Dann sorgen wir dafür, daß Sie um acht Uhr von einem Kopter abgeholt werden.“

„Eine Stunde genügt völlig“, versicherte Eric. „Ich werde meine Sachen packen und oben auf dem Landedach des Konap-Gebäudes auf Sie warten."

Er legte auf und kehrte in die Küche zurück.

„Oh, mein Gott", stieß Kathy hervor. „Oh, Eric – können wir denn nicht darüber reden? Mein Gott, mein Gott." Sie ließ sich auf einen Stuhl fallen und barg ihr Gesicht in den Händen. „Ich habe nichts mit Marm Hastings gehabt; er ist ein netter Kerl, und ich habe die Droge genommen, aber ..."

„Hör zu", bat er, während er nach seinem Brathähnchen sah. „Es ist alles schon im 35er Wash entschieden worden. Virgil hat es von mir verlangt. Wir unterhielten uns ausführlich darüber, und wir kamen überein, daß mich Molinari mehr braucht als Virgil. Und außerdem stehe ich Virgil noch immer bei Operationen zur Verfügung, auch wenn ich in Zukunft in Cheyenne wohnen werde. Man hat mich eingezogen", fügte er hinzu. „Ab morgen bin ich Sanitätsoffizier der UNO-Streitkräfte und Mitglied von Generalsekretär Molinaris Stab. Ich kann nichts mehr daran ändern; Molinari hat gestern nacht die Verfügung unterschrieben."

„Warum?" Schreckensbleich blickte sie zu ihm auf.

„Damit ich hier herauskomme. Bevor einer von uns ..."

„Ich verspreche, daß ich nicht mehr soviel Geld ausgeben ..."

„Es ist Krieg. Menschen sterben. Molinari ist krank, und er benötigt medizinische Betreuung. Ob du nun Geld verschwendest oder nicht ..."

„Aber du hast um diese Stellung *gebeten.*"

Er schwieg. Erst nach einer Weile gestand er: „Um ehrlich zu sein, ja. Ich habe Virgil Feuer unter dem Hintern gemacht wie noch nie zuvor in meinem Leben."

Sie hatte ihre Fassung wiedergewonnen und wirkte jetzt sogar völlig ruhig. „Wieviel bezahlt man dir dafür?"

„Sehr viel. Und ich werde auch weiter mein Gehalt von TF&D beziehen."

„Gibt es einen Weg, der mir erlaubt, dich zu begleiten?"

„Nein." Dafür hatte er gesorgt.

„Ich wußte, daß du mich verlassen würdest, sobald du Erfolg hast – seit wir uns zum erstenmal begegnet sind, hast du versucht, dich von mir zu befreien." Kathys Augen füllten sich mit Tränen. „Eric, ich fürchte, daß diese Droge, die ich genommen habe, süchtig macht. Ich habe furchtbare Angst. Du kannst dir nicht vorstellen, welche Wirkung sie besitzt; ich glaube, daß sie extraterrestrischen Ursprungs ist; vielleicht stammt sie sogar vom Lilistern. Was ist, wenn ich sie weiter nehme? Weil du mich verläßt ..."

Er nahm sie in die Arme. „Du mußt dich von diesen Leuten fernhalten; verdammt noch mal, ich habe es dir doch schon tausendmal gesagt ..." Es war zwecklos, es ihr zu erklären zu versuchen; deutlich sah er ihre – und auch seine – Zukunft vor sich. Kathy besaß eine Waffe, mit der sie ihn an sich ketten konnte. Ohne ihn würde sie durch ihre Beziehungen zu Plout, Hastings und den anderen vernichtet werden; wenn er sie verließ, bedeutete das nur eine Verschlimmerung der Lage. Die Fäulnis, die sich im Laufe der Jahre in sie hineingefressen hatte, konnte nicht einfach durch das, was er vorhatte, ungeschehen gemacht werden, auch wenn er es im marsianischen Babyland gehofft hatte.

Er trug sie ins Schlafzimmer und legte sie sanft ins Bett.

„Hm", seufzte sie und schloß die Augen. „Oh, Eric ..."

Nun, er konnte es nicht. Selbst das nicht. Bedrückt trat er zurück und setzte sich auf das Bettende. „Ich muß fort von TF&D", sagte er schließlich. „Und du mußt das akzeptieren." Er strich ihr über das Haar. „Molinari steht kurz vor dem Zusammenbruch; ich kann ihm nicht helfen, aber zumindest kann ich es versuchen. Verstehst du? Das ist der wahre ..."

„Du hast gelogen", beschuldigte ihn Kathy.

„Wann? Und wobei?" Er strich ihr weiter über das Haar, aber jetzt war es nur eine mechanische Geste ohne Sinn.

„Wenn du mich deswegen verlassen würdest, hättest du jetzt mit mir geschlafen." Sie knöpfte ihr Kleid zu. „Ich bin dir vollkommen gleichgültig." Ihre Stimme klang überzeugt; er kannte diesen düsteren, leisen Ton. Noch immer bestand diese Mauer, die sie voneinander trennte. Diesmal verschwendete er keine Zeit mit dem Versuch, sie zu überwinden; er streichelte sie weiter und dachte: Gleichgültig, was ihr zustößt, es wird meine Schuld sein. Und sie weiß dies ebenfalls. So ist sie von der Last der Verantwortung befreit, und etwas Schlimmeres kann ihr gar nicht passieren.

Schade, dachte er, daß ich es einfach nicht über mich brachte, mit ihr zu schlafen.

„Mein Essen ist fertig", bemerkte er und erhob sich.

Sie setzte sich auf. „Eric, ich werde es dir heimzahlen, daß du mich verläßt." Sie strich ihr Kleid glatt. „Hast du verstanden?"

„Ja“, sagte er und ging in die Küche.

„Ich werde mein Leben damit verbringen, es dir heimzuzahlen“, rief Kathy ihm aus dem Schlafzimmer hinterher. „Jetzt habe ich einen Grund zu leben. Es ist herrlich, daß es endlich einen Sinn hat; es ist aufregend. Vor allem nach diesen stumpfen, häßlichen Jahren, die ich mit dir verbracht habe. Bei Gott, ich fühle mich wie neugeboren.“

„Ich wünsche dir viel Glück dabei“, erklärte er.

„Glück? Ich brauche kein Glück; ich brauche Geschick, und ich glaube, daß ich Geschick besitze. Ich habe unter dem Einfluß dieser Droge sehr viel gelernt. Ich wünschte, ich könnte es dir begreiflich machen. Es ist eine unglaubliche Droge, Eric – sie verändert vollkommen die Art, wie man das Universum und vor allem, wie man die Mitmenschen wahrnimmt. Danach sieht man alles anders. Du solltest sie probieren. Es würde dir helfen.

„Nichts kann mir helfen“, erwiderte er.

Und in seinen Ohren klangen diese Worte wie ein Nachruf.

Er war fast mit dem Packen fertig – und hatte bereits gegessen –, als die Türglocke des Konap läutete. Otto Dorf war bereits mit dem Kopter eingetrofen, und mit gesetzten Schritten ging Eric zur Tür und öffnete sie.

Dorf blickte sich in dem Konap um und fragte: „Haben Sie Gelegenheit gehabt, sich von Ihrer Frau zu verabschieden, Doktor?“

„Ja.“ Er fügte hinzu: „Sie ist fortgegangen; ich bin allein.“ Dorf ergriff einen der Koffer, und gemeinsam betraten sie den Aufzug. „Sie hat es nicht sehr gut aufgenommen“, murmelte Eric, als sie nach oben fuhren.

„Ich bin unverheiratet, Doktor“, bemerkte Dorf.

Im Kopter befand sich ein weiterer Mann. Er streckte ihm die Hand entgegen, als Eric die Leiter hinaufstieg. „Schön, Sie zu sehen, Doktor.“ Der Mann, dessen Gesicht im Schatten lag, stellte sich vor. „Ich bin Harry Teagarden, Leiter von Molinaris medizinischem Stab. Ich freue mich, daß Sie zu uns stoßen. Der Generalsekretär hat mich zwar erst nachträglich informiert, doch das ist nicht weiter wichtig – er entscheidet oft aus einem Impuls heraus.“

Eric schüttelte ihm die Hand. „Sweetscent.“ Seine Gedanken waren noch immer bei Kathy.

„Wie war Ihr Eindruck von Molinaris gesundheitlicher Verfassung, als Sie ihn trafen?“

„Er wirkte müde.“

Er steht kurz vor dem Tod“, sagte Teagarden.

Eric warf ihm einen raschen Blick zu. „Heutzutage ist die Transplanttechnik soweit fortgeschritten, daß ...“

„Ich bin mit den gebräuchlichen Operationstechniken vertraut; glauben Sie es mir.“ Teagardens Stimme klang trocken. „Sie haben gesehen, wie gleichgültig ihm alles ist. Offensichtlich möchte er bestraft werden, weil er uns in diesen Krieg gestürzt hat.“ Als der Kopter hinauf in den Nachthimmel stieg, schwieg Teagarden und fuhr erst später fort: „Ist Ihnen jemals der Gedanke gekommen, daß Molinari *bewußt* dafür gesorgt hat, daß wir diesen Krieg verlieren? Daß er versagen will? Ich glaube nicht, daß selbst seine schärfsten politischen Gegner jemals diesen Verdacht geäußert haben. Ich sage Ihnen das alles, weil uns kaum noch Zeit bleibt. Nach seiner Rückkehr von seinem Ausflug zum 35er Wash hat sich Molinaris Gastritis verschlimmert. Sie hat ihn umgeworfen.“

„Innere Blutungen?“

„Bisher noch nicht. Oder vielleicht doch, und Molinari verschweigt es uns. Bei ihm ist das durchaus möglich; er ist von Natur aus ein Geheimniskrämer. Grundsätzlich traut er niemandem.“

„Und Sie sind überzeugt, daß sich kein Geschwür gebildet hat?“

„Wir haben nichts finden können. Aber Molinari erlaubt nicht, daß wir die Untersuchungen durchführen, die wir für nötig halten; er entzieht sich uns. Ist zu sehr damit beschäftigt, Anweisungen zu erteilen, Reden zu halten und der Generalversammlung Gesetze vorzulegen. Er versucht alles selbst zu machen. Er scheint keine Verantwortung delegieren zu können, und wenn doch, dann richtet er gleich mehrere Behörden ein, die miteinander konkurrieren – auf diese Art schützt er sich selbst.“ Teagarden sah Eric neugierig an. „Was hat er zu Ihnen im 35er Wash gesagt?“

„Nicht viel.“ Er beabsichtigte nicht, über den Inhalt ihres Gesprächs zu reden. Ohne jeden Zweifel war das ganz in Molinaris Sinn. Und mit Sicherheit war ihre Vereinbarung der Hauptgrund, warum man ihn nach Cheyenne brachte. Er konnte für Molinari etwas tun, was den anderen Ärzten nicht möglich war: Er konnte ihm helfen, auch wenn nicht jeder dies als Hilfe verstehen würde. Unwillkürlich fragte er sich, wie Teagarden wohl reagieren würde, wüßte er davon. Wahrscheinlich – und aus gutem Grunde – würde Teagarden ihn einsperren und hinrichten lassen.

„Ich weiß, warum Sie zu uns gekommen sind“, erklärte Teagarden.

„Tatsächlich?“ brummte Eric. Er bezweifelte es.

„Molinari will seinem Stab eine Blutauffrischung verpassen; so hat er uns besser im Griff. Niemand hat etwas dagegen einzuwenden; im Gegenteil, wir sind dankbar dafür – jeder von uns ist überarbeitet. Natürlich wissen Sie, daß der Generalsekretär eine große Familie besitzt, sogar eine noch größere als Virgil Ackerman, ihr ehemaliger Arbeitgeber.“

„Ich habe gelesen, daß es noch drei Onkel, sechs Kusinen, eine Tante, eine Schwester und einen älteren Bruder gibt, der ...“

„Und sie befinden sich alle in Cheyenne“, unterbrach Teagarden. „Die ganze Zeit wimmeln sie um ihn herum und versuchen irgendwelche Vorteile herauszuschinden; besseres Essen, bessere Wohnungen, mehr Diener – Sie wissen schon. Und ...“ Er verstummte. „Nun, ich sollte noch hinzufügen, daß es da eine Frau gibt.“

Das hatte Eric nicht gewußt. Selbst die Presse, die dem Maulwurf gegenüber feindlich eingestellt war, hatte nicht darüber berichtet.

„Sie heißt Mary Reineke. Er traf sie noch vor dem Tode seiner Frau. Auf dem Papier ist sie seine Privatsekretärin. Ich mag sie. Sie hat schon viel für ihn getan; vor und nach dem Tode seiner Frau. Ohne sie wäre er wahrscheinlich nicht mehr am Leben. Die Sternmenschen hassen sie ... Ich weiß nicht genau, warum. Vielleicht habe ich irgend etwas übersehen.“

„Wie alt ist sie?“ Der Generalsekretär, erinnerte sich Eric, war Ende Vierzig, Anfang Fünfzig.

„So jung, wie es menschenmöglich ist. Stellen Sie sich darauf ein, Doktor.“ Teagarden kicherte. „Als er ihr zum erstenmal begegnete, ging sie noch zur Schule und arbeitete an den Nachmittagen als Schreibkraft. Vielleicht mußte sie ihm irgendwelche Unterlagen überbringen ... niemand weiß es genau, aber irgendwelche geschäftlichen Angelegenheiten haben sie zusammengeführt.“

„Kann man sich mit ihr über seine Krankheit unterhalten?“

„Natürlich. Sie ist die einzige, die ihn dazu bringen kann, seine Phenobarbiturate und Pathabamate zu nehmen. Er behauptete, daß er von den Phenobarbituraten müde wird und von den Pathabamaten einen trockenen Mund bekommt. Und so warf er sie in die Toilette.

Mary sorgte dafür, daß er sie wieder einnahm. Sie ist Italienerin. Genau wie er. So kann ihn auf eine Art ausschimpfen, die ihn an seine Kindheit zu erinnern scheint, vermutlich an seine Mutter ... oder an seine Schwester oder seine Tante; sie schimpfen ihn alle aus, und er toleriert das, doch er hört nur auf Mary. Sie lebt in einem Apartment an einem geheimen Ort irgendwo in Cheyenne und wird von einer Reihe von Sicherheitsbeamten bewacht – wegen der Sternmenschen. Molinari fürchtet, daß sie eines Tages ...“ Teagarden verstummte.

„Daß sie was?“

„Daß sie sie töten und verstümmeln. Oder ihren Verstand auslöschen und sie in eine gehirnlose Pflanze verwandeln; die Sternmenschen verfügen über ein ganzes Spektrum von Techniken, die sie einsetzen können. Sie wußten nicht, daß unser Verhältnis zu unserem Alliierten so rauh ist, nicht wahr?“ Teagarden lächelte. „Es ist ein rauher Krieg. Darum behandelt uns der Lilistern so – unser wichtiger Verbündeter, mit dem verglichen wir ein Nichts sind. Dann können Sie sich auch vorstellen, was unsere Feinde, die Riegs, mit uns anstellen würden, wenn es ihnen gelänge, unsere Verteidigungslinien zu durchbrechen und die Erde zu erreichen.“

Eine Weile versanken sie in Schweigen; niemand wagte etwas zu sagen.

„Was, meinen Sie, wird geschehen“, fragte Eric schließlich, „wenn Molinari das Zeitliche segnet?“

„Nun, es gibt zwei Möglichkeiten. Entweder werden wir uns noch enger an den Lilistern binden oder nicht. Was hätten wir denn sonst noch für Möglichkeiten. Und warum fragen Sie? Glauben Sie, daß wir unseren Patienten verlieren werden? Wenn das geschieht, Doktor, dann verlieren wir auch unsere Stellungen und wahrscheinlich auch unser Leben. Der einzige Garant Ihrer Existenz – und auch meiner – ist ein übergewichtiger Italiener mittleren Alters, der in Cheyenne, Wyoming, zusammen mit seiner großen Familie und seiner achtzehnjährigen Freundin lebt, Magenschmerzen hat und der mit Vorliebe spätabends riesige gesottene Garnelen mit Senf und Meerrettich verzehrt. Ich weiß nicht, was man Ihnen erzählt hat oder was Sie unterschrieben haben; aber Sie werden für lange Zeit keine Gelegenheit mehr haben, Virgil Ackerman irgendwelche Transplantorgane einzupflanzen, *denn Gino Molinari am Leben zu erhalten wird Sie vierundzwanzig Stunden am Tag beschäftigen."* Teagarden wirkte jetzt aufgeregt; in der Dunkelheit der Kopterkabine klang seine Stimme schneidend. „Für mich ist es zuviel, Sweetscent, Molinari wird Sie voll in Anspruch nehmen, Ihnen die Ohren vollschwatzen, seine Reden an Ihnen ausprobieren, Sie mit Fragen über alle möglichen Themen durchlöchern und sich nach Ihrer Meinung erkundigen – von der Schwangerschaftsverhütung bis zur besten Zubereitungsart eines Pilzgerichtes – und Gott allein weiß, was sonst noch alles. Für einen Diktator – und Sie wissen, daß er das ist, auch wenn wir diese Bezeichnung nicht gern benutzen – benimmt er sich verdammt merkwürdig. Aber vor allem ist er vermutlich der größte lebende politische Stratege; wie anders hätte er auch bis zum Generalsekretär der UNO aufsteigen können? Es kostete ihn zwanzig Jahre, und die ganze Zeit über mußte er kämpfen. Er verdrängte jeden politischen Gegner, der sich ihm in den Weg stellte, gleichgültig, aus welchem Land er stammte. Dann hat er sich mit dem Lilistern zusammengetan. Außenpolitik nennt man das. Und in der Außenpolitik versagte der Meisterstratege, denn es war für ihn ein fremdes Gebiet, über das er nichts wußte. Molinari hat sein ganzes Leben damit verbracht, zu lernen, wie man Menschen ins Kreuz tritt, und bei Freneksy ist das nicht möglich. Er konnte mit Freneksy genausowenig anfangen wie Sie oder ich – wahrscheinlich noch weniger."

„Ich verstehe", nickte Eric.

„Aber Molinari machte jedenfalls weiter. Er bluffte. Er unterschrieb den Friedensvertrag, der uns in diesen Krieg hineinzog. Und das unterscheidet Molinari von all den anderen fetten, prahlerischen Diktatoren der Vergangenheit: *Er nahm die Schuld auf sich*. Er hat keinen Außenminister gefeuert oder einen seiner politischen Berater hinausgeworfen. *Er* war dafür verantwortlich, und er weiß das. Und es tötet ihn, Stück für Stück, tagein, tagaus, von innen heraus. Er liebt die Erde. Er liebt die Menschen, alle, die gewaschenen und ungewaschenen; er liebt den verkommenen Haufen seiner schmarotzenden Verwandten. Er läßt Menschen erschießen und einsperren, aber es bereitet ihm keine Freude. Molinari ist ein komplexer Mann, Doktor. So komplex, daß ..."

„Eine Mischung aus Lincoln und Mussolini", unterbrach Dorf trokken.

„Jedem, der ihm begegnet, erscheint er als anderer Mensch", fuhr

Teagarden fort. „Gott, er hat so schäbige, so verflucht gemeine Dinge getan, daß Ihnen die Haare zu Berge stehen würden, wüßten Sie davon. Er mußte es tun. Manches davon wird nie an die Öffentlichkeit dringen; selbst seine politischen Feinde wagen es nicht. Und es quält ihn, daß er sie getan hat. Haben Sie jemals jemanden kennengelernt, der wirklich die Verantwortung und Schuld und Sühne auf sich genommen hat? Vielleicht *Sie?* Oder Ihre Frau?"

„Wahrscheinlich nicht", gab Eric zu.

„Falls Sie oder ich wirklich jemals die Verantwortung für das übernehmen würden, was wir in unserem Leben getan haben – es würde uns umbringen oder uns den Verstand rauben. Nehmen Sie die Tiere, die wir auf der Straße überfahren oder die wir verzehrt haben. Als Kind mußte ich jeden Monat Ratten vergiften. Haben Sie schon einmal den Todeskampf eines vergifteten Tieres beobachtet? Oder von Dutzenden Tieren, und das Monat für Monat? Ich *fühle* es nicht. Die Schuld. Die Last. Zum Glück – denn andernfalls könnte ich nicht mehr weiterleben. Und so ergeht es allen Menschen. Bis auf den Maulwurf. Wie man ihn nennt." Nachdenklich fügte Teagarden hinzu: „Lincoln und Mussolini ... Ich dachte mehr an den Einen, der vor über zweitausend Jahren lebte."

„Das ist das erste Mal", erklärte Eric, „daß ich höre, wie jemand Gino Molinari mit Jesus Christus vergleicht."

„Vielleicht", erwiderte Teagarden, „liegt es daran, daß Sie zum erstenmal mit einem Menschen sprechen, der vierundzwanzig Stunden am Tag mit dem Maulwurf zusammen ist."

„Erwähnen Sie nur nicht Mary Reineke gegenüber Ihren Vergleich", riet Dorf. „Sie wird Ihnen sagen, daß er ein Bastard ist. Ein Schwein im Bett und am Tisch, ein geiler Mann mittleren Alters, der nur Bumsen im Kopf hat und an sich in den Knast gehört. Aber sie nimmt es ihm nicht übel ... denn sie besitzt ein gutes Herz." Dorf lachte hart.

„Nein", wehrte Teagarden ab, „so etwas würde Mary nicht sagen ... oder nur, wenn sie verärgert ist. Ich weiß nicht genau, was Mary Reineke sagen würde; möglicherweise nichts. Sie akzeptiert ihn so, wie er ist; sie versucht ihm zu helfen, aber selbst wenn er sich nicht helfen läßt – und das tut er nicht –, liebt sie ihn. Haben Sie je eine derartige Frau kennengelernt? Eine Frau, die *Möglichkeiten* in Ihnen sah? Und wenn man die richtige Hilfe von ihr bekommt ..."

„Ja", sagte Eric. Er sehnte sich danach, daß Teagarden das Thema wechselte; er mußte dabei an Kathy denken. Und er wagte es nicht.

Der Kopter brummte weiter in Richtung Cheyenne.

Dösend und allein lag Kathy im Bett, als das morgendliche Sonnenlicht ihr Schlafzimmer erhellte und die Farben der Einrichtung von innen heraus zum Leuchten brachte. All die Farben, die ihr von ihrem Eheleben mit Eric so vertraut waren und die mit dem zunehmenden Licht immer deutlicher wurden. In ihrer Wohnung hatte sich Kathy mit den Geistern der Vergangenheit umgeben, harmonisch integriert in die Erfingungen anderer Zeitalter: eine Lampe aus dem frühen Neu-England, eine Kommode aus Ahornholz, eine weiße Vitrine ... Sie lag da, mit halbgeschlossenen Augen, und war sich der Gegenwart der Antiquitäten und der Umstände, wie sie sie erworben hatte, bewußt. Jedes Einzelstück zeugte von einem Sieg über einen Konkurrenten; einige geschickte Sammler hatten versagt, und es schien nicht weit hergeholt, diese Sammlung mit einem Friedhof zu vergleichen, wo die Geister der Besiegten ganz nahe waren. Sie hatte gegen ihre Aktivität nichts einzuwenden; schließlich war sie zäher als sie.

„Eric", murmelte sie schläfrig, „steh um Himmels willen auf und mach mir Kaffee. Und hilf mir aus dem Bett. Warum sagst du nichts?"

Sie drehte sich zu ihm herum, doch sein Platz war leer. Abrupt fuhr sie auf. Dann verließ sie das Bett und ging zitternd und barfüßig zur Garderobe, um sich anzukleiden.

Sie griff nach einem dünnen grauen Pullover und zog ihn an, als sie den Mann bemerkte, der sie beobachtete. Er war im Türrahmen erschienen und machte keine Anstalten, etwas zu sagen, sondern sah ihr beim Ankleiden zu und räusperte sich, als sie fertig war. „Mrs. Sweetscent?" Er war um die Dreißig, besaß eine hervorspringende Mundpartie und Augen, deren Blick ihr Unbehagen bereitete. Bekleidet war er mit einer dunkelgrauen Uniform, und sie wußte, was er war: ein Mitglied der Geheimpolizei des Lilisterns, die auch auf der Erde tätig war. Es war das erste Mal in ihrem Leben, daß sie einem Sternmenschen gegenüberstand.

„Ja", sagte sie fast unhörbar. Sie setzte sich auf das Bett und streifte ihre Schuhe über, ohne den Blick von ihm abzuwenden. „Ich bin Kathy Sweetscent, die Frau von Dr. Eric Sweetscent, und wenn Sie nicht ..."

„Ihr Mann hält sich in Cheyenne auf."

„Tatsächlich?" Sie stand auf. „Ich muß das Frühstück zubereiten; lassen Sie mich bitte vorbei. Und ich möchte wissen, was Sie hier zu suchen haben."

„Mein Befehl", erklärte der Graugekleidete, „lautet, dieses Konap zu durchsuchen. Es geht um JJ-180, eine illegale Droge, die auch unter dem Namen Frohedadrin bekannt ist. Wenn sie sich in Ihrem Besitz befindet, händigen Sie sie mir bitte aus und folgen Sie mir zur Polizeistation von Santa Monica." Er blätterte in seinem Notizbuch. „Gestern abend haben Sie in Tijuana, 45 Avila Street, diese Droge auf oralem Wege gemeinsam mit ..."

„Darf ich meinen Anwalt anrufen?"

„Nein."

„Soll das heißen, daß ich keine Rechte mehr habe?"

„Es herrscht Krieg."

Furcht erfüllte sie. Dennoch gelang es ihr, mit bemerkenswerter Ruhe fortzufahren. „Darf ich zumindest meinen Arbeitgeber anrufen und ihm sagen, daß ich nicht kommen kann?"

Der graugekleidete Geheimpolizist nickte. Sie ging zum Videofon und wählte die Nummer von Virgil Ackermans Haus in San Fernando. Endlich erschien sein vogelartiges, verwittertes Gesicht auf dem Bildschirm. Eulenhaft beäugte er sie.

„Oh, Kathy. Was gibt es?"

„Helfen Sie mir, Mr. Ackerman. Der Lilistern ..." Sie verstummte, denn der Graugekleidete hatte die Verbindung mit einer raschen Handbewegung unterbrochen. Achselzuckend legte sie auf.

„Mrs. Sweetscent", fuhr der Graue fort, „ich möchte Ihnen Mr. Roger Corning vorstellen." Er deutete in Richtung Korridor, wo ein weiterer Sternmensch auftauchte, der einen normalen Geschäftsanzug trug und eine Aktentasche in der Hand hielt. „Mr. Corning, das ist Kathy Sweetscent, die Frau von Dr. Sweetscent."

„Wer sind Sie?" stieß Kathy hervor.

„Jemand, der Ihnen aus der Klemme helfen kann, meine Liebe", erwiderte Corning freundlich. „Aber vielleicht sollten wir ins Wohnzimmer gehen und die Angelegenheit in aller Ruhe besprechen."

Kathy ging in die Küche und tastete ein weichgekochtes Ei, Toast und Kaffee ohne Milch. „In diesem Ap befindet sich kein JJ-180. Falls Sie es nicht während der Nacht selbst hier versteckt haben." Das Essen war fertig; sie nahm das Tablett, trug es zum Tisch und setzte sich. Der Kaffeegeruch begann die Furcht und die Verwirrung allmählich zu vertreiben; ihr Selbstbewußtsein kehrte zurück.

„Die Wohnung in der Avila Street steht unter Überwachung“, erklärte Corning. „Sie wurden von dem Augenblick an fotografiert, in dem Sie mit Bruce Himmel die Treppe hinaufgingen und das Ap betraten. Ihre ersten Worte lauteten: „Hallo, Bruce. Wie es scheint, wird das heute eine richtige TF&D ...“

„Das stimmt nicht ganz“, unterbrach Kathy. „Ich sagte *Brucie* zu ihm. Ich nenne ihn immer Brucie, weil er so kindlich und dumm ist.“ Sie trank einen Schluck Kaffee, und ihre Hand zitterte nicht, als sie die Wegwerftasse wieder absetzte. „Ist auf den Fotos auch zu sehen, was sich in den Kapseln befand, die wir genommen haben, Mr. Gorning?“

„Corning“, berichtigte er gutgelaunt. „Nein, Katherine, das nicht. Aber die Aussagen von zwei der anderen Teilnehmer werden ausreichen, wenn sie sie unter Eid vor dem Militärgericht wiederholen.“ Erklärend fügte er hinzu: „Diese Angelegenheit fällt nicht unter Ihre Zivilgerichtsbarkeit. Die Strafverfolgung liegt in unseren Händen.“

„Wieso denn das?“ wollte sie wissen.

„JJ-180 kann man nur vom Feind erwerben. Deshalb ist der Genuß dieser Droge – und das können wir vor unserem Gericht beweisen – gleichbedeutend mit einer Kollaboration mit dem Feind. In Kriegszeiten wird ein derartiges Vergehen natürlich mit dem Tode bestraft.“ Corning wandte sich an den grauuniformierten Polizisten. „Haben Sie Mr. Plouts Aussage bei sich?“

„Sie befindet sich im Kopter.“ Der Graue ging hinaus.

„Ich dachte mir schon, daß mit Chris Plout etwas nicht stimmt; er machte einen ... unmenschlichen Eindruck“, murmelte Kathy.

„Und ich frage mich, wer von den anderen ... Hastings? Nein. Simon Ild? Nein, er ...“

„All das kann vermieden werden“, bemerkte Corning.

„Aber ich möchte es nicht vermeiden“, erwiderte Kathy. „Mr. Akkerman weiß Bescheid; TF&D wird einen Anwalt beauftragen. Mr. Ackerman ist ein Freund von Generalsekretär Molinari; ich glaube nicht ...“

„Wir können Sie töten, Kathy“, sagte Corning. „Vor Anbruch der Nacht. Das Gericht kann noch heute morgen zusammentreten; es ist alles vorbereitet.“

Nach einer Weile – sie war mit dem Essen fertig – flüsterte Kathy: „Warum? Bin ich so wichtig? Oder ist JJ-180 so gefährlich? Ich ...“ Sie zögerte. „Was ich gestern abend versucht habe, schien mir nicht sehr bedeutend zu sein.“ Mit einemmal wünschte sie, Eric wäre nicht fortgegangen. Wäre er hier gewesen, erkannte sie, hätte man nicht gewagt, sie so zu behandeln.

Lautlos begann sie zu weinen; zusammengekrümmt saß sie da, und die Tränen liefen über ihre Wangen. Sie versuchte nicht einmal, ihr Gesicht zu verbergen, sondern stützte den Kopf auf ihren Arm und sagte nichts. Zum Teufel mit allem, dachte sie.

„Ihre Lage“, sagte Corning, „ist ernst, aber nicht hoffnungslos; es gibt noch eine Möglichkeit, Sie zu retten. Deshalb bin ich hier. Hören Sie auf zu weinen und hören sie mir zu, und ich werde versuchen, es Ihnen zu erklären.“ Er öffnete seine Aktentasche.

„Ich weiß Bescheid“, murmelte Kathy. „Sie wollen, daß ich Marm Hastings ausspioniere. Sie sind hinter ihm her, weil er vor kurzem im Fernsehen dafür eingetreten ist, einen Separatfrieden mit den Riegs zu schließen. Mein Gott, Sie haben sich überall auf diesem Planeten eingenistet. Niemand ist vor Ihnen sicher.“ Sie stand auf, schluchzte verzweifelt und ging ins Schlafzimmer, um sich ein Taschentuch zu holen.

„Würden Sie Hastings für uns beobachten?“ fragte Corning, als sie zurückkehrte.

„Nein.“ Sie schüttelte den Kopf. Lieber möchte ich sterben, dachte sie.

„Es geht nicht um Hastings“, teilte ihr der uniformierte Polizist vom Lilistern mit.

„Es geht um Ihren Mann“, erläuterte Corning. „Wir möchten, daß Sie ihm nach Cheyenne folgen und dort wie bisher weitermachen. Tisch und Bett teilen, so sagt man doch auf der Erde, nicht wahr? Und das so bald wie möglich.“

Sie starrte ihn an. „Ich kann nicht.“

„Warum können Sie nicht?“

„Wir haben Schluß gemacht. Er hat mich verlassen.“ Sie verstand nicht, warum sie darüber nicht informiert waren, wo sie doch alles andere wußten.

„Derartige Zwischenfälle in einer Ehe“, bemerkte Corning mit der Weisheit eines uralten Mannes, „lassen sich mühelos beheben. Eine zeitweilige Verstimmung, das ist alles. Wir werden Sie zu einem unserer Psychologen bringen – hier auf dieser Welt sind einige sehr tüchtige Leute stationiert –, und er wird Sie die Techniken lehren, mit denen Sie Eric zurückgewinnen können. Machen Sie sich keine Sorgen, Kathy; wir wissen, was gestern hier geschehen ist. Es kommt sogar unseren Zielen entgegen, haben wir so doch die Möglichkeit, mit Ihnen allein zu sprechen."

„Nein." Sie schüttelte den Kopf. „Wir werden nie wieder zusammenkommen. Ich *will* von Eric nichts mehr wissen. Kein Psychologe, nicht einmal Ihre Leute, können etwas daran ändern. Ich hasse Eric, und ich hasse Ihr Ansinnen. Ich hasse alle Sternmenschen, und niemand auf der Erde denkt anders als ich – ich wünschte, Sie würden diesen Planeten verlassen; ich wünschte, wir wären nie in diesen Krieg verwickelt worden." In hilflosem Zorn starrte sie ihn an.

„Beruhigen Sie sich, Kathy." Corning wirkte unbeeindruckt.

„Gott, ich wünschte, Virgil wäre hier; er fürchtet sich nicht vor Ihnen – er gehört zu den wenigen Menschen auf der Erde ..."

„Niemand auf der Erde", sagte Corning gleichgültig, „kann etwas gegen uns unternehmen. Es wird Zeit, daß Sie sich der Realität stellen; Sie wissen, daß wir Sie zum Lilistern schaffen können, statt Sie zu töten ... Haben Sie schon daran gedacht, Kathy?"

„Oh, Gott!" Sie fröstelte. Bringt mich nicht zum Lilistern, flehte sie lautlos. Laßt mich bitte auf der Erde bleiben, bei den Menschen, die ich kenne. Ich werde zu Eric zurückkehren; ich werde ihn *bitten*, mich wieder zu nehmen. „Hören Sie", sagte sie laut, „ich mache mir keine Sorgen wegen Eric. Mir ist es gleich, was Sie mit ihm machen." Es geht um mich, dachte sie. Deshalb habe ich Angst.

„Wir wissen das, Kathy", nickte Corning. „Wenn Sie die Angelegenheit nüchtern betrachten, kommt unser Ansinnen Ihren Wünschen sogar entgegen. Nebenbei ..." Corning griff in seine Aktentasche und holte eine Handvoll Kapseln hervor; er legte eine auf den Küchentisch, und die Kapsel rollte davon und fiel zu Boden. „Ich will Sie nicht verletzen, Kathy, aber ..." Er zuckte die Achseln. „Nun, die Droge ist suchterzeugend. Es genügt, sie einmal zu nehmen, und Sie haben es gestern abend getan. Chris Plout wird Ihnen keine mehr verkaufen." Er hob die Kapsel mit dem JJ-180 auf, die zu Boden gefallen war, und reichte sie Kathy.

„Es ist unmöglich", murmelte sie. „Nicht nach einem einzigen Versuch. Ich habe vorher schon Dutzende verschiedener Drogen genommen und niemals ...“ Sie musterte ihn. „Sie Bastard“, stieß sie hervor. „Ich glaube Ihnen nicht, und selbst wenn es wahr wäre, kann ich mich entwöhnen lassen – es gibt Kliniken.“

„Aber keine, die sich mit JJ-180 auskennen.“ Corning warf die Kapsel wieder in seine Aktentasche und fügte ruhig hinzu: „*Wir* können Sie von Ihrer Sucht befreien; nicht hier, aber in einer Klinik in unserem Sonnensystem ... vielleicht läßt sich das später arrangieren. Oder sie bleiben dabei, und wir versorgen Sie für den Rest Ihres Lebens damit. Das nicht lang sein wird.“

„Selbst für eine Entziehungskur“, erklärte Kathy, „würde ich nicht zum Lilistern fliegen, sondern zu den Riegs. Es ist ihre Droge – Sie haben es selbst gesagt. Wenn sie sie entwickelt haben, müssen sie auch mehr als die Sternmenschen darüber wissen.“ Sie drehte Corning den Rücken zu, trat an den Garderobenschrank und griff nach ihrem Mantel.

„Ich gehe jetzt zur Arbeit. Auf Wiedersehen.“ Sie öffnete die Haustür. Weder Corning noch der Graugekleidete machten Anstalten, sie aufzuhalten.

Also muß es wahr sein, dachte sie. JJ-180 ist so suchterzeugend wie sie behauptet haben. Ich habe nicht die geringste Chance; sie wissen es, und ich weiß es. Ich muß entweder mit ihnen zusammenarbeiten oder versuchen, mich bis zu den Linien der Riegs durchzuschlagen. Doch selbst wenn mir das gelingt, wäre ich noch immer süchtig; ich hätte nichts gewonnen. Und die Riegs würden mich wahrscheinlich töten.

„Nehmen Sie meine Karte, Kathy“, sagte Corning. Er ging ihr nach und reichte ihr das kleine weiße Viereck. „Wenn Sie merken, daß Sie die Droge brauchen, um jeden Preis brauchen ...“ Er schob die Karte in die Brusttasche ihres Mantels. „Dann kommen Sie zu mir. Wir werden Sie erwarten, meine Liebe, und wir werden dafür sorgen, daß Sie sie bekommen.“ Nachdenklich schloß er: „Natürlich ist sie suchterzeugend, Kathy; deshalb haben wir auch dafür gesorgt, daß Sie sie nehmen.“ Er lächelte sie an.

Kathy warf die Tür hinter sich ins Schloß und stolperte auf den Fahrstuhl zu, betäubt, innerlich erstarrt, so daß sie nicht einmal Furcht empfand. Leere erfüllte sie, Vakuum, das die verblassende Hoffnung hinterlassen hatte. Sie wußte, daß sich ihr keine Möglichkeit zur Flucht bot.

Aber Virgil Ackerman wird mir helfen können, redete sie sich ein, als sie den Fahrstuhl erreichte und den Rufknopf drückte. Ich werde zu ihm gehen; er wird genau wissen, was ich tun muß. Ich werde nie mit den Sternmenschen zusammenarbeiten, ob ich nun süchtig bin oder nicht; ich werde Eric nicht an sie verraten.

Doch sie wußte, daß sie sich selbst belog.

6

Am frühen Nachmittag, als sie in ihrem Büro im TF&D-Gebäude saß und alles für den Kauf eines 1935er Artefaktes, einer bemerkenswert gut erhaltenen Plattenaufnahme der Andrews-Schwestern von „Bei mir bist du schön“, vorbereitete, spürte Kathy Sweetscent die ersten Entzugssymptome.

Ihr Hände wurden seltsam schwer.

Mit äußerster Vorsicht legte sie die wertvolle Platte zur Seite. Und sie bemerkte, daß mit den Gegenständen, die sie umgaben, eine physiognomische Veränderung vorgegangen war. Während ihres ersten Versuchs mit JJ-180 in der Avila Street hatte die Welt sich ihr als Konglomerat luftiger, transparenter, gutartiger Dinge dargeboten, eine Seifenblasenwelt, die ihr – zumindest in diesem Zustand des Halluzinierens – keinen Widerstand entgegensetzte. Nun aber, von der vertrauten Einrichtung ihres Büros umgeben, erlebte sie eine unheilvoll zunehmende Veränderung der Realität: Alles schien an Festigkeit zu gewinnen. Sie wußte, daß sie keine Möglichkeit mehr hatte, in irgendeiner Weise Einfluß auf sie zu nehmen, sie zu bewegen, zu verändern.

Und gleichzeitig bemerkte sie, wie diese beklemmende Veränderung auch ihren Körper erfaßte. Das Verhältnis zwischen ihren körperlichen Kräften und der äußeren Welt hatte sich auf das schrecklichste gewandelt; sie registrierte, wie sie im buchstäblich physischen Sinne immer hilfloser wurde – und mit jeder verstreichenden Sekunde verringerten sich ihre Einflußmöglichkeiten. Zum Beispiel die Decca-Schallplatte. Sie lag in Reichweite ihrer Hände, doch was würde geschehen, wenn sie nach ihr griff? Mit Sicherheit würde sich die Platte ihr entziehen. Ihre unnatürlich schwere, ungeschickte, plump gewordene Hand würde die Platte beschädigen oder ganz zerbrechen; es war unmöglich, daß sie die Platte mit der gebotenen Behutsamkeit behandeln konnte. Feine, vorsichtige Bewegungen standen ihr nicht mehr zur Verfügung und waren durch Schwerfälligkeit ersetzt worden.

Allerdings verriet ihr das einiges über die Beschaffenheit von JJ-180; die Droge gehörte zu der Gruppe der Thalamus-Stimulatoren. Und jetzt, während der Entzugsphase, litt sie unter einer Verringerung der Thalamus-Ausschüttung; der Wandel, den die Außenwelt und auch ihr Körper erfahren hatten, beruhte in Wirklichkeit auf geringfügigen Veränderungen des Stoffwechsels ihres Gehirns. Aber ...

Dieses Wissen half ihr nicht weiter. Denn die Veränderungen in ihr und an ihrer Außenwelt waren authentische Erfahrungen, die von ihren normalen Nervenbahnen übertragen und gegen ihren Willen ihrem Bewußtsein aufgeprägt wurden. Sie konnte sich den Stimuli nicht entziehen. Und die physiognomische Wandlung der Welt ging weiter; ein Ende war noch nicht abzusehen. Panikerfüllt dachte sie: Was steht mir noch bevor? Wie schlimm wird es werden? Sicherlich nicht sehr viel schlimmer ... Die Undurchdringlichkeit selbst der kleinsten Dinge in ihrer Nähe schien fast unermeßlich zu sein; sie saß aufrecht da, unfähig, sich zu bewegen, nicht in der Lage, ihren großen Körper vor den erdrückend schweren Dingen zu schützen, die sie umgaben und die sich immer enger um sie zu schließen schienen.

Und selbst als das ganze Büro sie umpanzerte, da entfernte es sich auf einer anderen Ebene von ihr; es zog sich auf bedeutungsvolle, schreckenerregende Weise von ihr zurück. Die Dinge verloren ihre Vertrautheit, erkannte sie. Die Interaktion zwischen der unbelebten Materie und ihrer Seele ließ nach; Stück für Stück wurde alles kälter, verschwommener und – feindseliger. Vakuum umgab sie, Leere, die sonst ausgefüllt wurde von dem psychologischen Bezug, den jeder Mensch zu seiner unbelebten Umwelt besaß; alles wirkte roh, grell, bekam Risse und Kanten, die sie verletzen und klaffende Wunden schlagen konnten. Sie wagte nicht, sich zu rühren. Jedes Objekt trug den potentiellen Tod in sich; selbst der handgefertigte Messingaschenbecher auf ihrem Schreibtisch war falsch geworden, seine symmetrische Verzerrung verriet, daß er Pläne ausbrütete, und sie wußte, er würde sie in Stücke schneiden, wenn sie so dumm sein und seine stachelige Oberfläche berühren sollte.

Die Sprechanlage auf ihrem Schreibtisch summte. „Mrs. Sweetscent“, ertönte die Stimme von Lucile Sharp, Virgil Ackermans Sekretärin, „Sie sollen in Mr. Ackermans Büro kommen. Nehmen Sie bitte die neue Schallplatte mit; er hat Interesse an der Aufnahme von ‚Bei mir bist du schön‘ gezeigt.“

„Ja“, sagte Kathy, und die Anstrengung war fast zuviel für sie. Ihr Atem ging schwer, und sie saß da, gefesselt von dem Druck in ihrem Innern, bis sich die physiologischen Prozesse in ihrem Gehirn nach und nach wieder normalisierten. Und schließlich konnte sie wieder frei atmen; sie füllte ihre Lunge und stieß die Luft heftig und lautstark wieder aus. Im Augenblick war sie gerettet. Doch was würde als nächstes geschehen? Sie erhob sich und blieb stehen. So ist es also, wenn man von JJ-180 abhängig ist, dachte sie. Mühsam gelang es ihr, die Decca-Platte in die Hand zu nehmen. Ihre dunklen Ränder schnitten wie Messer in ihre Haut, als sie sich der Bürotür näherte. Die Feindseligkeit, die von der Platte ausging, ihr toter und dennoch wilder Drang, sie zu vernichten, wurde unterträglich; Kathy erbebte.

Und ließ die Platte fallen.

Die runde Scheibe lag auf dem dicken Teppich und war offensichtlich unbeschädigt. Aber wie sollte sie sie aufheben? Wie sie vom Boden lösen? Denn die Platte hatte sich mit dem Teppich, dem Boden, den Wänden, mit dem ganzen Büro verbunden; alles war zu einer undurchdringlichen, fugenlosen Einheit verschweißt worden. Niemand konnte diesen würfelähnlichen Raum betreten oder verlassen; jede Nische war ausgefüllt – nichts konnte verändert werden, denn alles war bereits so, wie es sein sollte.

Großer Gott, dachte Kathy, als sie dastand und hinunter auf die Platte blickte, die zu ihren Füßen lag. Ich bin gefangen; ich bin erstarrt, kann nicht fort, und man wird mich so finden und wissen, daß etwas Schreckliches geschehen ist. Es ist Katalepsie!

Sie stand noch immer da, als sich die Bürotür öffnete und Jonas Akkerman eintrat; ein jovialer Ausdruck prägte sein glattes, jugendliches Antlitz, und er näherte sich ihr, entdeckte die Platte, bückte sich ungehindert, hob sie problemlos auf und legte sie in ihre ausgestreckten Hände.

„Jonas“, stieß sie mit leiser, heiserer Stimme hervor, „ich ... ich brauche ärztliche Hilfe. Ich bin krank.“

„Krank? Was haben Sie?“ Er blickte sie besorgt an, und in ihren Augen glich sein Gesicht einem Schlangennest. Seine Anteilnahme überwältigte sie, entfachte Übelkeit in ihr. „Mein Gott“, murmelte Jonas, „da haben Sie sich aber den richtigen Augenblick ausgesucht ... Eric ist heute nicht hier, sondern in Cheyenne, und der Neue, der seine Stelle übernehmen soll, wird erst später eintreffen. Aber ich könnte Sie zur Staatsklinik in Tijuana fahren. Was haben Sie denn?“ Er ergriff ihren Arm. „Liegt es daran, daß Eric fort ist?“

„Bringen Sie mich hinauf zu Virgil“, stieß sie mühsam hervor.

„Junge, Junge, Ihnen scheint es *wirklich* schlecht zu gehen“, bemerkte Jonas. „Kein Sorge, ich bringe Sie schon hinauf zum Alten; vielleicht weiß er, was zu tun ist.“ Er führte sie zur Tür hinaus. „Geben Sie besser mir die Schallplatte; es sieht so aus, als ob Sie sie gleich wieder fallen lassen würden.“

Es konnte nicht mehr als zwei Minuten in Anspruch genommen haben, Virgil Ackermans Büro zu erreichen, und dennoch kam es ihr wie eine Ewigkeit vor. Als sie schließlich Virgil gegenüberstand, war sie völlig erschöpft; sie schnappte nach Luft und war unfähig, etwas zu sagen. Es war einfach zuviel für sie gewesen.

Virgil sah sie zunächst neugierig, dann besorgt an und sagte mit seiner hohen, durchdringenden Stimme: „Kathy, ich halte es für besser, wenn Sie heute nach Hause gehen; schnappen Sie sich einen Armvoll Frauenzeitschriften und einen Drink und legen Sie sich ins Bett, damit ...“

„Lassen Sie mich allein“, hörte sie sich sagen. „Jesus“, preßte sie dann hervor, wurde von Verzweiflung übermannt. „Nein, nein, lassen Sie mich bitte nicht allein, Mr. Ackerman!“

„Nun, was ist los?“ fragte Virgil und musterte sie besorgt. „Ich kann zwar verstehen, daß Eric von hier fort ist, um in Cheyenne ...“

„Nein“, sagte sie, „das ist es nicht. Ich ... mir geht es schon wieder besser.“ Der Druck hatte ein wenig nachgelassen, als ob sie Kraft aus seiner Gegenwart bezog. „Hier ist ein hübsches Stück für Ihr 35er Wash.“ Sie drehte sich zu Jonas herum, nahm ihm die Platte aus der Hand und legte sie auf Virgils Schreibtisch. „Damals gehörte dieses Lied zu den populärsten Schlagern.“ Ich werde nicht sterben, dachte sie; ich werde dies überwinden und wieder gesund werden. „Ich bin noch auf etwas anderes gestoßen, Mr. Ackerman.“ Sie nahm auf dem Stuhl vor dem Schreibtisch Platz, um ihre Kräfte zu schonen. „Eine Privataufnahme von Alexander Woollcott aus dem Radioprogramm *The Town Crier.* Bei Ihrem nächsten Besuch im 35er Wash werden sie dann Woollcotts Originalstimme hören können. Und keine Imitation, mit der Sie sich im Augenblick begnügen müssen.“

„*The Town Crier!*“ rief Virgil in kindlicher Freude. „Mein Lieblingsprogramm!“

„Ich bin überzeugt, daß ich die Aufnahme besorgen kann", versicherte Kathy. „Obwohl es natürlich eine Frage des Preises ist. Ich muß nach Boston fliegen, um das Geschäft perfekt zu machen; das Band befindet sich im Besitz einer ziemlich durchtriebenen alten Jungfer namens Edith B. Scruggs."

„Kathy", verkündete Virgil Ackerman, „wenn es Ihnen wirklich gelingen sollte, eine Aufnahme von Alexander Woollcotts Stimme zu besorgen – so wahr mir Gott helfe, dann werde ich Ihr Gehalt erhöhen. Mrs. Sweetscent, Herzchen, ich liebe Sie für das, was Sie für mich tun. Und schauen Sie auch noch in den Ausgaben der *Washington Post* nach, ob dort nicht einige Artikel über Woollcotts Radiosendungen stehen. Ah, nebenbei bemerkt, da fällt mir der Bericht über das Sargasso-Meer im *American Weekly* ein. Ich schlage vor, wir entfernen dieses Blatt aus dem 35er Wash, denn als ich ein Junge war, bezogen meine Eltern keine Zeitungen aus dem Hearst-Konzern; ich habe nur ..."

„Einen Moment bitte, Mr. Ackerman", schnitt ihm Kathy das Wort ab.

Erwartungsvoll neigte er den Kopf. „Ja, Kathy?"

„Was würden Sie sagen, wenn ich Eric nach Cheyenne folgen würde?"

„Aber", greinte Virgil und gestikulierte hilflos, „ich brauche Sie!"

„Nur für kurze Zeit", sagte sie hastig. Vielleicht genügt das, dachte sie. Vielleicht verlangen sie nicht mehr. „Sie haben *ihn* gehen lassen", fuhr sie fort, „und er hält Sie am Leben; er ist viel wichtiger als ich."

„Aber Molinari braucht ihn. Und Sie braucht er nicht; er hat kein Babyland im Aufbau. Die Vergangenheit interessiert ihn einen Dreck – er kümmert sich nur um die Zukunft." Virgil blickte betroffen drein. „Ich kann sie nicht entbehren, Kathy; es ist schon schlimm genug für mich, daß ich Eric verloren habe, auch wenn ich ihn jederzeit herbeirufen kann, wenn es mir schlechter gehen sollte. Ich *mußte* ihn gehen lassen; in Kriegszeiten ist es meine patriotische Pflicht ... auch wenn ich es nicht wollte. Um offen zu sein, mir ging es wirklich an die Nieren. Und jetzt wollen auch noch Sie ..." Seine Stimme klang traurig. „Nein, das ist zuviel. Im 35er Wash hat Eric mir geschworen, daß Sie ihm nicht folgen würden." Er sah Jonas auffordernd an. „Überrede sie, Jonas."

Nachdenklich massierte Jonas sein Kinn. „Sie lieben Eric nicht,

Kathy", stellte er fest. „Ich habe mit Ihnen und mit ihm gesprochen; und Sie beide haben mir Ihr Leid geklagt. Sie haben sich so weit voneinander entfernt, daß es schon fast erschreckend ist ... Ich verstehe Sie nicht."

„Als er noch hier war", erklärte Kathy, „dachte ich das auch. Aber ich habe mich selbst belogen. Jetzt weiß ich es besser, und ich bin überzeugt, daß es ihm nicht anders geht."

„Sind Sie sicher?" fragte Jonas scharf. „Dann rufen Sie ihn an." Er deutete auf das Videofon, das auf Virgils Schreibtisch stand. „Überzeugen Sie sich selbst. Offen gestanden halte ich es für besser, daß Sie sich getrennt haben, und zweifellos ist Eric der gleichen Ansicht."

„Entschuldigen Sie mich", bat Kathy steif. „Ich möchte zurück in mein Büro." Übelkeit rumorte in ihrem Magen, und sie empfand schreckliche Furcht. Ihr schmerzender, drogensüchtiger Körper flehte um Erlösung, und die Qualen, unter denen sie litt, begannen ihre Gedanken zu bestimmen. Sie mußte Eric nach Cheyenne folgen. Gleichgültig, was die Ackermans dazu sagten. Sie konnte nichts dagegen tun, und trotz ihrer Verwirrung sah sie die Zukunft deutlich vor sich. Es gab für sie keine Möglichkeit, der Droge JJ-180 zu entkommen – die Sternmenschen hatten recht gehabt. Sie würde die Karte nehmen, die sie bekommen hatte, und zu ihnen zurückkehren. Gott, dachte sie, wenn ich es Virgil doch nur sagen könnte. Ich muß mit irgend jemanden darüber sprechen.

Und dann dachte sie: Ich werde es Eric erzählen. Er ist Arzt, er wird mir helfen können. Deshalb werde ich nach Cheyenne gehen, *nicht ihretwegen*.

„Würden Sie mir einen Gefallen tun?" fragte Jonas Ackermann. „Kathy, hören Sie mir um Himmels willen zu." Er berührte ihren Arm.

„Ich höre zu", erklärte sie irritiert. „Also, lassen Sie mich los." Sie entzog ihm ihren Arm, trat einen Schritt zurück und empfand Zorn. „Ich kann es nicht ertragen, so behandelt zu werden." Sie starrte ihn an.

Bedächtig, mit nachdenklicher Stimme sagte Jonas: „Wir werden Sie nach Cheyenne gehen lassen, Kathy, wenn Sie versprechen, noch vierundzwanzig Stunden zu warten."

„Warum?" erkundigte sie sich verständnislos.

„Damit Sie Zeit finden, den Trennungsschock zu überwinden", erklärte Jonas. „Ich hoffe, daß Sie morgen die Angelegenheit nüchterner beurteilen können. Und in der Zwischenzeit" – er sah zu Virgil hinüber, und der alte Mann nickte zustimmend – „werde ich bei Ihnen bleiben. Den ganzen Tag und die ganze Nacht über, wenn es nötig sein sollte."

„Den Teufel werde Sie tun", stieß sie entsetzt hervor. „Ich ..."

„Ich weiß, daß mit Ihnen etwas nicht stimmt", fuhr Jonas gelassen fort. „Und ich halte es für besser, wenn Sie nicht allein bleiben. Ich werde die Verantwortung dafür übernehmen, daß Ihnen nichts zustößt." Mit leiser Stimme fügte er hinzu: „Sie sind für uns zu wertvoll, als daß wir zulassen können, daß Ihnen irgend etwas geschieht." Erneut – und diesmal fester, entschlossener – ergriff er ihren Arm. „Kommen Sie; gehen wir hinunter in ihr Büro – die Arbeit wird Sie ablenken, und ich werde ganz still dabeisitzen und Sie nicht stören. Nach Feierabend fliegen wir zusammen zum Springler's in Los Angeles und essen dort zu Abend; ich weiß, daß Sie Fisch mögen." Er führte sie zur Tür.

Ich werde ausreißen, dachte sie. So geschickt bist du auch wieder nicht, Jonas, daß du das verhindern kannst; noch vor Morgengrauen werde ich dir entwischen und mich auf den Weg nach Cheyenne machen. Oder vielmehr, dachte sie voll Ekel und Angst, ich werde dir entkommen, mich aus dem Staube machen in dem Labyrinth, das das nächtliche Tijuana darstellt, wo so schreckliche und wundervolle und häßlich-schöne Dinge geschehen. Tijuana wird zuviel für dich sein. Selbst für mich ist diese Stadt fast zuviel. Und ich weiß sehr gut Bescheid, denn ich habe mein halbes Leben im nächtlichen Tijuana verbracht.

Und was ist daraus geworden, fragte sie sich voll Bitterkeit. Ich wollte dem Leben einen reinen, mystischen Sinn geben, und statt dessen befinde ich mich nun in den Händen von Leuten, die uns hassen und mein Volk beherrschen. Unsere Alliierten, dachte sie. Wir sollten gegen sie kämpfen; ich weiß jetzt, daß uns keine andere Wahl bleibt. Wenn es mir gelingen sollte, Cheyenne zu erreichen und mit Molinari zusammenzutreffen – und vielleicht schaffe ich es wirklich –, dann werde ich es ihm sagen, dann werde ich ihm sagen, daß wir den falschen Verbündeten und den falschen Feind haben.

„Mr. Ackerman", sagte sie eindringlich, „ich muß nach Cheyenne, um dem Generalsekretär etwas mitzuteilen. Etwas, das uns alle betrifft, uns und den Krieg."

Trocken erwiderte Virgil Ackerman: „Verraten Sie es mir, und ich werde es ihm sagen. Das ist vernünftiger; Sie werden nie zu ihm vordringen können ... Sie sind keines von seinen Kindern."

„Doch", widersprach sie. „Ich bin sein Kind." In ihren Augen war dies vollkommen richtig; alle Bewohner der Erde waren Kinder des UNO-Generalsekretärs. Und sie hatten von ihrem Vater erwartet, daß er sie in Sicherheit bringen würde. Doch aus irgendeinem Grunde hatte er versagt.

Sie verließ zusammen mit Jonas Ackerman das Büro. „Ich weiß, was Sie vorhaben", erklärte sie. „Sie wollen jetzt, wo Eric fort ist und ich mich in einer schrecklichen Verfassung befinde, die Gelegenheit ausnutzen und mit mir ins Bett gehen."

Jonas lachte. „Nun, wir werden sehen." Sein Lachen klang nicht schuldbewußt, sondern eher zuversichtlich.

„Ja", stimmte sie zu und dachte an den Sternpolizisten Corning. „Wir werden sehen, ob es Ihnen gelingt. Ich an Ihrer Stelle würde nicht darauf wetten." Sie wagte nicht, seine breite, kräftige Hand von ihrer Schulter zu schieben; zweifellos würde er es nicht zulassen.

„Sehen Sie", brummte Jonas, „wenn ich es nicht besser wüßte, würde ich aufgrund Ihres Benehmens vermuten, daß Sie unter dem Einfluß einer Substanz stehen, die wir JJ-180 nennen. Aber", fügte er hinzu, „es ist unmöglich für Sie, an das Zeug heranzukommen."

Kathy starrte ihn an. „Was ..." begann sie, doch ihre Stimme brach ab.

„Es ist eine Droge", erklärte Jonas, „die von einer unserer Tochtergesellschaften entwickelt wurde."

„Sie stammt also nicht von den Riegs?"

„Frohedadrin – oder JJ-180 – wurde voriges Jahr in Detroit von einer Firma entwickelt, die von TF&D kontrolliert wird. Sie heißt Hazeltine Corporation. Sobald Ende des Jahres die Massenproduktion angelaufen ist, wird sie zu einer unserer wichtigsten Waffen in diesem Krieg werden."

„Weil sie so suchterzeugend ist?" fragte sie benommen.

„Teufel, nein. Viele Drogen sind suchterzeugend, angefangen mit den Opium-Derivaten. Nein, die Benutzer dieser Substanz werden von der Art der erzeugten Halluzinationen angezogen." Er schwieg einen Moment und fügte dann hinzu: „JJ-180 ist ein Halluzinogen, etwa wie LSD."

„Erzählen Sie mir von den Halluzinationen", bat Kathy.

„Das darf ich nicht; diese Informationen sind geheim."

Sie lachte beißend. „O Gott – die einzige Möglichkeit, mehr zu erfahren, ist also, sie zu nehmen."

„Kaum vorstellbar. Die Droge ist nirgendwo erhältlich, und selbst wenn die Massenproduktion angelaufen ist, werden wir uns hüten, sie frei zu verkaufen – das Zeug ist giftig." Er musterte sie. „Alle Versuchstiere, an denen JJ-180 ausprobiert wurde, sind gestorben. Also vergessen Sie's; ich dachte, Eric hätte es Ihnen gegenüber erwähnt. An sich dürfte ich gar nicht darüber reden, aber Sie haben sich so seltsam benommen, daß es mich unwillkürlich an die Wirkung von JJ-180 erinnerte ... Ich habe Angst, daß sie eines Tages hier auf der Erde Verbreitung finden wird."

„Hoffen wir, daß dies nie geschieht", murmelte Kathy. Trotzdem hatte sie das Gefühl, lachen zu müssen; alles war so verdammt verrückt. Die Sternmenschen hatten sich die Droge auf der Erde beschafft, aber sie glaubten, daß sie von den Riegs stammte. Arme Erde, dachte sie. Wir können nicht einmal aus dieser giftigen, zerstörerischen Chemikalie, die das Gehirn beschädigt, Gewinn schlagen – einer Chemikalie, die, wie Jonas sagte, in diesem Krieg eine wichtige Waffe werden wird. Und wer setzt sie ein? Unser Alliierter. Und gegen wen? Gegen uns. Eine Ironie des Schicksals, ein geschlossener Kreislauf. Gewiß liegt es im Sinne der kosmischen Gerechtigkeit, daß ein Erdenbewohner als erster davon abhängig wird.

Jonas runzelte die Stirn. „Sie haben gefragt, ob JJ-180 vom Feind entwickelt wurde – das bedeutet, daß Sie schon von der Droge gehört haben. Also hat Eric sie Ihnen gegenüber schon erwähnt. Das ist nicht weiter schlimm; nur die Informationen, die ihre Wirkung betreffen, sind geheim. Die Riegs wissen, daß wir schon seit Jahrzehnten Drogen für Kriegszwecke entwickeln, seit dem zwanzigsten Jahrhundert, um es genau zu sagen. Eine irdische Spezialität." Er kicherte.

„Vielleicht werden wir doch noch gewinnen", meinte Kathy. „Es müßte Gino Molinari an sich optimistisch stimmen; mit Hilfe dieser neuen Wunderwaffe wird er womöglich im Amt bleiben können. Rechnet er damit? Ist er informiert?"

„Natürlich ist Molinari darüber informiert; Hazeltine hat ihn durch alle Entwicklungsstadien hindurch auf dem laufenden gehalten. Aber wenden Sie sich um Himmels willen nicht an ihn und ..."

„Ich werde Sie nicht in Schwierigkeiten bringen", versprach Kathy. Ich glaube, sagte sie zu sich, daß ich dich von JJ-180 abhängig machen werde. Das hast du verdient; jeder hat es verdient, der an der Entwicklung dieser Droge beteiligt ist und von ihr weiß. Bleib während der nächsten vierundzwanzig Stunden bei mir. Iß mit mir, geh mit mir ins Bett, und ehe die Nacht vorüber ist, wirst du genauso wie ich vom Tode gezeichnet sein. Und dann, dachte sie, werde ich Eric süchtig machen. Vor allem Eric.

Ich werde die Droge mit nach Cheyenne nehmen, entschied Kathy. Ich werde jeden infizieren, den Maulwurf, seinen Stab, einfach alle. Und das aus einem sehr guten Grunde.

Denn dann werden sie gezwungen sein, eine Methode zu entwickeln, mit der man die Sucht beenden kann. Nicht nur mein Leben, sondern auch ihre Existenz wird davon abhängen. Wenn es nur um mich ginge, wäre es die Mühe nicht wert; nicht einmal Eric würde es versuchen, und Corning und seine Leute kümmert es ohnehin nicht.

Wahrscheinlich hatten Corning und jene, die über ihm standen, nicht etwas Derartiges im Sinn gehabt, aber sie würde es tun.

„Wir werden ihr Trinkwasser damit verseuchen", erklärte Jonas. „Die Riegs besitzen große, zentral angelegte Wasserspeicher – wie früher der Mars. JJ-180 wird sich so über ihren gesamten Planeten verbreiten. Es klingt schrecklich, ich weiß, wie ... ein Verbrechen. Nun, alles ist auf jeden Fall rational durchdacht worden."

„Ich habe nichts dagegen einzuwenden", versicherte Kathy. „Offen gesagt halte ich es für eine brillante Idee."

Der Fahrstuhl erschien, und sie gingen hinein und glitten nach unten.

„Der irdische Normalbürger ahnt nicht einmal etwas davon", sinnierte Kathy. „Er führt sein tägliches Leben weiter ... und er würde nie auf den Gedanken kommen, daß seine Regierung eine Droge entwickelt hat, die nach einmaligem Genuß dazu führt, daß man sich auf eine Ebene zurückentwickelt, die ... Was würden Sie sagen, Jonas? Befindet man sich dann auf der gleichen Stufe wie eine Robameise? Mit Sicherheit verliert man seine Menschlichkeit. Ich frage mich, auf welcher Sprosse der Evolution die Unglücklichen anzusiedeln sind."

„Ich habe Ihnen nicht gesagt, daß der einmalige Genuß von JJ-180 schon zur Sucht führt", bemerkte Jonas. „Eric muß es Ihnen verraten haben."

„Bei den Echsen der Kreidezeit", entschied Kathy. „Geschöpfe mit winzigen Gehirnen und riesigen Schwänzen. Kreaturen ohne Verstand;

Reflexautomaten, die sich bewegen und reagieren, ohne zu wissen, daß sie existieren. Richtig?“

„Nun“, sagte Jonas, „es sind die Riegs, die sich mit der Droge werden herumschlagen müssen; ich würde den Riegs keine Träne nachweinen.“

„Ich würde niemandem eine Träne nachweinen“, versetzte Kathy, „der von JJ-180 abhängig ist. Ich hasse es; ich wünschte ...“ Sie verstummte. „Vergessen Sie's; ich bin nur durcheinander, weil Eric fort ist. Sonst ist alles in Ordnung.“ Und sie fragte sich, wann sie Gelegenheit bekommen würde, Corning aufzusuchen. Um von ihm die Droge zu bekommen. Sie war sich darüber im klaren, daß sie süchtig danach war. Sie mußte dies akzeptieren.

Resignation erfüllte sie.

Gegen Mittag saß Dr. Eric Sweetscent in dem sauberen, modernen, aber außerordentlich kleinen Konap in Cheyenne, das ihm von der Regierung zugeteilt worden war, und studierte die Krankenunterlagen seines neuen Patienten, der in dem umfangreichen Papierstoß lediglich „Mr. Brown“ genannt wurde. Mr. Brown, dachte er, als er die Akte zurück in die unzerbrechliche Plastikbox schob, ist ein kranker Mann, aber seine Krankheit läßt sich nicht diagnostizieren – zumindest nicht mit den althergebrachten Methoden. Denn – und das war das Absonderliche, auf das ihn Teagarden nicht vorbereitet hatte –, denn der Patient hatte im Lauf der Jahre die Symptome von ernsten organischen Krankheiten gezeigt, Symptome, die nichts mit psychosomatischen Störungen zu tun hatten. Zum Beispiel hatte die Leber eine bösartige, metastasische Geschwulst aufgewiesen – und trotzdem war Mr. Brown nicht gestorben. Und die Geschwulst war wieder verschwunden. Zumindest war von ihr nichts mehr zu bemerken, wollte man den Untersuchungen der letzten zwei Jahre Glauben schenken. Schließlich hatte man vorsorglich eine Operation durchgeführt, und Mr. Browns Leber hatte sich keinesfalls in dem Zustand befunden, wie man es von einem Mann in seinem Alter erwarten konnte.

Er besaß die Leber eines neunzehn oder zwanzig Jahre alten Mannes.

Und diese seltsame Feststellung hatte man auch bei seinen anderen Organen getroffen. Aber die allgemeinen Kräfte Mr. Browns ließen nach; er verfiel zusehends und wirkte merklich älter, als er es nach der

Zahl seiner Jahre war, und die Aura, die ihn umgab, war die eines kranken Mannes. Es schien, als ob sein Körper sich auf der physiologischen Ebene verjüngte, während seine Essenz, sein psychobiologisches Selbst, zunehmend alterte.

Welche physiologische Kraft es auch sein mochte, denen seine Organe unterworfen waren, Mr. Brown schien aus ihnen keinen Nutzen ziehen zu können; abgesehen natürlich von der Tatsache, daß ihn die bösartige Lebergeschwulst und der Krebsbefall seiner Milz und die Prostataentartung, die in seinem dritten Lebensjahrzehnt aufgetreten und unentdeckt geblieben war, nicht umgebracht hatten.

Mr. Brown war am Leben – doch das war auch alles. Alles in allem war sein Körper abgenutzt, und sein Zustand verschlimmerte sich ständig; zum Beispiel sein Kreislaufsystem. Browns Blutdruck lag bei 220 – trotz aller gefäßerweiternden Mittel, die er auf oralem Wege zu sich nahm; außerdem war seine Sehkraft arg in Mitleidenschaft gezogen. Und trotzdem – Eric war davon überzeugt – würde Brown dies zweifellos überwinden, genau wie er alle anderen Leiden überwunden hatte; eines Tages würden die Symptome einfach verschwunden sein, selbst wenn er die vorgeschriebene Diät nicht einhielt und das Reserpin nicht einnahm.

Die hervorstechende Tatsache war einfach die, daß Mr. Brown zu dem einen oder anderen Zeitpunkt jede bekannte ernste Krankheit gehabt hatte – von Lungenembolien bis zur Gelbsucht. Er war ein wandernde Ansammlung aller nur erdenklichen Leiden, ohne jemals richtig gesund zu werden; zu jedem Zeitpunkt war irgendein wichtiger Teil seines Körpers erkrankt.

Und doch gelang es ihm auf irgendeine Weise immer, sich selbst zu heilen. Ohne den Einsatz von Transplantorganen. Es schien, als ob sich Brown irgendwelcher Hausmittel, irgendwelcher homöopathischer Medikamente bediente, Kräutermixturen, deren Gebrauch einem verantwortungsbewußten Arzt niemals in den Sinn gekommen wären.

Brown brauchte seine Krankheiten. Seine Hypochondrie war real; er wies nicht nur lediglich hysterische Symptome auf – er litt an wahrhaftigen Krankheiten, die vorübergehender Natur waren. Falls dies tatsächlich Hysterie war, eine Variante rein psychologisch bedingter Beschwerden, dann sah sich Eric zum erstenmal einem derartigen Phänomen gegenüber. Und dennoch war Eric überzeugt, daß sich all diese Krankheiten aus einem bestimmten Grund entwickelt hatten; sie entstammten der Komplexität, den unergründlichen Tiefen von Mr. Browns Psyche.

Dreimal in seinem Leben hatte Mr. Brown dafür gesorgt, daß er Krebs bekam. Aber wie? Und – warum?

Vielleicht war dies eine Folge seiner Todesangst. Und jedesmal scheute er vor der endgültigen Entscheidung zurück. Er brauchte seine Krankheiten – aber nicht den Tod. Demzufolge waren seine Selbstmordwünsche unecht.

Dies zu wissen war wichtig. Falls dem so war, dann würde Mr. Brown um sein Leben kämpfen – obwohl er Eric zu dem Zweck engagiert hatte, ihn zu töten.

Deshalb würde Mr. Brown ein ausgesprochen schwieriger Patient werden. Um es vorsichtig auszudrücken. Und zweifellos lief alles auf unbewußter Ebene ab. Mit Sicherheit ahnte Mr. Brown nichts von dem Streit, den gegensätzlichen Wünschen in seinem Innern.

Die Türglocke läutete. Eric ging an die Tür – und stand einem beflissen wirkenden Mann in einem sauberen Geschäftsanzug gegenüber. Der Mann zeigte ihm seinen Ausweis und erklärte: „Geheimdienst, Dr. Sweetscent. Generalsekretär Molinari verlangt nach Ihnen; er hat starke Schmerzen, also ist es besser, wenn wir uns beeilen."

„Natürlich." Eric hastete zum Schrank und holte seinen Mantel; kurz darauf rannte er gemeinsam mit dem Geheimdienstbeamten zu dem geparkten Flitzer. „Magenschmerzen?" fragte Eric knapp.

„Die Schmerzen haben sich auf die linke Seite verlagert", berichtete der Geheimdienstbeamte, während er den Flitzer in den Verkehr einfädelte. „Herzbereich."

„Hat er gesagt, er hätte das Gefühl, als würde eine schwere Hand seine Brust zusammenpressen?"

„Nein, er liegt nur da und keucht. Und ruft nach Ihnen." Der Geheimdienstbeamte schien die Angelegenheit nüchtern zu betrachten; offensichtlich war er mit derartigen Zwischenfällen vertraut. Schließlich war der Generalsekretär ständig krank.

Nach kurzer Zeit hatten sie das Weiße Haus der UNO erreicht. Wenn ich ihm doch nur ein Transplantorgan einpflanzen könnte, dachte er. Es würde alles beenden ...

Aber ihm war klar, nun, nachdem er die Akten studiert hatte, warum der Maulwurf grundsätzlich eine Transplantoperation ablehnte. Sobald er sich damit einverstanden erklärte, würde er sich erholen; und das bedeutete das Ende seines Pendelns zwischen Krankheit und

Gesundheit. Der Kampf der widerstreitenden Gefühle in seinem Innern würde zugunsten der Gesundheit entschieden werden. Sobald die empfindliche psychische Dynamik gestört wurde, mußte er seine Wahl zwischen den beiden Kräften treffen, die um die Herrschaft rangen. Und das konnte er sich nicht erlauben.

„Hier entlang, Doktor." Der Geheimdienstbeamte führte ihn einen Korridor entlang bis zu einer Tür, vor der mehrere uniformierte Polizisten postiert waren. Sie machten Platz, und Eric trat ein.

Im Mittelpunkt des Zimmers stand ein großes, zerwühltes Bett, in dem Gino Molinari auf dem Rücken lag, den Blick auf einen Fernseher gerichtet, der an der Decke angebracht war. „Ich sterbe, Doktor", sagte Molinari und drehte den Kopf. „Ich glaube, daß die Schmerzen jetzt von meinem Herzen ausgehen. Wahrscheinlich lag es die ganze Zeit an meinem Herzen." Sein breites, rosiges Gesicht war schweißnaß.

„Wir werden ein EKG machen", erklärte Eric.

„Nein, nicht nötig; das wurde schon vor zehn Minuten erledigt, ohne daß etwas dabei herauskam. Meine gottverdammte Krankheit ist für Ihre Instrumente zu subtil. Obwohl das nicht bedeutet, daß ich gesund bin; ich habe von Leuten gehört, die einen schweren Infarkt erlitten hatten und deren EKGs einwandfrei waren. Hören Sie, Doktor, ich muß Ihnen etwas sagen. Sie machen sich Gedanken über den Ursprung meiner Schmerzen. Unsere Alliierten – unsere Partner in diesem Krieg. Sie haben einen raffinierten Plan entwickelt, mit dem sie sich Tijuana Fur & Dye unter den Nagel reißen wollen; sie haben mir die entsprechenden Unterlagen gezeigt – so sicher sind sie, das alles funktionieren wird. In der Firma wurde bereits ein Agent eingeschleust. Ich sage Ihnen das für den Fall, daß ich gleich an dieser Unpäßlichkeit sterben sollte; es kann jeden Augenblick mit mir zu Ende gehen, das wissen Sie."

„Haben Sie schon mit Virgil Ackerman darüber gesprochen?" fragte Eric.

„Ich wollte es, aber ... Mein Gott, wie kann man einem alten Mann etwas Derartiges sagen? Er versteht nicht, was in einem totalen Krieg alles geschehen kann; die Übernahme der wichtigsten irdischen Industrien ist nichts im Vergleich zu den anderen Dingen. Wahrscheinlich ist dies erst der Anfang."

„Jetzt, wo ich darüber informiert bin", sagte Eric, „habe ich das Gefühl, daß ich es Virgil sagen sollte."

„In Ordnung, reden Sie mit ihm darüber“, gab Molinari seine Erlaubnis. „Vielleicht finden Sie einen Ausweg. Ich habe mir schon im 35er Wash darüber Gedanken gemacht, aber ...“ Er krümmte sich vor Schmerzen. „Unternehmen Sie etwas, Doktor; es bringt mich um!“

Eric injizierte ihm intravenös eine Dosis Morprocain, und der UNO-Generalsekretär wurde rasch wieder ruhiger.

„Sie wissen einfach nicht“, murmelte Molinari mit undeutlicher, gleichmütiger Stimme, „was ich alles unternehme, um uns die Sternmenschen vom Hals zu schaffen ... Die Schmerzen sind jetzt fort, Doktor; was Sie getan haben, scheint wirklich zu helfen.“

„Wann werden Sie mit der Übernahme von TF&D beginnen?“ fragte Eric. „Schon bald?“

„In einigen Tagen. Einer Woche. Der Plan ist flexibel. Es muß eine Droge mit im Spiel sein ... wahrscheinlich haben Sie noch nicht davon gehört. Alles andere ist unklar. Ich weiß im Grunde nichts, Doktor; das ist das ganze Geheimnis meiner Situation. Niemand sagt mir etwas. Selbst Sie nicht – zum Beispiel, was mit mir nicht stimmt. Ich wette, Sie werden es mir nicht verraten.“

Eric wandte sich an die Geheimdienstbeamten. „Wo befindet sich eine Videofonzelle?“

„Gehen Sie nicht fort“, bat Molinari und richtete sich mühsam in seinem Bett auf. „Der Schmerz würde sofort wieder zurückkehren.Ich möchte, daß Sie Mary Reineke herholen; jetzt, wo es mir besser geht, habe ich das Bedürfnis, mit ihr zu sprechen. Sehen Sie, Doktor, ich habe ihr bisher noch nicht erzählt, wie krank ich bin. Und Sie werden es auch nicht tun; sie braucht ein idealisiertes Bild von mir. Frauen sind so; um einen Mann zu lieben, müssen sie zu ihm aufschauen, ihn verehren können, Sie verstehen?“

„Aber wenn sie Sie so im Bett liegen sieht, wird sie doch ...“

„Oh, sie weiß, daß ich krank bin; sie weiß nur nicht, daß es so schlecht um mich steht. Begreifen Sie?“

„Ich verspreche, daß ich ihr nicht sagen werde“, erklärte Eric, „wie schlecht es Ihnen geht.“

„Geht es mir wirklich schlecht?“ Alarmiert riß Molinari die Augen auf.

„Meines Wissens nicht“, sagte Eric. Bedächtig fügte er hinzu: „Zumindest habe ich Ihren Akten entnommen, daß sie verschiedene ernste Krankheiten überlebt haben, einen Krebsbefall, der ...“

„Ich möchte nicht darüber sprechen. Ich bekomme Depressionen, wenn ich daran denke, wie oft ich schon Krebs gehabt habe."

„Man sollte annehmen ..."

„... daß ich glücklich bin, mich wieder erholt zu haben? Nein, *denn vielleicht werde ich beim nächstenmal daran sterben.* Ich meine, früher oder später wird es mich erwischen, bevor ich meine Aufgabe erfüllt habe. Und was wird dann aus der Erde werden? Sie können es sich vorstellen; Sie machen einen gebildeten Eindruck."

„Ich werde jetzt Miss Reineke für Sie anrufen", verkündete Eric und wandte sich zur Tür. Einer der Geheimdienstbeamten begleitete ihn, um ihm den Weg zur Videofonzelle zu zeigen.

Draußen im Korridor flüsterte ihm der Geheimdienstler zu: „Doktor, im dritten Stock gibt es Arbeit für Sie; einer der Köche des Weißen Hauses ist vor ungefähr einer Stunde zusammengebrochen. Dr. Teagarden ist bei ihm und würde sich gerne mit Ihnen beraten."

„Natürlich", nickte Eric. „Ich werde bei ihm vorbeischauen, bevor ich anrufe." Er folgte dem Geheimdienstbeamten zum Aufzug.

Dr. Teagarden erwartete ihn bereits im Krankenzimmer des Weißen Hauses. „Ich brauche Sie", erklärte Teagarden grußlos, „weil Sie ein Transplantchirurg sind; ein klarer Fall von Angina pectoris, und wir müssen sofort eine Herzverpflanzung durchführen. Ich nehme an, daß Sie zumindest ein Herz mitgebracht haben."

„Ja", murmelte Eric. „Hat der Patient schon einmal einen Herzanfall erlitten?"

„Vor zwei Wochen", berichtete Teagarden. „Ein leichter Infarkt. Wir haben ihm dann natürlich zweimal täglich Dirminyl gegeben. Und er schien sich wieder zu erholen. Aber jetzt ..."

„Was für eine Verbindung besteht zwischen der Angina dieses Mannes und den Schmerzen des Generalsekretärs?"

„Verbindung? Gibt es denn eine?"

„Kommt es Ihnen denn nicht auch merkwürdig vor? Beide Männer leiden zur gleichen Zeit unter ernsten Leibschmerzen."

„Aber im Fall von McNeil", erwiderte Teagarden und führte Eric an das Krankenbett, „ist die Diagnose zweifelsfrei. Während im Gegensatz dazu beim Generalsekretär Molinari die Symptome nicht vorhanden sind. Also, ich sehe da keine Verbindung. Wie dem auch sei, dies hier ist ein streßreicher Ort; es erkranken oft Leute."

„Trotzdem scheint es ..."

„Jedenfalls", unterbrach Teagarden, „ist es ein einfaches technisches Problem; setzen Sie das neue Herz ein, und damit ist dann alles erledigt."

„Schade, daß es unten nicht ebenso einfach ist." Eric beugte sich über das Feldbett, auf dem McNeil lag. Das also war der Mann, der an der Krankheit litt, von der Molinari sich einbildete, daß *er* sie besaß. Bei wem war sie zuerst aufgetreten, fragte sich Eric. Bei McNeil oder bei Gino Molinari? Bei wem lag die Ursache und bei wem die Wirkung – vorausgesetzt, daß eine Verbindung existierte, was im besten Falle eine sehr gewagte Annahme war? Wie Teagarden schon bemerkt hatte.

Aber es wäre interessant zu erfahren, ob zum Beispiel einer von Molinaris Mitarbeitern an Prostatakrebs erkrankt war, als Gino auch über diese Beschwerden geklagt hatte ... und was war mit den anderen Krebserkrankungen, den Infarkten, der Gelbsucht?

Es mochte einen Versuch wert sein, dachte Eric, die Krankengeschichten aller im Weißen Haus Beschäftigten zu überprüfen.

„Soll ich Ihnen bei der Transplantation assistieren?" fragte Teagarden. „Wenn nicht, dann werde ich hinunter zum Generalsekretär gehen. Hier im Weißen Haus gibt es eine Schwester, die Ihnen helfen kann; vor einem Augenblick war sie noch hier."

„Ich brauche Sie nicht. Aber besorgen Sie mir eine Liste der Krankheiten aller Mitarbeiter, die jeden Tag direkten Kontakt zu Molinari haben, gleichgültig, ob sie nun zum Stab gehören oder auswärtige Mitarbeiter sind. Ihr Rang spielt ebenfalls keine Rolle. Könnten Sie das erledigen?"

„Was den Stab betrifft, ja", nickte Teagarden. „Bei den Besuchern ist das nicht möglich; wir führen über sie keine Krankendateien." Er sah Eric an.

„Ich habe das Gefühl", erklärte Eric, „daß der Generalsekretär seine Schmerzen los ist, sobald ich McNeil das neue Herz eingesetzt habe. Und spätere Untersuchungen werden erweisen, daß von diesem Zeitpunkt an der Generalsekretär von der Angina pectoris geheilt ist."

Teagardens Miene drückte Verwirrung aus. „Nun", brummte er und zuckte die Achseln. „Ein Metaphysiker, der gleichzeitig Chirurg ist. Eine seltene Kombination, Doktor."

„Glauben Sie, daß Molinari empfindlich genug ist, jede Krankheit anzunehmen, an der die Menschen seiner Umgebung leiden? Und ich meine jetzt nicht auf hysterische Art; ich meine, daß er im wahrsten Sinne des Wortes an ihnen erkrankt. Sie tatsächlich *bekommt.*“

„Es ist nicht bekannt, daß es derart ausgeprägte empathische Fähigkeiten gibt, sofern man dies überhaupt eine Fähigkeit nennen kann.“

„Aber Sie kennen die Unterlagen“, bemerkte Eric gelassen. Er öffnete seinen Instrumentenkoffer und begann die elektronischen, automatischen Werkzeuge herauszuholen, die er für die Transplantation des künstlichen Herzens benötigen würde.

7

Nach der Operation – sie hatte lediglich eine halbe Stunde in Anspruch genommen – wurde Eric Sweetscent von zwei Geheimdienstbeamten zu Mary Reineke geführt.

„Sie ist eine dumme Gans", bemerkte der Mann zu seiner Linken zusammenhanglos.

Der andere Beamte, der älter und erfahrener wirkte, warf ihm einen kurzen Blick zu. „Dumm? Sie sorgt dafür, daß der Maulwurf weitermacht; das ist bisher noch keinem anderen geglückt. Sie kennt den richtigen Kniff."

„Von einem Kniff kann keine Rede sein", entgegnete der jüngere Mann. „Zwei leere Hüllen haben sich getroffen, und was ist dabei herausgekommen? Ein großes Vakuum."

„Vakuum, pah! Er hat es geschafft, Generalsekretär der UNO zu werden; kennst du jemanden, dem das auch hätte gelingen können? So, das hier ist ihr Konap." Der ältere Beamte blieb stehen und wies auf eine Tür. „Zeigen Sie nicht, daß Sie überrascht sind, wenn Sie sie sehen", forderte er Eric auf. „Ich meine, wenn Sie sehen, daß sie noch ein Kind ist."

„Ich bin darüber informiert worden", erklärte Eric. Er drückte auf die Klingel. „Ich weiß Bescheid."

„Sie wissen Bescheid", spottete der Geheimdienstbeamte zu seiner Linken. „Schön für Sie, wo Sie sie noch gar nicht gesehen haben. Vielleicht werden Sie der nächste UNO-Generalsekretär, wenn der Maulwurf endgültig den Löffel abgegeben hat."

Die Tür öffnete sich. Ein erstaunlich kleines, dunkelhaariges, hübsches Mädchen stand ihm gegenüber; sie trug ein seidenes Herrenhemd und eine enge Hose und hielt in der Hand eine Nagelschere; offensichtlich war sie gerade mit der Maniküre ihrer Fingernägel beschäftigt, die lang und hell lackiert waren.

„Mein Name ist Sweetscent. Ich gehöre seit kurzem zu Gino Molinaris Stab." Fast hätte er *zum Stab Ihres Vaters* gesagt; gerade noch rechtzeitig hatte er sich eines Besseren besonnen.

„Ich weiß“, sagte Mary Reineke und nickte. „Und er ruft nach mir; ihm geht es lausig, nicht wahr? Einen Augenblick, bitte.“ Sie verschwand kurz, um ihren Mantel zu holen.

„Ein Schulmädchen“, brummte der Beamte, der links neben Eric stand. Er schüttelte den Kopf. „Bei jedem normalen Mann würden die Gerichte einschreiten.“

„Halt den Mund“, fuhr ihn sein Kollege an, als Mary Reineke zurückkehrte; sie trug jetzt ein weites, blauschwarzes Jackett mit großen Knöpfen.

„Hört mal, ihr Helden“, wandte sich Mary an die Geheimdienstbeamten. „Ihr beiden verzieht euch jetzt; ich möchte mich mit Dr. Sweetscent unterhalten, ohne daß ihr eure neugierigen Nasen hineinsteckt.“

„Schon gut, Mary.“ Die Beamten grinsten und entfernten sich. Eric war jetzt allein mit dem Mädchen.

Schweigend schritten sie den Korridor entlang, bis Mary schließlich fragte: „Wie geht es ihm?“

Vorsichtig antwortete Eric: „Alles in allem ist er bemerkenswert gesund. Obwohl es fast unglaublich klingt. Aber ...“

„Aber er stirbt. Ständig. Er ist krank, doch er gibt nicht auf ... Ich wünschte, es würde endlich ein Ende nehmen; ich wünschte, er ...“ Sie schwieg nachdenklich. „Nein. Wenn Gino stirbt, würde man mich rausschmeißen. Zusammen mit all den Cousins und Onkeln und Bambinos. Man würde das ganze Unkraut entfernen, daß sich hier eingenistet hat.“ Ihre Stimme klang grimmig und verbittert; Eric sah sie scharf an. „Sie sind hier, um ihn gesund zu machen?“ fragte Mary.

„Nun, ich kann es versuchen. Ich kann zumindest ...“

„Oder sind Sie hier, um ... wie nennt man es?“

„Um ihm den Gnadenstoß zu geben“, murmelte Eric.

„Ja.“ Mary Reineke nickte. „Nun? Warum sind Sie hier? Oder wissen Sie es nicht? Sind Sie genauso unentschlossen wie er?“

„Ich bin nicht unentschlossen“, erklärte Eric nach einem Moment des Nachdenkens.

„Dann kennen Sie Ihre Pflicht. Sie sind dieser Transplantchirurg, nicht wahr? Der beste Transplantchirurg der Erde .. Ich glaube, ich habe etwas über Sie im *Time*-Magazin gelesen. Halten Sie *Time* nicht auch für ein sehr informatives Magazin? Ich lese es jede Woche vom Anfang bis zum Ende, vor allem die medizinischen und wissenschaftlichen Teile.“

„Gehen Sie ... gehen Sie zur Schule?“ fragte Eric.

„Ich bin fertig. Zum College will ich nicht. Ich pfeife auf das, was man gemeinhin ‚höhere Bildung‘ nennt.“

„Was wollen Sie werden?“

„Wie meinen Sie das?“ Argwöhnisch blickte sie ihn an.

„Ich meine, welchen Beruf wollten Sie ergreifen?“

„Ich brauche keinen Beruf.“

„Aber das wußten Sie doch nicht; Sie konnten doch nicht davon ausgehen, daß sie ...“ Er machte eine hilflose Handbewegung. „Daß Sie hier im Weißen Haus leben würden.“

„Natürlich konnte ich das. Ich wußte es mein ganzes Leben lang. Seit ich drei Jahre alt war.“

„Aber woher?“

„Ich war – ich bin – eine von diesen Präkogs. Ich konnte in die Zukunft sehen.“ Ihre Stimme klang gelassen.

„Können Sie das noch immer?“

„Natürlich.“

„Dann brauchen Sie mich auch nicht zu fragen, warum ich hier bin; Sie können in die Zukunft schauen und feststellen, was ich tun werde.“

„Was Sie tun“, erklärte Mary, „ist nicht so wichtig; es wird nicht registriert.“ Sie lächelte und entblößte dabei wunderschöne, regelmäßige weiße Zähne.

„Das kann ich nicht glauben“, versetzte er gereizt.

„Dann werden Sie doch Ihr eigener Präkog; fragen Sie mich nicht, wenn Sie die Ergebnisse nicht interessieren. Oder wenn Sie nicht in der Lage sind, sie zu akzeptieren. Dies hier ist ein mörderisches Milieu; Dutzende von Menschen kämpfen vierundzwanzig Stunden am Tag darum, Ginos Aufmerksamkeit zu erregen. Sie müssen sich einen Weg durch das Gewühl bahnen. Deshalb ist Gino krank – oder besser: Deshalb zieht er es vor, krank zu sein.“

„Ja, er zieht es vor“, nickte Eric.

„Er ist ein hysterischer Hypochonder; Sie wissen schon, die Leute, die sich einbilden, krank zu sein, ohne daß ihnen wirklich etwas fehlt. Das ist seine Methode, sich die Leute vom Hals zu halten; er ist einfach zu krank, um sich mit ihnen herumzuschlagen.“ Sie lachte vergnügt. „Sie wissen es doch auch – Sie haben ihn untersucht. Und ihm fehlt nichts.“

„Haben Sie die Krankenakte gelesen?“

„Natürlich.“

„Dann wissen Sie auch, daß Gino Molinari schon dreimal Krebs gehabt hat."

„Na und?" Sie zuckte die Achseln. „Hysterisch bedingt."

„Nicht im medizinischen Sinne ..."

„Wem glauben Sie eigentlich mehr; Ihren Lehrbüchern oder den Dingen, die Sie mit eigenen Augen sehen?" Sie blickte ihn forschend an. „Wenn Sie hier überleben wollen, dann sollten Sie sich besser entschließen, Ihre Lage realistisch zu betrachten und die Tatsachen zu akzeptieren, wie sie nun einmal sind. Sie glauben, daß Teagarden froh ist, daß Sie hier sind? Für ihn stellen Sie eine Bedrohung dar; er ist bereits dabei, einen Weg zu suchen, wie er Sie diskreditieren kann – oder haben Sie das etwa nicht bemerkt?"

„Nein", gestand er. „Ich habe es nicht bemerkt."

„Dann haben Sie keine Chance. Teagarden wird dafür sorgen, daß Sie so schnell hier herausfliegen, daß ..." Sie verstummte. Vor ihnen befand sich die Tür zu Molinaris Krankenzimmer; die Sicherheitsbeamten bewachten sie noch immer. „Wissen Sie eigentlich, warum Gino in Wirklichkeit diese Schmerzen hat? Damit man ihn verwöhnt. Damit man ihn wie ein Baby hätschelt; er will wieder ein Baby sein, um nicht die Verantwortung eines Erwachsenen tragen zu müssen. Sie verstehen?"

„Derartige Theorien", bemerkte Eric, „klingen so perfekt, sind so einleuchtend, daß man ihnen mit Mißtrauen begegnen sollte."

„Aber in diesem Fall stimmt es", versicherte Mary. Sie schob sich an den Geheimdienstbeamten vorbei, öffnete die Tür und trat ein. Als sie neben Ginos Bett stand, blickte sie auf ihn hinunter und fauchte: „Steh auf, du großer, fauler Bastard."

Gino öffnete die Augen und richtete sich schwerfällig auf. „Oh. Du bist es. Entschuldige, aber ich ..."

„Ich entschuldige überhaupt nichts", schnappte Mary. „Du bist nicht krank. Steh auf! Ich schäme mich für dich; jeder schämt sich für dich. Du benimmst dich wie ein Baby – wie kannst du erwarten, daß ich dich respektiere, wenn du dich so aufführst?"

Nach einer Weile flüsterte Gino: „Vielleicht erwarte ich das gar nicht." Die Anklage des Mädchens schien ihn mehr als alles andere zu bedrücken. Dann erblickte er Eric. „Sie haben gehört, was sie gesagt hat, Doktor?" erkundigte er sich düster. „Niemand kann sie aufhalten. Sie stürmt hier herein, wenn ich im Sterben liege, und beschimpft mich auf diese Weise – vielleicht ist das der Grund, warum ich sterbe.“ Behutsam kratzte er sich den Bauch. „Im Moment spüre ich nichts mehr. Ich glaube, daß die Spritze, die Sie mir gegeben haben, dafür verantwortlich ist; was haben Sie mir injiziert?“

Es liegt nicht an der Spritze, dachte Eric, sondern daran, daß ich McNeil operiert habe. Die Schmerzen sind fort, weil ein Hilfskoch des Weißen Hauses nun ein Transplantherz in seiner Brust trägt. Ich hatte also recht.

„Wenn mit dir alles in Ordnung ist ...“ begann Mary.

„Schon gut“, seufzte Molinari. „Ich werde aufstehen, aber laß mich um Himmels willen allein.“ Mühselig erhob er sich. „Ja, verdammt noch mal, ja!“ brüllte er wutentbrannt. „Ich stehe auf; bist du nun zufrieden?“

Mary Reineke drehte sich zu Eric herum. „Was sagen Sie nun? Ich kann ihn dazu bringen, daß er das Bett verläßt; ich kann ihn dazu bringen, daß er wieder wie ein Mann aufrecht dasteht.“

„Herzlichen Glückwunsch“, murmelte Gino säuerlich, während er sich zittrig aufrichtete. „Ich brauche keine Ärzte; alles, was ich brauche, das bist du. Aber Dr. Sweetscent hat meine Schmerzen verschwinden lassen, nicht du. Was hast du jemals anderes getan, als mich zu beschimpfen? Wenn ich jetzt wieder aufstehen kann, dann allein dank deiner Hilfe.“ Er ging an ihr vorbei und holte aus dem Kleiderschrank seinen Morgenmantel hervor.

„Er ärgert sich über mich“, wandte sich Mary an Eric. „Aber im Grunde weiß er, daß ich recht habe.“ Sie wirkte vollkommen ruhig und selbstsicher; mit verschränkten Armen stand sie da und sah dem Generalsekretär zu, wie er den Gürtel seines blauen Morgenmantels verknotete und in seine Wildledersandalen schlüpfte.

„Sie ist verdammt eingebildet“, flüsterte Molinari Eric zu und deutete mit dem Kopf auf Mary. „Wenn man ihr glauben will, dann hat sie alles zu bestimmen.“

„Müssen Sie tun, was sie Ihnen sagt?“ wollte Eric wissen.

Molinari lachte. „Sicher. Sollte ich nicht?“

„Was geschieht, wenn Sie sich weigern? Wird dann alles zusammenbrechen?“

„Ja“, nickte Molinari, „dann fällt alles in Schutt und Asche. Es ist eine psionische Fähigkeit ... und heißt *Eine Frau zu sein*. Bei Mary ist es das gleiche. Ich bin froh, daß ich sie habe; ich mag sie. Mir macht es nichts aus, daß sie mich beschimpft. Schließlich bin ich aufgestanden, ohne daß es mir geschadet hat; also hat sie recht gehabt.“

„Ich merke es immer, wenn du dich nur krank stellst", versicherte Mary.

„Kommen Sie, Doktor", bat Molinari. „Man hat etwas vorbereitet, das ich mir anschauen soll; ich möchte, daß Sie es sich auch ansehen."

Gefolgt von den Geheimdienstbeamten, überquerten sie den Korridor und betraten ein bewachtes, verschlossenes Zimmer; ein Vorführraum, wie Eric erkannte. Die gegenüberliegende Wand bestand aus einem großformatigen Fernsehschirm.

„Ich werde eine Rede halten", erklärte Molinari, als sie sich gesetzt hatten. Er winkte, und der große Bildschirm wurde hell. „Die Aufzeichnung wird morgen abend über alle TV-Sender ausgestrahlt werden. Vorher möchte ich aber Ihre Meinung hören, für den Fall, daß Ihnen etwas auffällt, was geändert werden müßte." Er blickte Eric listig an, als ob er nicht alles gesagt hätte.

Warum interessiert ihn meine Meinung, fragte sich Eric, während auf dem Monitor das Bild des UNO-Generalsekretärs sichtbar wurde. Der Maulwurf trug die militärischen Insignien des Oberbefehlshabers der irdischen Streitkräfte: Orden und Schulterspangen und Rangabzeichen, und sein Kopf wurde von der steifen Marschallsmütze gekrönt, deren Schirm den oberen Teil seines rundlichen pausbäckigen Gesichtes verbarg, so daß nur die untere Hälfte, das kantige Kinn mit der strengen Furche, zu erkennen war.

Und unerklärlicherweise waren seine Wangen nicht mehr schlaff; sondern straff und fest. Es war ein hartes, ernstes Gesicht, das jetzt auf dem Bildschirn zu sehen war, geprägt von einer inneren Autoriät, die Eric zuvor bei dem Maulwurf noch nicht bemerkt hatte .. oder doch?

Ja, dachte er. Doch dies lag schon Jahre zurück, damals, als der Maulwurf sein Amt angetreten hatte und jünger gewesen war, noch nicht zerbrochen unter der Last der Verantwortung. Und jetzt begann der Maulwurf auf dem Monitor mit seiner Rede ... Und seine Stimme – *es war die alte vertraute Stimmen von früher*. Die gleiche wie damals, vor zehn Jahren, vor diesem schrecklichen Krieg, den sie allmählich verloren.

Kichernd hockte Molinari neben Eric auf dem weichen Schaumstoffsessel. „Ich sehe gut aus, nicht wahr?"

„Ja, in der Tat." Die Stimme, die aus dem Lautsprecher drang, klang sonor und sogar dann und wann ein wenig eindrucksvoll, majestätisch. Und genau diese Eigenschaften hatte Molinari verloren und war bemitleidenswert geworden. Auf dem Bildschirm sprach der würdige, ehrfurchteinflößende Mann in der Uniform voll Überzeugung und ohne Zögern; auf dem Videoband befahl und informierte der UNO-Generalsekretär, flehte nicht, wandte sich nicht mit der Bitte um Hilfe an die irdische Bevölkerung ... er *sagte* ihr, was in dieser Krisenzeit zu tun war. Und so sollte es auch sein. Aber wie hatte man das fertiggebracht? Wie war es dem unentschlossenen, hypochondrischen Invaliden, der an seinen endlosen Krankheiten litt, gelungen, sich zusammenzureißen und so auszusehen? Verwirrung erfüllte Eric.

„Es ist ein Schwindel", ertönte neben ihm Molinaris Stimme. „Das bin ich nicht." Er lächelte vergnügt, als Eric ihn anstarrte und dann wieder zum Bildschirm sah.

„Und wer ist es dann?"

„Niemand. Es ist eine Robameise. General Rob Servant Enterprises hat sie für mich entwickelt – diese Rede ist ihr erster Auftritt. Sieht hübsch aus, genau wie mein altes Selbst; wenn ich ihr zuschaue, fühle ich mich direkt jünger." Eric entdeckte, daß der UNO-Generalsekretär tatsächlich jetzt mehr an sein altes Selbst erinnerte; er hattte sich erholt, während er dem Simulacrum auf dem Monitor zusah. Vor allen anderen war der Maulwurf von dem Spektakel fasziniert und selbst sein erster Bewunderer geworden. „Was sagen Sie dazu? Natürlich ist das Simulacrum streng geheim – außer Dawson Cutter von GRS Enterprises sind nur drei oder vier Leute darüber informiert. Aber sie werden es mit der gebotenen Vertraulichkeit behandeln; sie sind den Umgang mit klassifiziertem Material gewöhnt." Er klopfte Eric auf die Schulter. „Nun, Doktor, wie fühlen Sie sich, wo Sie jetzt Kenntnis von einem Staatsgeheinmis haben? Auf diese Weise funktioniert ein moderner Staat; es gibt Dinge, die die Wähler nicht wissen und die sie zu ihrem eigenen Besten nicht wissen dürfen. Alle Regierungen haben auf diese Weise gearbeitet, nicht nur meine. Oder glauben Sie, daß nur meine Regierung so handelt? Wenn ja, dann haben sie noch eine Menge zu lernen. Ich lasse meine Reden von einer Robameise halten, weil ich trotz aller Bemühungen der Maskenbildner nicht eindrucksvoll und stattlich genug wirke." Er war ernst geworden; der scherzhafte Unterton war aus seiner Stimme verschwunden. „Also habe ich die Finger davon gelassen. Ich bin Realist." Düster lehnte er sich in seinem Sessel zurück.

„Wer hat die Rede geschrieben?"

„Ich. Es bereitet mir keine Mühe, eine politische Erklärung zu verfassen, die Situation darzustellen und dem Volk zu sagen, wie die Lage aussieht und was weiter geschehen wird und welche Aufgaben sich uns stellen. Mein Verstand funktioniert tadellos.“ Er tippte sich an die breite, mächtige Stirn. „Natürlich hatte ich auch Unterstützung.“

„Unterstützung ...“ wiederholte Eric.

„Die Unterstützung eines Mannes, den Sie kennenlernen sollten – ein brillanter junger Rechtsanwalt, der mir als Berater dient, ohne einen Pfennig Geld dafür zu verlangen. Don Festenburg, ein richtiges Schlitzohr; Sie werden von ihm genauso beeindruckt sein wie ich. Er hat die Gabe, die kompliziertesten Themen mit einigen einfachen Sätzen darzustellen ... Ich habe immer die Neigung zur Weitschweifigkeit besessen; das ist allgemein bekannt. Doch seit Festenburg für mich arbeitet, ist das vorbei. Er hat das Simulacrum programmiert und mein Leben wesentlich erleichtert.“

Das synthetische Wesen auf dem Bildschirm sagte gerade: „... und als sich die zahlreichen Nationalstaaten zusammenschlossen und ihre Kräfte vereinten, da stellten wir Terraner eine gewaltige Macht dar, und heute sind wir mehr als nur einer von vielen Planeten, obwohl wir zugegebenermaßen weniger sind als jenes interplanetarische Reich unter der Herrschaft des Lilisterns ...Auch wenn wir vermutlich ...“

„Möchten Sie sich das Simulacrum nicht einmal aus der Nähe ansehen?“ fragte Molinari.

„Ich ... würde lieber darauf verzichten“, gestand Eric.

Molinari zuckte die Achseln. „Sie haben die Möglichkeit dazu, aber wenn Sie nicht interessiert sind oder es Ihnen Unbehagen bereitet ...“ Er blickte Eric an. „Sie sollten das idealistische Bild, das Sie sich von mir gemacht haben, besser vergessen; stellen Sie sich vor, daß das Ding, das dort auf dem Bildschirm spricht, real ist.“ Er lachte. „Ich dachte immer, daß ein Arzt, genau wie ein Rechtsanwalt oder ein Priester, es ertragen könnte, das Leben so zu sehen, wie es nun einmal ist; ich hielt die Wahrheit für Ihr täglich Brot.“ Er lehnte sich zu Eric hinüber; sein Sessel knarrte protestierend und gab unter seinem großen Gewicht ächzend nach. „Ich bin zu alt. Ich kann nicht mehr überzeugend reden. Gott weiß, daß ich es gerne tun würde. Aber das dort ist die Lösung für dieses Problem – oder hätte ich aufgeben sollen?“

„Nein“, schüttelte Eric den Kopf. Das hätte die Situation nicht geändert.

„Also benutze ich als Stellvertreter eine Robameise, die von Don Festenburg programmiert wird und meine Reden hält. Wir können weitermachen, und das ist das einzige, was zählt. Sie müssen lernen, damit zu leben, Doktor – werden sie erwachsen." Sein Gesicht war nun kalt, unnachgiebig.

„In Ordnung", sagte Eric nach einem Moment.

Molinari klopfte ihm auf die Schulter und sagte mit leiser Stimme: „Die Sternmenschen sind über das Simulacrum und Don Festenburgs Hilfe nicht informiert; ich möchte auch nicht, daß sie davon erfahren, Doktor, denn ich will auch sie beeindrucken. Sie verstehen? Ich habe eine Kopie dieses Videobandes zum Lilistern geschickt; es müßte dort inzwischen eingetroffen sein. Soll ich Ihnen die Wahrheit sagen, Doktor? Nun, offen gestanden, mir geht es mehr darum, sie zu beeindrukken als die Bevölkerung der Erde. Was sagen Sie dazu? Ich will Ihre ehrliche Meinung hören."

„Nun", erwiderte Eric, „das verrät mir mehr über die Gefährlichkeit unserer Lage als alles andere."

Der Maulwurf bedachte ihn mit einem melancholischen Blick. „Ja, wahrscheinlich haben Sie recht. Obwohl das im Grunde nicht weiter wichtig ist; wenn Sie nur eine Ahnung davon hätten, was ..."

„Sprechen Sie nicht weiter. Nicht jetzt."

Auf dem Bildschirm redete Gino Molinaris Simulacrum mit eindringlichen Gesten und beschwörender Stimme weiter auf das unsichtbare Fernsehpublikum ein.

„Gewiß, gewiß", stimmte Molinari beschwichtigend zu. „Tut mir leid, daß ich Sie mit meinem Problem belästigt habe." Bedrückt, mit müdem, zerfurchtem Gesicht wandte er seine Aufmerksamkeit wieder dem Bildschirm zu, dem gesunden, energischen, ganz und gar synthetischen Bild seines früheren Selbst.

Kathy Sweetscent stand in der Küche ihres Konap und griff unbeholfen nach einem Schälmesser, um eine Zwiebel zu zerkleinern, als sie mit einem ungläubigen Blick feststellte, daß sie sich in den Finger geschnitten hatte; stumm, mit dem Messer in der Hand sah sie zu, wie die blutroten Tropfen an ihrem Finger entlangliefen und sich mit dem Wasser vermischten, das ihr Handgelenk benetzt hatte. Sie konnte nicht einmal mehr die einfachsten Arbeiten ausführen. Die verdammte Droge, dachte sie verbittert. Von Minute zu Minute raubt sie mir mehr von meiner Kraft. Alles mißlingt mir. Wie, zum Teufel, soll ich mir da etwas zu essen machen können?

Hinter ihr ertönte Jonas Ackermans besorgte Stimme. „Irgend etwas muß mit Ihnen geschehen, Kathy." Er blickte ihr nach, als sie ins Badezimmer ging, um sich einen Verband zu holen. „Und jetzt lassen Sie auch noch die Mullbinden fallen. Wenn Sie mir doch nur verraten würden, was Sie haben, was ..."

„Würden Sie mich bitte verbinden?" Sie schwieg, während Jonas ihren verletzten Finger mit der Mullbinde umwickelte. „Es ist dieses JJ-180", brach es plötzlich aus ihr hervor. „Ich bin süchtig danach. Die Sternmenschen haben mich draufgebracht. Bitte, helfen Sie mir, holen Sie mich davon runter. Ja?"

Jonas starrte sie entsetzt an. „Ich ... ich weiß nicht genau, was man dagegen unternehmen kann; es ist eine völlig neue Droge. Natürlich werden wir uns sofort mit Hazeltine in Verbindung setzen. Die ganze Gesellschaft, Virgil eingeschlossen, wird sich um Sie kümmern."

„Sprechen sie mit Virgil. Jetzt sofort."

„*Jetzt?* Es ist sehr spät, Kathy; es liegt an der Droge, daß Sie so ungeduldig sind. Ich werde morgen mit ihm reden."

„Verdammt noch mal, die Droge wird mich umbringen. Also setzen Sie sich besser noch heute nacht mit ihm in Verbindung, Jonas, hören Sie?"

Jonas dachte nach. „Ich werde ihn anrufen", erklärte er schließlich.

„Das Videonetz wird abgehört. Von den Sternmenschen."

„Das klingt reichlich paranoid. Eine Nebenwirkung der Droge."

„Ich fürchte mich vor ihnen." Sie hatte zu zittern begonnen. „Ihnen ist alles zuzutrauen. Sie müssen Virgil persönlich aufsuchen, Jonas; es hat keinen Sinn, ihn anzurufen. Oder kümmert Sie es denn überhaupt nicht, was aus mir wird?"

„Natürlich kümmert mich das! Na schön, ich werde zu dem Alten gehen. Aber kann ich Sie denn allein lassen?"

„Ja", nickte Kathy. „Ich werde mich ins Wohnzimmer setzen und nichts unternehmen. Ich werde einfach darauf warten, daß Sie zurückkommen und mir Hilfe bringen. Was kann mir schon passieren, wenn ich nur dasitze und nichts tue?"

„Vielleicht versuchen Sie sich umzubringen. Vielleicht werden Sie von Panik übermannt ... und versuchen fortzulaufen. Wenn es stimmt, daß Sie süchtig nach JJ-180 sind ..."

„Es stimmt!" rief sie. „Glauben Sie denn, daß ich mir einen Scherz mit Ihnen mache?"

„Schon gut", sagte Jonas. Er führte sie ins Wohnzimmer und drückte sie auf die Couch. „Gott, ich hoffe, daß Ihnen nichts zustößt – ich hoffe, daß ich keinen Fehler mache." Er schwitzte und war blaß geworden, und sein Gesicht wies einen besorgten Ausdruck auf. „Ich werde in einer halben Stunde zurück sein, Kathy. Mein Gott, wenn irgend etwas passiert, wird mir das Eric niemals verzeihen, und ich könnte es ihm nicht einmal übelnehmen." Die Haustür fiel hinter ihm ins Schloß. Er hatte nicht einmal auf Wiedersehen gesagt.

Sie war allein.

Mit einemmal sprang sie auf, eilte zum Videofon und wählte. „Ein Taxi." Sie nannte ihre Adresse und legte auf.

Einen Moment später hatte sie sich den Mantel über die Schulter geworfen, verließ hastig das Haus und ging unruhig auf dem nächtlichen Bürgersteig auf und ab.

Das automatische Taxi kam, sie stieg ein und las ihr Ziel von der Karte ab, die Corning ihr ausgehändigt hatte.

Falls ich noch mehr von dieser Droge bekomme, sagte sie sich, werden sich meine Gedanken klären, und ich kann mir überlegen, was ich unternehmen muß; jetzt kann ich einfach nicht richtig nachdenken. Alles, was ich in meinem jetzigen Zustand plane, würde vollkommen wertlos sein. Ich muß wieder zu mir kommen, und dafür brauche ich die Droge. Ohne sie bin ich hilflos. Der einzige andere Ausweg wäre Selbstmord. Noch ein paar Stunden in dieser Verfassung, und es ist soweit. Und in dieser kurzen Zeit kann mir Jonas unmöglich helfen.

Es war die einzige Möglichkeit, ihn loszuwerden, erkannte sie. Ich mußte ihm von meiner Sucht erzählen. Sonst wäre er bei mir geblieben, und ich hätte nie mehr eine Chance gehabt, Corning zu erreichen. Ich habe die Gelegenheit beim Schopfe ergriffen, auch wenn die Ackermans jetzt wissen, was mit mir nicht stimmt, und nun um so energischer versuchen werden, mich davon abzuhalten, nach Cheyenne zu gehen und Eric aufzusuchen. Vieleicht sollte ich mich schon heute nacht auf den Weg machen, ohne in mein Apartment zurückzukehren. Aufbrechen, sobald ich die Kapseln habe. Alle meine Sachen zurücklassen ...

Wie verrückt kann man werden, fragte sie sich. Und nur eine einzige Dosis JJ-180 war nötig, um so etwas anzurichten. Wie wird es sein, wenn ich sie häufiger genommen habe .. oder nur zum *zweitenmal?*

Die Zukunft lag in gnädiger Dunkelheit. Sie ahnte nicht einmal, was ihr noch bevorstand.

„Wir sind da, Miss." Das Taxi ging auf dem Landedach eines Gebäudes nieder. „Das macht einen Dollar und zwanzig Cent und fünfundzwanzig Cent Trinkgeld."

„Zum Teufel mit dir und deinem Trinkgeld", fauchte Kathy; ihre Hände zitterten, als sie ihre Geldbörse öffnete, und sie konnte kaum die Münzen herausholen.

„Ja, Miss", sagte das automatische Taxi gehorsam.

Sie bezahlte und stieg aus. Eine trübe Lampe wies ihr den Weg. Was für eine heruntergekommene Bruchbude, in der die Sternmenschen hausen, dachte sie. Wahrscheinlch wohnen sie hier, um sich als Terraner auszugeben. Es war ein bitterer Trost; wie die Erde, so verloren auch die Sternmenschen diesen Krieg, und ihre Niederlage würde absolut sein. Allmählich gefiel ihr dieser Gedanke, und sie beschleunigte ihre Schritte, spürte wieder ihre alte Zuversicht. Sie haßte die Sternmenschen nicht nur – für einen Moment gelang es ihr sogar, sie zu verachten.

Gestärkt von dieser Vorstellung, erreichte sie schießlich das Konap, das von den Sternmenschen bewohnt wurde, klingelte und wartete.

Corning selbst öffnete ihr; hinter ihm entdeckte sie mehrere andere Sternmenschen, die offensichtlich in ein Gespräch vertieft waren. Eine *Geheimkonferenz*, sagte sie sich; ich störe sie. Unangenehm – aber er hat mich ja aufgefordert, zu ihm zu kommen.

„Mrs. Sweetscent", stellte Corning sie den übrigen Anwesenden vor. „Ist das nicht ein entzückender Name? Kommen Sie herein, Kathy." Er machte eine einladende Geste.

„Geben Sie es mir hier draußen." Sie blieb im Treppenhaus stehen. „Ich bin auf dem Weg nach Cheyenne; wahrscheinlich sind Sie froh, das zu hören. Also sollten wir keine Zeit verschwenden." Sie streckte die Hand aus.

Etwas wie Mitleid blitzte in Cornings Augen auf, obwohl er sich Mühe gab, es zu verbergen. Aber sie hatte es bemerkt, und dies entsetzte sie mehr als alles andere, mehr als das Gefühl, süchtig zu sein, oder die Qualen, die sie erlitten hatte, als die Wirkung der Droge nachließ. Wenn es selbst einem Sternmenschen naheging ... Unwillkürlich duckte sie sich. Großer Gott, dachte sie; ich bin wirklich in Schwierigkeiten, bin dem Tode näher als dem Leben.

„Sehen Sie", fuhr sie nüchtern fort, „vielleicht werde ich nicht immer abhängig sein. Ich habe herausgefunden, daß Sie mich belogen haben; die Droge stammt von der Erde, nicht vom Feind, und früher oder später werden unsere Wissenschaftler eine Möglichkeit finden, mir zu helfen. Deshalb habe ich keine Furcht." Sie wartete, während Corning fortging, um die Droge zu holen; zumindest nahm sie an, daß er sich deswegen entfernt hatte.

Einer der anderen Sternmenschen musterte sie gelassen und bemerkte: „Sie können den Lilistern jahrelang mit dieser Droge verseuchen, ohne daß irgend jemand von ihr abhängig wird."

„Ja", stimmte Kathy zu. „Das ist der Unterschied zwischen Ihnen und uns; äußerlich sehen wir uns ähnlich, aber innerlich sind Sie stark, und wir sind schwach. Bei Gott, ich beneide Sie. Wie lange wird Corning brauchen?"

„Er wird gleich wieder hiersein", versicherte der Sternmensch. „Sie ist hübsch", wandte er sich an seinen Gefährten.

„Ja, hübsch wie ein Tier", antwortete der andere Sternmensch. „Also gefallen dir hübsche Tiere? Hat man dir deshalb diese Aufgabe zugeteilt?"

Corning kehrte zurück. „Kathy, ich werde Ihnen vier Kapseln geben. Nehmen Sie jedesmal nur eine. Eine Überdosis würde sehr wahrscheinlich Ihr Herz schädigen."

„In Ordnung." Sie nahm die Kapseln an sich. „Haben Sie eine Tasse oder ein Glas Wasser, damit ich das Zeug hinunterspülen kann?"

Er holte ihr ein Glas und sah mitfühlend zu, wie sie die Kapsel einnahm. „Ich nehme sie nur", erklärte sie, „um wieder klar denken und mir meine weiteren Schritte überlegen zu können. Ich habe Freunde, die mir helfen werden. Aber trotzdem gehe ich nach Cheyenne, denn Geschäft ist Geschäft, selbst wenn es Sie betrifft. Können Sie mir jemanden nennen, der mir dort weitere Kapseln geben kann, wenn ich sie benötige? *Falls* ich sie benötige, meine ich."

„Wir besitzen keinen Verbindungsmann in Cheyenne. Ich fürchte, Sie werden zu mir zurückkehren müssen, wenn Sie diese drei Dosen verbraucht haben."

„Dann ist es mit Ihrer Unterwanderung von Cheyenne ja nicht weit her."

„Sie haben recht." Zumindest schien Corning deswegen nicht sonderlich beunruhigt zu sein.

„Auf Wiedersehen", erklärte Kathy und wandte sich ab. „Leben Sie wohl", rief sie den Sternmenschen zu, die sich im Apartment aufhielten. „Gott, was sind Sie widerlich. So selbstsicher. Es muß ja ein großer Sieg für Sie ..." Sie verstummte; was hatte es schon für einen Sinn? „Virgil Ackerman ist über mich informiert. Ich wette, daß er etwas unternehmen wird; er fürchtet sich nicht vor Ihnen, dafür ist er viel zu mächtig."

„In Ordnung", nickte Corning. „Ich will Ihnen Ihre Illusionen nicht nehmen. Aber von nun an verlange ich, daß Sie es niemandem sonst mitteilen, denn andernfalls bekommen Sie keine Kapseln mehr. Sie hätten es den Ackermans nicht verraten sollen, aber ich werde das noch einmal durchgehen lassen; schließlich waren Sie nicht mehr bei vollem Verstand, als die Wirkung der Droge nachließ – wir haben damit gerechnet. Es war eine Kurzschlußhandlung. Viel Glück, Kathy, und ich hoffe, daß wir bald von Ihnen hören werden."

„Kannst du ihr nicht jetzt schon die weiteren Instruktionen geben?" fragte ein Sternmensch mit müden, froschähnlichen Augen, der hinter Cornings Rücken aufgetaucht war.

„Das wäre sinnlos; sie würde es nicht behalten", entgegnete Corning. „Sie ist jetzt schon überfordert; siehst du nicht, wie erschöpft sie ist?"

„Gib ihr einen Abschiedskuß", schlug der Sternmensch hinter ihm vor. „Oder wenn ihr das nicht zusagen sollte ..."

Die Wohnungstür fiel ins Schloß.

Einen Augenblick noch blieb sie dort stehen und wandte sich dann ab, entfernte sich in Richtung Treppe. Ich fühle mich benommen, dachte sie, Desorientierung ... Ich hoffe nur, daß ich rechtzeitig ein Taxi bekomme. Sobald ich erst einmal im Taxi sitze, ist alles in Ordnung. Mein Gott, sie haben mich schändlich behandelt; ich sollte an sich beleidigt sein, aber in Wirklichkeit ist es mir gleichgültig. Zumindest solange ich noch diese drei Kapseln mit dem JJ-180 habe. Und noch mehr bekommen kann.

Die Kapseln waren wie konzentrierte Lebenskraft, und dennoch war gleichzeitig alles, was sie bewirkten, eine vollkommene Illusion. Was für ein Schlamassel, dachte sie düster, als sie das Landedach betrat und nach dem roten, flackernden Positionslicht eines Automatentaxis Ausschau hielt. Ein ... Schlamassel.

Schließlich traf ein Taxi ein, und als sie in dem weichen Polstersitz saß und sich auf dem Weg nach Cheyenne befand, da bemerkte sie, daß die Droge zu wirken begann.

Die ersten Anzeichen verblüfften sie. Und sie fragte sich, ob dies nur eine Halluzination oder ob es Wirklichkeit war; dies zu wissen, schien ihr schrecklich wichtig zu sein. Angestrengt, verzweifelt dachte sie darüber nach. Es war so einfach und trotzdem so bedeutsam.

Die Schnittwunde an ihrem Finger war verschwunden.

Sie saß da, untersuchte die Stelle, strich über die glatte, unversehrte Haut. Keine Verletzung. Keine Narbe. Ihr Finger war wie zuvor ... als ob die Zeit zurückgelaufen wäre. Und auch von dem Verband war nichts mehr zu sehen, und das schien ihre Vermutung zu bestätigen, es vollkommen verständlich zu machen, trotz ihrer rasch nachlassenden geistigen Fähigkeiten.

„Schau dir meine Hand an“, befahl sie dem Taxi und hob ihren Arm. „Kannst du irgendeine Verletzung erkennen? Würdest du glauben, daß ich mich vor einer halben Stunde geschnitten habe?“

„Nein, Miss“, erklärte das Taxi, während es über die flache Einöde Arizonas hinwegflog und weiter nördlich in Richtung Utah schoß. „Sie wirken unverletzt.“

Jetzt verstehe ich, wie die Droge wirkt, dachte sie. Warum unter ihrem Einfluß die Dinge und die Menschen ihre Substanz zu verlieren scheinen. Es ist nicht so rätselhaft, wie ich dachte, und keinesfalls leide ich unter Halluzinationen; der Schnitt ist wirklich verschwunden – *dies ist keine Illusion.* Werde ich mich später daran erinnern? Vielleicht werde ich es vergessen; vielleicht werde ich vergessen, daß ich mich geschnitten habe, wenn die Wirkung der Droge weiter zunimmt und mich mehr und mehr verschlingt.

„Hast du etwas zum Schreiben?“ fragte sie das Taxi.

„Hier, Miss.“ Aus einem Schlitz in der Rückwand des Vordersitzes fiel ein Schreibblock heraus, an dem ein Stift befestigt war.

Sorgfältig schrieb Kathy: *JJ-180 hat mich in jene Zeit zurückversetzt, da ich mich noch nicht in den Finger geschnitten hatte.* „Welches Datum haben wir?“ fragte sie das Taxi.

„Den 18. Mai, Miss.“

Sie versuchte sich zu besinnen, ob diese Auskunft richtig war, doch sie fühlte sich wie betäubt; entglitt ihr bereits alles? Gut, daß sie diese Notiz gemacht hatte. Oder nicht? Der Block mit dem Schreibstift lag in ihrem Schoß.

Der Text lautete: *JJ-180 hat mich ...*

Und das war alles.

Und dennoch wußte sie, daß sie den Satz zu Ende geschrieben hatte, wie immer er auch lauten mochte; sie konnte sich nur nicht mehr daran erinnern. Reflexartig untersuchte sie ihre Hand. Aber was hatte ihre Hand damit zu tun? „Taxi“, stieß sie hervor, als sie spürte, wie sie langsam ihr seelisches Gleichgewicht verlor, „wonach habe ich dich soeben gefragt?“

„Nach dem Datum.“

„Und davor?“

„Sie haben um Schreibutensilien gebeten."

„Davor habe ich dich nichts gefragt?"

Das Taxi schien zu zögern. Aber vielleicht bildete sie sich das auch nur ein. „Nein, Miss – nichts."

„Nichts über meine *Hand?"*

Nein, kein Zweifel, die Elektronik des Taxis zögerte tatsächlich. Schließlich sagte es mit seiner knarrenden Stimme: „Nein, Miss."

„Danke", murmelte Kathy und lehnte sich in ihrem Sitz zurück, strich über ihre Stirn und dachte: also ist das Taxi ebenfalls verwirrt. Und demnach ist es keine subjektive Erfahrung; die Zeitverzerrung wirkt auf mich und auf meine Umgebung.

Wie als Entschuldigung, weil es ihr nicht hatte helfen können, erkundigte sich das Taxi: „Die Reise wird noch einige Stunden dauern; möchten Sie gerne in der Zwischenzeit fernsehen, Miss? Der Bildschirm befindet sich direkt vor Ihnen; Sie brauchen nur den Fußschalter zu bedienen."

Automatisch schaltete sie den Bildschirm mit einem kurzen Druck ihres Zehs ein; sofort erhellte er sich und enthüllte das Bild einer vertrauten Gestalt, die ihres Führers Gino Molinari, der soeben eine Rede hielt.

„Sind Sie mit dem Kanal einverstanden?" fragte das Taxi. Es klang noch immer entschuldigend.

„Oh, gewiß", bestätigte sie. „Außerdem wird es auf allen Kanälen übertragen, wenn er sich aufrafft und eine seiner großspurigen Reden zum besten gibt." So lautete das Gesetz.

Und trotzdem erschien ihr dieses vertraute Spektakel auf eine absonderliche Weise fremd; sie starrte auf den Monitor und dachte: Er sieht jünger aus. Er sieht genauso aus wie damals, als ich noch ein Kind war. Enthusiastisch, voller Leben und Überzeugungskraft, und seine Augen funkeln mit der alten Intensität; sein ursprüngliches Selbst, das niemand vergessen hat, obwohl es schon so lange nicht mehr existiert. Nun, offensichtlich existierte es *doch* noch; sie sah es jetzt mit ihren eigenen Augen, und sie war verwirrter denn je.

Ist JJ-180 dafür verantwortlich, fragte sie sich, ohne eine Antwort darauf zu finden.

„Gefällt es Ihnen, Mr. Molinari zuzusehen?" fragte das Taxi.

„Ja", sagte Kathy. „Es gefällt mir."

„Meinen Sie nicht auch", fuhr das Taxi fort, „daß er die Wahl zum UNO-Generalsekretär gewinnen wird?"

„Du gehirnlose Konservenbüchse", fauchte Kathy. „Er ist schon jahrelang Generalsekretär." Die Wahl, dachte sie, ja, der Maulwurf hat genauso während des Wahlkampfes ausgesehen, der schon Jahrzehnte zurückliegt ... vielleicht hatte das die Elektronik des Taxis durcheinandergebracht. „Tut mir leid", erklärte sie. „Aber wo, zum Teufel, hast du die ganze Zeit gesteckt? Hat man dich zweiundzwanzig Jahre lang in einer Reparaturwerkstatt abgestellt?"

„Nein, Miss. Ich bin ununterbrochen im Einsatz gewesen. Allerdings scheint Ihr Verstand verwirrt zu sein, wenn ich mir die Bemerkung erlauben darf. Benötigen Sie ärztliche Hilfe? Unter uns befindet sich im Augenblick zwar Wildnis, aber wir werden bald St. George in Utah passieren."

Sie war schrecklich durcheinander. „Natürlich brauche ich keine ärztliche Hilfe; ich bin gesund." Aber das Taxi hatte recht. Die Droge hatte inzwischen ihre volle Wirkung entfaltet. Sie fühlte sich elend, und sie schloß die Augen, preßte ihre Finger gegen die Stirn, wie um zu verhindern, daß ihre psychologische Realität, ihr privates, subjektives Selbst sich endgültig auflöste. Mir ist, als ob ich mich selbst verliere; diesmal ist die Wirkung viel stärker, diesmal ist es anders, und vielleicht liegt es daran, daß ich allein bin. Aber ich muß durchhalten. Wenn ich kann.

„Miss", sagte das Taxi plötzlich, „würden Sie bitte wiederholen, wohin ich fliegen soll? Ich habe es vergessen." Es klickte im Innern der elektronischen Steuerung, als ob das Taxi Kummer empfinden würde. „Bitte, helfen Sie mir."

„Ich weiß es nicht", erklärte sie. „Es ist deine Aufgabe; versuch dich zu erinnern. Und wenn es nicht geht, dann fliege einfach im Kreis." Was ging es sie denn an, wohin das Taxi wollte? Was hatte sie eigentlich damit zu tun?

„Es begann mit einem *C"*, stellte das Taxi hoffnungsvoll fest.

„Chicago."

„Nein, ich glaube nicht. Nun, falls Sie sich dessen aber sicher sind ..." Das Triebwerk dröhnte auf, als es den Kurs wechselte.

Wir beide stecken bis zum Hals drin, erkannte Kathy. In dieser von der Droge erzeugten Sequenz. Sie haben einen Fehler gemacht, Mr. Corning, indem sie mir die Droge gegeben haben, ohne mich zu überwachen. Corning? Wer war Corning?

„Ich weiß jetzt, was unser Ziel ist", sagte sie laut. „Corning."

„Es gibt keine Stadt diesen Namens", erwiderte das Taxi.

„Unmöglich." Panik überfiel sie. „Überprüfe noch einmal deine Datei."

„Wirklich, es existiert keine Stadt namens Corning."

„Dann sind wir verloren", murmelte Kathy resigniert. „Gott, wie ist das furchtbar. Ich muß heute nacht in Corning sein, und diese Stadt gibt es gar nicht; was kann ich nur tun? Mach einen Vorschlag. Ich bin auf dich angewiesen; merkst du denn nicht, wie ich leide? Ich glaube, ich verliere noch den Verstand."

„Ich werde Hilfe anfordern", erklärte das Taxi. „Ich werde mich bei der Bundesverkehrsbehörde in New York erkundigen. Es dauert nur einen Augenblick." Eine Weile herrschte Stille. „Miss, es gibt keine Bundesverkehrsbehörde in New York, und wenn doch, dann kann ich sie nicht erreichen."

„Empfängst du sonst irgendwelche Funksprüche aus New York?"

„Nur die Sendungen von einem Haufen Radiostationen. Aber keine TV-Übertragungen und auch keine Impulse auf dem FM-Band oder im UKW-Bereich; unser Wellenbereich ist tot. Gegenwärtig empfange ich eine Radiostation, die eine Sendung mit dem Titel ‚Mary Marlin' ausstrahlt. Als Vorspann wurde ein Klavierstück von Debussy gespielt."

Sie kannte sich in der Geschichte dieses Landes aus; schließlich war sie Antiquitätenexpertin, und dies gehörte zu ihrer Arbeit. „Schalte deine Lautsprecher ein, damit ich es ebenfalls hören kann", befahl sie.

Einen Moment später drang die Stimme einer Frau an ihr Ohr, die einer anderen Frau eine unglückliche Leidensgeschichte erzählte, kitschig und langweilig, und dennoch wurde Kathy davon in heftige Aufregung versetzt.

Sie haben sich getäuscht, dachte sie, während ihre Gedanken wie ein Bienenschwarm summten. Es wird mich nicht zerstören. Sie haben übersehen, daß ich mich in dieser Epoche auskenne – sie ist mir so vertraut wie die Gegenwart. Dieses Erlebnis wirkt weder bedrohlich noch ängstigend auf mich; in Wirklichkeit ist es eine Chance.

„Laß das Radio eingeschaltet", wies sie das Taxi an. „Und fliege weiter." Aufmerksam lauschte sie dem Rührstück, während das Taxi sanft durch die Luft glitt.

8

Es schien unmöglich, doch plötzlich war es Tag geworden. Und auch das Automatentaxi begriff das Unglaubliche dieses Vorgangs: etwas wie Schmerz schwang in seiner Stimme mit, als es Kathy zurief: „Dort unten auf der Straße, Miss! Ein altertümliches Fahrzeug, das es eigentlich gar nicht geben dürfte!“ Das Taxi verlor an Höhe. „Sehen Sie selbst! *Schauen Sie sich das an!*“

Kathy blickte nach unten. „Ja“, nickte sie. „Ein Ford Modell A aus dem Jahre 1932. Du hast recht; seit Generationen wird dieses Modell nicht mehr gebaut.“ Sie dachte angestrengt nach. „Lande“, befahl sie dann.

„Wo?“ Zweifellos gefiel dem Automatentaxi dieser Vorschlag nicht.

„Dort vorn in der Stadt. Auf diesem Dach da.“ Ruhe hatte sie überkommen. Und sie wußte: Es lag an der Droge. Und nur an der Droge. Alles würde nur so lange dauern, wie die Droge den Stoffwechsel ihres Gehirns steuerte; JJ-180 hatte sie ohne Vorankündigung hierher versetzt, und vermutlich würde JJ-180 sie ebenso abrupt in ihre eigene Zeit zurückbringen.

„Ich werde mich nach einer Bank umsehen“, sagte Kathy laut. „Und Geld von meinem Konto abheben. Und danach ...“ Und dann begriff sie, daß sie in dieser Zeit kein Konto besaß; es gab für sie keine Möglichkeit, zu Geld zu kommen. Was konnte sie also tun? Nichts? Vielleicht Präsident Roosevelt anrufen und ihn vor Pearl Harbor warnen, dachte sie sarkastisch. Den Lauf der Geschichte ändern. Dafür sorgen, daß man in einigen Jahren die Atombombe nicht entwickelt.

Sie war hilflos – und dennoch von ihrer potentiellen Macht wie gelähmt; und dies war kein angenehmes Gefühl. Sollte sie irgendwelche antiken Gegenstände mit zurück in die Gegenwart für das 35er Wash nehmen? Oder eigene Nachforschungen anstellen und gewisse historische Kontroversen beilegen? Greta Garbo entführen und sie den Rest ihres Lebens in dem marsianischen Babyland verbringen lassen? Das würde Virgils Kindheitswelt mit Sicherheit noch glaubwürdiger erscheinen lassen.

„Virgil Ackerman", sagte sie langsam, „ist zu dieser Zeit noch ein kleiner Junge. Sagt dir das irgend etwas?"

„Nein", gestand das Taxi.

„Es verleiht mir ungeheure Macht über ihn." Sie öffnete ihre Geldbörse. „Ich werde ihm etwas schenken. Meine Münzen, meine Geldscheine." Und ihm zuflüstern, wann die Vereinigten Staaten in den Krieg eintreten, dachte sie. Er wird dieses Wissen später irgendwie verwenden können ... ja, er wird eine Möglichkeit finden; er war schon immer gerissen, viel gerissener als ich. Gott, dachte sie, wenn ich doch nur wüßte, wie ich ihm helfen kann! Soll ich ihm raten, Aktien von irgendeiner Firma zu kaufen? Von General Dynamics? In jedem Boxkampf auf Joe Louis zu setzen? Grundstücke in Los Angeles zu erwerben? Was kann man einem acht- oder neunjährigen Jungen raten, wenn man genau über den exakten Verlauf der nächsten einhundertzwanzig Jahre informiert ist?

„Miss", meldete sich das Taxi kläglich zu Wort, „ich muß Ihnen leider mitteilen, daß meine Energievorräte allmählich zur Neige gehen; wir befinden uns schon zu lange in der Luft."

Erschrocken fuhr sie auf. „Aber du müßtest doch noch Reserven für fünfzehn Stunden haben."

„Die sind fast aufgebraucht", gab es widerstrebend zu. „Es ist meine Schuld; tut mir leid. Als Sie mich bestellt haben, befand ich mich gerade auf dem Weg zur Wartungsstation."

„Du verdammter Schrotthaufen", stieß sie wütend hervor. Also gab es keine Möglichkeit, Washington D.C. zu erreichen; sie befanden sich mindestens tausend Kilometer von der Hauptstadt entfernt. Und in dieser Zeit war das hochwertige, superraffinerierte Protonex noch nicht entwickelt worden, von dem das Taxi angetrieben wurde. Doch plötzlich wußte sie, was sie tun mußte. Unbeabsichtigt hatte das Taxi sie auf diese Idee gebracht. Protonex war der ergiebigste Kraftstoff, den es jemals gegeben hatte – und man gewann ihn aus Meerwasser. Sie brauchte nur eine Probe Protonex an Virgil Ackermans Vater schicken, ihm auftragen, es zu analysieren und ein Patent darauf anzumelden.

Aber sie hatte keine Möglichkeit, irgend etwas zu verschicken, fehlte ihr doch das Geld, um Briefmarken zu kaufen. In ihrem Portemonnaie befanden sich zwar einige zerknitterte Briefmarken, doch natürlich stammten die alle aus ihrer eigenen Zeit – dem Jahr 2055. Scheiße, dachte sie wütend. Die Lösung liegt zum Greifen nahe – und gleichzeitig so fern.

„Wie“, wandte sie sich an das Taxi, „kann ich einen Brief abschikken, ohne über die zur Zeit gültigen Briefmarken zu verfügen?“

„Werfen Sie den Brief unfrankiert und ohne Absender ein, Miss. Die Post wird ihn dann dem Empfänger zustellen und von ihm das Nachporto verlangen.“

„Ja“, murmelte sie, „natürlich.“ Aber sie konnte die Protonex-Probe nicht in einem Briefumschlag stecken, sondern mußte ein Paket aufgeben, und ein Paket mußte man im voraus bezahlen. „Sag mal“, fragte sie das Taxi, „befinden sich in deiner Elektronik irgendwelche Transistoren?“

„Nur ein paar. Aber die Transistoren ...“

„Gib mir einen davon. Mir ist es egal, wofür du ihn brauchst; bau ihn aus und gib ihn mir, und je kleiner er ist, desto besser.“

Nach einer Weile rollte aus dem Schlitz in der Rückwand des Vordersitzes ein Transistor heraus, und sie fing ihn auf, bevor er auf den Boden fallen konnte.

„Dadurch wird mein Funkempfänger außer Betrieb gesetzt“, bemerkte das Taxi. „Sie werden ihn mir bezahlen müssen, und er ist nicht gerade billig, denn ...“

„Sei still“, schnappte Kathy. „Und lande in dieser Stadt dort, und zwar so schnell wie möglich.“ Hastig begann sie zu schreiben: ‚Dieses Radioteil stammt aus der Zukunft, Virgil Ackerman. Zeige es niemandem bis zum Jahre 1940. Dann biete es Westinghouse Corp oder General Electronics oder irgendeiner anderen Elektronikfirma zum Kauf an. Es wird dir ein Vermögen einbringen. Mein Name ist Katherine Sweetscent. Bewahre ihn gut auf und erinnere dich später daran.‘

Behutsam ging das Taxi auf dem Dach eines Bürogebäudes im Zentrum der kleinen Stadt nieder. Unten auf dem Bürgersteig blieben die altertümlich gekleideten Passanten stehen und gafften zu ihr hinauf.

„Lande auf der Straße“, wies Kathy das Taxi an. „Ich muß den Transistor in den nächsten Briefkasten einwerfen.“ In ihrer Tasche hatte sie einen Briefumschlag gefunden, bekritzelte ihn eilig mit Virgils 35er Wash-Adresse, legte den Transistor und den Brief hinein und klebte ihn zu. Das Taxi sank langsam tiefer und setzte dann auf der Straße mit ihren altertümlichen Autos auf.

Einen Moment später lief sie auf einen Briefkasten zu, warf den Brief ein und schnappte keuchend nach Luft.

Sie hatte es geschafft. Hatte Virgils wirtschaftliche Zukunft und damit auch ihre eigene gesichert. Der Grundstein für seine und ihre Karriere war gelegt.

Zum Teufel mit dir, Eric Sweetscent, dachte sie. Jetzt habe ich es nicht mehr nötig, dich zu heiraten; du bist nun nutzlos für mich geworden.

Und dann erkannte sie enttäuscht: Nein, ich muß dich trotzdem heiraten, um deinen Namen anzunehmen. Damit sich Virgil an mich erinnern kann, später, in meiner eigenen Zeit. Was sie getan hatte, war also vollkommen sinnlos gewesen.

Langsam kehrte sie zum wartenden Taxi zurück.

„Miss“, sagte das Taxi, „würden Sie mir dabei helfen, neuen Brennstoff zu suchen?“

„Du wirst hier keinen Treibstoff finden“, erwiderte Kathy. Seine hartnäckige Weigerung – oder sein Unvermögen –, ihre Lage zu erfassen, machte sie rasend. „Sofern du dich nicht mit Benzin von sechzig Oktan zufriedengibst. Aber das dürfte dir nur wenig nützen.“

Ein Passant, ein Mann mittleren Alters, der einen Strohhut trug, blieb abrupt stehen, als er das Automatentaxi bemerkte. „He, Lady“, rief er ihr zu, „was ist denn das? Eine neue Geheimwaffe der US-Marineinfantrie?“

„Ja“, bestätigte Kathy. „Und später wird es dafür sorgen, daß die Nazis geschlagen werden.“ Sie stieg ein und wandte sich noch einmal an die Menschenmenge, die sich in sicherer Entfernung um das Taxi versammelt hatte. „Behaltet den 7. Dezember 1941 nur ja gut im Gedächtnis; es wird ein denkwürdiger Tag werden.“ Sie verriegelte die Wagentür. „Also los. Ich könnte diesen Leuten soviel erzählen ... aber es scheint mir kaum der Mühe wert zu sein. Ein Haufen provinzieller Narren.“ Diese Stadt, dachte sie, lag entweder in Kansas oder in Missouri, so wie es hier aussah. Das Ganze widerte sie an.

Gehorsam stieg das Taxi in die Höhe.

Die Sternmenschen sollten das Kansas des Jahres 1935 sehen, sagte sie sich. Dann würden sie sich gewiß nicht die Mühe machen, die Erde zu übernehmen; sie wäre es einfach nicht wert.

„Lande auf einem Feld außerhalb der Stadt“, befahl sie dem Taxi. „Dort werden wir darauf warten, daß wir in unsere Zeit zurückkehren.“ Wahrscheinlich würde es jetzt nicht mehr lange dauern; sie hatte den Eindruck, daß ihre Umgebung allmählich ihre Festigkeit verlor und in Auflösung begriffen war – das Land, das sich unter ihr erstreckte, schien mehr und mehr durchsichtig zu werden; ein Phänomen, das sie an ihren ersten Versuch mit der Droge erinnerte.

„Machen Sie Witze?" fragte das Taxi. „Es ist viel wahrscheinlicher, daß wir ..."

„Das Problem", erklärte sie scharf, „besteht nicht darin, in unsere Zeit zurückzukehren, sondern es geht darum, so lange die Drogenwirkung aufrechtzuerhalten, bis sich die Gelegenheit bietet, irgend etwas Sinnvolles zustande zu bringen."

„Was für eine Droge, Miss?"

„Das geht dich einen verdammten Dreck an", fauchte Kathy, „du stinkender Blechkasten mit deinen neugierigen Schaltungen, die überall ihre Nase hineinstecken müssen." Sie setzte eine Zigarette in Brand und lehnte sich erschöpft zurück. Es war ein anstrengender Tag gewesen, und Kathy war sicher, daß noch weitere dieser Art folgen würden.

Der blasse junge Mann, der seltsamerweise bereits einen deutlich sichtbaren Bauchansatz besaß, als ob er sich schon den luxuriösen Vergnügungen hingegeben hätte, die die politische und wirtschaftliche Hauptstadt des Planeten bot, schüttelte Eric Sweetscents Hand und sagte: „Ich bin Don Festenburg, Doktor. Schön, daß Sie jetzt zu uns gehören. Wie wär's mit einem Drink?"

„Nein, danke", wehrte Eric ab. Irgend etwas an Festenburg irritierte ihn, obwohl er nicht mit Bestimmtheit sagen konnte, was genau seinen Argwohn entfachte. Ungeachtet seiner Korpulenz und ungesunden Gesichtsfarbe machte Festenburg einen angenehmen Eindruck, und mit Sicherheit war er sehr begabt, und allein das letztere zählte. Aber... Nachdenklich musterte er Festenburg, während der beleibte Mann seinen Drink mixte. Vielleicht liegt es daran, dachte er, weil ich glaube, daß niemand für den Generalsekretär sprechen sollte. Ich würde jedem mit Argwohn begegnen, der Festenburgs Posten innehätte.

„Da wir allein sind", erklärte Festenburg und blickte sich um, „möchte ich Ihnen gern etwas verraten, das den unvorteilhaften Eindruck korrigieren könnte, den Sie von mir bekommen haben." Er lächelte wissend. „Ich kenne Ihre Gefühle; trotz meines pyknischen

Körperbaus bin ich sensitiv, Doktor. Was würden Sie sagen, wenn ich Ihnen verrate, daß Sie getäuscht worden sind? Daß der saft- und kraftlose, alternde, vollkommen mutlose und hypochondrische Gino Molinari, den Sie getroffen und als den wirklichen UNO-Generalsekretär akzeptiert haben ...“ Festenburg leerte gelassen sein Glas und ließ Eric nicht aus den Augen. *„Daß er das Simulacrum ist?* Und jene robuste, energische Gestalt, die Sie vor kurzem auf dem Bildschirm gesehen haben – sie ist der wirkliche Molinari. Und dieser Schwindel muß natürlich auch weiterhin aufrechterhalten werden, um niemand anderen zu täuschen als unsere geliebten Alliierten, die Sternmenschen.“

„*Was?*“ Schockiert keuchte Eric auf. „Warum sollte ...“

„Die Sternmenschen halten uns nur so lange für harmlos und einer militärischen Intervention unwürdig, wie unser Führer schwach erscheint und in ihren Augen kein Rivale, keine Gefahr ist.“

Nach einem Moment des Schweigens erklärte Eric: „Ich glaube Ihnen nicht.“

„Nun“, erwiderte Festenburg und zuckte die Achseln, „vom intellektuellen Standpunkt aus betrachtet ist es eine interessante Idee. Meinen Sie nicht auch?“ Er trat auf Eric zu und ließ die Flüssigkeit in seinem Glas hin und her schwappen. Als er dicht vor ihm stand und Eric seinen fauligen Atem ins Gesicht blies, fuhr er fort: „Es *könnte* so sein. Und bis Sie Gino nicht einer sorgfältigen Untersuchung unterziehen, werden Sie es nicht wissen, denn alles, was in den Akten stand, die Sie studiert haben – es könnte eine Fälschung sein. Bestandteil eines umfangreichen, sorgfältigen Täuschungsmanövers.“ Amüsiert betrachtete er Erics Gesichtsausdruck. „Sie halten mich für verrückt? Sie glauben, ich erlaube mir einen Scherz mit Ihnen? Vielleicht. Aber Sie können nicht mit Sicherheit sagen, ob das, was ich Ihnen erzählt habe, die Unwahrheit ist, und solange ...“ Er nahm einen kräftigen Schluck von seinem Drink und schnitt eine Grimasse. „Also beklagen Sie sich nicht über das, was Sie auf dem Bildschirm gesehen haben. In Ordnung?“

„Aber wie Sie schon sagten“, erinnerte Eric, „werde ich die Wahrheit wissen, sobald ich Gelegenheit habe, ihn zu untersuchen.“ Und das wird bald der Fall sein, dachte er. „Wenn Sie damit einverstanden sind, setzen wir unser Gespräch ein andermal fort. Ich habe bisher noch keine Zeit gehabt, mein Konap herzurichten.“

„Ihre Frau – Kathy heißt sie, nicht wahr? – hat Sie nicht begleitet, oder?“ Don Festenburg zwinkerte. „Sie können sich glücklich schätzen. Ich bin in der Lage, Ihnen behilflich zu sein. Das ist meine Aufgabe, das Verbotene, das Verhängnisvolle und – nun, nennen wir es das Sonderbare. Aber Sie kommen ja aus Tijuana; ich glaube nicht, daß ich Ihnen noch irgend etwas beibringen kann.“

„Ich glaube ...“ Eric schwieg. Schließlich ging es ihn nichts an, was Festenburg aus seinem Leben machte.

„Doktor, wußten Sie, daß sich im Mittelalter die Herrschenden Menschen am Hofe hielten, die ihr ganzes Leben in Flaschen verbrachten ... und natürlich vollkommen verschrumpelt waren, weil man sie bereits als Babys in die Flasche steckte? Heute gibt es so etwas nicht mehr. Jedenfalls ist jetzt Cheyenne der Sitz der Könige; es gibt da gewisse Dinge, die ich Ihnen zeigen möchte, falls Sie interessiert sind. Und wenn auch nur aus medizinischen, beruflichen ...“

„Ich glaube“, unterbrach Eric, „was Sie mir auch zeigen wollen, es würde nur dazu führen, daß ich meinen Entschluß, nach Cheyenne zu kommen, noch mehr bereue. Also weiß ich ehrlich gesagt nicht, was das für einen Sinn haben sollte.“

„Warten Sie“, bat Festenburg und hob eine Hand. „Werfen Sie nur einen Blick darauf. Es ist gut bewacht und wird in einer Konservierungsflüssigkeit aufbewahrt. Kommen Sie. Es befindet sich im Raum 3-C des Weißen Hauses.“ Festenburg ging zur Tür und öffnete sie.

Nach einem Moment des Zögerns folgte Eric ihm.

Die Hände in den Taschen seiner zerknitterten, weiten Hose vergraben, führte ihn Festenburg durch das Labyrinth der Gänge hinunter in die unterirdischen Bereiche des Gebäudes, bis sie sich zwei hochrangigen Beamten des Geheimdienstes gegenübersahen, die vor einer metallverkleideten Tür mit der Aufschrift STRENG GEHEIM – BETRETEN FÜR UNBEFUGTE VERBOTEN postiert waren.

„Keine Sorge, ich bin befugt“, erklärte Festenburg gelassen. „Gino hat mir die Aufsicht über diesen Raum anvertraut; er hält große Stücke auf mich, und deshalb werden Sie jetzt Zeuge eines Staatsgeheimnisses werden, von dem Sie sonst in tausend Jahren keine Kenntnis bekommen hätten.“ Er ging an den uniformierten Geheimdienstbeamten vorbei und schloß die Tür auf. „Allerdings kann ich Ihnen eine Enttäuschung nicht ersparen; ich werde es Ihnen zwar zeigen, aber ohne Ihnen eine Erklärung zu geben. Ich würde es Ihnen zwar *sehr gern* erläutern, aber – ich kann es einfach nicht."

Im Mittelpunkt des dunklen, kalten Raumes entdeckte Eric einen Sarg. Er war hermetisch isoliert; eine Kältepumpe arbeitete mit dumpfem Brummen und hielt im Innern des Sarges eine extrem niedrige Temperatur aufrecht.

„Schauen Sie es sich an", forderte Festenburg ihn auf.

Eric zögerte, setzte eine Zigarette in Brand und trat dann auf den Behälter zu.

Im Sarg lag Gino Molinari; rücklings, das Gesicht schmerzverzerrt. Er war tot. Geronnenes Blut bedeckte seinen Hals. Seine Uniform war verschmiert. Die Hände hatte er erhoben, die Finger verkrümmt, als ob er selbst jetzt noch gegen das – oder gegen den – ankämpfen würde, was ihn ermordet hatte. Ja, dachte Eric. Er ist einem Attentat zum Opfer gefallen. Das ist der Leichnam des Generalsekretärs, von Kugeln durchsiebt, von einer Waffe getötet, die ihre Geschosse mit bemerkenswert hoher Geschwindigkeit abfeuert; sein Körper ist zerfetzt, fast in Stücke gerissen. Ein grausamer Anschlag – und ein erfolgreicher.

„Nun", sagte Festenburg nach einer Weile und holte tief Luft, „es gibt mehrere Möglichkeiten, dieses Ding dort – das ich als Attraktion Nummer eins der Cheyenner Monstershow zu bezeichnen pflege – zu erklären. Gehen wir davon aus, daß es eine Robameise ist und hier auf den Zeitpunkt wartet, an dem Gino darauf zurückgreifen wird. Gebaut wurde das Simulacrum von GRS Enterprises, von dem erfinderischen Dawson Cutter, den Sie kennenlernen sollten."

„Was hat Molinari damit vor?"

Festenburg rieb seine Nase und erwiderte: „Es gibt verschiedene Verwendungsmöglichkeiten. Man könnte es im Falle eines fehlgeschlagenen Attentates einsetzen und Gino Gelegenheit geben, sich unerkannt davonzumachen. Oder – man könnte es auch zum Nutzen unserer heißblütigen Alliierten verwenden; vielleicht dient es Gino für einen unbeschreiblich komplexen, absonderlichen Plan, der zum Zuge kommt, sobald er unter ihrem Druck von seinem Amt zurücktreten muß."

„Sind Sie sicher, daß das da eine Robameise ist?" Auf Eric machte der Leichnam im Sarg einen echten Eindruck.

„Ich *glaube* es nicht einmal, geschweige denn, daß ich es weiß."

Festenburg drehte den Kopf, und Eric bemerkte, daß die beiden Geheimdienstbeamten den Raum betreten hatten; offensichtlich würde man ihm keine Gelegenheit geben, den Leichnam zu untersuchen.

„Wie lange befindet sich ... das Simulacrum schon hier?“

„Nur Gino weiß das, und er verrät es nicht; wenn ich ihn danach frage, grinst er nur listig. ‚Warten Sie ab, Don‘, sagt er dann auf seine geheimniskrämerische Art. ‚Ich habe noch Großes damit vor.‘“

„Und wenn es keine Robameise ist ...“

„Dann ist es Gino Molinari, der dort, von den Kugeln eines Maschinengewehrs zerfetzt, liegt. Eine primitive, veraltete Waffe, aber sie tötet das Opfer so sicher, daß nicht einmal eine Transplantation von künstlichen Organen etwas nützen würde; Sie sehen ja, daß der Schädel durchlöchert ist – das Gehirn ist zerstört. Und wenn das Gino ist, *woher stammt die Leiche dann?* Aus der Zukunft? Es gibt da eine Theorie, die mit TF&D zu tun hat. Eine ihrer Tochtergesellschaften hat eine Droge entwickelt, die es dem Benutzer ermöglicht, durch die Zeit zu reisen. Sie haben davon gehört?“ Forschend sah er Eric an.

„Nein“, gestand Eric. Das war ihm neu.

„Nun, wie dem auch sei, wir haben jedenfalls eine Leiche“, fuhr Festenburg fort. „Tag für Tag liegt sie in diesem Raum und macht mich schon ganz verrückt. Vielleicht stammt sie aus einer Alternativwelt, in der Gino ermordet, auf die brutale Art von einer Gruppe terranischer Extremisten aus dem Amt gedrängt wurde, möglicherweise sogar auf Anweisung des Lilisterns. Aber es gibt da noch eine weitere Theorie, eine, die mir wirklich an die Nieren geht.“ Festenburgs Stimme klang ernst; sein scherzhafter Unterton war verschwunden. „Sie würde einiges über den energischen, kämpferischen Gino Molinari verraten, dessen Videoaufzeichnung Sie gesehen haben; möglicherweise hat es sich dabei gar nicht um ein von GRS Enterprises hergestelltes Simulacrum, sondern um einen wirklichen Gino Molinari aus einer Alternativwelt gehandelt. Einer Welt, in der es keinen Krieg gibt und in der sich die Erde möglicherweise gar nicht mit dem Lilistern verbündet hat. Gino Molinari ist in eine sichere Welt übergewechselt und hat eine gesündere Ausgabe seiner selbst herübergeholt, die ihm hier helfen soll. Was glauben Sie, Doktor? Halten Sie das für möglich?“

Verblüfft entgegnete Eric: „Wenn ich mehr über diese Droge wüßte ..."

„Das hatte ich an sich vorausgesetzt. Schade; aus diesem Grunde habe ich Sie mit hierher genommen. Jedenfalls ... es gibt noch eine andere Möglichkeit ... eine logischere. Der Anblick dieses Leichnams hier hat mich auf diese Idee gebracht." Festenburg zögerte. „Ich hasse es, darüber zu reden, denn dieser Gedanke ist so bizarr, daß im Vergleich dazu die anderen Alternativen direkt beruhigend wirken."

„Reden Sie schon", forderte Eric ihn auf.

„Es gibt gar keinen Gino Molinari."

Eric stöhnte auf. Großer Gott, dachte er.

„Sie *alle* sind Robameisen. Der Gesunde, den Sie auf dem Bildschirm gesehen haben, der Müde, Kranke, dem Sie begegnet sind, der Tote hier in diesem Sarg – denkbar, daß jemand, vermutlich GRS Enterprises, diese Simulacra entwickelt hat, um die Sternmenschen davon abzuhalten, unseren Planeten zu übernehmen. Bisher hat man nur den Kranken eingesetzt." Festenburg befeuchtete seine Lippen. „Und jetzt hat man den Gesunden herausgeholt und von ihm die erste Aufnahme gemacht. *Und vielleicht gibt es noch mehr von ihnen.* Das wäre doch nur folgerichtig, oder? Ich habe mir sogar vorzustellen versucht, wie die anderen Ausgaben wohl aussehen könnten. Was meinen Sie? Was könnte es außer den dreien, die wir kennen, noch geben?"

„Zweifellos ein Modell, dessen Kräfte die der anderen übersteigt", sagte Eric. „Ein Modell, das mehr ist als nur gesund." Dann erinnerte er sich daran, daß sich Molinari immer wieder von seinen Krankheiten erholt hatte. „Aber vielleicht ist dieses Modell bereits im Einsatz. Haben Sie die Berichte über die medizinischen Untersuchungen gelesen?"

„Ja", nickte Festenburg. „Und es gibt da einen sehr interessanten Punkt. Alle diese Untersuchungen wurden von Leuten durchgeführt, die heute nicht mehr zum medizinischen Stab gehören. Teagarden war an keiner einzigen beteiligt; sämtliche Berichte stammen aus der Zeit, als er noch nicht hier beschäftigt war, und soweit ich weiß, ist es Teagarden ebensowenig wie Ihnen möglich gewesen, Gino auch nur einer oberflächlichen Untersuchung zu unterziehen. Und ich glaube auch nicht, daß es ihm irgendwann gelingen wird. Auch *Ihnen* wird das nicht gelingen, Doktor. Selbst wenn Sie jahrelang hierbleiben."

„Sie machen sich gewiß zu viele Gedanken“, bemerkte Eric.

„Halten Sie mich für verrückt?“

„Nicht unbedingt, nein. Doch zweifellos berauschen Sie sich an diesen phantastischen Vorstellungen.“

„Die eine reale Grundlage besitzen“, versetzte Festenburg. „Ich will wissen, was Gino im Schilde führt. Ich halte ihn für einen verdammt raffinierten Kerl. Ich bin überzeugt, daß er die Sternmenschen an jedem Tag der Woche austricksen könnte. Und verfügte er über ihr wirtschaftliches Potential und ihre Ressourcen an Menschen und Material, dann säße fraglos er am Drücker. Aber er verfügt nur über einen einzigen, winzigen Planeten, während die Sternmenschen ein sternenweites Imperium aus zwölf Planeten und acht Monden hinter sich haben. Es ist überhaupt ein Wunder, daß er sich so lange hat halten können. Sie wissen, Doktor, daß Sie hier sind, um herauszufinden, was Gino krank macht. Ich behaupte, daß es darum gar nicht geht. Es ist doch offensichtlich, woran er leidet: an dieser ganzen verfahrenen Situation. Die richtige Frage lautet: *Was hält ihn am Leben?* Das ist das wahre Geheimnis. Das Wunder.“

„Ich glaube, Sie haben recht.“ Widerwillig mußte er sich eingestehen, daß Festenburg trotz seiner abstoßenden Eigenschaften ein intelligenter, origineller Mann war; er hatte das eigentliche Problem erkannt. Kein Wunder, daß Molinari ihn eingestellt hatte.

„Haben Sie schon diese boshafte Schulgöre kennengelernt?“

„Mary Reineke?“ Eric nickte.

„Mein Gott, da steckt er schon in dieser tragischen, undurchschaubaren Klemme, stöhnt jeden Tag unter der Last der Verantwortung, die er für die Erde trägt, während er weiß, daß er den Krieg verliert, daß uns die Riegs erwischen werden, wenn es dem Lilistern wie durch ein Wunder nicht gelingt – und zu allem Überfluß hat er sich noch Mary aufgehalst. Und die größte, schrecklichste Ironie ist, daß diese Mary – trotz ihres boshaften, einfältigen, egoistischen, gierigen Charakters –, daß sie ihn wieder auf die Beine gebracht hat; sie haben mitbekommen, wie sie es geschafft hat, ihn aus dem Bett zu holen und wieder zum Arbeiten zu bringen. Wissen Sie über Zen Bescheid, Doktor? Dies ist ein Zen-Paradoxon, denn logisch betrachtet müßte Mary eigentlich der auslösende Faktor sein, der ihn endgültig umbringt. Man wird gezwungen, die Rolle des Unglücks im menschlichen Leben neu zu überdenken. Um die Wahrheit zu sagen, ich verabscheue und hasse sie. Natürlich haßt sie mich auch. Das einzige, was uns verbindet, ist Gino; wir wollen beide, daß er es schafft."

„Hat sie ebenfalls die Aufnahme von dem gesunden Molinari gesehen?"

Festenburg blickte auf. „Eine kluge Frage. Hat Mary die Aufnahme gesehen? Vielleicht. Ich weiß es nicht. Aber wenn Sie meiner Theorie über die Alternativwelt zustimmen und der Mann auf dem Bildschirm *keine* Robameise, sondern ein Mensch ist, und wenn Mary diesen faszinierenden, feuerfressenden, kämpferischen Halbgott gesehen hat – dann kann ich Ihnen versichern, daß die anderen Molinaris verschwinden werden. Denn nach Mary Reinekes Vorstellung sollte Gino genau so ein Kerl sein."

Ein seltsamer Gedanke. Eric fragte sich, ob Gino sich dieses Aspektes der Situation bewußt war; wenn ja, dann konnte dies vielleicht eine Erklärung dafür liefern, warum er so lange gezögert hatte, jenes Mittel einzusetzen ...

„Ich bin mir nur nicht im klaren", wandte er sich an Festenburg, „wie der kranke Gino, den wir kennen, eine Robameise sein kann, wenn man Mary Reinekes Existenz mit einbezieht."

„Wieso? Warum nicht?"

„Um es vorsichtig auszudrücken ... Würde es Mary denn nicht kränken, die Geliebte eines Produktes der GRS Enterprises zu sein?"

„Ich bin müde, Doktor", erklärte Festenburg. „Beenden wir diese Diskussion – gehen Sie und bringen Sie Ihr neues Konap in Ordnung, das man Ihnen für Ihre treuen Dienste hier in Cheyenne geschenkt hat." Er schob sich durch die Tür, und die beiden hochrangigen Geheimdienstbeamten traten zur Seite.

„Ich will Ihnen meine Meinung sagen", rief ihm Eric nach. „Ich bin mit Gino Molinari zusammengewesen, und ich glaube nicht, daß GRS ein Simulacrum herstellen könnte, das so menschlich und ..."

Festenburg blieb stehen. „Aber Sie sind noch nicht jenem Molinari begegnet, den Sie auf dem Bildschirm gesehen haben", erinnerte er ernst. „Es ist interessant, Doktor. Indem Gino seine anderen Inkarnationen aus den Alternativwelten herübergeholt hat, ist es ihm vielleicht gelungen, eine Mannschaft zusammenzustellen, die in der Lage ist, unseren Alliierten Paroli zu bieten. Drei oder vier Gino Molinaris, die sich verbündet haben, wäre es doch eher möglich ... meinen Sie nicht auch? Denken Sie an die vervielfachte Genialität, denken Sie an die haarsträubenden, raffinierten, absonderlichen Intrigen, die sie gemeinsam ausbrüten könnten. Sie sind dem Kranken begegnet und haben einen Blick auf den Gesunden werfen können – hat es Sie nicht beeindruckt?“

„Doch“, gestand Eric.

„Und würden Sie jetzt jene unterstützen, die ihn lieber abgesetzt sähen? Wenn Sie versuchen würden niederzuschreiben, was er Eindrucksvolles geleistet hat – Sie hätten keinen Erfolg. Ja, wenn wir den Krieg gewonnen oder den Lilistern von unserem Planeten vertrieben hätten ... aber wir haben es nicht geschafft. Also, was hat Gino getan, daß Sie so von ihm beeindruckt sind? Sagen Sie es mir.“

Er wartete.

„Ich ... kann es nicht in Worte fassen, aber ...“

Plötzlich erschien eine uniformierte Robameise und trat auf Eric Sweetscent zu. „Generalsekretär Molinari verlangt nach Ihnen, Sir. Er erwartet Sie in seinem Büro; bitte folgen Sie mir.“

„Oh“, stieß Festenburg hervor; mit einemmal wirkte er verärgert und nervös. „Offensichtlich habe ich Sie zu lange aufgehalten.“

Wortlos wandte sich Eric ab und folgte der Robameise durch den Korridor bis zum Aufzug. Vermutlich, dachte er, geht es um etwas Wichtiges.

In seinem Büro saß Molinari in einem Rollstuhl, eine Decke lag über seinen Beinen, und sein Gesicht war grau und eingefallen. „Wo haben Sie gesteckt?“ fragte er, als Eric eintrat. „Nun, es spielt keine Rolle. Hören Sie, Doktor – die Sternmenschen haben eine Konferenz einberufen, und ich möchte, daß Sie mich dorthin begleiten. Sie sollen in meiner Nähe sein, falls mir etwas zustößt. Mir geht es nicht gut, und ich wünschte, dieses verdammte Palaver würde ausfallen oder zumindest für ein paar Wochen verschoben werden. Aber sie bestehen darauf.“ Er rollte auf die Tür zu. „Kommen Sie. Die Konferenz kann jeden Augenblick beginnen.“

„Ich habe Don Festenburg getroffen.“

„Ein ausgekochter Bursche, nicht wahr? Ich habe vollstes Vertrauen zu ihm. Was hat er Ihnen gezeigt?“

Es schien Eric unvernünftig, Molinari zu verraten, daß er seinen Leichnam gesehen hatte, vor allem, wo der Maulwurf soeben über seinen schlechten Gesundheitszustand geklagt hatte. Deshalb erwiderte Eric lediglich: „Er hat mich im Weißen Haus herumgeführt.“

„Festenburg hat überall Zutritt – denn er besitzt mein Vertrauen.“

Hinter einer Biegung des Korridors stieß ein ganzer Troß von Stenotypisten, Dolmetschern, Staatsbeamten und bewaffneten Wächtern zu Molinari. Er verschwand mit seinem Rollstuhl in der Menge, aber Eric konnte noch seine Stimme hören, als er erklärte, was sie erwartete. „Freneksy befindet sich hier. Also wird es schwer werden. Ich habe eine Vorstellung von dem, was sie von uns wollen, doch warten wir besser ab, statt uns für sie den Kopf zu zerbrechen."

Freneksy, dachte Eric entsetzt. Der Premierminister des Lilisterns hielt sich persönlich hier auf der Erde auf.

Kein Wunder, daß es Molinari schlechtging.

9

Die Mitglieder der irdischen Delegation, die an der kurzfristig einberufenen Konferenz teilnahmen, nahmen auf einer Seite des langen Eichentisches Platz; dann erschienen auch die Gesandten des Lilisterns und ließen sich auf den gegenüberliegenden Stühlen nieder. Im Ganzen wirkten sie nicht gerade bösartig, sondern eher überarbeitet und erschöpft, genau wie die Erde von den Anstrengungen des Krieges bis an den Rand ihrer Leistungsfähigkeit getrieben. Offensichtlich hatten sie wenig Zeit.

„Die Übersetzung", erklärte ein Sternmensch in Englisch, „wird durch Menschen erfolgen und nicht durch Maschinen, da jede Maschine in der Lage ist, das Gesagte zu speichern, und dies nicht unseren Wünschen entspricht."

Molinari nickte grunzend.

Dann erschien Freneksy; die Delegierten des Lilisterns und einige Mitglieder der irdischen Abordnung erhoben sich respektvoll. Die Sternmenschen klatschten, als der kahlköpfige, hagere Mann mit dem sonderbar kugelförmigen Kopf grußlos Platz nahm, seine Aktentasche öffnete und einen Stoß Papiere hervorholte.

Aber seine Augen... Als Freneksy kurz zu Molinari hinüberblickte und ihm knapp zulächelte, da bemerkte Eric, daß der Premierminister paranoide Augen besaß. In seiner Laufbahn als Arzt war er diesem Phänomen schon mehrfach begegnet, und es fiel ihm nicht schwer, dies festzustellen. Freneksys Blick drückte nicht normales Mißtrauen aus; er war starr, leblos durch die Anstrengung, die es bedeutete, all seine Kräfte zusammenzufassen und in einer einzigen psychomotorischen Konzentration zu vereinigen. Es war nicht Freneksys Absicht; tatsächlich war er sogar machtlos dagegen, war gezwungen, seine Landsleute und Berater ebenfalls auf diese Weise zu betrachten, sie kalt zu fixieren. Es war eine Art von Aufmerksamkeit, die es unmöglich machte, sich gefühlsmäßig in ihn hineinzuversetzen; in diesen Augen gab es keinen Hinweis darauf, was in seinem Innern vorging, sie reflektierten dem Beobachter seine eigene Persönlichkeit. Die Augen verhinderten jegliche Verständigung; sie waren wie eine undurchdringliche Mauer.

Freneksy war kein Bürokrat, und es war ihm unmöglich – selbst wenn er es versuchen würde –, sich seinem Amt unterzuordnen. Freneksy blieb ein Mensch – im schlechten Sinne; er bewahrte, selbst wenn er seinen offiziellen Aufgaben nachging, die Essenz seiner Persönlichkeit, als ob alles bewußt und vorsätzlich ein Kampf zwischen einzelnen Personen und nicht zwischen abstrakten oder ideellen Problemen sei.

Premierminister Freneksy, erkannte Eric, beraubte alle anderen der Unverletzlichkeit ihrer offiziellen Ämter, der Sicherheit gewährenden Realität ihrer rechtmäßigen Stellungen. Sobald sie Freneksy gegenüberstanden, wurden sie wieder das, was sie gewesen waren: isolierte, vereinzelte Menschen, die nicht mehr über die Unterstützung ihrer Institutionen verfügten, die sie repräsentieren sollten.

Molinari zum Beispiel. Gewöhnlich war der Maulwurf der UNO-Generalsekretär; ein Mensch, der erfolgreich in seinem Amt aufgegangen war. Aber im Angesicht Freneksys blieb nur der nackte, glücklose, einsame Mann übrig – und in dieser unseligen, unendlich währenden Gestalt mußte er dem Minister entgegentreten. Die normale *Relativität* der Existenz, das Zusammenleben mit anderen in einem fließenden Zustand mehr oder weniger ausreichender Sicherheit, gab es nicht mehr.

Armer Gino Molinari, dachte Eric. Denn was Freneksy betraf, so hätte der Maulwurf ebensogut gar nicht UNO-Generalsekretär zu werden brauchen. Und in der Zwischenzeit war Premierminister Freneksy sogar noch kühler, noch lebloser geworden. Ihm ging es nicht darum, zu zerstören oder zu herrschen; er nahm seinem Gegner lediglich alles, was er besaß – und ließ ihm buchstäblich nichts.

Jetzt war Eric auch vollkommen klar, warum Molinaris tödliche Krankheiten ihn nicht das Leben gekostet hatten. Die Krankheiten waren nicht nur eine Folge des Stresses, dem er unterworfen war; *sie waren gleichzeitig auch eine Minderung dieser Belastung.*

Noch konnte er nicht genau sagen, wieso die Krankheiten eine Antwort auf Freneksys Einfluß darstellten. Doch tief im Innern war er überzeugt, daß er es sehr bald erfahren würde; die Konfrontation zwischen Freneksy und Molinari stand unmittelbar bevor, und alles, was der Maulwurf gegen ihn aufzubieten hatte, würde er einsetzen müssen, wollte er, Molinari, überleben.

Neben Eric murmelte einer der Staatsbeamten: „Verdammt drükkende Luft hier, meinen Sie nicht auch? Ich wünschte, man würde ein Fenster öffnen oder die Klimaanlage höherschalten."

Nein, dachte Eric, keine Klimaanlage könnte an der drückenden Atmosphäre etwas ändern, denn der Druck geht von jenen aus, die uns gegenübersitzen, und er wird erst verschwinden, wenn auch sie verschwinden – und möglicherweise selbst dann nicht.

Molinari beugte sich zu Eric hinüber: „Hören Sie, Doktor, haben Sie Ihre Ärztetasche bei sich?"

„Sie befindet sich in meinem Konap."

Molinari beauftragte einen Robameisen-Kurier, die Tasche zu holen. „Ich möchte, daß Sie Ihre Instrumente immer bei sich haben, Eric." Er räusperte sich und wandte dann seine Aufmerksamkeit wieder den Sternmenschen zu. „Minister Freneksy, ich möchte ... äh ... eine Erklärung abgeben; eine Erklärung, die die grundsätzlichen Positionen der Erde hinsichtlich ..."

„Generalsekretär", unterbrauch ihn Freneksy in Englisch, „bevor Sie irgendeine Erklärung verlesen, möchte ich Sie zunächst über die Kriegssituation an der Front A unterrichten." Freneksy erhob sich; einer seiner Adjudanten entrollte eine Kartenprojektion, deren Abbild plötzlich an der Rückwand des Konferenzsaales zu sehen war. Im Raum wurde es dunkel.

Brummend schob Molinari seine vorbereitete Erklärung zurück in die Innentasche seiner Uniformjacke; er würde keine Gelegenheit bekommen, sie zu verlesen. Zu offensichtlich hatte er versucht, den Verlauf der Konferenz zu bestimmen. Und für einen politischen Strategen war dies ein gravierender Fehler. Die Initiative, falls sie jemals von ihm ausgegangen war, hatte er nun verloren.

„Unsere vereinigten Streitkräfte", begann Freneksy, „sind aus strategischen Gründen dabei, ihre Linien zu verdünnen. In diesem Gebiet setzen die Riegs ungewöhnlich starke Kontingente an Soldaten und Material ein." Er wies auf ein Planquadrat; es lag in der Mitte zwischen zwei Planeten des Alpha-Systems. „Sie werden nicht in der Lage sein, ihre Anstrengungen lange aufrechtzuerhalten, sondern meiner Einschätzung nach in spätestens einem Monat Erdzeit den Rückzug antreten müssen. Noch immer haben die Riegs nicht begriffen, daß dies ein langer Krieg werden wird. Ihrer Vorstellung nach werden sie den Sieg entweder bald oder überhaupt nicht erringen. Wir allerdings ...“ Freneksy machte eine weit ausholende Bewegung mit seinem Zeigestock. „Wir haben die notwendige Strategie für diesen Krieg reiflich durchdacht und uns darauf eingestellt, lange Zeit und an vielen Orten zu kämpfen. Weiterhin haben die Riegs ihre Kräfte zu stark zersplittert. Falls an diesem Punkt hier eine größere Schlacht stattfinden sollte ...“ – er deutete auf die entsprechende Stelle – „... können sie ihre Einheiten nicht schnell genug zusammenziehen. Hinzu kommt, daß wir gegen Ende dieses Erdenjahres weitere zwanzig Divisionen in den Kampf schicken werden; dies ist ein Versprechen, Generalsekretär. Außerdem stehen hier auf der Erde noch mehrere Einheiten abrufbereit, während die Riegs bereits ihre letzten Reserven mobilisiert haben.“ Er schwieg für einen Moment.

„Haben Sie Ihre Tasche inzwischen bekommen, Doktor?“ flüsterte Molinari.

„Noch nicht“, erwiderte Eric und sah sich nach dem Robameisen-Kurier um; noch war von ihm nichts zu sehen.

Der Maulwurf beugte sich noch näher zu Eric hinüber und wisperte: „Hören Sie, mir ist soeben etwas Seltsames passiert. Ich habe ein Summen in meinen Ohren gehört. Es klang wie *tuut, tuut*. Sagt Ihnen das irgend etwas?“

Premierminister Freneksy fuhr mit seinem Bericht fort. „Außerdem wurden vom Planeten Vier des Imperiums neue Waffen entwickelt, die Sie in Erstaunen versetzen werden, Generalsekretär, wenn wir Ihnen die Videobänder in ihrem Einsatz vorführen. Ihre Vernichtungskapazität und ihre Zielgenauigkeit sind so ungeheuer, daß es sich nicht beschreiben läßt; ich würde vorschlagen, so lange zu warten, bis die Bänder Ihnen zur Verfügung stehen. Ich persönlich habe ihre Entwicklung und ihren Bau überwacht.“

Molinari war Eric nun ganz nahe. „Und wenn ich meinen Kopf hin und her drehe, dann höre ich ganz deutlich, wie es in meinem Genick knackt. Hören Sie es ebenfalls?“ Er bewegte seinen Schädel von rechts nach links und nickte dann langsam, fast schwerfällig. „Was ist das? Es klingt verdammt unangenehm.“

Eric sagte nichts; er hatte den Blick auf Freneksy gerichtet und bemerkte fast gar nicht, daß der Mann neben ihm mit ihm sprach.

„Generalsekretär“, sagte Freneksy, „ich möchte Ihnen jetzt einen anderen Aspekt unseres gemeinsamen Kampfes in Erinnerung rufen;

die Produktion der riegschen Raumschiffe wurde durch den erfolgreichen Einsatz unserer W-Bomben merklich verringert. Und viele von den Schiffen, die kürzlich die Werften verließen, sind – wie uns der MCI mitteilte – sehr unzuverlässig; es hat eine Reihe von Unfällen gegeben."

Der Robameisen-Kurier betrat den Raum und hielt Erics Ärztetasche in den Händen.

Freneksy achtete nicht darauf und sprach mit barscher, eindringlicher Stimme weiter. „Ich muß leider auch darauf hinweisen, daß die irdischen Brigaden an der Front Blau erfolglos agieren, was ohne Zweifel an ihrer schlechten Ausrüstung liegt. Natürlich ist unser Sieg unvermeidlich – das heißt, vermutlich. Aber wir müssen unverzüglich dafür sorgen, daß unsere Truppen, die an vorderster Linie gegen die Riegs kämpfen, auch über das entsprechende Material verfügen. Es wäre geradezu ein Verbrechen, wenn wir unsere Männer ungenügend ausgerüstet in die Schlacht schicken; meinen Sie nicht auch, Generalsekretär?" Ohne eine Antwort abzuwarten, fuhr Freneksy fort: „Deshalb werden Sie auch verstehen, wie wichtig es ist, daß die Erde die Produktion von strategisch wertvollen Kriegsgütern und Waffen erhöht."

Molinari erblickte Erics Tasche und nickte erleichtert. „Da ist sie endlich", seufzte er. „Gut. Halten Sie sich für den Fall des Falles bereit. Wissen Sie, was ich für die Ursache dieser Geräusche halte? Überhöhten Blutdruck."

„Das wäre möglich", erwiderte Eric vorsichtig.

Inzwischen hatte Freneksy seinen Bericht beendet; sein ausdrucksloses Gesicht wirkte jetzt noch ernster, schien sich noch mehr in die Leere seiner eigenen Kraft zu verwandeln, dem Nichtsein, das offenbar seine ausgeprägteste Fähigkeit darstellte. Irritiert von Molinaris Ignoranz, bezog Freneksy Energie aus seiner eigenen Nichtexistenz. Erfüllte mit seinem Wesen den ganzen Konferenzsaal und alle, die sich in ihm aufhielten, entfernte sie nach und nach immer mehr voneinander.

„Generalsekretär", wandte sich Freneksy an den Maulwurf, „es gibt da ein sehr ernstes Problem. Meine Frontgenerale haben mir mitgeteilt, daß die neue Offensivwaffe der Riegs ..."

„Warten Sie", krächzte Molinari. „Ich möchte mich hier mit meinem Kollegen neben mir beraten." Seine weiche, schweißnasse Wange berührte Erics Hals. „Und wissen Sie was?" flüsterte er. „Ich scheine

Schwierigkeiten mit meinen Augen zu haben. Als ob ich vollständig erblinden würde. Sie müssen sofort meinen Blutdruck kontrollieren. Nur um sicherzugehen, daß er nicht gefährlich hoch ist. Obwohl ich offen gestanden das Gefühl habe, daß sich meine Befürchtungen bewahrheiten werden."

Eric öffnete seine Tasche.

Premierminister Freneksy stand mit verschränkten Armen vor der Kartenprojektion an der Wand. „Generalsekretär, wir müssen für dieses Problem eine Lösung finden, bevor wir fortfahren können. Da die irdischen Truppen sehr empfindlich auf die neue homöostatische Bombe der Riegs reagieren, würde ich gern anderthalb Millionen Arbeiter aus meinen Fabriken abziehen und sie zur Armee einberufen. Die freiwerdenden Stellen in den Imperiumsfabriken könnten dann mit Terranern besetzt werden. Für Sie ist das nur von Vorteil, Generalsekretär, denn das bedeutet, daß Ihre Leute nicht an der Front kämpfen und sterben müssen, sondern in der Sicherheit der imperialen Industriebetriebe arbeiten können. Nun, die Entscheidung muß unverzüglich getroffen werden, und jetzt wissen Sie auch, warum es mein Wunsch war, so schnell wie möglich eine Konferenz auf höchster Ebene einzuberufen."

Eric las von der Kontrollscheibe einen Blutdruck von 290 ab; eine unnatürlich große und rätselhafte Erhöhung.

„Schlimm, nicht wahr?" bemerkte Molinari und lehnte sich zurück. „Hol Teagarden her", befahl er einer Robameise. „Ich möchte, daß er sich mit Eric berät; sag ihm, er soll sich darauf einstellen, die Untersuchung hier durchzuführen."

„Generalsekretär", tadelte Freneksy, „wir können erst dann fortfahren, wenn Sie Ihre Aufmerksamkeit mir zuwenden. Ich habe Sie um anderthalb Millionen irdische Männer und Frauen gebeten, um die freiwerdenden Stellen in den Imperiumsfabriken zu besetzen – haben Sie das mitbekommen? Diese wichtige Entscheidung muß sofort getroffen werden; noch vor Ablauf der Woche soll der Abtransport erfolgen."

„Hm", brummte Molinari. „Ja, Premierminister, ich habe Ihre Bitte zur Kenntnis genommen; ich denke gerade darüber nach."

„Da gibt es nichts zu überlegen", versetzte Freneksy. „Es ist unumgänglich, wenn wir die Front C halten wollen, wo der Druck der Riegs derzeit am größten ist. Ein Durchbruch steht unmittelbar bevor, und die irdischen Brigaden haben nicht ..."

„Ich muß mich mit meinem Arbeitsminister beraten“, erklärte Molinari nach einer langen Pause. „Und seine Zustimmung einholen.“

„Wir *brauchen* Ihre anderthalb Millionen Arbeiter!“

Molinari griff in seine Jacke und holte seine zusammengefaltete Erklärung hervor. „Premierminister, ich möchte zuerst ...“

„Habe ich Ihre Zustimmung?“ fragte Freneksy. „Damit wir uns den anderen Punkten der Tagesordnung zuwenden können?“

„Ich bin krank“, sagte Molinari.

Stille trat ein.

Schließlich bemerkte Freneksy nachdenklich: „Ich bin darüber informiert, Generalsekretär, daß Ihre Gesundheit schon seit vielen Jahren sehr angegriffen ist. Deshalb habe ich mir die Freiheit genommen und einen Arzt des Imperiums zu dieser Konferenz mitgebracht. Darf ich Ihnen Dr. Gornel vorstellen?“ Weit unten am Tisch nickte ein schmalgesichtiger Sternmensch Molinari knapp zu. „Ich möchte, daß er Sie untersucht und Ihre gesundheitlichen Probleme ein für allemal bereinigt.“

„Danke, Premierminister“, erklärte Molinari. „Ich bin von Ihrer Freundlichkeit, Dr. Gornel mitzubringen, tief beeindruckt. Doch wie dem auch sei, neben mir sitzt mein eigener Stabsarzt, Dr. Sweetscent. Er und Dr. Teagarden sind gerade dabei, mich einer gründlichen Untersuchung zu unterziehen, um die Ursache für meinen erhöhten Blutdruck zu ermitteln.“

„Jetzt?“ stieß Freneksy hervor; zum erstenmal zeigte er Gefühle. Verblüffung, Zorn.

„Mein Blutdruck ist gefährlich hoch“, sagte Molinari. „Wenn man nichts dagegen unternimmt, werde ich mein Augenlicht verlieren.“ Leise wandte er sich an Eric. „Doktor, ich kann kaum noch etwas sehen; ich glaube, ich bin bereits blind. Wo, zum Teufel, bleibt Teagarden?“

„Ich kann allein nach der Ursache Ihres erhöhten Blutdrucks suchen, Generalsekretär; die nötigen Diagnoseinstrumente habe ich bei mir.“ Erneut griff er in seine Tasche. „Zuerst werde ich Ihnen eine Injektion radioaktiver Salze verabreichen, die in Ihrem Blutkreislauf ...“

„Ich weiß“, unterbrach Molinari. „Sie werden sich dort konzentrieren, wo sich die Gefäßverengung befindet. Machen Sie schon.“ Er rollte seinen Ärmel hoch und streckte seinen behaarten Arm aus; Eric preßte die automatisch desinfizierende Spitze der Spritzpistole gegen eine Vene in Höhe des Ellbogens und drückte auf den Auslöser.

„Was ist los?" fragte Premierminister Freneksy ernst. „Können wir mit der Konferenz weitermachen, Generalsekretär?"

„Ja, machen Sie weiter", nickte Molinari. „Dr. Sweetscent führt lediglich eine Untersuchung durch, um ..."

„Medizinische Dinge langweilen mich", schnitt ihm Freneksy das Wort ab. „Ich möchte Ihnen einen weiteren Vorschlag machen, Generalsekretär. Zunächst erwarte ich, daß mein Arzt, Dr. Gornel, von nun an Mitglied Ihres Stabes ist, um Ihre medizinische Behandlung zu überwachen. Zweitens bin ich von der hier auf der Erde tätigen Abteilung der imperialen Gegenspionage darüber informiert worden, daß eine Rebellengruppe, die Terras Beteiligung an diesem Krieg beenden will, einen Anschlag auf Sie plant; deshalb möchte ich Ihnen zu Ihrer eigenen Sicherheit einen Kommandotrupp bewaffneter Sternmenschen zur Verfügung stellen, die aufgrund ihres außergewöhnlichen Mutes, ihrer Entschlossenheit und ihrer Fähigkeiten Gewähr dafür bieten, daß Ihnen nichts geschieht. Es handelt sich dabei um fünfundzwanzig hervorragend ausgebildete Soldaten."

„Was?" fragte Molinari. Er zuckte die Achseln. „Wie sieht es aus, Doktor?" Er wirkte verwirrt, schien nicht in der Lage zu sein, auf Eric zu achten und gleichzeitig den Fortgang der Konferenz zu verfolgen. „Warten Sie, Premierminister." Eric flüsterte er zu: „Was, zum Teufel, haben Sie festgestellt, Doktor? Oder haben Sie es mir schon gesagt?" Er rieb sich die Stirn. „Ich bin blind!" Panik verzerrte seine Stimme. „Unternehmen Sie etwas, Doktor!"

Eric beobachtete die Kontrollen, anhand derer er die Verteilung der radioaktiven Salze in Molinaris Venensystem verfolgen konnte, und erklärte: „Es scheint da eine Verengung der Arterie vorzuliegen, die durch Ihre rechte Niere führt. Ein Ring, der ..."

„Ich weiß", nickte Molinari. „Und ich wußte von dieser Verengung; sie tritt nicht zum erstenmal auf. Sie müssen mich operieren, Doktor, und den Ring zerschneiden, oder es wird mich umbringen." Er schien jetzt sogar zu schwach, um den Kopf zu heben; zusammengesunken saß er da, das Gesicht in den Händen vergraben. „Gott, mir geht es furchtbar schlecht", murmelte er. Dann hob er den Kopf und sagte zu Freneksy: „Premierminister, ich muß mich unverzüglich einer Operation unterziehen, um die arterielle Gefäßverengung beseitigen zu lassen. Vertagen wir diese Konferenz.“ Er erhob sich, schwankte und fiel nach hinten; Eric und einer der Beamten fingen ihn auf und setzten ihn wieder in seinen Stuhl. Der Maulwurf wirkte unbeschreiblich schwer und steif; selbst mit der Hilfe des Staatsbeamten hatte Eric Mühe, ihn zu halten.

„Die Konferenz muß weitergehen“, erklärte Freneksy.

„In Ordnung“, keuchte Molinari. „Ich werde mich operieren lassen, während Sie fortfahren.“ Müde nickte er Eric zu. „Warten Sie nicht länger auf Teagarden; fangen Sie an.“

„Hier?“ stieß Eric hervor.

„Es muß sein“, wimmerte Molinari. „Unternehmen Sie etwas, Doktor, oder ich werde sterben. Es geht mit mir zu Ende – ich fühle es.“ Dann sank er vornüber auf den Tisch. Und diesmal gelang es ihm nicht, sich wieder aufzurichten, sondern er blieb liegen. Wie ein großer schlaffer Sack.

Am anderen Ende des Tisches räusperte sich Rick Prindle, der UNO-Vizesekretär, und sah Eric an. „Beginnen Sie mit der Operation, Doktor. Wie er schon sagte – es bleibt wenig Zeit. Sie wissen das.“ Offensichtlich hatten er und die anderen etwas Derartiges schon mehrmals erlebt.

„Generalsekretär“, fragte Freneksy, „bitte ermächtigen Sie Mr. Prindle, die Verhandlungen zwischen der Erde und dem Lilistern fortzuführen.“

Molinari antwortete nicht; er war bewußtlos geworden.

Eric holte aus seiner Tasche ein winziges chiruhomöostatisches Instrument hervor; er hoffte, damit die heikle Operation durchführen zu können. Das Gerät würde sich selbständig einen Weg durch die Hautschichten bahnen, die Schnitte sofort wieder hinter sich verschließen und bis zur arteriellen Verengung vorstoßen, wo es – sollten keine Komplikationen auftreten – die Gefäßverengung mit einer Plastikarterie umgehen würde.

Die Tür öffnete sich, und Dr. Teagarden trat ein; er eilte zu Eric, warf einen Blick auf Molinari, der bewußtlos, mit dem Kopf auf dem Tisch dalag, und fragte: „Ist alles für die Operation vorbereitet?“

„Ich habe die nötige Ausrüstung hier; ja, ich bin bereit.“

„Aber natürlich keine Transplantorgane, oder?“

„Das ist nicht erforderlich.“

Teagarden ergriff Molinaris Handgelenk und kontrollierte seinen Puls; dann nahm er ein Stethoskop, knöpfte Jacke und Hemd des Generalsekretärs auf und überprüfte seinen Herzschlag. „Schwach und unregelmäßig. Wir sollten ihn besser einfrieren."

„Ja", stimmte Eric zu und holte den Gefrierapparat aus seiner Tasche.

Freneksy trat hinzu. „Sie wollen während der Operation seine Körpertemperatur verringern?"

„Ja", nickte Eric. „Die Stoffwechselprozesse ..."

„Das interessiert mich nicht", unterbrach Freneksy. „Mir geht es nicht um Ihre medizinischen Vorkehrungen; mich beschäftigt nur die Sorge, ob der Generalsekretär anschließend wieder an der Konferenz teilnehmen kann. Schließlich haben wir deswegen einen Haufen Lichtjahre zurücklegen müssen." Enttäuschung und Zorn spiegelten sich in seinem Gesicht.

„Wir haben keine andere Wahl, Premierminister", erklärte Eric. „Molinari liegt im Sterben."

„Das ist mir klar", entgegnete Freneksy und kehrte mit geballten Fäusten an seinen Platz zurück.

„Klinisch ist er bereits tot", stellte Teagarden fest, der die ganze Zeit über Molinaris Herzschlag verfolgt hatte. „Sie müssen sofort den Gefrierapparat einschalten, Doktor."

Rasch befestigte Eric die Kältepackung an Molinaris Genick. Das Gerät nahm seine Arbeit auf, und Eric wandte seine Aufmerksamkeit wieder dem chiruhomöostatischen Instrument zu.

Premierminister Freneksy redete hastig in seiner eigenen Sprache auf den Arzt des Imperiums ein; dann hob er den Kopf und erklärte heiser: „Ich möchte, daß Dr. Gornel Ihnen bei der Operation assistiert."

„Das ist unmöglich", wandte Vizesekretär Prindle ein. „Molinari hat strikte Anweisung gegeben, daß nur die von ihm persönlich ausgewählten Stabsärzte für seine Gesundheit sorgen sollen." Er nickte Tom Johannson und seinen Geheimdienstbeamten zu; die Männer bauten sich um Molinari auf und schirmten ihn ab.

„Warum?" fragte Freneksy.

„Sie sind mit seiner Fallgeschichte vertraut", entgegnete Prindle hölzern.

Freneksy zuckte die Achseln; er wirkte jetzt noch verblüffter und sogar ein wenig verwirrt. „Es ist mir unverständlich", sagte er laut, mit dem Rücken zum Tisch, „daß Generalsekretär Molinari eine derart bedenkliche Entwicklung seines Gesundheitszustandes zugelassen hat."

„Ist etwas Derartiges schon einmal passiert?" wandte sich Eric an Teagarden.

„Sie meinen, ob Molinari nicht zum erstenmal während einer Konferenz mit den Sternmenschen stirbt?" Teagarden lächelte knapp. „Es geschieht heute zum fünftenmal, in dem gleichen Raum, sogar in dem gleichen Sessel. Sie können jetzt den Bohrer einsetzen."

Eric preßte das chiruhomöostatische Instrument an Molinaris rechte Hüfte und schaltete es ein; das schrotkugelgroße Gerät verabreichte zuerst ein starkes, lokal wirkendes Betäubungsmittel und begann sich dann durch die Haut zu bohren, näherte sich langsam der Niere und der verengten Arterie.

Das einzige Geräusch in dem Saal war das Pfeifen, das von dem Bohrer ausging; jeder, Freneksy eingeschlossen, sah gespannt zu, wie es sich in Molinaris schweren, starren, zusammengesunkenen Körper bohrte und verschwand.

„Teagarden", sagte Eric, „ich schlage vor..." Er richtete sich auf und setzte eine Zigarette in Brand. „Wir sollten überprüfen, ob hier im Weißen Haus ein Fall von überhöhtem Blutdruck oder arterieller Verengung aufgetreten ist."

„Schon geschehen", versicherte Teagarden. „Eine von den Angestellten im dritten Stock. Sie litt seit ihrer Geburt an einer Gefäßverengung. Die Krise trat ein, weil sie eine Überdosis Amphetamine zu sich genommen hatte; sie begann ihre Sehkraft einzubüßen, und wir hatten gerade mit der Operation begonnen, als ich hierhergerufen wurde."

„Dann wissen Sie es also", sagte Eric.

„Was weiß ich?" Teagarden hatte seine Stimme gedämpft, so daß nur Eric ihn verstehen konnte. „Wir werden uns später darüber unterhalten. Aber ich kann Ihnen versichern, daß ich nichts weiß. *Genauso wie Sie.*"

Premierminister Freneksy gesellte sich zu Ihnen. „Wie lange wird es dauern, bis Molinari wieder an der Konferenz teilnehmen kann?"

Eric und Teagarden blickten einander an.

„Schwer zu sagen", antwortete Teagarden schließlich.

„Stunden? Tage? *Wochen?* Das letztemal hat es zehn Tage gedauert." Etwas wie Hilflosigkeit glomm in Freneksys Augen auf. „Ich kann unmöglich so lange auf der Erde bleiben; wenn wir in spätestens zweiundsiebzig Stunden nicht fortfahren können, werden wir die Konferenz vertagen müssen." Hinter ihm begannen seine Delegierten, die militärischen, wirtschaftlichen und protokollarischen Berater, bereits ihre Unterlagen zurück in ihre Aktentaschen zu packen und sich zum Aufbruch vorzubereiten.

„Wahrscheinlich wird er selbst nach den zwei Tagen Ruhezeit, die eine derartige Operation erfordert, noch nicht kräftig genug sein; seine körperliche Verfassung ist ..."

Premierminister Freneksy hörte nicht mehr zu, sondern wandte sich an Prindle. „Und selbst Sie als Vizesekretär haben nicht die Vollmacht, die nötigen Entscheidungen zu treffen? Was für eine widerwärtige Situation! Kein Wunder, daß die Erde..." Er verstummte. „Generalsekretär Molinari ist mein persönlicher Freund", sagte er dann. „Ich bin sehr um sein Wohlergehen besorgt. Aber warum muß der Lilistern in diesem Krieg die Hauptlast tragen? Warum kann die Erde nicht auf eigenen Beinen stehen?"

Weder Prindle noch die beiden Ärzte sagten etwas darauf.

In seiner eigenen Sprache gab Freneksy den Mitgliedern seiner Delegation einen knappen, barschen Befehl; die Sternmenschen erhoben sich und wandten sich zum Gehen.

Molinaris plötzliche Erkrankung hatte die Konferenz platzen lassen. Zumindest für den Augenblick. Eric empfand ungeheure Erleichterung.

Seine Krankheit hatte Molinari einen Ausweg ermöglicht. Auch wenn es nur vorübergehend war.

Trotzdem war dies ein Erfolg. Die anderthalb Millionen Terraner, die der Lilistern für seine Fabriken angefordert hatte, würden auf der Erde bleiben können... Eric blickte zu Teagarden hinüber, und der Doktor schenkte ihm ein kurzes zustimmendes, verstehendes Lächeln. Währenddessen arbeitete der Bohrer pfeifend weiter.

Eine psychosomatische, hypochondrische Krankheit hatte sehr vielen Menschen das Leben gerettet, und Eric konnte sich nicht dagegen wehren, den Wert der medizinischen Wissenschaft, die Folgen zu überdenken, die eine „Heilung" Molinaris mit sich bringen würde.

Ihm schien es, während er zuhörte, wie der Bohrer arbeitete, daß er allmählich die Situation zu durchschauen begann – und daß er verstand, was der kranke UNO-Generalsekretär wirklich von ihm erwartete, Molinari, vornübergesunken auf dem Konferenztisch liegend, blind und taub, in einem Zustand, in dem für ihn die Konferenz und Premierminister Freneksy nicht mehr existierten.

Später, in seinem streng bewachten Schlafzimmer, von einigen Kissen gestützt, saß Molinari in seinem Bett und blätterte mit zittrigen Fingern in einer Ausgabe der *New York Times*, die neben ihm auf dem Nachttisch gelegen hatte.

„Das Lesen schadet mir doch nicht, oder, Doktor?“ fragte er mit schwacher Stimme.

„Ich glaube nicht“, antwortete Eric. Die Operation war erfolgreich verlaufen; der erhöhte Blutdruck hatte sich wieder normalisiert und auf ein Niveau eingependelt, das bei einem Mann seines Alters und seiner körperlichen Verfassung zu erwarten war.

„Hier, sehen Sie sich an; diese verdammten Zeitungen bekommen auch alles mit!“ Molinari reichte ihm die Titelseite.

POLITISCHES TREFFEN AUFGRUND EINER PLÖTZLICHEN ERKRANKUNG DES GENERALSEKRETÄRS GEPLATZT. DIE VON FRENEKSY GEFÜHRTE DELEGATION DES LILISTERNS BRÜSKIERT.

„Wieso haben sie davon erfahren?“ fragte Molinari gereizt. „Gott, wie stehe ich wieder da; jeder weiß nun, daß ich in einem wichtigen Moment gekniffen habe.“ Er starrte Eric an. „Hätte ich auch nur ein bißchen Mumm, hätte ich Freneksy zum Teufel gejagt, als er die Arbeitskräfte anforderte.“ Erschöpft schloß er die Augen. „Ich wußte, daß er diese Frage stellen würde. Ich wußte es schon vor einer Woche.“

„Es ist nicht Ihre Schuld“, versuchte ihn Eric zu beruhigen. Was wußte Molinari über die physiologische Dynamik seiner Leiden? Vermutlich nichts; er ahnte nichts von den Ursachen seiner Krankheiten – er würde es nicht einmal zugeben. Und so würde dieser Prozeß auch weiter auf der unbewußten Ebene ablaufen.

Aber wie lange kann das so noch weitergehen, fragte sich Eric. Der Zwiespalt zwischen der bewußten Todessehnsucht und dem unbewußten Lebenswillen war zu groß... vielleicht würde daraus irgendwann eine Krankheit entstehen, von der sich der Generalsekretär nie mehr erholen würde; eine Krankheit, die nicht nur gefährlich, *sondern tödlich war.*

Die Schlafzimmertür öffnete sich, und Mary Reineke erschien.

Eric ergriff ihren Arm und führte sie hinaus in den Korridor, schloß dann hinter ihnen die Tür. „Darf ich nicht zu ihm?“ fragte sie aufgebracht.

„Gleich.“ Er musterte sie, und er wußte immer noch nicht, ob sie die Situation wirklich durchschaut hatte. „Ich möchte Sie etwas fragen. Hat sich Molinari irgendeiner psychiatrischen Therapie oder Analyse unterzogen, über die Sie informiert sind?“ In den Akten befand sich kein dementsprechender Vermerk, doch er besaß eine unbestimmte Ahnung, daß seine Vermutung zutraf.

„Warum hätte er das tun sollen?“ Mary spielte mit dem Reißverschluß ihres Kleides. „Er ist nicht verrückt.“

Das war sicherlich richtig; er nickte. „Aber seine körperliche...“

„Gino hat Pech. Deshalb wird er immer wieder krank. Sie wissen, daß kein Psychiater etwas daran zu ändern vermag.“ Fast widerwillig fügte sie hinzu: „Gut, er hat einmal einen Analytiker konsultiert, so ungefähr vor einem Jahr. Aber das ist streng geheim; wenn die Zeitungen davon Wind bekommen...“

„Sagen Sie mir den Namen des Analytikers.“

„Den Teufel werde ich tun.“ Feindseliger Triumph funkelte in ihren dunklen Augen; starr sah sie ihn an. „Ich würde es nicht einmal Dr. Teagarden sagen, und ihn mag ich.“

„Nachdem ich Ginos Krankheit...“

„Der Analytiker“, unterbrach Mary, „ist tot. Gino hat ihn umbringen lassen.“

Eric starrte sie an.

„Raten Sie einmal, warum.“ Sie lächelte mit der Bosheit eines minderjährigen Mädchens, mit der sinnlosen, genießerischen Grausamkeit, die ihn blitzartig an seine eigene Jugend erinnerte. Schon damals hatten ihn derartige Mädchen gequält. „Der Analytiker hat etwas herausgefunden. Über Ginos Krankheit. Ich weiß nicht, was es war, aber ich nehme an, daß er sich auf dem richtigen Weg befand... wie Sie es sich ebenfalls einbilden. Wollen Sie jetzt immer noch die Wahrheit herausfinden?“

„Sie erinnern mich an Premierminister Freneksy“, sagte er.

Sie schob ihn zur Seite und schritt auf die Tür zu. „Ich gehe jetzt hinein. Auf Wiedersehen.“

„Wissen Sie, daß Gino heute im Konferenzsaal gestorben ist?“

„Ja, ihm blieb nichts anderes übrig. Natürlich nur ein paar Augenblicke lang; nicht lange genug, um seine Gehirnzellen zu schädigen. Und außerdem haben Sie und Teagarden ihn rechtzeitig eingefroren; auch darüber bin ich im Bilde. Warum erinnere ich Sie an Freneksy, an diesen Mistkerl?“ Sie trat an ihn heran und sah ihm forschend ins Gesicht. „Ich bin überhaupt nicht wie er. Sie wollen mir nur weh tun, damit ich Ihnen etwas verrate."

„Was, glauben Sie, möchte ich denn wissen?" fragte Eric.

„Ginos Selbstzerstörungsimpuls interessiert Sie." Mary war ihrer Sache sicher. „Natürlich sehnt er sich nach dem Tod; jeder weiß das. Deshalb haben mich seine Verwandten auch hierhergeholt, um sicherzugehen, daß er des Nachts nicht allein ist, daß sich jemand im Bett an ihn kuschelt oder zusieht, wenn er herumläuft, weil er nicht schlafen kann. Er kann in der Nacht nicht allein sein; er braucht mich, um sich mit jemandem unterhalten zu können. Und ich kann ihm helfen, wissen Sie, kann ihm um vier Uhr morgens sein Selbstvertrauen zurückgeben. Es ist schwer, aber ich schaffe es." Sie lächelte. „Verstehen Sie? Haben Sie jemanden, der das für *Sie* tut, Doktor? Um vier Uhr morgens?"

Langsam schüttelte er den Kopf.

„Ein Jammer. Sie brauchen es. Schade, daß ich Ihnen nicht auch helfen kann, aber ein Mann genügt mir. Außerdem sind Sie nicht mein Fall. Doch viel Glück – vielleicht werden Sie irgendwann jemanden wie mich finden." Sie öffnete die Tür und betrat Molinaris Schlafzimmer. Er stand allein im Korridor und kam sich nutzlos vor. Ein Gefühl schrecklicher Einsamkeit überwältigte ihn.

Ich möchte nur zu gern wissen, was aus den Unterlagen des Analytikers geworden ist, dachte er mechanisch und konzentrierte sich wieder auf seine Arbeit. Zweifellos hat Gino sie vernichtet, um zu verhindern, daß sie den Sternmenschen in die Hände fallen.

Sie hat recht gehabt, sagte er sich. Um vier Uhr morgens ist es immer am schlimmsten. Aber es gibt niemanden wie dich, Mary. Und so habe ich keine Wahl.

„Dr. Sweetscent?"

Er blickte auf. Ein Geheimdienstbeamter war neben ihm aufgetaucht.

„Ja?"

„Doktor, draußen steht eine Dame, die behauptet, Ihre Frau zu sein; sie möchte hereingelassen werden."

„Das ist unmöglich", stieß Eric furchtsam hervor.

„Würden Sie bitte mitkommen und sie identifizieren?"

Automatisch folgte er dem Geheimdienstbeamten. „Sagen Sie ihr, sie soll verschwinden", bat er. Nein, dachte er dann, das ist keine Lösung; man kann seinen Problemen nicht auf diese Art entkommen.

Man kann sich nicht wie ein Kind verstecken. „Ich habe keine Zweifel, daß es Kathy ist“, murmelte er. „Also ist sie mir gefolgt. Um Gottes willen – was für ein schreckliches Glück. Haben Sie auch schon einmal ein derartiges Gefühl gehabt?“ fragte er den Geheimdienstbeamten. „Haben Sie schon jemals mit jemandem zusammenleben müssen, mit dem Sie nicht zusammenleben konnten?“

„Nee“, erwiderte der Geheimdienstbeamte unbeeindruckt. Er beschleunigte seine Schritte.

10

Seine Frau stand in einer Nische des Vorbaus, der als Empfangshalle des Weißen Hauses diente, und blätterte in der neuesten Ausgabe der *New York Times*; sie trug einen dunklen Mantel und war stark geschminkt. Dennoch wirkte ihre Haut blaß, und ihre Augen waren groß und schmerzerfüllt.

Als er den Raum betrat, blickte sie auf und sagte: „Ich lese gerade etwas über dich; wie es scheint, hast du Molinari operiert und sein Leben gerettet. Herzlichen Glückwunsch." Sie lächelte ihn an, aber es war ein mattes, zittriges Lächeln. „Gehen wir irgendwohin und trinken eine Tasse Kaffee; ich habe dir eine Menge zu erzählen."

„Ich glaube nicht, daß wir uns noch etwas zu sagen haben", erwiderte er, ohne daß es ihm gelang, die Angst in seiner Stimme zu verbergen.

„Nachdem du fort warst, habe ich mir viele Gedanken gemacht", gestand Kathy.

„Genau wie ich. Und ich muß gestehen, daß ich zu dem Ergebnis gekommen bin, daß es vollkommen richtig war, uns zu trennen."

„Seltsam, denn ich bin genau zu dem entgegengesetzten Ergebnis gekommen", sagte sie.

„Das dachte ich mir. Schließlich bist du hier. Hör mir zu: Rein gesetzlich besteht keine Verpflichtung für mich, weiter mit dir zusammenzuleben. Ich bin nur ..."

„Du solltest dir besser anhören, was ich dir zu sagen habe", beharrte Kathy. „Es wäre vom moralischen Standpunkt aus betrachtet nicht richtig, mich hier einfach stehenzulassen; das wäre zu leicht."

Er seufzte. Eine nützliche Philosophie, um ihre Ziele durchzusetzen, die sie da anwandte. Aber er saß bereits in der Falle. „In Ordnung", stimmte er zu. „Ich kann dich hier genausowenig stehenlassen, wie ich leugnen kann, daß du meine Frau bist. Also laß uns zusammen Kaffee trinken gehen." Fatalismus erfüllte ihn. Vielleicht war dies eine mildere Form seiner selbstzerstörerischen Natur. Jedenfalls hatte er sich geschlagen gegeben; er nahm ihren Arm und führte sie durch die Tür, vorbei an den Wachen des Weißen Hauses, zur Cafeteria. „Du siehst schlecht aus“, stellte er fest. „Du bist blaß. Und so verkrampft.“

„Seit du mich verlassen hast“, erwiderte sie, „ging es mir nicht besonders gut. Ich glaube, ich bin wirklich von dir abhängig.“

„Symbiose“, sagte er. „Das ist schädlich.“

„So ist es nicht!“

„Natürlich ist es so. Das beweist es. Nein, wir werden nicht so wie früher weitermachen.“ Er fühlte sich – zumindest in diesem Augenblick – überlegen; er mußte es durchstehen, hier und jetzt. Er sah sie an. „Kathy, du siehst tatsächlich krank aus.“

„Das liegt daran, weil du mit dem Maulwurf zusammenbist; du hast dich an die Gesellschaft von Kranken gewöhnt. Mir geht es ausgezeichnet; ich bin nur ein wenig müde.“

Aber sie wirkte – dünner. Als ob sie etwas verloren hätte, als ob sie innerlich vertrocknet wäre. War sie gealtert? Nein, das war es nicht. Oder hatte ihre Trennung dies angerichtet? Das bezweifelte er. Seit ihrer letzten Begegnung war seine Frau schwach geworden, und das gefiel ihm nicht; trotz der Abneigung, die er ihr entgegenbrachte, empfand er Besorgnis.

„Du solltest dich besser gründlich untersuchen lassen“, riet er ihr.

„Herrgott noch mal!“ stöhnte Kathy, „ich bin in Ordnung. Ich meine, ich werde in Ordnung sein, sobald wir unseren Streit beigelegt haben und ...“

„Das Ende einer Beziehung“, unterbrach er, „wird nicht durch einen Streit herbeigeführt. Man überdenkt sein Leben und ändert es, sollte dies erforderlich sein. Was ja auch geschehen ist.“ Er nahm zwei leere Kaffeetassen, füllte sie am Zapfhahn und bezahlte bei dem Robameisen-Kassierer.

Als sie an einem der Tische Platz genommen hatten, setzte Kathy eine Zigarette in Brand und erklärte: „In Ordnung, angenommen, ich gebe zu, daß ich ohne dich nicht mehr leben kann. Kümmert dich das überhaupt, oder läßt es dich kalt?“

„Es läßt mich nicht kalt, aber das bedeutet nicht ...“

„Du läßt mich also zugrunde gehen.“

„Ich habe schon einen Kranken, der meine gesamte Zeit und Arbeit in Anspruch nimmt. Ich kann dir nicht auch noch helfen.“ Vor allem, fügte er in Gedanken hinzu, wenn ich es im Grunde gar nicht will.

„Aber du brauchst doch nur ...“ Sie seufzte und nippte düster an ihrem Kaffee; er bemerkte, daß ihre Hand zitterte, als würde sie an der

Parkinsonschen Krankheit leiden. „Nichts. Ich möchte nur bei dir sein. Dann wird alles wieder gut.“

„Nein“, erklärte er. „Und offen gesagt, glaube ich nicht daran. Dir geht es nicht deswegen so schlecht; es muß noch einen anderen Grund geben.“ Obwohl er wußte, daß er sich im medizinischen Sinne nicht irrte und eine Krankheit sofort erkannte, wenn es irgendwelche Anzeichen dafür gab, gelang es ihm doch nicht, eine entsprechende Diagnose zu treffen. „Ich glaube, du weißt, was dir fehlt“, sagte er unverblümt. „Wenn du möchtest, sprich mit mir darüber. Ich will dir eins sagen; diese Art von dir ist schlimmer als alles andere. Du sagst mir nicht alles, was du sagen solltest, du bist weder ehrlich noch verantwortungsbewußt, und, verdammt noch mal, auf einer derartigen Basis werde ich nicht ...“

„Schön!“ Sie starrte ihn an. „Ich bin krank; ich gebe es zu! Aber das ist meine Angelegenheit; du brauchst dich darum nicht zu kümmern.“

„Ich glaube“, erklärte er, „daß es sich um eine neurologische Krankheit handelt.“

Sie fuhr zusammen; ganz bleich wurde ihr Gesicht.

„Ich werde etwas tun, das vielleicht ein wenig voreilig und unnötig ist“, verkündete er, „aber ich werde es tun und abwarten, was daraus wird. Ich werde dafür sorgen, daß man dich einsperrt.“

„Großer Gott, *warum?*“ Panikerfüllt sah sie ihn an, suchte nach Worten; wie in Abwehr hob sie ihre Hände und ließ sie dann wieder fallen.

Er erhob sich und näherte sich einer Kellnerin. „Miss“, sagte er, „würden Sie einen Beamten des Geheimdienstes an meinen Tisch bitten?“ Er deutete auf seinen Platz.

„Ja, Sir“, nickte die Frau gelassen. Sie drehte sich zu einem der Lehrlinge herum, der folgsam in der Küche verschwand.

Eric kehrte an seinen Tisch zurück und setzte sich Kathy gegenüber auf seinen Stuhl. Langsam schlürfte er seinen Kaffee, versuchte sich zu beruhigen und verkrampfte sich gleichzeitig innerlich, in Erwartung dessen, was geschehen würde. „Es geschieht nur zu deinem Besten“, murmelte er. „Natürlich weiß ich jetzt noch nicht, ob meine Handlungsweise richtig ist, aber das wird sich herausstellen. Und ich glaube, du weißt es.“

Bleich und furchterfüllt stieß Kathy hervor: „Ich werde fortgehen, Eric; ich werde nach San Diego zurückkehren – in Ordnung?“

„Nein“, lehnte er ab. „Du hast dich selbst in diese Lage gebracht, indem du hierherkamst; von jetzt an betrifft es auch mich. Also mußt du die Konsequenzen auf dich nehmen. Wie man so sagt.“ Er war vollkommen kühl und beherrscht; es war eine unangenehme Situation, aber er wußte, daß etwas sehr viel Schlimmeres geschehen würde, wenn er nicht so handelte.

„Gut, Eric“, sagte Kathy heiser. „Ich werde dir verraten, was es ist. Ich bin nach JJ-180 süchtig. Das ist diese Droge, von der ich dir erzählt habe, diese Droge, die wir alle, Marm Hastings eingeschlossen, genommen haben. Jetzt weißt du es. Ich brauche nichts mehr zu sagen; es erklärt alles. Und ich habe sie seitdem noch einmal genommen. Und schon ein einziger Versuch führt zur Abhängigkeit. Zweifellos bist du dir darüber im klaren; schließlich bist du Arzt.“

„Wer ist noch darüber informiert?“

„Jonas Ackerman.“

„Du hast das Zeug durch Tijuana Fur & Dye bekommen? Von unserer Tochtergesellschaft?“

„J-ja.“ Sie wich seinem Blick aus. Schließlich fuhr sie fort: „Deshalb weiß Jonas davon; er hat die Droge für mich besorgt – aber erzähle niemandem etwas davon. Bitte.“

„Das verspreche ich dir.“ Allmählich begann sein Verstand wieder zu funktionieren; Gott sei Dank! War das diese Droge, von der Don Festenburg gesprochen hatte? Die Bezeichnung JJ-180 weckte verschwommene Erinnerungen in ihm; angestrengt kramte er in seinem Gedächtnis. „Wenn ich bedenke, was ich über Frohedadrin gehört habe“, sagte er, „dann hast du einen verteufelten Fehler gemacht. Frohedadrin ist eine andere Bezeichnung für JJ-180. Entwickelt wurde diese Substanz von Hazeltine.“

Ein Geheimdienstbeamter trat an den Tisch. „Ja, Doktor?“

„Ich möchte Sie nur darüber informieren, daß diese Dame meine Frau ist, wie sie behauptet hat. Und ich möchte, daß sie die Genehmigung bekommt, bei mir zu bleiben.“

„In Ordnung, Doktor. Wir werden sie routinemäßig überprüfen. Aber ich bin überzeugt, daß es keine Probleme geben wird.“ Der Beamte nickte ihnen zu und entfernte sich.

„Danke“, sagte Kathy nach einer Weile.

„Ich halte die Abhängigkeit von solch einer giftigen Droge für eine ernste Krankheit“, bemerkte Eric. „Schlimmer noch als Krebs oder ein gefährlicher Herzfehler. Ich glaube nicht, daß ich allein etwas für dich tun kann. Wahrscheinlich mußt du in ein Krankenhaus, und ich nehme an, daß du dir darüber im klaren bist. Ich werde mich mit Hazeltine in Verbindung setzen und mir alle Informationen über die Droge geben lassen ... doch du weißt sicherlich, daß es keine Gewähr für eine Heilung gibt."

„Ja." Sie nickte heftig.

„Jedenfalls scheinst du viel Mut zu haben." Er ergriff ihre Hand; sie fühlte sich trocken und kalt an. Leblos. Er ließ sie wieder los. „Das ist die einzige Eigenschaft, die ich immer an dir bewundert habe – du bist kein Feigling. Natürlich ist das auch die Hauptursache, die dich in diese Lage gebracht hat, weil du genug Mumm besitzt, neue, unbekannte Drogen zu nehmen. Nun, wir sind jetzt also wieder zusammen." Zusammengeschweißt durch deine Drogensucht, die vermutlich tödlich enden wird, dachte er in mürrischer Verzweiflung. Was für ein Grund, um unsere Ehe fortzuführen. Es war fast zuviel für ihn.

„Du bist ein guter Kerl", murmelte Kathy.

„Hast du noch etwas von diesem Zeug?"

Sie zögerte. „N-nein."

„Du lügst."

„Ich kann nicht darauf verzichten. Ich würde dich eher verlassen und versuchen, allein damit zurechtzukommen." Für einen Moment hatte sich ihre Furcht in starrsinnigen Trotz verwandelt. „Sieh mal, wenn ich auf JJ-180 draufhänge, dann *kann* ich dir einfach nicht meinen Vorrat geben – das bedeutet es eben, süchtig zu sein. Ich will das Zeug nicht mehr nehmen, aber ich muß es. Jedenfalls ist es nicht mehr viel." Sie zuckte die Achseln. „Ich wünschte, ich wäre tot. Gott, ich weiß nicht, wie ich da hineingerutscht bin."

„Wie ist die Wirkung? Soweit ich weiß, hat sie irgend etwas mit der Zeit zu tun."

„Ja, man verliert seinen Bezugspunkt, pendelt in der Zeit hin und her. Ich würde gern irgend etwas unternehmen, jemandem helfen und einen Nutzen aus meinem Zustand ziehen. Könnte mich der Generalsekretär gebrauchen? Eric, vielleicht könnte ich eine Möglichkeit finden, um für uns diesen Krieg zu beenden; ich könnte Molinari warnen, bevor er den Friedensvertrag unterzeichnet." Hoffnung glomm in ihren Augen auf. „Wäre das nicht einen Versuch wert?"

„Vielleicht." Er erinnerte sich an Festenburgs Andeutungen; vielleicht hatte Molinari JJ-180 bereits benutzt. Aber der Maulwurf hatte zweifellos noch nicht versucht – oder es war ihm nicht gelungen –, einen Weg zurück in die Zeit zu finden, in der der Vertrag noch nicht unterschrieben worden war. Vermutlich wirkte die Droge auf jeden Menschen anders. So wie viele stimulierende, halluzinogene Drogen.

„Könntest du mich mit ihm zusammenbringen?“ fragte Kathy.

„Ich ... glaube schon.“ Aber irgend etwas in ihm schien ihn zu warnen, ihm zur Vorsicht zu raten. „Aber es würde einige Zeit in Anspruch nehmen. Im Augenblick erholt er sich von der Nierenoperation, wie du an sich wissen müßtest.“

Schmerz verzerrte ihr Gesicht. „Mein Gott, mir geht es schrecklich, Eric. Ich habe das Gefühl, daß ich es nicht überleben werde. Gib mir irgendwelche Beruhigungsmittel; vielleicht helfen sie ein wenig.“ Sie streckte ihm ihre Hand entgegen, und er konnte sehen, wie sie zitterte. Ihr Zustand schien sich erheblich verschlechtert zu haben.

„Ich bringe dich in das Lazarett des Weißen Hauses“, entschied er und stand auf. „Für die nächste Zeit wirst du dort bleiben, während ich herauszufinden versuche, was zu tun ist. Aber ich halte es für besser, dir keine Medikamente zu geben; möglicherweise wird dadurch die Drogenwirkung noch verstärkt. Bei einer neuen Substanz weiß man nie ...“

Kathy schnitt ihm das Wort ab. „Willst du wissen, was ich getan habe, Eric, während du nach dem Geheimdienst geschickt hast? Ich habe eine Kapsel mit JJ-180 in deine Kaffeetasse entleert. Lach nicht, ich meine es ernst. Es ist wahr, und du hast deinen Kaffee getrunken. Du bist jetzt ebenfalls süchtig. Die Wirkung müßte jeden Augenblick einsetzen; du solltest besser die Cafeteria verlassen und in dein Konap zurückkehren, denn dir steht einiges bevor.“ Ihre Stimme klang düster. „Ich habe es getan, weil ich dachte, du würdest mich jetzt einsperren lassen; du hast es gesagt, und ich habe es geglaubt. Also ist es deine eigene Schuld. Es tut mir leid ... Ich wünschte, ich hätte es nicht getan, aber zumindest hast du jetzt einen Grund, um mich zu heilen; du *mußt* eine Lösung finden. Ich konnte nicht nur auf deinen guten Willen vertrauen; dafür hat es zuviel Streit zwischen uns gegeben. Ist es nicht so?“

„Ich habe gehört“, sagte er mühsam, „daß Süchtige so handeln; ihnen gefällt es, andere Menschen abhängig zu machen.“

„Vergibst du mir?“ fragte Kathy und erhob sich ebenfalls.

„Nein“, erwiderte er. Er war wütend und wie betäubt. Und ich vergebe dir nicht nur nicht, dachte er, sondern ich werde alles tun, um zu verhindern, daß du geheilt wirst. Alles, was jetzt noch für mich zählt, ist, dir das heimzuzahlen. Selbst wenn das bedeutet, daß ich ebenfalls nicht geheilt werde. Nur noch Haß empfand er für sie. Ja, genau das hatte er von ihr erwartet; so war seine Frau. Und genau deshalb hatte er versucht, sich von ihr zu trennen.

„Wir stecken jetzt beide in Schwierigkeiten“, erinnerte Kathy.

So aufrecht wie möglich näherte er sich dem Ausgang der Cafeteria, setzte ein Bein vor das andere, vorbei an den Tischen, den anderen Gästen. Er verließ sie.

Fast gelang es ihm. Fast.

Alles kehrte zurück. Aber vollkommen anders. Neu. Verändert.

Ihm gegenüber saß Don Festenburg. Er lehnte sich zurück und erklärte: „Sie haben Glück gehabt. Aber ich sollte es Ihnen besser erklären. Hier. Der Kalender.“ Er schob ein Messingobjekt über den Schreibtisch. „Sie wurden ungefähr ein Jahr in die Zukunft versetzt.“ Eric starrte den Kalender an. Sah eine kunstvolle Inschrift. „Wir schreiben heute den 17. Juni 2056. Sie gehören zu den wenigen Glücklichen, bei denen die Droge auf diese Art wirkt. Die meisten kehren zurück in die Vergangenheit und beginnen, alternative Universen zu erschaffen; Sie wissen schon, sie spielen so lange Gott, bis die Zerstörung ihres Nervensystems zu groß ist und sie langsam dahinsiechen.“

Eric versuchte etwas zu sagen. Aber es gelang ihm nicht.

„Sparen Sie Ihre Kräfte“, forderte ihn Festenburg auf, als er seine Anstrengungen bemerkte. „Ich werde reden; Sie können nur einige Minuten hierbleiben, und ich muß Ihnen vorher noch einiges mitteilen. Vor einem Jahr, als Sie JJ-180 in dem Café einnahmen, bin ich glücklicherweise hinzugekommen; Ihre Frau wurde hysterisch und Sie – Sie verschwanden. Sie wurde vom Geheimdienst verhaftet und gab ihre Sucht zu und verriet auch, was sie Ihnen angetan hatte.“

„Oh.“ Das Zimmer schwankte hin und her, als er mechanisch nickte.

„Geht es Ihnen besser? Nun, heute ist Kathy geheilt, aber das spielt im Moment keine Rolle; es ist nicht weiter wichtig.“

„Was ist mit ...“

„Ja, Ihr Problem. Ihre Abhängigkeit. Vor einem Jahr besaßen wir noch keine Möglichkeit einer Heilung. Aber ich kann Ihnen verraten, daß wir inzwischen einen Weg gefunden haben. Vor einigen Monaten stießen wir darauf, und ich habe gewartet, daß Sie wieder auftauchen – wir wissen jetzt soviel über JJ-180, daß es mir möglich war, Zeit und Ort Ihres Auftauchens zu berechnen.“ Festenburg griff in die Tasche seiner zerknitterten Jacke und holte eine kleine Glasflasche hervor. „Dies ist das von TF&D entwickelte Gegenmittel. Möchten Sie es haben? Wenn Sie jetzt zwanzig Milligramm davon zu sich nehmen, werden Sie von Ihrer Sucht befreit sein, auch nachdem Sie in Ihre eigene Zeit zurückgekehrt sind." Er lächelte, verzog sein blasses Gesicht zu einer Grimasse. „Aber – es gibt Probleme."

„Wie steht es mit dem Krieg?" fragte Eric.

„Was kümmert Sie das?" brummte Festenburg mißbilligend. „Großer Gott, Sweetscent; Ihr Leben hängt von dieser Flasche ab – Sie ahnen nicht, was es bedeutet, süchtig nach diesem Zeug zu sein."

„Lebt Molinari noch?"

Festenburg schüttelte den Kopf. „Ihm bleiben nur wenige Minuten, und alles, was ihn interessiert, ist der Gesundheitszustand des Maulwurfs. Hören Sie." Er beugte sich nach vorn, die Lippen sauertöpfisch gespitzt, die Augen eindringlich funkelnd. *„Ich möchte mit Ihnen ein Geschäft machen, Doktor.* Ich verlange erstaunlich wenig für diese Tabletten. *Bitte*, hören Sie mich an: Beim nächstenmal, wenn Sie die Droge nehmen – und das werden Sie, falls Sie keine Entziehungskur machen –, reisen Sie zehn Jahre in die Zukunft, und dann wird es zu spät sein."

„Für Sie zu spät", versetzte Eric, „aber nicht für mich. Ich werde mich dann immer noch einer Behandlung unterziehen können."

„Sie wollen nicht einmal wissen, was ich als Gegenleistung von Ihnen verlange?"

„Nein."

„Warum nicht?"

Eric zuckte die Achseln. „Mir geht es nicht gut; Sie wollen mich unter Druck setzen, und das gefällt mir nicht – ich werde auch ohne Ihre Hilfe mit der Droge zurechtkommen." Er wußte, daß es eine Heilungsmöglichkeit gab, und das genügte ihm. Es verdrängte seine Angst und ermöglichte ihm, das zu tun, was er im Sinn hatte. „Offensichtlich ist es am vernünftigsten, wenn ich die Droge sooft wie physiologisch möglich nehme, zwei- oder dreimal, und bei jedem Mal werde ich weiter in die Zukunft vordringen. Sobald die destruktiven Nebenwirkungen zu groß werden ..."

„Selbst ein einmaliger Genuß", preßte Festenburg zwischen den Zähnen hervor, „führt zu irreversiblen Hirnschäden. Sie verdammter Narr – *Sie haben bereits zuviel genommen.* Sie haben gesehen, was mit Ihrer Frau geschehen ist; möchten Sie denn ebenfalls so enden?"

Lange Zeit dachte Eric nach. „Wenn ich dadurch meinen Plan erfolgreich durchführen kann, ja. Sobald ich JJ-180 zum zweitenmal genommen habe, werde ich wissen, wie der Krieg endet, und sollten wir ihn verlieren, dann habe ich die Möglichkeit, Molinari mitzuteilen, was dagegen zu unternehmen ist. Was bedeutet meine Gesundheit schon gegen diese Chance?" Er schwieg, denn er war überzeugt, recht zu haben. Es lohnte nicht, weiter darüber zu reden; still saß er da und wartete darauf, daß die Wirkung der Droge nachließ und er in seine eigene Zeit zurückkehrte.

Festenburg öffnete die Flasche, schüttete die weißen Tabletten auf den Boden und zermalmte sie mit seinem Absatz zu Staub.

„Ist Ihnen nicht der Gedanke gekommen", fragte Festenburg, „daß die Erde im Lauf der nächsten zehn Tage derart zerstört werden könnte, daß TF&D nicht mehr in der Lage ist, dieses Gegenmittel weiter zu produzieren?"

Daran hatte er nicht gedacht; er war erschüttert, aber es gelang ihm, seine Gefühle zu verbergen. „Das wird sich zeigen", murmelte er.

„Natürlich weiß ich nicht, was die Zukunft bringen wird, aber dafür kenne ich die Vergangenheit – *Ihre* Zukunft." Er griff nach einer Zeitung, blätterte in ihr und legte sie aufgeschlagen vor Eric auf den Schreibtisch. „Das ist sechs Monate nach Ihrem Aufenthalt in dieser Cafeteria geschehen. Es wird Sie interessieren."

Erics Blick fiel auf die Überschrift des Leitartikels.

SWEETSCENT ALS RÄDELSFÜHRER DER ÄRZTEVERSCHWÖRUNG GEGEN DEN DERZEIT AMTIERENDEN UNO-GENERALSEKRETÄR DONALD FESTENBURG ENTTARNT UND VOM GEHEIMDIENST VERHAFTET

Unvermittelt entriß ihm Festenburg die Zeitung, zerknüllte sie und warf sie in eine Ecke. „Ich werde Ihnen nicht verraten, was aus Molinari geworden ist – finden Sie es selbst heraus, da Ihnen offenbar nichts an einer vernünftigen Zusammenarbeit mit mir gelegen ist."

„Sie hatten ein Jahr Zeit, um eine Fälschung der *Times* herzustellen. Ich glaube mich zu erinnern, daß dies in der Politik nicht zum erstenmal geschieht ... Joseph Stalin hat ein ähnliches Spiel mit Lenin während dessen letzten Lebensjahren getrieben; er hat eine gefälschte Ausgabe der *Prawda* drucken lassen und sie Lenin gegeben, der ..."

„Meine Uniform“, stieß Festenburg mit dunkelrotem, verzerrtem Gesicht hervor. „Schauen Sie sich meine Schulterstreifen an!“

„Warum sollte das nicht auch ein Schwindel sein? Ich behaupte nicht, daß es so ist. Ich behaupte auch nicht, daß die Zeitung gefälscht ist.“ Schließlich war er nicht in der Lage, dies mit Sicherheit zu sagen. „Ich behaupte nur, daß es so sein könnte, und das reicht, um mich von einer Entscheidung abzuhalten.“

Mit ungeheurer Anstrengung gelang es Festenburg, seine Selbstbeherrschung zurückzugewinnen. „In Ordnung, Sie wollen vorsichtig sein. Sie sind verwirrt – das verstehe ich. Aber, Doktor, seien Sie für einen Augenblick realistisch; Sie haben die Zeitung gesehen, Sie wissen, daß ich Molinaris Nachfolge als UNO-Generalsekretär angetreten habe, auch wenn ich Ihnen die Umstände nicht verraten werde. Und außerdem sind Sie darüber informiert, daß Sie in sechs Monaten Ihrer subjektiven Zeit auf frischer Tat dabei ertappt werden, wie Sie gegen mich konspirieren. Und ...“

„Gegen den ‚derzeit amtierenden UNO-Generalsekretär‘“, berichtigte Eric.

„Wie bitte?“ Festenburg starrte ihn an.

„Aus dem Wortlaut geht hervor, daß Sie nur für eine Übergangszeit dieses Amt innehaben. Und ich wurde nicht – oder ich werde nicht – ‚auf frischer Tat‘ ertappt. In dem Bericht ist nur von einer Anschuldigung die Rede; es hat keine Gerichtsverhandlung, keine Verurteilung gegeben. Vielleicht bin ich unschuldig. Vielleicht hat man mich nur denunziert; möglicherweise sind sogar Sie dafür verantwortlich. Denken Sie doch an Stalin in seinem letzten Lebensjahr, an die sogenannte ...“

„Hören Sie auf, mich zu belehren! Ja, ich bin über die von Ihnen erwähnte Angelegenheit informiert; ich weiß, wie Stalin den sterbenden Lenin getäuscht hat. Und ich bin auch über die Ärzteverschwörung im Bilde, die der paranoide Stalin kurz vor seinem Tod selbst eingefädelt hat. Na schön“, sagte Festenburg ruhig, „ich gebe es zu. Die Zeitung, die ich Ihnen vorgelegt habe – sie war gefälscht.“

Eric lächelte.

„Und ich bin nicht der amtierende UNO-Generalsekretär“, fuhr Festenburg fort. „Aber was wirklich geschehen ist – *das werde ich Ihrer eigenen Phantasie überlassen.* Und Sie werden es nicht herausfinden; in einigen Minuten werden Sie in Ihre Zeit zurückkehren und nichts wissen, nicht die kleinste Einzelheit, über die Welt der Zukunft – und hätten Sie nur ein wenig mit mir zusammengearbeitet, dann würden Sie jetzt alles wissen." Er blickte Eric prüfend an.

„Ich glaube", erklärte Eric, „ich bin ein Narr."

„Mehr als das: Sie sind ein polymorpher Perverser. Sie hätten mit – bildlich gesprochen – unbesiegbaren Waffen ausgerüstet zurückkehren und Ihre Frau, Molinari und sich selbst retten können. Doch nun werden Sie für ein Jahr mit der Ungewißheit leben müssen – vorausgesetzt, daß Sie trotz Ihrer Drogensucht so lange überleben. Es wird sich zeigen."

Zum erstenmal empfand Eric leise Zweifel. Machte er einen Fehler? Schließlich wußte er nicht einmal, was er als Gegenleistung für das von Festenburg vorgeschlagene Geschäft hätte erbringen müssen. Doch das Gegenmittel stand ihm jetzt nicht mehr zur Verfügung; es war zu spät. Es lohnte nicht mehr, darüber nachzudenken.

Eric erhob sich und blickte aus dem Fenster hinunter auf Cheyenne.

Die Stadt lag in Trümmern.

Während er dastand und hinausstarrte, spürte er, wie die Realität dieses Zimmers, die Festigkeit seiner Umgebung allmählich wich; alles entzog sich ihm, und verzweifelt versuchte er, sich festzuklammern.

„Viel Glück, Doktor", erklärte Festenburg hohl, und dann wurde auch er zu einem Nebelfetzen, der grau und fahl um ihn herumwirbelte, und verschmolz mit den rauchigen Überresten des Schreibtisches, der Zimmerwände, der Dinge, die vor einem Augenblick noch vollkommen stabil gewesen waren.

Er taumelte – und kämpfte darum, sein Gleichgewicht zu bewahren. Er war schwerelos, und ihm wurde übel ... und dann, während ein Schmerz in seinem Schädel wütete, blickte er auf und sah die Tische und die Gäste der Cafeteria des Weißen Hauses.

Eine Menschenmenge hatte sich um ihn versammelt. Besorgt, zögernd. Sie schreckten davor zurück, ihn zu berühren, gafften nur.

„Danke für die Hilfe", keuchte er und kam mühsam wieder auf die Beine.

Die Zuschauer kehrten schuldbewußt zu ihren Tischen zurück und ließen ihn allein. Allein – mit Kathy.

„Du warst über drei Minuten weggetreten", sagte sie.

Er schwieg; er wollte nicht mit ihr sprechen, wollte nichts mit ihr zu tun haben. Ihm war schlecht, und seine Beine zitterten; sein Kopf war wie zerschmettert, ja zersplittert, und er dachte: So muß es sein, wenn man eine Kohlenmonoxidvergiftung erlitten hat. Wie es in den alten

Lehrbüchern beschrieben wird. Ein Gefühl, als habe man den Tod selbst eingeatmet.

„Kann ich dir helfen?" fragte Kathy. „Ich weiß, wie man sich nach dem erstenmal fühlt."

„Ich werde dich jetzt ins Lazarett bringen", erklärte Eric. Er ergriff ihren Arm und stieß dabei gegen ihre Handtasche. „Dein Vorrat muß sich in der Tasche befinden", bemerkte er und nahm sie ihr ab.

Einen Moment später befanden sich zwei längliche Kapseln in seinem Besitz. Er gab ihr die Tasche zurück.

„Danke", sagte sie mit deutlicher Ironie.

„Ich danke auch dir, mein Schatz. Haben wir uns nicht schrecklich lieb, seit wir wieder zusammen sind?" Als er sie aus der Cafeteria hinausführte, begleitete sie ihn widerstandslos.

Ich bin froh, daß ich nicht auf Festenburgs Angebot eingegangen bin, dachte er. Doch Festenburg würde keine Ruhe geben; dies war erst der Anfang gewesen. Allerdings besaß er nun einen Vorteil gegenüber Festenburg, einen Vorteil, von dem der blaßgesichtige Redenschreiber – zu diesem Zeitpunkt – nichts wußte.

Von nun an, seit seiner Reise in die Zukunft, wußte er, daß Festenburg politische Ambitionen besaß. Daß er auf irgendeine Art versuchen würde, einen Staatsstreich durchzuführen und sich Unterstützung zu erkaufen. Die Uniform des UNO-Generalsekretärs war ein Schwindel gewesen, doch Festenburgs Ehrgeiz war Realität.

Und es war durchaus möglich, daß Festenburg in diesem Moment noch nicht begonnen hatte, die Vorbereitungen für seine weitere Karriere zu treffen.

Der Festenburg dieser Zeitperiode würde Eric Sweetscent nicht überraschen können, denn seinem gegenwärtigen Selbst war unbekannt, was er in einem Jahr versuchen würde. Und dieser zukünftige Festenburg hatte die Konsequenzen seines Tuns nicht durchschaut.

Dies war ein ernster politischer Fehler; ein Fehler, der sich nicht mehr rückgängig machen ließ. Vor allem, wenn man bedachte, daß andere politische Strategen mit immensen Fähigkeiten nach wie vor agierten.

Und einer von diesen Politikern war Gino Molinari.

Nachdem er seine Frau ins Lazarett des Weißen Hauses eingeliefert hatte, setzte er sich über Videofon mit Jonas Ackerman von TF&D in Tijuana in Verbindung.

„Also wissen Sie über Kathy Bescheid", stellte Jonas fest. Er sah nicht sehr glücklich aus.

„Ich werde Sie nicht fragen, warum Sie das getan haben", erklärte Eric. „Ich rufe an, um..."

„Was getan?" Jonas' Gesicht verzerrte sich. „Sie hat Ihnen erzählt, daß ich sie auf das Zeug gebracht habe, oder? Das ist nicht wahr, Eric. Warum sollte ich so etwas tun? Überlegen Sie doch."

„Reden wir später darüber." Er hatte jetzt keine Zeit dafür. „Zunächst möchte ich erfahren, ob Virgil irgend etwas über dieses JJ-180 weiß."

„Ja, aber er weiß nicht mehr als ich. Es gibt nicht viel..."

„Lassen Sie mich mit Virgil sprechen."

Widerwillig stellte Jonas den Anruf in Virgils Büro durch. Einen Moment später erschien der alte Mann auf dem Bildschirm. Virgil lächelte heiter, als er erkannte, wer ihn da anrief. „Eric! Ich habe es in den Zeitungen gelesen – Sie haben bereits sein Leben gerettet. Ich wußte, daß Sie es schaffen würden. Nun, wenn Ihnen das jeden Tag gelingt..." Er kicherte entzückt.

„Kathy ist nach JJ-180 süchtig. Ich brauche Hilfe; ich muß sie davon befreien."

Virgils Gesichtsausdruck änderte sich. „Das ist ja entsetzlich! Aber wie kann ich Ihnen helfen, Eric? Natürlich bekommen Sie jede Unterstützung. Wir alle hier lieben Kathy. Sie sind Arzt, Eric; Sie sollten in der Lage sein, etwas für Sie zu tun." Er wollte weiterplappern, doch Eric schnitt ihm das Wort ab.

„Sagen Sie mir, wie ich Kontakt mit der Firma aufnehmen kann, die JJ-180 herstellt."

„Oh, natürlich. Hazeltine Corporation in Detroit. Warten Sie... Hm, mit wem sprechen Sie da am besten... Vielleicht mit Bert Hazeltine persönlich. Einen Augenblick; Jonas kommt gerade in mein Büro. Er will mir etwas sagen."

Jonas erschien auf dem Monitor. „Ich wollte es Ihnen eben schon mitteilen, Eric. Als ich von Kathys Zustand erfuhr, habe ich mich sofort mit der Hazeltine Corporation in Verbindung gesetzt. Sie haben bereits jemanden losgeschickt; er befindet sich auf dem Weg nach Cheyenne. Ich dachte mir schon, daß Kathy dort auftauchen würde, nachdem sie verschwand. Halten Sie Virgil und mich über die weiteren Ereignisse auf dem laufenden. Viel Glück." Er trat zurück und war offensichtlich erleichtert, seine Botschaft losgeworden zu sein.

Eric dankte Virgil und legte auf. Dann erhob er sich und begab sich in den Empfangsraum des Weißen Hauses, um nachzusehen, ob der Vertreter der Hazeltine Corporation bereits eingetroffen war.

„Oh, ja. Dr. Sweetscent", bestätigte das Mädchen, nachdem sie ihre Unterlagen überprüft hatte. „Zwei Personen, die vor einem Moment eintrafen; man hat Sie bereits ausrufen lassen." Sie warf einen Blick auf die Eintragungen. „Ein Mr. Bert Hazeltine und eine Frau, Miss Bachis... Ich hoffe, ich habe ihren Namen richtig entziffert; ja, es müßte stimmen. Man hat sie bereits in Ihr Konap geschickt."

Als er sein Konap erreichte, bemerkte er, daß die Wohnungstür nur angelehnt war; seine Gäste befanden sich in seinem kleinen Wohnzimmer. Ein gutgekleideter Mann mittleren Alters, der einen langen Mantel trug, und eine blondhaarige Frau Ende Dreißig, bebrillt und mit breitem, kühl wirkendem Gesicht.

„Mr. Hazeltine?" sagte Eric und streckte ihm grüßend die Hand entgegen.

Der Mann und die Frau erhoben sich gleichzeitig. „Hallo, Mr. Sweetscent." Bert Hazeltine schüttelte seine Hand. „Darf ich Ihnen Hilda Bachis vorstellen? Sie arbeitet für die Drogenkontrollbehörde der UNO. Wir mußten sie über den Zustand Ihrer Frau informieren, Doktor; so schreibt es das Gesetz vor. Jedenfalls..."

Mit rauher Stimme erklärte Miss Bachis: „Wir sind nicht daran interessiert, Ihre Frau einzusperren oder sie zu bestrafen; wir wollen ihr – genau wie Sie – helfen. Wir haben bereits alles für einen Besuch bei ihr vorbereitet, wollten uns aber zunächst mit Ihnen unterhalten und erst dann hinunter ins Lazarett gehen."

„Wie viele Einheiten von dieser Droge besitzt Ihre Frau noch?" fragte Hazeltine leise.

„Keine", erwiderte Eric.

„Dann lassen Sie mich bitte", fuhr Hazeltine fort, „den Unterschied zwischen einer Gewohnheit und einer Abhängigkeit erklären. Bei der Abhängigkeit..."

„Ich bin Arzt", erinnerte Eric. „Mir brauchen Sie das nicht zu sagen." Er nahm Platz und spürte, wie er noch immer unter den Nachwirkungen der Droge litt; sein Kopf schmerzte, und bei jedem Atemzug krampfte sich seine Brust zusammen.

„Dann wissen Sie auch, daß die Droge bereits Eingang in den Stoffwechsel der Leber gefunden hat und nun für die Arbeit des Metabolismus lebensnotwendig geworden ist. Wenn sie die Droge nicht mehr bekommt, wird sie binnen..." Hazeltine rechnete nach. „Wie oft hat sie sie schon genommen?"

„Zwei- oder dreimal."

„Also wird sie ohne sie binnen vierundzwanzig Stunden sterben."

„Und wenn sie die Droge weiter nimmt?"

„Dann bleiben ihr vier Monate. Dann werden wir vielleicht ein Gegenmittel besitzen; wir werden alles menschenmögliche versuchen. Wir haben bereits mit Transplantorganen experimentiert, die Leber ausgetauscht und..."

„Dann muß sie mehr von dieser Droge bekommen", sagte Eric, und er dachte an sich selbst. An seinen eigenen Zustand. „Angenommen, sie hätte JJ-180 nur einmal probiert. Würde das ..."

„Doktor", unterbrach Hazeltine, „verstehen Sie denn nicht? JJ-180 ist kein Medikament, *sondern eine Waffe.* Sie *sollte* schon nach einmaliger Einnahme absolute Abhängigkeit erzeugen, sie *sollte* zu Nerven- und Gehirnschäden führen. Die Droge ist geruchs- und geschmacklos; es ist unmöglich festzustellen, ob sie der Nahrung oder dem Wasser beigemischt wurde. Von Anfang an waren wir uns über das Problem im klaren, was wir machen sollten, wenn unsere eigenen Leute durch Zufall süchtig danach würden; wir wollten warten, bis wir ein Gegenmittel entwickelt hatten, und dann JJ-180 gegen den Feind einsetzen. Aber..." Er sah Eric an. „Ihre Frau ist nicht zufällig süchtig geworden, Doktor. Man hat es ihr absichtlich zugefügt. Wir wissen, woher sie das Mittel bekommen hat." Er blickte zu Miss Bachis hinüber.

„Ihre Frau konnte es sich nicht über Tijuana Fur & Dye besorgt haben", erklärte Miss Bachis, „denn die von Hazeltine produzierten Qualitäten wurden der Muttergesellschaft nicht zur Verfügung gestellt."

„Es waren unsere Alliierten", sagte Bert Hazeltine. „Es war eine Vereinbarung des Friedensvertrages; jede neue Waffe, die hier auf der Erde entwickelt wird, muß ihnen ebenfalls zur Verfügung gestellt werden. Die UNO hat mich aufgefordert, ihr ein gewisses Quantum JJ-180 für die Weitergabe an den Lilistern zu liefern." Ärger zeichnete sich auf seinem Gesicht ab.

„Das Quantum JJ-180 wurde aus Sicherheitsgründen in fünf verschiedene Behälter verpackt und mit fünf verschiedenen Transporten zum Lilistern geschickt. Vier Transporte erreichten den Lilistern. Der fünfte nicht; die Riegs zerstörten ihn durch eine Automine. Und seitdem erhält unser im Imperium operierender Nachrichtendienst laufend

Hinweise darauf, daß Sternagenten die Droge zurück zur Erde schaffen und sie gegen unsere eigenen Leute einsetzen."

Eric nickte. „In Ordnung; sie hat es also nicht von Tijuana Fur & Dye bekommen." Aber spielte es eine Rolle, woher Kathy das Zeug bezogen hatte?

„Folglich", fuhr Miss Bachis fort, „hat Ihre Frau Kontakt mit dem Nachrichtendienst des Lilistern aufgenommen; aus diesem Grunde kann sie nicht hier in Cheyenne bleiben. Wir haben uns bereits mit unserem Geheimdienst in Verbindung gesetzt, und man wird sie zurück nach Tijuana oder San Diego bringen. Es gibt keine andere Möglichkeit; natürlich hat sich Ihre Frau nicht freiwillig in die Hände der Sternagenten begeben, aber um ihre Drogenversorgung zu sichern, mußte sie mit ihnen zusammenarbeiten. Und deshalb ist sie Ihnen wohl auch hierher gefolgt."

„Aber", wandte Eric ein, „wenn Sie verhindern, daß Kathy auch weiterhin ihre Drogen bekommt..."

„Das ist nicht unsere Absicht", versicherte Hazeltine. „Ganz im Gegenteil; die erfolgversprechende Methode, sie von weiteren Kontakten mit den Sternagenten abzuhalten, ist, sie direkt aus unseren Vorräten zu versorgen. In derartigen Fällen muß man so vorgehen ... und Ihre Frau ist nicht die erste, Doktor; wir haben dies schon mehrfach erlebt, und ich kann Ihnen ruhigen Gewissens sagen, daß wir wissen, was zu tun ist. Zunächst braucht sie die Droge allein schon deswegen, um am Leben zu bleiben; Grund genug, um ihr das Zeug auch weiterhin zu geben. Aber es gibt da noch etwas anderes, was Sie wissen sollten. Die Ladung, die zum Lilistern geschickt, jedoch von einer Rieg-Mine zerstört wurde ... wir wissen jetzt, daß es den Riegs gelungen ist, Teile dieses Transportes zu bergen. Sie besitzen jetzt eine zwar kleine, aber nichtsdestotrotz verwertbare Menge JJ-180." Er schwieg für einen Moment. „Und auch die Riegs arbeiten an einem Gegenmittel."

Stille legte sich über das Zimmer.

„*Wir* hier auf der Erde haben noch keine Heilungsmöglichkeit entdeckt", fuhr Hazeltine nach einer Weile fort. „Und der Lilistern versucht es natürlich nicht einmal, gleichgültig, was die Sternagenten Ihrer Frau erzählt haben. Soweit uns bekannt, haben sie selbst mit der Produktion von JJ-180 begonnen, um die Droge sowohl gegen die Riegs als auch gegen uns einzusetzen. Es wäre unfair und moralisch falsch, Ihnen das zu verschweigen. Ich will damit nicht vorschlagen, daß Sie zum Feind überlaufen sollen; ich schlage überhaupt nichts vor – ich bin Ihnen gegenüber nur ehrlich. Entweder haben wir es in vier Monaten geschafft oder nicht; ich kann nicht in die Zukunft schauen."

„Die Droge", erklärte Eric, „erlaubt es einigen, die sie nehmen, in die Zukunft zu reisen."

Hazeltine und Miss Bachis tauschten bedeutungsvolle Blicke aus.

„Das stimmt", nickte Hazeltine. „Aber diese Information ist streng geheim, wie Sie zweifellos wissen. Ich nehme an, daß Ihre Frau Ihnen das gesagt hat? Ist das die Richtung, in der sie sich unter dem Einfluß der Droge bewegt? Das ist sehr selten; gewöhnlich kehren die Leute in die Vergangenheit zurück."

„Ja, ich habe mit Kathy darüber gesprochen", fügte Eric geistesgegenwärtig hinzu.

„Nun", brummte Hazeltine, „es wäre eine zumindest logisch klingende Möglichkeit. Man reist in die Zukunft, besorgt sich das Gegenmittel – oder vielmehr die entsprechende Formel, die man sich merkt –, und anschließend kehrt man wieder in die Gegenwart zurück und übergibt die Formel unseren Chemikern von der Hazeltine Corporation. Und das wär's dann. Aber irgendwie klingt das *zu* einfach, meinen Sie nicht auch? Die Droge ermöglicht es, daß man ein Gegenmittel gegen sie selbst findet, ein neues, bisher unbekanntes Molekül vielleicht, das man anstelle des JJ-180 in den Stoffwechsel der Leber einschleusen kann... Der erste Einwand, der mir einfällt, ist der, daß es ein derartiges Gegenmittel möglicherweise gar nicht gibt, so daß es völlig nutzlos wäre, in die Zukunft zu reisen und danach zu suchen. Schließlich besitzen wir noch immer kein Mittel, um die Abhängigkeit von Opiumderivaten zu heilen; Heroin ist noch immer verboten und gefährlich wie vor über einem Jahrhundert. Aber es gibt da noch einen stichhaltigeren Einwand. Offen gesagt – und ich habe alles Tests mit JJ-180 überwacht – habe ich das Gefühl, daß die Zeitperiode, in die man unter dem Einfluß der Droge versetzt wird, eine Art ... Schwindel ist. Ich glaube nicht, daß es sich dabei um die wirkliche Zukunft oder Vergangenheit handelt."

„Sondern?" fragte Eric.

„Ich glaube, JJ-180 löst genau das aus, wofür Hazeltine Corporation die Droge entwickelt hat: Halluzinationen. Nur weil die Halluzinationen real wirken, bedeutet das noch lange nicht, daß sie auch real sind; die *meisten* Halluzinationen scheinen Wirklichkeit zu sein, ob sie nun durch eine Droge, eine Psychose, eine Schädigung des Gehirns oder elektronische Stimulation erzeugt werden. Sie müssen das doch wissen, Doktor; ein Mensch, der an Halluzinationen leidet, glaubt nicht nur, daß er... nun, sagen wir... einen Orangenbaum sieht – er sieht ihn wirklich. Für ihn ist das eine authentische Erfahrung, genauso wie unsere Anwesenheit hier in Ihrem Wohnzimmer. Niemand, der JJ-180 genommen hat und in die Vergangenheit zurückgekehrt ist, hat jemals etwas mitgebracht; er verschwand auch nicht oder...“

Miss Bachis unterbrach. „Da bin ich anderer Ansicht, Mr. Hazeltine. Ich habe mit einer Reihe von JJ-180-Süchtigen gesprochen, und sie wußten Dinge über die Vergangenheit, die sie einfach nicht wissen konnten, wären sie nicht tatsächlich in der Vergangenheit gewesen. Ich kann es zwar nicht beweisen, aber ich bin fest davon überzeugt. Aber, verzeihen Sie bitte, daß ich Sie unterbrochen habe.“

„Verschüttete Erinnerungen“, widersprach Hazeltine irritiert. „Oder, mein Gott, möglicherweise frühere Leben; vielleicht gibt es wirklich eine Reinkarnation.“

„Falls JJ-180 wirklich die Fähigkeit zur Zeitreise verleiht“, bemerkte Eric, „dann sollte man sie besser nicht gegen die Riegs einsetzen. Vielleicht nützt sie ihnen mehr, als sie ihnen schadet. Und deshalb müssen Sie, Mr. Hazeltine, daran glauben, daß JJ-180 ein Halluzinogen ist – solange Sie die Droge der Regierung verkaufen wollen.“

„Ein *ad hominem* Argument“, spottete Hazeltine. „Sie greifen meine Motive und nicht meine Argumente an; ich bin überrascht, Doktor.“ Er sah ihn düster an. „Aber vielleicht haben Sie recht. Wie sollte ich das wissen? Ich habe die Droge nie genommen, und seitdem wir über ihre suchterzeugenden Eigenschaften Bescheid wissen, haben wir sie niemandem mehr gegeben; wir sind auf Tierversuche angewiesen, und natürlich haben wir auch gewisse Kenntnisse durch unsere ersten – und unglücklichen – menschlichen Versuchspersonen und seit kurzem durch Leute wie Ihre Frau gewonnen, die von den Sternmenschen in Süchtige verwandelt wurden. Und ...“ Er zögerte, zuckte dann die Achseln und fuhr fort: „Und selbstverständlich haben wir JJ-180 auch den gefangenen Riegs in den Lagern gegeben; die einzige Möglichkeit, um zu erfahren, wie die Droge auf sie wirkt.“

„Wie haben sie darauf angesprochen?“ wollte Eric wissen.

„Mehr oder weniger wie unsere eigenen Leute. Völlige Abhängigkeit, neurologische Schäden und Halluzinationen von einer solchen Intensität, daß sie ihrer wirklichen Situation gegenüber vollkommen apathisch waren.“ Halb zu sich selbst fügte er hinzu: „Das sind Dinge, die man in Kriegszeiten tun muß. Und da regt man sich über die Nazis auf ..."

„Wir müssen den Krieg gewinnen, Mr. Hazeltine", erinnerte Miss Bachis.

„Ja", sagte Hazeltine benommen. „Oh, Sie haben so verdammt recht, Miss Bachis; Sie haben so recht." Blicklos starrte er zu Boden.

„Geben Sie Dr. Sweetscent den Drogenvorrat", forderte ihn Miss Bachis auf.

Hazeltine griff in seine Manteltasche. „Hier." Er reichte ihm eine flache Metallschachtel. „JJ-180. Legal dürfen wir das Zeug Ihrer Frau nicht geben; wir dürfen keinen registrierten Süchtigen beliefern. Also nehmen Sie es – natürlich ist das nur eine Formalität –, und was Sie damit anstellen, ist Ihre eigene Angelegenheit. Jedenfalls befinden sich genug Einheiten in dieser Schachtel, um sie so lange am Leben zu erhalten, wie sie leben wird." Er wich Erics Blick aus, starrte weiter zu Boden.

Als Eric die Schachtel annahm, bemerkte er: „Sie wirken nicht sehr glücklich über dieses Produkt Ihrer Firma."

„Glücklich?" wiederholte Hazeltine. „Natürlich nicht. Sieht man mir das nicht an? Wissen Sie, das schlimmste war der Anblick der Riegs in den Kriegsgefangenenlagern, nachdem sie die Droge genommen hatten. Sie sind einfach zusammengebrochen, erschlafft ... es gibt für sie keine Rückkehr mehr. Sie leben für JJ-180, sobald sie das Zeug einmal genommen haben. Sie sind *froh*, es zu nehmen; die Halluzinationen sind für sie so – wie soll ich es ausdrücken – so unterhaltsam ... nein, nicht unterhaltsam. Fesselnd? Ich weiß es nicht, aber sie wirken, als ob sie die Unendlichkeit gesehen hätten. Aber eine Unendlichkeit, die, um es klinisch, physiologisch auszudrücken, zu einer Hölle wird."

„Das Leben ist kurz", stellte Eric fest.

„Und roh und schmutzig", fügte Hazeltine hinzu, doch es schien, als hätte er gar nicht bewußt gesprochen. „Ich kann nicht fatalistisch denken, Doktor. Vielleicht geht es Ihnen da besser."

„Nein", widersprach Eric. „Kaum." Depressiv zu sein war gewiß nicht wünschenswert; Fatalismus war keine Gabe, sondern eine langwierige Krankheit. „Wann nach der letzten Einnahme von JJ-180 tauchen die ersten Entzugssymptome auf? Anders gefragt, wann muß ..."

„Sie können von zwölf bis vierundzwanzig Stunden ausgehen", erklärte Miss Bachis. „Dann tritt das physiologische Verlangen auf, und der Zusammenbruch des Leberstoffwechsels beginnt. Es ist – unangenehm. Um es mal so zu sagen."

„Unangenehm?" versetzte Hazeltine rauh. „Gott im Himmel, seien Sie realistisch; es ist unerträglich. Es ist die Agonie des Todes. Buchstäblich. Und das Opfer weiß es. *Fühlt* es, ohne in der Lage zu sein, etwas dagegen zu tun, es zu verstehen. Wie viele von uns haben schließlich schon ihren eigenen Todeskampf erlebt?"

„Gino Molinari", bemerkte Eric. „Aber er ist einzigartig." Er schob die Schachtel mit dem JJ-180 in seine Manteltasche und dachte: Also bleiben mir noch bis zu vierundzwanzig Stunden, ehe ich gezwungen bin, meine zweite Dosis der Droge zu nehmen. Aber ebensogut kann es schon heute abend nötig werden.

Möglicherweise, setzte er seine Überlegungen fort, besitzen die Riegs ein Gegenmittel. Würde ich zu ihnen überlaufen, um mein Leben zu retten? Oder Kathys Leben? Ich weiß es nicht. Ich weiß es wirklich nicht.

Wahrscheinlich, sagte er sich, werde ich es wissen, sobald ich zum erstenmal die Entzugssymptome am eigenen Leib verspürt habe. Oder, wenn ich mich dann noch immer nicht entschließen kann, spätestens in dem Augenblick, wo ich die ersten neurologischen Schäden bei mir feststelle.

Noch immer erfüllte es ihn mit Bestürzung und Entsetzen, daß seine Frau ihn – einfach so – süchtig gemacht hatte. Wie sehr mußte sie ihn hassen, um so etwas tun zu können! Was verriet dies doch für eine ungeheure Verachtung dem Wert des Lebens gegenüber.

Aber ging es ihm nicht genauso? Er erinnerte sich an sein erstes Gespräch mit Gino Molinari; seine wahren Gefühle waren in diesen Minuten an die Oberfläche gespült worden, und er hatte sich ihnen stellen müssen. Und wenn er sich selbst gegenüber ehrlich sein wollte, dann mußte er zugeben, daß er genauso empfand wie Kathy. Dies gehörte zu den wichtigsten Erscheinungen des Krieges: das Überleben des einzelnen schien unwichtig zu sein. Vielleicht konnte er so dem Krieg die Schuld geben. Das würde es leichter machen.

Aber er wußte es besser.

11

Auf seinem Weg zum Lazarett, um Kathy ihren Drogenvorrat zu übergeben, blieb er mit einemmal ungläubig stehen, als ihm die zusammengefallene, kränklich wirkende Gestalt Gino Molinaris entgegenrollte. Der UNO-Generalsekretär saß in seinem Rollstuhl, die schwere Wolldecke über den Knien ausgebreitet, und seine Augen bewegten sich wie eigenständige Wesen und bannten Eric mit ihren Blicken an seinen Platz.

„Man hat Ihr Konap verwanzt", erklärte Molinari, „und Ihr Gespräch mit Hazeltine und Bachis abgehört, aufgezeichnet und niedergeschrieben und mir eine Kopie übersandt."

„So schnell?" gelang es Eric hervorzustoßen. Zum Glück hatte er seine eigene Sucht nicht erwähnt.

„Rausschmeißen muß man sie", knurrte Molinari. „Sie ist ein Sternspitzel; sie würde alles für sie tun – ich weiß es. So etwas ist schon einmal vorgefallen." Er zitterte. „Um der Wahrheit die Ehre zu geben, ist sie bereits von hier fortgeschafft worden; meine Beamten haben sie gepackt, sie zum Flughafen gebracht und dort in einen Kopter gesetzt. Deshalb weiß ich auch gar nicht, warum ich mich so aufrege... vom Verstand her habe ich keine Zweifel, daß wir die Situation im Griff haben."

„Wenn Sie eine Abschrift des Gesprächs besitzen, dann wissen Sie auch, daß Miss Bachis bereits alles vorbereitet hat, um Kathy mit..."

„Ich weiß! In Ordnung." Molinari holte keuchend Atem. Sein Gesicht war bleich, die Haut faltig, und dunkle Ränder säumten seine Augen. „Verstehen Sie jetzt, wie der Lilistern vorgeht? Setzt unsere eigene Droge gegen uns ein; das ist typisch für diese Bastarde, das macht ihnen eine Menge Spaß. Wir sollten ihre Trinkwasserreservoire damit verseuchen. Ich habe Sie hierhergeholt, und dann haben Sie Ihre Frau hereingelassen; um diesen Scheiß, diese verdammte Droge zu bekommen, würde sie alles tun – sogar mich umbringen, wenn sie es von ihr verlangen. Ich weiß alles, was über Frohedadrin bekannt ist; ich bin derjenige, der diesen Namen geprägt hat. Aus dem deutschen Wort *Froh*, dem lateinischen *heda* – gleich Vergnügen –, und *drin* ist natürlich…“ Er verstummte; seine geschwollenen Lippen preßten sich zusammen. „Ich bin zu krank, um mich aufregen zu dürfen; ich sollte mich eigentlich von der Operation erholen. *Wollen Sie mich heilen, oder wollen Sie mich umbringen, Doktor? Oder wissen Sie das etwa nicht?*“

„Ich weiß es nicht“, gestand Eric. Er war verwirrt, betäubt; das war einfach zuviel.

„Sie sehen schlecht aus. Das ist ein harter Schlag für Sie, ein genauso harter Schlag wie für Ihre Personalakte und Ihre Behauptung, daß Sie Ihre Frau verabscheuen – und Ihre Frau Sie. Ich schätze, Sie glauben, Ihre Frau wäre nicht süchtig geworden, hätten Sie sie nicht verlassen. Hören Sie: Jeder muß sein eigenes Leben leben; die Verantwortung für alles besitzt sie. Es war nicht Ihre Schuld. Sie hat es *gewollt*. Hilft Ihnen das? Fühlen Sie sich jetzt etwas besser?“ Prüfend betrachtete er Erics Gesicht.

„Ich… Mit mir ist alles in Ordnung“, versicherte Eric kurz.

„Verarschen Sie mich nicht. Sie sehen genauso schlecht aus wie Ihre Frau; ich bin hinuntergefahren, um sie mir anzuschauen. Ich konnte dem nicht widerstehen. Die arme, verdammte Frau; man kann bereits erkennen, wie sehr sie schon von diesem Zeug zerstört worden ist. Und selbst wenn man ihr eine neue Leber geben und all ihr Blut austauschen würde – es wäre nutzlos; wie man Ihnen wohl schon gesagt hat, wurde das alles schon zuvor versucht.“

„Haben Sie mit Kathy gesprochen?“

„Ich? Ob ich mit einem Sternspitzel gesprochen habe?“ Molinari starrte ihn an. „Ja, aber nicht viel. Während man sie hinausbrachte. Ich war neugierig, mit welcher Art Frau Sie zusammengelebt haben; Ihr Masochismus stinkt zehn Kilometer gegen den Wind, und sie hat es bemerkt. Sie ist eine Harpyie, Sweetscent, ein Ungeheuer. Genau wie Sie gesagt haben. Wissen Sie, was sie behauptet hat?“ Er grinste. „Sie sagte mir, daß *Sie* ebenfalls süchtig sind. Sie tut alles, um Unfrieden zu stiften, hm?“

„Genau“, bestätigte Eric steif.

„Warum sehen Sie mich so an?“ Molinari musterte ihn, und seine dunklen, großen Augen verrieten, daß er seine Selbstbeherrschung zurückgefunden hatte. „Es stört Sie, was ich Ihnen sage, nicht wahr? Daß sie alles mögliche tun würde, um Ihre Karriere hier zu zerstören.

Eric, wenn ich der Meinung wäre, daß Sie auf diesem Zeug draufhängen, dann würde ich Sie nicht hinauswerfen – *ich würde Sie töten lassen.* In Kriegszeiten töte ich Menschen, das ist mein Job. Genau wie Sie und ich wissen, weil wir uns darüber unterhalten haben, daß irgendwann der Augenblick kommen könnte, indem von Ihnen verlangt wird, daß Sie...“ Er hielt inne. „Was wir abgemacht haben. Dann müssen Sie sogar mich töten. Richtig, Doktor?“

„Ich muß ihr den Drogenvorrat bringen“, erklärte Eric. „Darf ich gehen, Generalsekretär? Bevor der Kopter startet.“

„Nein“, sagte Molinari. „Sie dürfen nicht gehen, weil ich Sie um etwas bitten möchte. Premierminister Freneksy befindet sich noch immer hier; Sie wissen das. Er hat sich mit seinen Leuten in den Ostflügel zurückgezogen.“ Er streckte seine Hand aus. „Ich brauche eine Kapsel JJ-180, Doktor. Geben Sie sie mir und vergessen Sie anschließend unser Gespräch.“

Eric dachte: Ich weiß, was du vorhast. Oder besser, was du versuchen wirst. Aber du hast keine Chance; wir leben nicht mehr in der Renaissance.

„Ich werde es ihm persönlich geben“, fuhr Molinari fort. „Ich werde mich davon überzeugen, daß er es selbst nimmt und das Zeug nicht von irgendeinem Pimpf zufällig geschluckt wird.“

„Nein“, sagte Eric. „Ich weigere mich.“

„Warum?“ Molinari neigte den Kopf.

„Es wäre Selbstmord. Für jeden hier auf der Erde.“

„Wissen Sie, wie sich die Russen Berija vom Hals geschafft haben? Berija nahm eine Pistole mit in den Kreml, was gegen das Gesetz war; er trug sie in seiner Brieftasche, und sie stahlen ihm die Brieftasche und erschossen ihn mit seiner eigenen Pistole. Sie glauben, daß es an der Spitze komplizierter zugehen muß? Die Durchschnittsmenschen übersehen die einfachen Lösungen; das ist der größte Fehler der Masse...“ Molinari brach ab und griff sich plötzlich mit der Hand an die Brust. „Mein Herz. Ich glaube, es schlägt nicht mehr. Jetzt funktioniert es wieder, aber für einen Moment stand es still.“ Er war bleich geworden, und seine Stimme sank zu einem Flüstern herab.

„Ich werde Sie in Ihr Zimmer fahren.“ Eric trat hinter Molinaris Rollstuhl und begann ihn anzuschieben; der Maulwurf protestierte nicht, sondern sank vornüber, massierte seine fleischige Brust, untersuchte und tastete sich ab, und sein Anlitz verriet übermächtige Furcht. Alles andere war vergessen; er dachte nur noch an seinen kranken, versagenden Körper, der für ihn das einzige geworden war, was noch existierte.

Mit der Hilfe von zwei Krankenschwestern gelang es ihm, Molinari zurück ins Bett zu bringen.

„Hören Sie, Sweetscent“, flüsterte Molinari, als sein Kopf auf dem Kissen ruhte. „Ich bin nicht auf Sie angewiesen, um das Zeug zu bekommen; ich kann Druck auf Hazeltine ausüben, und er wird es für mich besorgen. Virgil Ackerman ist mein Freund; Virgil wird dafür sorgen, daß Hazeltine spurt. Und versuchen Sie nicht, mir vorzuschreiben, wie ich meinen Job erledigen muß; Sie kümmern sich um Ihre Aufgaben und ich mich um meine.“ Er schloß die Augen und ächzte. „Gott, ich weiß genau, daß soeben eine Arterie dicht bei meinem Herzen geplatzt ist; ich spüre, wie das Blut herausströmt. Holen Sie Teagarden her.“ Erneut ächzte er und drehte dann das Gesicht zur Wand. „Was für ein Tag. Aber ich werde diesen Freneksy trotzdem erwischen.“ Mit einemmal öffnete er wieder die Augen und erklärte: „Ich weiß, es war eine alberne Idee. Aber derartige Ideen kommen mir in letzter Zeit immer; dumme Ideen wie diese. Und was bleibt mir sonst auch übrig? Fällt Ihnen etwas Besseres ein?“ Er wartete. „Nein. Und wissen Sie warum? Weil es nichts Besseres gibt.“ Erneut schloß er die Augen. „Mir geht es schrecklich. Ich glaube, diesmal sterbe ich wirklich, und Sie werden nicht in der Lage sein, mich zu retten.“

„Ich werde Dr. Teagarden holen“, sagte Eric und wandte sich zur Tür.

„Ich weiß, daß Sie süchtig sind, Doktor“, bemerkte Molinari. Mühsam richtete er sich auf. „Ich merke es so gut wie immer, wenn jemand lügt, und Ihre Frau hat nicht gelogen. Und sobald ich Sie sah, habe ich gewußt, daß es stimmt; Sie ahnen nicht, wie sehr Sie sich verändert haben.“

Nach einem Moment fragte Eric: „Was werden Sie tun?“

„Wir werden sehen, Doktor“, antwortete Molinari und wandte sein Gesicht wieder zur Wand.

Sobald er dafür gesorgt hatte, daß Kathy ihren Vorrat an JJ-180 erhielt, flog er mit einer Expreßmaschine nach Detroit.

Fünfundvierzig Minuten nach dem Start war er auf dem Detroiter Flughafen gelandet und befand sich mit einem Taxi auf dem Weg zur

Hazeltine Corporation. Gino Molinari und nicht die Droge hatte ihn gezwungen, dies so schnell wie möglich zu erledigen; er konnte nicht einmal bis zum Abend warten.

„Wir sind da, Sir“, erklärte die Elektronik des Automatentaxis respektvoll. Die Tür öffnete sich, und er stieg aus. „Dieses graue einstökkige Gebäude mit der rosafarbenen Kelchhecke und den grünen Deckblättern... das ist der Sitz der Hazeltine Corporation.“ Eric wandte den Kopf und sah zu dem Gebäude, dem Rasen und der Heidehecke hinüber. Nichts deutete auf industrielle Fertigungsstätten hin. Das also war der Ort, wo JJ-180 das Licht der Welt erblickt hatte.

„Warte“, befahl er dem Taxi. „Hast du ein Glas Wasser für mich?“

„Gewiß.“ Eric stieg wieder ein, und aus einer Öffnung in der Rückwand des Vordersitzes glitt ein Pappbecher voll Wasser. Er griff danach und schluckte die Kapsel mit dem JJ-180, die er mitgenommen hatte. Sie stammte aus Kathys Vorrat.

Mehrere Minuten vergingen.

„Warum steigen Sie nicht aus, Sir?“ fragte das Taxi. „Habe ich etwas falsch gemacht?“

Eric wartete. Als er spürte, wie die Drogenwirkung langsam einsetzte, bezahlte er das Taxi, stieg aus und näherte sich langsam dem Bürogebäude der Hazeltine Corporation.

Das Haus flackerte, als hätte es ein Blitzschlag getroffen. Und über ihm klaffte der Himmel auseinander. Er blickte hinauf und sah, wie das Firmament flimmerte, seine Stabilität zu erhalten versuchte und dann endgültig verschwand; Schwindel überkam ihn, und er schloß die Augen, spürte, wie sich die Umgebung von ihm entfernte, und er tastete sich unsicher weiter und sank dann auf die Knie, von irgendeinem inneren Drang beseelt, sich vorwärts zu bewegen, auch wenn es nur langsam ging.

Es tat weh. Im Gegensatz zu seinem ersten Erlebnis war er einer völligen Reorganisation der Realitätsstruktur ausgesetzt. Alles war still; er bemerkte, daß er sich verlaufen und den Rasen betreten hatte, doch noch immer hielt er die Augen geschlossen. Halluzinationen von einer anderen Welt, dachte er. Hat Hazeltine recht? So paradox es auch klingt, vielleicht erhalte ich durch die Halluzination die Antwort ... falls es wirklich Halluzinationen sind. Doch das glaubte er nicht; nein, Hazeltine irrte sich.

Als er mit dem Arm die Heidehecke berührte, öffnete er die Augen. Einer seiner Füße hatte sich in die weiche schwarze Erde eines Blumenbeetes gebohrt und eine knollige Begonie halb zertrampelt. Hinter der Heidehecke erhob sich das graue Gebäude der Hazeltine Corporation und reckte sich dem hellblauen Himmel entgegen, über den zerfaserte Wolkenbänke in Richtung Norden trieben; soweit er es feststellen konnte, gab es keinen Unterschied zu der realen Welt. Was hatte sich verändert? Er drehte sich zu dem hölzernen Steg herum, der zur Firma hinaufführte. Sollte er hineingehen, fragte er sich. Er blickte zurück zur Straße. Das Taxi war verschwunden. Die Gebäude und Hochstraßen von Detroit waren klar zu erkennen. Aber er kannte diese Gegend nicht.

Als er die Veranda erreichte, glitt die Tür automatisch auf und gestattete ihm den Blick in ein elegantes Büro, eingerichtet mit bequemen Ledersesseln, einem Zeitungsständer und einem dicken Teppich, dessen Musterung sich ständig änderte. Dahinter lag ein Korridor, der in die Geschäftsräume führte; Rechenmaschinen und ein Computer von einer bekannten Firma arbeiteten geschäftig, und ihr Summen vermischte sich mit den hektischen Lauten aus den Laboratorien in den anderen Bereichen des Gebäudes.

Er trat ein und wollte sich gerade setzen, als ein vierarmiger Rieg das Büro betrat; sein blaues Chitingesicht war ausdruckslos, und er hatte die rudimentären Flügel fest an seinen vornübergebeugten, gepanzerten Rücken gepreßt. Er pfiff ihm einen Gruß zu – er hatte nicht gewußt, daß sie sich auf diese Weise verständigten – und verschwand durch den Korridor. Ein anderer Rieg erschien, bewegte heftig seine doppelgelenkigen Arme, trat auf Eric Sweetscent zu, blieb stehen und hantierte an einer kleinen würfelförmigen Schachtel herum.

Englische Worte leuchten auf der Vorderseite der Schachtel auf; er begriff, daß sich der Rieg mit ihm verständigen wollte, und konzentrierte sich auf die wandernden Buchstaben.

WILLKOMMEN BEI DER HAZELTINE CORPORATION

Er verstand die Worte, doch er wußte nicht, was er damit anfangen sollte; zweifellos – er hatte bemerkt, daß ein weiblicher Rieg vor ihm stand – war dies eine Empfangsdame. Wie sollte er antworten? Die Rieg wartete und summte; wellenförmige Bewegungen durchliefen ihren Körper und ihre facettierten Augen schrumpften und vergrößerten sich, verschwanden in dem Chitinschädel und schoben sich dann wieder wie flache Korken hervor. Wüßte er es nicht besser, würde er vermuten, einen Blinden vor sich zu haben. Und dann fiel ihm ein, daß sich die richtigen Augen der Riegs an den Ellbogen ihrer Oberarme befanden.

„Ich möchte einen von Ihren Chemikern sprechen", erklärte er. Und er dachte: Also haben wir den Krieg verloren. Gegen diese Kreaturen. Und die Erde ist besetzt worden. Und unsere Wirtschaft befindet sich in ihren Händen. Aber, dachte er, es muß noch immer Menschen geben, denn diese Rieg war nicht überrascht, als sie mich sah; meine Anwesenheit hier ist nichts Ungewöhnliches. Demnach sind wir wahrscheinlich keine Sklaven.

IN WELCHER ANGELEGENHEIT?

Zögernd sagte er: „Es handelt sich um eine Droge, die hier früher produziert worden ist. Man bezeichnet sie als JJ-180 oder Frohedadrin; beide Namen gelten für das gleiche Produkt."

EINEN MOMENT BITTE

Die Rieg huschte in den Korridor und verschwand in den Geschäftsräumen. Wartend stand er da und dachte: Wenn dies wirklich eine Halluzination ist, dann gewiß keine freiwillige.

Ein größerer, männlicher Rieg erschien; seine Bewegungen wirkten steif, und Eric erkannte, daß er sehr alt sein mußte. Die Riegs besaßen nur eine kurze Lebensspanne, die eher in Monaten als in Jahren gezählt wurde. Dieser hier war fast am Ende seines Weges angelangt.

Über die Translatorbox fragte der alte Rieg:

WAS WOLLEN SIE ÜBER JJ-180 WISSEN?
BITTE FASSEN SIE SICH KURZ

Eric bückte sich und griff eine der Zeitschriften, die auf dem Tisch neben ihm lagen. Es war kein englisches Magazin; das Titelbild zeigte zwei Riegs, und die Schrift bestand aus den verschnörkelten, symbolhaften Runen der Riegs. Verblüfft starrte er das Magazin an. Kein Zweifel, es handelte sich dabei um *Life*. Irgendwie schockierte ihn diese Entdeckung mehr als der Anblick des Feindes.

BITTE

Der alte Rieg summte ungeduldig.

„Ich möchte ein Gegenmittel der suchterzeugenden Droge JJ-180 kaufen. Um meine Abhängigkeit zu beenden."

DESHALB HÄTTEN SIE MICH NICHT RUFEN BRAUCHEN;
DIE EMPFANGSDAME KANN DAS ERLEDIGEN

Der alte Rieg wandte sich ab und eilte schwankend zurück an seine Arbeit. Eric war wieder allein.

Die Empfangsdame kehrte mit einer kleinen braunen Papiertüte zurück; sie hielt sie ihm entgegen und benutzte dabei nicht einen ihrer Arme, sondern einen Fühler. Eric griff danach, öffnete sie und blickte hinein. Eine Pillendose. Er hatte es geschafft.

DAS MACHT VIER FÜNFUNDDREISSIG SIR

Die Empfangsdame beobachtete ihn neugierig, als er seine Brieftasche hervorholte; er nahm eine Fünf-Dollar-Note heraus und reichte sie ihr.

ES TUT MIR LEID SIR; DIE KRIEGSWÄHRUNG IST NICHT MEHR GÜLTIG

„Sie können das Geld nicht annehmen?“ fragte an.

DAS GESETZ VERBIETET ES

„Ich verstehe“, sagte er benommen und fragte sich, was er jetzt tun sollte. Er konnte den Inhalt der Dose hinunterschlucken, bevor sie Gelegenheit fand, ihn daran zu hindern. Aber dann würde man ihn vermutlich einsperren, und den Rest konnte er sich nur zu deutlich ausmalen: Sobald ihre Polizei seinen Ausweis kontrolliert hatte, würde sie wissen, daß er aus der Vergangenheit stammte. Und den Riegs würde klar sein, daß er sein Wissen über ihren Sieg mit zurücknehmen würde. Und das konnten sie nicht zulassen. Sie mußten ihn dann umbringen. Selbst wenn die beiden Rassen jetzt in Frieden miteinander lebten.

„Meine Uhr“, sagte er. Er schob sie von seinem Handgelenk und bot sie der Rieg an. „Siebzehn Steine, und die Batterie reicht für siebzig Jahre.“ Einer Eingebung folgend fügte er hinzu: „Sie ist antik und hervorragend erhalten. Stammt noch aus der Vorkriegszeit.“

EINEN MOMENT SIR

Die Empfangsdame nahm die Uhr an sich und hüpfte auf ihren langen, elastischen Beinen in die Geschäftsräume und sprach mit jemandem, den Eric nicht sehen konnte; er wartete und machte keinen Versuch, die Pillen einzunehmen – eine verzehrende Spannung hielt ihn gefangen und verhinderte, daß er etwas unternahm oder zu fliehen versuchte.

Jemand trat ein. Er blickte auf.

Es war ein Mensch. Ein junger Mann mit kurzgeschnittenen Haaren in einem schmutzigen, zerknitterten Arbeitskittel. „Um was geht's, mein Bester?“ fragte der Mann. Hinter ihm tauchte die Rieg-Empfangsdame mit klappernden Gelenken auf.

„Entschuldigen Sie die Störung", bat Eric. „Könnte ich Sie für einen Moment allein sprechen?"

Der Mann zuckte die Achseln. „Sicher." Er führte Eric aus dem Büro in einen Lagerraum, schloß die Tür und wandte sich dann gelassen zu ihm herum. „Diese Uhr ist dreihundert Dollar wert; sie weiß nicht, was sie damit anfangen soll – sie besitzt nur ein Gehirn vom Typ 600; Sie wissen ja, was mit dieser D-Klasse los ist." Er setzte eine Zigarette in Brand und bot Eric ebenfalls eine an; es war eine Camel-Packung.

„Ich bin ein Zeitreisender", eröffnete Eric, als er nach den Zigaretten griff.

„Klar sind Sie das." Der Mann lachte. Er reichte Eric seine Streichhölzer.

„Kennen Sie denn nicht die Wirkung von JJ-180? Es wurde doch hier hergestellt."

Der Mann dachte eine Weile nach. „Aber das ist Jahre her. Man hat wegen der suchterzeugenden und giftigen Wirkung die Produktion eingestellt. Seit dem Krieg haben wir nichts mehr damit zu tun."

„Sie haben den Krieg gewonnen?"

„‚Sie'? Wer ist das?"

„Die Riegs", sagte Eric.

„Die Riegs", erwiderte der Mann, „gehören zu uns. ‚Sie', das war der Lilistern. Falls Sie wirklich ein Zeitreisender sind, sollten Sie das besser wissen als ich."

„Der Friedensvertrag ..."

„Es gab keinen ‚Friedensvertrag'. Hören Sie, Freundchen, ich habe auf der Universität das Fach Weltgeschichte belegt. Ich weiß alles über den letzten Krieg; schließlich war das mein Spezialgebiet. Gino Molinari – er war damals, kurz vor Ausbruch der Feinseligkeiten, UNO-Generalsekretär – unterschrieb mit den Riegs das ‚Protokoll der Ära gegenseitigen Verständnisses', und danach begann der Konflikt zwischen den Riegs und den Sternmenschen, und wegen des Protokolls griffen wir auf der Seite der Riegs ein, und wir gewannen." Er lächelte. „Und dieses Zeug, auf dem Sie draufhängen, wie Sie sagen – das war eine von der Hazeltine Corporation im Jahr 2055, während des Krieges, entwickelte Waffe gegen den Lilistern, die allerdings nicht funktionierte, da die Freneksy-Leute uns sogar in der Pharmakologie überlegen waren und rasch ein Gegenmittel herstellten – jenes Gegenmittel, das Sie kaufen wollen. Gott, sie *mußten* es auch verdammt schnell herstellen, denn wir haben mit diesem Zeug ihr Trinkwasser verseucht; das war eine Idee des Maulwurfs. – Maulwurf war Molinaris Spitzname.“

„In Ordnung“, nickte Eric. „Lassen wir es damit gut sein. Ich möchte das Gegenmittel kaufen und dafür diese Uhr eintauschen. Ist das möglich?“ Er hielt die braune Papiertüte noch immer in der Hand, griff hinein und holte die Pillendose hervor. „Besorgen Sie mir ein Glas Wasser, damit ich es nehmen kann, und dann lassen Sie mich bitte gehen; ich weiß nicht, wie lange es noch dauern wird, bis ich in meine eigene Zeit zurückkehre. Oder haben Sie irgendwelche Einwände?“ Er hatte Schwierigkeiten, seine Stimme zu kontrollieren. Manchmal klang sie schrill und hoch. Und er zitterte, aber er wußte nicht, warum. Vielleicht aus Zorn oder aus Furcht – wahrscheinlich aber aus Verwirrung. Doch er wußte im Moment nicht einmal zu sagen, ob er wirklich verwirrt war.

„Beruhigen Sie sich.“ Die Zigarette zwischen die Lippen geklemmt, setzte sich der Mann in Bewegung, offenbar, um ihm das gewünschte Glas Wasser zu besorgen. „Würde es auch eine Coke tun?“

„Ja“, sagte Eric.

Der Mann kehrte mit einer halbvollen Flasche Coca-Cola zurück und sah zu, wie Eric eine Pille nach der anderen hinunterwürgte.

Im Türrahmen tauchte die Rieg-Empfangsdame auf.

IST MIT IHM ALLES IN ORDNUNG?

„Ja“, bestätigte der Mann, als Eric gerade die letzte Tablette hinunterspülte.

WÜRDEN SIE SICH UM DIE UHR KÜMMERN?

Der Mann nahm sie an sich. „Natürlich ist sie Eigentum der Gesellschaft; keine Frage.“ Er näherte sich dem Ausgang des Lagerraums.

„Gab es gegen Ende des Krieges einen UNO-Generalsekretär namens Donald Festenburg?“ rief Eric ihm nach.

„Nein“, erwiderte der Mann.

ER MUSS NOCH DAS GELD ZURÜCKBEKOMMEN
WAS IHM VON DEM GEGENWERT FÜR DIE UHR
NACH ABZUG DER KOSTEN FÜR DAS MEDIKAMENT
ÜBRIGBLEIBT

Die Rieg hielt dem Mann die Translatorbox entgegen; er blieb stehen, runzelte die Stirn und zuckte dann die Achseln. „Einhundert bar auf die Hand“, sagte er zu Eric. „Entweder Sie nehmen's oder Sie lassen's sein; mir ist es gleich.“

„Ich nehme es“, erklärte Eric und folgte ihm in die Geschäftsräume. Als der Mann ihm das Geld auszahlte – es waren sonderbare, unbekannte Scheine, die Eric noch nie gesehen hatte –, kam ihm eine weitere Frage in den Sinn. „Was ist aus Gino Molinari geworden?“

Der Mann blickte auf. „Er wurde umgebracht.“

„Erschossen?“

„Ja, mit altmodischen Bleikugeln. Ein Fanatiker hat ihn erwischt. Wegen seiner großzügigen Einwanderungspolitik; er hat den Riegs erlaubt, sich hier auf der Erde niederzulassen. Es gab damals eine Rassistengruppe, die sich sonderbare Gedanken über die Verunreinigung der Rasse machte ... als ob Riegs und Menschen miteinander Kinder zeugen könnten.“ Er lachte.

Das, dachte Eric, könnte dann also die Welt sein, aus der jener von Kugeln zerfetzte Leichnam Molinaris stammt, den Festenburg mir gezeigt hat. Der tote Gino Molinari, der verkrümmt und blutbefleckt in seinem heliumgefüllten Sarg liegt.

Hinter ihm erklang eine trockene, nüchterne Stimme. „Wollen Sie nicht versuchen, Dr. Sweetscent, das Gegenmittel für JJ-180 auch Ihrer Frau mitzubringen?“

Es war ein völlig augenloser Organismus, und sein Anblick erinnerte ihn an ein Kindheitsbild: Überreife Birnen, die im dürren Gras lagen, bedeckt von zerknüllten gelben Jacken und einen süßen fauligen Gestank ausströmend. Die Kreatur besaß eine annähernd kugelförmige Gestalt und war von einem Panzer umhüllt, der ihren weichen Körper schmerzhaft zusammenpressen mußte; zweifellos benötigte sie diese Ausrüstung, um sich auf der Erde aufhalten zu können. Doch er fragte sich, ob dies eine solche Qual wert war.

„Ist er wirklich ein Zeitreisender?“ fragte der Mann an der Kasse und sah zu Eric hinüber.

Der kugelförmige Organismus, gefangen in seinem Plastikpanzer, antwortete mit seinem elektronischen Sprechapparat: „Ja, Mr. Taubman, er ist ein Zeitreisender.“ Er driftete auf Eric zu, verharrte dann dreißig Zentimeter über dem Boden schwebend und gab einen undeutlichen, schmatzenden Laut von sich, als ob er eine Flüssigkeit durch seinen hydraulischen Bewegungsapparat pressen würde.

„Dieser Bursche“, wurde Eric durch Taubman informiert, „stammt von Beteigeuze. Er heißt Willi K und ist einer unserer besten Chemiker.“ Er verschloß die Kasse. „Er ist ein Telepath – wie sie alle. Es macht ihnen Spaß, in unseren Gedanken und in denen der Riegs herumzuschnüffeln, aber sie sind harmlos. Wir mögen sie." Er ging zu Willi K hinüber, bückte sich und sagte: „Hören Sie, wenn er ein Zeitreisender ist – ich meine, können wir ihn dann so einfach hinausspazieren lassen? Kann er uns nicht gefährlich werden oder aber auch von Nutzen sein? Sollten wir nicht zumindest die Stadtpolizei herbeirufen? Ich dachte bis eben, er sei verrückt oder wolle mich auf den Arm nehmen."

Willi K trieb näher zu Eric heran und zog sich dann wieder zurück. „Es gibt keine Möglichkeit, ihn hierzubehalten, Mr. Taubman. Sobald die Drogenwirkung nachläßt, wird er in seine eigene Zeit zurückkehren. Allerdings würde ich ihn gern bis zu einem gewissen Grad befragen, solange er noch hier ist." Zu Eric gewandt sagte er: „Falls Sie nichts dagegen einzuwenden haben, Sir."

„Ich weiß nicht", brummte Eric und rieb über seine Stirn. Es hatte ihn vollkommen überrascht, als Willi K Kathys Namen erwähnte. Es hatte ihn völlig verwirrt, und er verspürte jetzt nur noch den Wunsch, von hier fortzukommen – er war nicht neugierig auf diese Welt; sie interessierte ihn nicht mehr.

„Ich fühle mit Ihnen", erklärte Willi K. „Und ich muß Ihnen gestehen, daß ich Ihre Erlaubnis nicht benötige; alles, was ich wissen will, erfahre ich auch so. Allerdings hoffe ich, Ihnen auch einige Antworten auf Ihre Fragen geben zu können, indem ich meinen Wissensdurst stille. Zum Beispiel Ihre Frau. Sie empfinden ihr gegenüber eine Reihe gegensätzlicher Gefühle, hauptsächlich Furcht, dann Haß und ein nicht zu unterschätzendes Quantum ungebrochener Liebe."

„Großer Gott", stieß Taubman hervor, „wie gern diese Beteis sich doch als Psychologen betätigen. Wahrscheinlich ist dies bei Telepathen eine zwangsläufige Folge; ich glaube nicht, daß sie etwas dagegen unternehmen könnten, selbst wenn sie wollten." Er glitt näher und war offenbar an Willi Ks weiteren Feststellungen interessiert.

„*Kann* ich denn Kathy das Gegenmittel mitbringen?"

„Nein, aber Sie können sich die Formel merken", erwiderte Willi K. „So daß die Hazeltine Corporation die Substanz in Ihrer Zeit herstellen kann. Aber ich glaube nicht, daß Sie das wollen. Ich werde Sie nicht dazu drängen ... und ich kann Sie nicht zwingen."

„Sie meinen, seine Frau ist ebenfalls süchtig nach JJ-180", fragte Taubman, „und er versucht nicht einmal, ihr zu helfen?"

„Man merkt, daß Sie nicht verheiratet sind", bemerkte Willi K. „In der Ehe manifestiert sich der größte Haß, den Menschen füreinander überhaupt empfinden können, und dies liegt vielleicht am ständigen Zusammensein und vielleicht auch daran, daß man sich einst geliebt hat. Die Intimität untereinander existiert noch immer, auch wenn die Liebe verschwunden ist. Und so tritt der Wille zur Macht ans Tageslicht, der Wunsch, den anderen zu beherrschen." Zu Taubman sagte er: „Seine Frau Kathy hat ihn süchtig gemacht, deshalb sind seine Gefühle auch leicht zu verstehen."

„Ich hoffe", erklärte Taubman, „daß ich nie in eine derartige Lage kommen werde. Wie schrecklich muß es sein, jemanden zu hassen, den man einst geliebt hat."

Die Rieg hatte sich ihnen ebenfalls genähert und verfolgte das Gespräch, das auf der Oberseite ihrer Translatorbox wiedergegeben wurde. Jetzt ließ sie einen Kommentar aufblitzen.

HASS UND LIEBE LIEGEN ENGER BEIEINANDER
ALS DIE MEISTEN MENSCHEN AHNEN

„Haben Sie noch eine Zigarette für mich, Mr. Taubman?" erkundigte sich Eric.

„Klar." Taubman gab ihm die Packung.

„Am interessantesten erscheint mir die Tatsache", bemerkte Willi K, „daß Dr. Sweetscent aus einem Universum stammt, in dem ein Bündnis zwischen der Erde und dem Lilistern besteht. Und daß in seiner Gegenwart, dem Jahr 2055, ein Krieg im Gange ist, den sie langsam, aber sicher verlieren. Natürlich ist dies nicht unsere Vergangenheit, doch sie existiert tatsächlich. Und in seinem Bewußtsein stieß ich auf einen geradezu erschreckenden Gedanken: Er glaubt, daß der oberste Kriegsherr der Erde, Gino Molinari, bereits über die Paralleluniversen informiert ist und diese Tatsache seinen direkten politischen Zielen zunutze gemacht hat." Willi K schwieg für einen Moment und erklärte dann: „Nein, Dr. Sweetscent, nachdem ich Ihre Erinnerung an Molinaris Leichnam durchleuchtet habe, bin ich mir vollkommen sicher, daß er nicht aus unserer Welt stammt; natürlich, Molinari ist einem Attentat zum Opfer gefallen, aber Ihr Erinnerungsbild an jene Leiche weist einen kleinen, aber wichtigen Unterschied auf. In unserer Welt wurde der Generalsekretär mehrmals im Gesicht getroffen; sein Kopf wurde zerstört. Der Leichnam, den Sie sich angeschaut haben, sah nicht so mitgenommen aus, und ich nehme an, daß er aus einer *anderen* Welt stammt, in der er ebenfalls ermordet wurde und die der unseren ähnelt, ohne aber mit ihr identisch zu sein."

„Und aus diesem Grunde sind auch so wenige Zeitreisende hier aufgetaucht“, stellte Taubman fest. „Sie haben sich über alle möglichen Zukünfte verteilt.“

„Und was den gesunden, tatkräftigen Molinari betrifft“, fuhr Willi K nachdenklich fort, „so glaube ich, daß auch er aus einem alternativen Universum kommt. Selbstverständlich haben Sie schon begriffen, Doktor, daß all dies voraussetzt, daß Ihr Generalsekretär *selbst schon JJ-180 genommen hat;* aus diesem Grunde haftet seiner Drohung, Sie zu töten, sollten Sie süchtig werden, eine gewisse grausame Heuchelei an. Aber ich nehme an, und verschiedene Anhaltspunkte in Ihrem Gedächtnis unterstützen diese Vermutung, daß er ebenfalls über das von den Sternmenschen entwickelte Gegenmittel verfügt, das Sie soeben genommen haben. So braucht er sich keine Sorgen zu machen und kann sich frei von Welt zu Welt bewegen.“

Der Maulwurf, erkannte Eric, hätte Kathy und mir jederzeit das Gegenmittel geben können.

Enttäuschung über Gino Molinari erfaßte ihn; er hatte ihn für menschlicher gehalten. Er hat nur mit uns gespielt, sagte er sich. Er ist, wie Willi K schon sagte, ein grausamer Heuchler.

„Warten Sie“, riet Willi K. „Wir wissen nicht, was er vorhat; er hat soeben erst von Ihrer Abhängigkeit erfahren, und da litt er gerade wie gewöhnlich an einem Anfall seiner zahlreichen chronischen Krankheiten. Vielleicht hätte er Ihnen das Gegenmittel rechtzeitig gegeben.“

KÖNNTEN SIE DIESE DISKUSSION ERKLÄREN?

Die Rieg-Empfangsdame und auch Taubman hatten den Überblick über das Gespräch verloren.

„Würden Sie sich zutrauen, die komplizierte Formel des Gegenmittels zu behalten?“ erkundigte sich Willi K bei Eric. „Wenn ja, dann müßten Sie jetzt damit beginnen, denn dieser Vorgang wird Ihre ganze verbleibende Zeit in Anspruch nehmen.“

„In Ordnung“, sagte Eric und konzentrierte sich.

WARTEN SIE

Willi K zögerte und drehte schwerfällig seinen Überlebenspanzer.

DER DOKTOR HAT ETWAS GELERNT
DAS WICHTIGER IST
ALS JEDE CHEMISCHE FORMEL

„Und was?“ fragte Eric die Rieg.

IN IHREM UNIVERSUM SIND WIR IHRE FEINDE
ABER HIER HABEN SIE GESEHEN DASS TERRANER
UND RIEGS ZUSAMMENLEBEN.
SIE WISSEN DASS DER KRIEG GEGEN UNS UNNÖTIG IST
UND WAS NOCH WICHTIGER IST:
AUCH IHR FÜHRER WEISS DAS

Und so war es auch. Kein Wunder, daß Molinari gegen den Krieg war; es war nicht nur ein Verdacht von ihm, daß sie den falschen Krieg gegen den falschen Feind mit dem falschen Alliierten führten – es war eine Tatsache, von der er sich vermutlich schon mehrfach hatte überzeugen können. Und alles Dank JJ-180.

Aber es war nicht nur das. Da war noch etwas anderes, etwas so Unheilvolles, daß er sich sogar fragte, wie dieser Gedanke die Abwehrmechanismen seines Unterbewußtseins hatte überwinden und an die Oberfläche seines Geistes gelangen können. JJ-180 befand sich auch in den Händen des Lilisterns – und zwar in großen Mengen. Die Sternmenschen hatten zweifellos damit experimentiert. Also waren auch sie über die alternativen Wahrscheinlichkeiten informiert und wußten, daß die einzige Hoffnung für die Erde in der Zusammenarbeit mit den Riegs lag. Sie hatten sich selbst davon überzeugen können.

Und beide mögliche Konstellationen hatten dazu geführt, daß der Lilistern den Krieg verlor. Mit oder ohne die Erde als Verbündetem. Oder...

Gab es eine dritte Alternative, eine, in der sich der Lilistern und die Riegs gegen die Erde verbündet hatten?

„Ein Pakt zwischen dem Lilistern und den Riegs ist unmöglich“, versicherte Willi K. „Zu viele Jahre schon stehen sie sich feindlich gegenüber. Ich weiß, daß allein Ihr Planet, auf dem wir uns jetzt befinden, noch eine Überlebenschance besitzt; der Lilistern wird auf jeden Fall von den Riegs besiegt werden.“

„Aber das bedeutet“, sagte Eric, „daß die Sternmenschen nichts mehr zu verlieren haben; wenn sie bereits wissen, daß sie nicht gewinnen können...“ Er konnte sich Freneksys Reaktion auf diese Nachricht vorstellen. Der Nihilismus, die zerstörerische Gewalt der Sternmenschen würde mit unsagbarer Brutalität zum Zuge kommen.

„Genau“, stimmte Willi K zu. „Deshalb ist es sehr weise von Ihrem Generalsekretär, vorsichtig zu sein. Vielleicht können Sie nun verstehen, warum die Krankheiten Molinaris so umfassend sein müssen, warum er sich wiederholt dem Tode in die Arme werfen muß, um Ihr Volk zu retten. Und warum er zögerte, Ihnen das Gegenmittel für JJ-180 zu geben; falls der Nachrichtendienst des Lilisterns – und Ihre Frau gehört dazu – erfährt, daß er es besitzt, dann wird man ..." Willi K versank in Schweigen. „Es ist schwer", fuhr er dann fort, „wie Ihnen klar sein dürfte, das Verhalten von Psychopathen vorherzusagen. Aber soviel steht fest: Sie würden diese Tatsache nicht ignorieren."

„Sie würden einen Weg finden, es ihm abzunehmen", vermutete Eric.

„Sie irren sich. Ihre Reaktion wäre brutaler; sie würden wissen, daß Molinari zuviel Macht besitzt, wenn er JJ-180 nehmen kann, ohne davon süchtig zu werden oder neurologische Schäden zu erleiden – *das bedeutet, daß er von ihnen nicht mehr kontrolliert werden kann.* Und das ist auch der Grund, warum sich Molinari auf einer tiefen, psychosomatischen Basis Premierminister Freneksy widersetzen kann. Er ist nicht völlig hilflos."

„Das ist mir alles zu hoch", brummte Taubman. „Entschuldigen sie mich." Er verließ den Raum.

Die Rieg blieb bei ihnen.

SORGEN SIE DAFÜR, DASS SICH IHR GENERALSEKRETÄR
MIT DER RIEG-REGIERUNG IN VERBINDUNG SETZT.
ICH BIN ÜBERZEUGT DASS WIR DER ERDE
HELFEN WERDEN SICH VOR DER RACHE DES LILISTERNS
ZU SCHÜTZEN

Die Botschaft, die diese vierarmige Kreatur auf ihrer Translatorbox hatte aufleuchten lassen, dachte Eric, war eher eine Wunschvorstellung als eine durchführbare Möglichkeit. Vielleicht *wollten* die Riegs der Erde tatsächlich helfen, aber die Sternmenschen hielten sich bereits auf Terra auf und hatten sämtliche Schlüsselpositionen besetzt. Bei dem ersten Anzeichen, daß die Erde mit den Riegs verhandelte, würden die Sternmenschen ihre vorbereiteten Pläne durchführen und den ganzen Planeten über Nacht besetzen.

Ein winziger, von Terranern kontrollierter Bereich in der Umgebung Cheyennes würde vielleicht für eine gewisse Zeit überleben können, während er Tag und Nacht von den Sternmenschen beschossen und bombardiert wurde. Aber dann würde auch er kapitulieren müssen. Die Bunker, umpanzert von der Rexeroidverbindung, die man auf dem Jupiter gewann, konnten nicht ewig standhalten – und Molinari wußte dies. Die Erde würde zu einem eroberten Planeten werden und den Lilistern mit Kriegsgütern und Zwangsarbeitern versorgen müssen. Und am Fortgang des Krieges änderte dies nichts.

Es war eine Ironie, daß eine versklavte Erde mehr zum Krieg beitragen konnte als jetzt in ihrem quasi-unabhängigen Zustand. Und niemandem war dies mehr bewußt als dem Maulwurf. Deshalb auch seine derzeitige Außenpolitik; das erklärte alles, was er tat.

„Nebenbei bemerkt“, meldete sich Willi K wieder zu Wort, und ein Hauch von Heiterkeit lag in seiner Stimme, „Ihr ehemaliger Arbeitgeber, Mr. Virgil Ackerman, lebt noch immer; er leitet nach wie vor Tijuana Fur & Dye. Er ist zweihundertdreißig Jahre alt und beschäftigt ständig zwanzig Transplantchirurgen. Ich glaube gelesen zu haben, daß er inzwischen vier Nieren, fünf Lebern, diverse Milzen und zahllose Herzen verbraucht hat ...“

„Ich fühle mich schlecht“, sagte Eric. Er schwankte hin und her.

„Die Drogenwirkung läßt nach.“ Willi K driftete auf einen Sessel zu. „Miss Creeg, helfen Sie ihm bitte.“

„Es geht schon“, stieß Eric rauh hervor. Er hatte Kopfschmerzen, und Überkeit quälte ihn. Alle Umrisse, alle Oberflächen waren astigmatisch geworden; der Stuhl, auf dem er saß, löste sich auf, und abrupt fiel er zu Boden, rollte auf die Seite.

„Die Rückkehr ist schwierig“, stellte Willi K fest. „Offensichtlich können wir ihm nicht helfen, Miss Creeg. Viel Glück für Ihren Generalsekretär, Doktor. Ich kann mir vorstellen, welchen großen Dienst er Ihrer Rasse geleistet hat. Vielleicht werde ich der *New York Times* einen Brief schreiben und sie darüber informieren.“

Ein Regenbogen flimmernder Farben blies ihm gleich einem illuminierten Wind ins Gesicht; es war der Wind des Lebens, dachte er, der ihn umtoste und ihn nach Belieben herumwirbelte, ohne auf seine unwichtigen Wünsche Rücksicht zu nehmen. Und dann wurde der Wind schwarz; das Leben war verschwunden und durch den dunklen Rauch des Todes ersetzt worden.

Er sah, auf seine Pseudo-Umgebung projiziert, eine Travestie seines beschädigten Nervensystems; die Abermillionen Verbindungen waren deutlich sichtbar angefault, von der Droge verklebt worden, die sich in ihm ausbreitete und ihn erbarmungslos zerstörte. Ein Vogel, ein Aasfresser aus dem Sturm, hockte auf seiner Brust und krächzte in der Stille, die nach dem Abflauen der Winde zurückgeblieben war. Doch der Vogel war noch immer da, und er spürte, wie sich seine schmutzigen Klauen in seinen Brustkorb, seine Lunge und in seine Bauchhöhle bohrten. Nichts ließ er unversehrt; alles war deformiert worden, und selbst das Gegenmittel hatte nichts daran geändert. Solange er lebte, war die Reinheit seines ursprünglichen Organismus verloren.

Das war der Preis, den das Schicksal ihm abverlangte.

Mühsam richtete er sich halb auf und entdeckte, daß er sich in einem leeren Wartezimmer befand. Niemand hatte ihn gesehen, und es stand ihm frei, aufzustehen und hinauszugehen. Er erhob sich vollends und hielt sich an einem Sessel aus Chrom und Leder fest.

Die Magazine in dem nahen Zeitungsständer waren in Englisch. Und auf ihren Titelbildern erkannte er lachende Menschen. Und keine Riegs.

„Kann ich Ihnen helfen?“ erklang eine männliche, leicht lispelnde Stimme. Hinter ihm stand ein Angestellter der Hazeltine Corporation, und er trug geblümte, modische Kleidung.

„Nein“, erklärte Eric. Dies war seine Welt, seine Zeit; er kannte die Mode des Jahres 2055. „Danke.“

Einen Augenblick später eilte er hinaus, von Schmerzen gepeinigt, lief den Holzsteg hinunter in Richtung Bürgersteig.

Was er wollte, das war ein Taxi, eine Möglichkeit, sich hinzusetzen und auszuruhen. Und nach Cheyenne zurückzukehren. Er hatte bekommen, wonach er sich gesehnt hatte; sehr wahrscheinlich war er nun kein Süchtiger mehr, und wenn er wollte, dann konnte er auch seine Frau von dieser Plage befreien. Und außerdem hatte er eine Welt kennengelernt, die frei war von dem Schatten des Lilisterns.

„Soll ich Sie irgendwo hinbringen, Sir?“ Ein Automatentaxi hatte neben ihm gehalten.

„Ja“, sagte er und stieg ein.

Angenommen, ein ganzer Planet würde diese Droge nehmen, dachte er. Und alle Einwohner würden hinwegschwingen aus unserer düsteren, beengten realen Welt. Angenommen, Tijuana Fur & Dye würde die Anweisung geben, JJ-180 in ungeheuren Mengen zu produzieren und das Zeug mit Hilfe der Regierung an jeden verteilen. Wäre das eine moralisch vertretbare Lösung? Sind wir dazu berechtigt?

Wie dem auch sei, es war undurchführbar. Die Sternmenschen würden eingreifen und es verhindern.

„Wohin, Sir?“ fragte die Elektronik des Taxis.

Er entschied, die ganze Reise mit diesem Fahrzeug durchzuführen; es würde nur ein paar Minuten länger dauern. „Nach Cheyenne.“

„Das ist nicht möglich, Sir. *Dorthin* darf ich nicht fahren.“ Das Taxi klang nervös. „Nennen Sie ein anderes ...“

„Warum ist das nicht möglich?“ Abrupt war er hellwach.

„Weil, wie allgemein bekannt ist, ganz Cheyenne *ihm* gehört. Dem Feind.“ Es fügte hinzu: „Und wie Sie wissen, ist das Betreten des feindlichen Gebietes verboten.“

„Welcher Feind?“

„Der Verräter Gino Molinari“, erwiderte das Taxi. „Der versucht hat, den Krieg zu sabotieren; das wissen Sie doch, Sir. Der ehemalige UNO-Generalsekretär, der mit den Agenten der Riegs konspirierte, um ...“

„Welches Datum schreiben wir?“ fragte Eric.

„Heute ist der 15. Juni 2056.“

Er hatte – vermutlich eine Folge des Gegenmittels – seine eigene Zeit nicht erreicht; er war um ein Jahr zu spät, und er konnte nichts dagegen unternehmen. Sein Drogenvorrat war aufgebraucht; den Rest, den er besessen hatte, hatte er Kathy auf dem Flughafen übergeben, und so steckte er hier in diesem offenbar von den Sternmenschen beherrschten Territorium fest. Ein Gebiet, das vermutlich den größten Teil der Erde umfaßte.

Aber Gino Molinari lebte noch immer! Er machte unverdrossen weiter; Cheyenne war nicht binnen eines Tages oder einer Woche gefallen – vielleicht war es den Riegs möglich gewesen, Verstärkung herbeizuschaffen, um den Geheimdienst zu unterstützen.

Er würde es herausfinden.

Und Donald Festenburg hätte mir all dies sagen können, erkannte er, denn dies ist mit Sicherheit die Zeitperiode, in der ich ihm in seinem Büro mit der gefälschten Zeitung und der vorgeschwindelten UNO-Generalsekretär-Uniform begegnet bin.

„Fliege geradeaus in westliche Richtung“, wies er das Taxi an. Ich muß nach Cheyenne zurückkehren, sagte er sich. Irgendwie, auf irgendeinem Wege.

„Ja, Sir“, bestätigte das Taxi. „Und nebenbei, Sir, Sie haben mir noch nicht Ihre Reiseerlaubnis gezeigt. Darf ich sie jetzt sehen? Natürlich ist das nur eine Formalität.“

„Was für eine Reiseerlaubnis?“ Aber er begriff bereits; vermutlich hatten die Besatzungsbehörden des Lilisterns diesen Schein ausgestellt, und ohne ihre Genehmigung durfte kein Terraner sich von einem Ort zum anderen bewegen. Dies war ein eroberter Planet, und der Krieg war noch in vollem Gange.

„Bitte, Sir“, sagte das Taxi. Es begann wieder zu sinken. „Andernfalls bin ich gezwungen, Sie zur nächsten Militärpolizeistation des Lilisterns zu bringen; sie liegt anderthalb Kilometer östlich von hier. Es ist nur ein kurzer Flug.“

„Darauf würde ich jede Wette eingehen“, versicherte Eric. „Von jedem Ort aus dürfte es ein kurzer Flug sein, nicht nur von hier aus. Ich wette, sie sind überall.“

Das Taxi sank immer tiefer. „Sie haben recht, Sir. Sie sind ein praktisch denkendes Volk.“ Dann landete es.

12

„Ich habe eine Idee", erklärte Eric, als die Räder des Taxis den Boden berührten; es kam am Bordstein zum Stillstand, und Eric erblickte direkt vor sich ein unheilverkündendes Gebäude, dessen Eingang von bewaffneten Männern bewacht war. Die Wachen trugen die grauen Uniformen des Lilisterns. „Ich schlage dir ein Geschäft vor."

„Was für ein Geschäft?" fragte das Taxi mißtrauisch.

„Meine Reiseerlaubnis befindet sich noch in meinem Büro in der Hazeltine Corporation – dort, wo du mich aufgenommen hast, erinnerst du dich? Und dort habe ich auch meine Brieftasche mit meinem ganzen Geld. Wenn du mich der Sternmilitärpolizei auslieferst, nützt mir mein ganzes Geld nichts mehr; du weißt, was man mit mir machen wird."

„Ja, Sir", stimmte das Taxi zu. „Man wird Sie zum Tode verurteilen. Nach dem neuen Gesetz, das man per Dekret am zehnten Mai verkündet hat. Nicht genehmigte Reisen ..."

„Warum sollte ich dann mein Geld nicht dir geben? Es ist nur ein Vorschlag. Du bringst mich zurück zur Hazeltine Corporation, ich hole meine Brieftasche und meine Reiseerlaubnis, so daß du mich nicht mehr hierherzubringen brauchst. Und das Geld kannst du dann haben. Bei dem Geschäft springen für uns beide also nur Vorteile heraus."

„Wir würden beide gewinnen", bestätigte das Taxi. Seine elektronischen Schaltkreise klickten aufgeregt, als es nachdachte.

„Wieviel Geld haben Sie denn, Sir?"

„Ich arbeite als Kurier für Hazeltine. In meiner Brieftasche befinden sich über fünfundzwanzigtausend Dollar."

„Ich verstehe! Besatzungsgeld oder die UNO-Banknoten aus der Zeit vor der Besetzung?"

„Natürlich das letztere."

„Ich bin einverstanden", entschied das Taxi hastig. Und startete. „Im strikten Sinne sind Sie eigentlich nicht gereist, da das von Ihnen angegebene Ziel Feindgebiet ist und ich nicht einmal für einen Moment diese Richtung eingeschlagen habe. Demnach ist kein Gesetz gebrochen worden." Gierig nach dem bevorstehenden Gewinn schoß es zurück nach Detroit.

Als es auf dem Parkplatz der Hazeltine Corporation aufsetzte, sprang Eric hastig hinaus. „Ich bin gleich wieder zurück." Er rannte über die Straße und erreichte den Eingang; einen Moment später sah er vor sich ein riesiges Laboratorium.

Als er einen Angestellten Hazeltines endeckte, sagte er: „Ich bin Eric Sweetscent; ich gehöre zum persönlichen Stab Virgil Ackermans, und unglücklicherweise habe ich soeben einen Unfall gehabt. Würden Sie mich bitte mit TF&D verbinden und Mr. Ackerman mitteilen, daß ich mit ihm sprechen möchte?"

Der Angestellte zögerte. „Ich dachte..." Furcht ließ ihn die Stimme senken. „Befindet sich Mr. Virgil Ackerman denn nicht im 35er Wash auf dem Mars? Mr. Jonas Ackerman leitet jetzt Tijuana Fur & Dye, und ich weiß, daß Mr. Virgil Ackerman in den Wöchentlichen Sicherheitsbulletins als Kriegsverbrecher aufgeführt wird, weil er kurz vor Beginn der Besetzung geflohen ist."

„Können Sie für mich eine Verbindung zum 35er Wash herstellen?"

„Eine Verbindung zum Feindterritorium?"

„Dann holen Sie mir Jonas an das Videofon." Etwas anderes blieb ihm nicht übrig. Enttäuscht folgte er dem Angestellten in die Geschäftsräume.

Schließlich kam die Verbindung zustande. Jonas' Gesicht erschien auf dem Bildschirm; als er Eric sah, blinzelte er und stammelte: „Aber ... Sie hat man *auch* erwischt?" schrie er, „Warum haben Sie das 35er Wash verlassen? Mein Gott, bei Virgil waren Sie doch sicher. Ich werde auflegen; das ist eine Falle – die MP will ..." Der Monitor wurde grau. Jonas hatte die Verbindung unterbrochen.

Also befand sich sein anderes Ich, sein normales, ein Jahr älteres Selbst bei Virgil im 35er Wash; es war ein beruhigendes Gefühl, auch wenn er es kaum glauben konnte. Ohne Zweifel war es den Riegs gelungen ...

Sein um ein Jahr älteres Selbst.

Das bedeutete, daß es ihm irgendwie geglückt war, in das Jahr 2055 zurückzukehren. Andernfalls hätte er nicht im Jahr 2056 mit Virgil fliehen können. Und die einzige Möglichkeit, sich in das Jahr 2055 zurückzuversetzen, bot JJ-180.

Und die einzige Quelle, von der er die Droge beziehen konnte, war die Hazeltine Corporation. Er befand sich an dem einzig richtigen Ort auf diesem ganzen Planeten; zufällig, dank dem Trick, mit dem er das schwachsinnige Automatentaxi genarrt hatte.

Er sah den Angestellten an. „Ich brauche hundert Milligramm der Droge Frohedadrin. Und ich habe es eilig. Wollen Sie meinen Ausweis sehen? Ich kann beweisen, daß ich für TF&D arbeite." Und dann kam ihm ein Gedanke. „Rufen Sie Bert Hazeltine herbei; er wird mich identifizieren können." Zweifellos würde sich Hazeltine an die Begegnung in Cheyenne erinnern.

„Aber sie haben Mr. Hazeltine erschossen", stotterte der Angestellte. „Sie müßten das doch wissen; warum erinnern Sie sich nicht daran? Es geschah im Januar, als sie die Firma übernahmen."

Erics Gesichtsausdruck mußte sein Entsetzen über diese Neuigkeit verraten haben, denn mit einemmal änderte sich das Verhalten des Angestellten.

„Ich nehme an, Sie gehörten zu seinen Freunden", sagte er mitfühlend.

„Ja", nickte Eric; so konnte man es ausdrücken.

„Bert war ein guter Kerl; es hat Spaß gemacht, für ihn zu arbeiten. Im Gegensatz zu diesen Sternbastarden." Der Angestellte schien zu überlegen. „Ich weiß nicht, warum Sie hierhergekommen sind oder was mit Ihnen los ist, aber ich werde Ihnen die einhundert Milligramm JJ-180 besorgen; ich weiß, wo das Zeug aufbewahrt wird."

„Danke."

Der Mann eilte davon. Mehrere Minuten vergingen. Eric dachte an das Taxi; wartete es noch immer draußen auf dem Parkplatz? Oder würde es auf der Suche nach ihm in das Gebäude eindringen? Eine absurde und trotzdem nervenaufreibende Vorstellung, daß das Automatentaxi versuchen würde, die Zementmauern einzudrücken.

Der Angestellte kehrte zurück und übergab Eric eine Handvoll Kapseln.

Eric trat an einen Wasserspender, nahm einen Becher, füllte ihn, steckte eine Kapsel in den Mund und hob den Becher.

„Es handelt sich dabei allerdings um eine neue Version von JJ-180", bemerkte der Mann und sah ihn scharf an. „Jetzt, wo ich weiß, daß die Droge für Sie bestimmt ist, muß ich Sie darauf aufmerksam machen." Mit einemmal war er bleich geworden.

„Eine neue Version?" Eric senkte den Wasserbecher.

„Ja. Sie besitzt zwar noch immer die suchterzeugende und leberzersetzende Wirkung, doch die Halluzinationen, daß man durch die

Zeit reist, sind verschwunden“, erklärte der Angestellte. „Als die Sternmenschen die Macht übernahmen, befahlen sie unseren Chemikern, die Droge entsprechend zu verändern; es war ihre Idee, nicht unsere.“

„Warum?“ Um Gottes willen, wozu diente eine Droge, die nur über suchterzeugende und giftige Eigenschaften verfügte?

„Sie soll als Waffe gegen die Riegs eingesetzt werden. Und...“ Der Angestellte zögerte. „Nun, die Sternmenschen mißbrauchen sie auch gegen irdische Rebellen, die zum Feind übergelaufen sind.“ Dieser Aspekt schien ihn zu bekümmern.

Eric warf die Kapseln mit dem JJ-180 auf einen Labortisch. „Ich gebe auf“, sagte er. Und dann kam ihm eine weitere Idee. „Wenn Jonas die Erlaubnis gibt, würden Sie mir dann ein firmeneigenes Schiff besorgen? Ich werde ihn noch einmal anrufen; Jonas ist ein alter Freund von mir.“ Er trat ans Videofon, und der Angestellte folgte ihm. Falls er Jonas dazu bringen konnte, ihm zuzuhören...

Zwei Militärpolizisten des Lilisterns betraten den Raum; hinter ihnen, auf dem Parkplatz, konnte Eric einen Patrouillengleiter erkennen, der neben dem Automatentaxi niedergegangen war.

„Sie stehen unter Arrest“, erklärte einer der Polizisten und deutete mit einem seltsam geformten Stab in Erics Richtung. „Sie werden beschuldigt, ohne Erlaubnis eine Reise unternommen und einen schweren Betrug begangen zu haben. Ihr Taxi ist des Wartens überdrüssig geworden und hat Strafanzeige gestellt.“

„Von welchem Betrug reden Sie überhaupt?“ fragte Eric. In weiser Voraussicht hatte sich der Angestellte zurückgezogen. „Ich bin Mitglied der Geschäftsleitung von Tijuana Fur & Dye und befinde mich hier aus beruflichen Gründen.“

Der seltsam geformte Stab glühte auf, und Eric hatte das Gefühl, als ob irgend etwas sein Gehirn berührte; ohne zu zögern näherte er sich der Labortür und preßte dabei die rechte Hand gegen seine Stirn. Na schön, dachte er, ich komme. Er spürte nicht das geringste Verlangen, den Militärpolizisten des Lilisterns Widerstand entgegenzusetzen oder sich mit ihnen zu streiten; er war glücklich, ihren Patrouillengleiter betreten zu dürfen.

Einen Moment später erfogte der Start; der Gleiter glitt über die Dächer von Detroit hinweg und näherte sich der drei Kilometer entfernten Polizeistation.

„Wir sollten ihn sofort erschießen“, wandte sich der eine Polizist an seinen Begleiter, „und seinen Leichnam hinauswerfen; es ist doch albern, ihn extra zur Station zu bringen.“

„Teufel, wir können ihn auch so hinauswerfen“, erklärte der andere MP. „Beim Aufprall wird er ohnehin sterben.“ Er drückte einen Knopf auf dem Kontrollpult, und im Boden öffnete sich eine Klappe. Eric blickte hinunter auf die Gebäude, die Straßen und Konaps der Stadt. „Denk an was Nettes“, riet ihm einer der Militärpolizisten, „während du fällst.“ Er ergriff Erics Arm, stieß ihn zu Boden und schleifte ihn auf die Öffnung zu. Der Polizist schien sich damit auszukennen, denn jeder Griff saß und verriet professionelle Fertigkeit, und dann befand sich Eric direkt über dem gähnenden Loch, und der Militärpolizist ließ ihn los, um nicht selbst mit hinabzustürzen.

Unter dem Patrouillengleiter tauchte in diesem Moment ein großer, verschrammmter, narbiger Schatten auf, ein interplanetares Kampfschiff mit Geschützen, die seine Hülle wie Dornen bedeckten, und während es heranschoß, erinnerte es an ein reptilienartiges Wasserungeheuer. Es feuerte einen Mikrobolzen in die offene Luke, traf den Militärpolizisten, der neben Eric stand, und dann nahm eines der größten Geschütze die Arbeit auf und zerstörte die Vorderseite des Patrouillengleiters, so daß Eric und der überlebende Polizist mit verschmorten Splittern überschüttet wurden.

Der Patrouillengleiter stürzte wie ein Stein auf die Stadt hinunter.

Der überlebende Polizist überwand seinen Schock, stürzte auf die Kontrollen zu und aktivierte das Notsteuerungssystem. Der Sturz des Gleiters verlangsamte sich; in spiralförmigen Schleifen, von den Windstößen hin und her geschleudert, glitt er tiefer, bis er schließlich auf einer Straße aufprallte, über den Asphalt schlidderte, so daß die Räder und Einzelteile davonhüpften, bis er am Bordstein zum Stillstand kam und sein Heck in die Höhe reckte.

Der Militärpolizist rappelte sich auf, griff nach seiner Pistole, und irgendwie gelang es ihm, die Luke zu erreichen; er kniete nieder und begann zu schießen. Nach dem dritten Feuerstoß taumelte er zurück; seine Pistole fiel ihm aus der Hand, rutschte davon und verformte sich zu einem Ball, wie ein Tier, das überfahren worden war, rollte weiter und blieb schließlich in einem Trümmerhaufen stecken.

Das zerschrammte Kampfschiff war ganz in der Nähe auf der Straße niedergegangen, und jetzt öffnete sich in seiner Seite eine Luke, und ein Mann sprang heraus. Als Eric den schrottreifen MP-Gleiter verließ, rannte der Mann auf ihn zu.

„He“, keuchte der Mann. „Ich bin es!“

„Wer sind Sie?“ fragte Eric; der Mann, der den MP-Gleiter zerstört hatte, wirkte vertraut – Eric sah sich einem Gesicht gegenüber, das ihm schon oft zuvor begegnet war, auch wenn es nun verzerrt schien, auf eine beängstigende Art verändert, irgendwie seitenverkehrt. Der Scheitel des Mannes verlief zur falschen Seite, so daß der Kopf schief, seltsam verzerrt wirkte. Was ihn erstaunte, war die körperliche Unansehnlichkeit des Mannes. Er war zu fett und ein wenig zu alt. Unangenehm ergraut. Es war ein Schock, ohne Vorbereitung sich selbst auf diese Art zu begegnen. Sehe ich wirklich so aus, fragte er sich grämlich. Was war aus dem gepflegten jungen Mann geworden, dessen Bild er jeden Morgen im Rasierspiegel gesehen hatte ... und der von dieser Gestalt dort vor ihm ersetzt worden war?

„Ja, ich bin fett geworden – na und?“ fauchte sein 2056er Selbst. „Mein Gott, ich habe dir das Leben gerettet; die Kerle waren dabei, dich umzubringen.“

„Ich weiß“, erwiderte Eric irritiert. Er eilte dem Mann nach, der er selbst war; sie gingen an Bord des Interplanschiffes, und sein 2056er Selbst warf die Luke zu und steuerte das Schiff hinauf in den Himmel, außer Reichweite der Militärpolizei des Lilisterns. Offensichtlich stammte das Schiff aus einer neuen Entwicklungsreihe; es war schneller als die Modelle, die Eric bisher kennengelernt hatte.

„Ohne deine Intelligenz beleidigen zu wollen“, wandte sich sein 2056er Selbst an ihn, „die ich persönlich als außerordentlich hoch einschätze, möchte ich dir in deinem eigenen Interesse von einigen der schwachsinnigen Pläne abraten, die dir im Augenblick im Kopf herumspuken. Zunächst – wäre es dir gelungen, die Originalversion von JJ-180 zu besorgen, hätte es dich wieder in die Zukunft und nicht zurück ins Jahr 2055 getragen, und du wärst erneut süchtig geworden. Was du brauchst – und mir scheint, du bist inzwischen selbst auf diesen Gedanken gekommen –, ist nicht JJ-180, sondern ein Mittel, das die Wirkung des Gegengiftes ausgleicht.“ Sein 2056er Selbst drehte den Kopf. „Es befindet sich dort in meinem Mantel.“ Sein Mantel hing an einem Magnethaken an der Kabinenwand. „Hazeltine hat ein Jahr lang Zeit gehabt, um es zu entwickeln. Als Gegenleistung dafür, daß du ihnen die Formel für das Gegengift besorgt hast – du hättest ihnen die Formel nicht beschaffen können, wenn es dir nicht gelungen wäre, in das Jahr 2055 zurückzukehren. Und du weißt, daß du es schaffst. Oder besser: Du wirst es wissen.“

„Wem gehört dieses Schiff?“ Es beeindruckte ihn, gelang es ihm doch, die Linien des Lilisterns zu überwinden und den Verteidigungsstellungen der Erde zu entgehen.

„Den Riegs. Deshalb haben wir Virgil zum 35er Wash bringen können. Und es steht uns für den Fall zur Verfügung, daß etwas schiefgeht. Wenn Cheyenne fällt, werden wir Molinari ebenfalls zum 35er Wash schaffen, und es wird vermutlich schon in einem Monat erforderlich sein.“

„Wie geht es Molinari?“

„Viel besser. Er handelt jetzt genau so, wie er es immer gewollt hat und von dem er auch wußte, daß es notwendig war. Und da ist noch etwas ... aber das wirst du selbst herausfinden. Hol dir jetzt das Gegenmittel zum Gegenmittel des Lilisterns.“

Eric suchte in den Manteltaschen, fand die Tabletten und würgte sie ohne Wasser hinunter. „Was ist mit Kathy?“ fragte er dann. „Wir sollten uns darüber unterhalten.“ Es tat gut, jemanden zu haben, mit dem er sein dringendstes, quälendstes Problem besprechen konnte, auch wenn dieser Jemand er selbst war; zumindest hatte er dann so die Illusion, nicht allein dazustehen.

„Nun, du hast – du wirst – sie von JJ-180 abbringen. Aber erst nachdem sie erhebliche körperliche Schäden erlitten hat. Sie wird nie wieder hübsch aussehen, selbst nicht mit Hilfe der vielen Schönheitsoperationen, denen sie sich noch oft unterziehen wird, bevor sie aufgibt. Das ist nicht alles, aber ich möchte dir nicht noch mehr erzählen; es würde deine Probleme nur noch verschlimmern. Nur eines möchte ich dich fragen. Hast du jemals von dem Korsakow-Syndrom gehört?“

„Nein“, sagte Eric. Aber natürlich hatte er davon gehört. Es gehörte zu seinem Beruf.

„Gewöhnlich handelt es sich dabei um eine Psychose, an der Alkoholiker erkranken; eine pathologische Zerstörung des kortikalen Gehirngewebes, hervorgerufen durch eine langjährige Trunksucht. Aber der Gebrauch von narkotischen Drogen ruft die gleichen Phänomene hervor.“

„Willst du damit andeuten, daß Kathy daran leidet?“

„Erinnerst du dich nicht daran, daß sie mehrmals schon drei Tage lang hintereinander nichts gegessen hat? Und an ihre gewalttätigen, zerstörerischen Wutanfälle – an ihren periodisch auftretenden milden Verfolgungswahn? Korsakow-Syndrom. Es liegt nicht an JJ-180, sondern an den vielen Drogen, die sie zuvor schon genommen hat. Als man alles vorbereitete, um sie zurück nach San Diego zu bringen, haben die Ärzte von Cheyenne bei ihr ein EEG durchgeführt und es festgestellt. Man wird dich sehr bald nach deiner Ankunft im Jahr 2055 darüber informieren. Also bereite dich schon einmal darauf vor." Nach einem Moment des Zögerns fügt er hinzu: „Es ist irreversibel. Aber das brauche ich dir wohl nicht zu sagen."

Dann fielen beide in Schweigen.

„Es ist hart", fuhr sein 2056er Selbst schließlich fort, „mit einer Frau verheiratet zu sein, die psychotisch ist. Von ihrer körperlichen Schädigung mal ganz abgesehen. Sie ist trotzdem noch meine Frau. Unsere Frau. Auf jedenfall ist sie halbwegs normal, wenn man sie unter Phenothiazin setzt. Weißt du, es ist seltsam, daß ich – wir – es nicht festgestellt haben, obwohl wir jeden Tag mit ihr zusammen waren. Soviel zur Subjektivität. Natürlich hat sich die Krankheit nur langsam verschlimmert; das liegt in ihrer Natur. Ich glaube, daß wir sie vielleicht in eine Anstalt bringen müssen, aber ich verschiebe die Entscheidung immer wieder. Wahrscheinlich werde ich das erledigen, wenn wir den Krieg gewonnen haben. Was nicht mehr lange dauern wird."

„Du hast dich dessen vergewissert? Mit JJ-180?"

„Niemand außer dem Lilistern benutzt JJ-180 noch, und den Sternmenschen geht es, wie du weißt, nur um ihre giftigen und suchterzeugenden Eigenschaften. Wir haben so viele alternative Zukünfte kennengelernt, daß die Aufgabe, sie mit unserer Welt zu verbinden, bis nach dem Krieg zurückgestellt werden muß. Man benötigt buchstäblich Jahre, um eine Droge vollständig zu erforschen; das wissen wir beide. Aber natürlich werden wir den Krieg gewinnen; die Riegs haben bereits das halbe Imperium des Lilisterns erobert. Aber jetzt hör mir zu. Ich habe Instruktionen für dich, und du mußt meine Anweisungen ausführen; andernfalls wird sich eine neue alternative Zukunft bilden, wodurch möglicherweise verhindert wird, daß ich dich aus den Händen der Sternpolizisten befreie."

„Ich verstehe", nickte Eric.

„In Arizona, im Kriegsgefangenenlager Nummer 29, befindet sich ein Rieg, der Mayor beim riegschen Nachrichtendienst ist. Sein Deckname lautet Di Do Zi; du kannst unter dieser Bezeichnung Kontakt mit ihm aufnehmen, da wir und nicht sie diesen Decknamen benutzen. Die

Lagerverwaltung hat ihn mit der Bearbeitung von Versicherungsansprüchen betraut, die gegen die Regierung erhoben werden; seine Aufgabe ist es, eventuelle betrügerische Manipulationen aufzudecken – ob du es glaubst oder nicht. So hat er noch immer die Möglichkeit, seine Vorgesetzten mit Informationen zu versorgen, obwohl er unser Kriegsgefangener ist. Er wird zum Verbindungsmann zwischen Molinari und den Riegs werden.“

„Was soll ich mit ihm machen? Ihn nach Cheyenne bringen?“

„Nach Tijuana. Zur TF&D-Zentrale. Du kaufst ihn der Lagerverwaltung ab; er hat den Status eines Sklaven. Du wußtest wohl nicht, daß große irdische Industrieunternehmen Zwangsarbeiter von den Kriegsgefangenenlagern erwerben können? Nun, wenn du im Lager 29 erscheinst und ihnen sagst, daß du von TF&D kommst und einen cleveren Rieg benötigst, werden sie es verstehen.“

„Man lernt jeden Tag hinzu“, murmelte Eric.

„Aber dein Hauptproblem ist Molinari. Es ist deine Aufgabe, ihn zu überreden, Tijuana zu besuchen und sich mit Di Do Zi zu unterhalten, und sobald die Verbindung zustande gekommen ist, werden ihn die Umstände dazu zwingen, die Erde vom Lilistern zu lösen und sich den Riegs anzuschließen, um weiteres Sterben zu verhindern. Und ich werde dir verraten, warum dies schwierig werden wird. Molinari hat einen Plan. Er ist in einen persönlichen Kampf, Mann gegen Mann, mit Freneksy verwickelt; er meint, daß seine Männlichkeit auf dem Spiel steht. Für ihn ist dies kein abstrakter, sondern ein direkter und körperlicher Kampf. Du hast die Aufnahme des gesunden Molinari gesehen, wie er herumstolzierte und prahlte. Das ist seine Geheimwaffe, seine V-2. Er ist dabei, die gesunden Duplikate seiner selbst aus den Parallelwelten in den Kampf zu werfen, und er weiß, daß ihm genug von ihnen zur Verfügung stehen, um weiterzumachen. *Seine gesamte Psychologie, sein Orientierungspunkt, ist, sich dem Tod hinzugeben und ihn dennoch zu überwinden.* Jetzt ist für ihn der Moment gekommen, dies zu beweisen. Konfrontiert mit Premierminister Freneksy – den er fürchtet –, kann er tausendmal sterben und trotzdem dem Tod entgehen. Sein schlechter Gesundheitszustand wird sich bessern, seine psychosomatischen Krankheiten werden verschwinden, sobald er den ersten gesunden Molinari einsetzt. Und wenn du Cheyenne erreicht hast, wirst du es selbst erleben können; heute nacht noch gehen die Videobänder an alle TV-Stationen ab und werden zur Hauptsendezeit ausgestrahlt.“

Nachdenklich bemerkte Eric: „Also wird er von jetzt an immer so krank sein, wie es jeweils erforderlich ist."

„Und das ist außerordentlich krank."

„Ja, Doktor." Eric musterte sein 2056er Selbst. „Unsere Diagnosen stimmen überein."

„Heute nacht wird Premierminister Freneksy ihn zu einem weiteren Gespräch unter vier Augen zu sich bitten. Und die gesunde, tatendurstige Ausgabe wird zu ihm gehen ... während der Kranke, unser Molinari, in seinen Privaträumen bleiben wird, bewacht von seinen Sicherheitsbeamten, um die Videoaufzeichnungen im Fernsehen zu verfolgen und sich erhabenen Gedanken hinzugeben, wie leicht er doch einen Weg gefunden hat, um Premierminister Freneksy und seinen drängenden, endlosen Fragen und Forderungen nach Unterstützung zu entgehen."

„Ich nehme an, der gesunde Molinari von der anderen Erde macht freiwillig mit."

„Sogar enthusiastisch. Wie alle anderen. Sie alle halten es für die Erfüllung ihres Lebens, Freneksy mit gelungenen, über und unter der Gürtellinie angesetzten Schlägen zu treffen. Molinari ist Politiker, und er lebt dafür – er lebt dafür, während es ihn gleichzeitig umbringt. Der Gesunde wird nach dem Gespräch mit Freneksy seine ersten Magenkrämpfe bekommen; der Verschleiß wird auch ihn hinwegraffen. Und so wird es einem nach dem anderen ergehen, bis Freneksy schließlich stirbt, was eines Tages geschehen wird – und hoffentlich noch vor Molinari.

Es ist genau wie im Mittelalter, der Zusammenprall gepanzerter, schwerbewaffneter Ritter. Molinari ist Artus mit der Speerwunde in der Seite; rate mal, wer Freneksy ist. Und mir erscheint am wichtigsten, daß – da der Lilistern keine Zeit des Rittertums gekannt hat – Freneksy nicht die geringste Ahnung davon hat. Für ihn ist es einfach ein Ringen um wirtschaftliche Herrschaft; wer wessen Fabriken kontrolliert und wer wessen Arbeitskräfte ausbeuten kann."

„Was ist mit den Riegs?" fragte Eric. „Werden Sie den Maulwurf verstehen können? Gab es in ihrer Vergangenheit ein Zeitalter der Ritter?"

„Wenn man bedenkt, daß sie vier Arme und Chitinpanzerung besitzen", brummte sein 2056er Gegenpart, „wäre es bestimmt eine Pracht gewesen, ihnen dabei zuzuschauen. Ich weiß es nicht, weil weder du noch ich, noch sonst jemand, den ich je getroffen habe, sich die Mühe gemacht hat, soviel über die Zivilisation der Riegs zu lernen, wie es eigentlich nötig gewesen wäre. Du hast dir den Namen des riegschen Geheimdienstmajors gemerkt?"

„Di irgend etwas."

„Di. Do. Zi. Als Eselsbrücke empfehle ich dir: Diese doofe Ziege."

„Herrgott noch mal!" entfuhr es Eric.

„Ich geh dir auf die Nerven, wie? Nun, du gehst mir ebenfalls auf die Nerven; du bist ein schlaffer, traniger Bursche, und deine Haltung ist einfach widerlich. Kein Wunder, daß du mit einer Frau wie Kathy geschlagen bist; du hast bekommen, was du verdienst. Warum nimmst du eigentlich nicht im nächsten Jahr all deinen Mumm zusammen? Warum gibst du dir nicht einen Ruck und suchst dir eine andere Frau, so daß in dem Moment, wenn du ich wirst, im Jahre 2056, die Lage nicht so verflucht verfahren ist? Du schuldest es mir; ich habe dir dein Leben gerettet und dich vor der Polizei des Lilisterns in Sicherheit gebracht." Sein 2056er Selbst starrte ihn düster an.

„Was für eine Frau schwebt dir denn vor?" fragte Eric vorsichtig.

„Mary Reineke."

„Du hast den Verstand verloren."

„Hör zu; vor ungefähr einem Monat haben Molinari und Mary einen Streit gehabt. Das könntest du ausnutzen. Ich habe es nicht getan, doch das läßt sich ändern; du kannst der Zukunft einen leichten Dreh geben, so daß alles so bleibt, wie es ist, bis auf unsere Ehe. Trenne dich von Kathy und heirate Mary Reineke oder *irgend jemanden* – gleich wen." Die Stimme seines anderen Selbst drückte mit einemmal Verzweiflung aus. „Mein Gott, ich sehe es deutlich vor mir, wie ich sie in die Anstalt einweisen muß. Und für den Rest ihres Lebens ... *Ich will es nicht; ich will da raus.*"

„Ob nun mit oder ohne uns ..."

„Ich weiß. Sie wird auf jeden Fall dort enden. Aber muß ich derjenige sein, der dafür verantwortlich ist? Zusammen sollten wir in der Lage sein, es zu schaffen. Es wird schwer werden; Kathy wird sich wie verrückt gegen die Scheidung wehren. Aber reiche die Scheidungsklage in Tijuana ein; das mexikanische Gesetz ist freier als das in den Staaten. Besorge dir einen guten Anwalt. Ich habe schon jemanden ausgesucht; er lebt in Ensenada. Jesus Guardarala. Erinnerst du dich an ihn? Ich habe es damals nicht geschafft, aber, verdammt, du kannst es." Hoffungsvoll sah er Eric an.

„Ich werde es versuchen“, versprach Eric schließlich.

„Ich muß dich jetzt absetzen. Das Mittel wird in wenigen Minuten seine Wirkung entfalten, und ich möchte nicht, daß du achttausend Meter tief fällst.“ Das Schiff begann zu sinken. „Ich werde dich in Salt Lake City hinauslassen; das ist eine große Stadt, wo man dich nicht entdecken wird. Und wenn du dich wieder im Jahre 2055 befindest, kannst du dir ein Taxi nehmen und nach Arizona fliegen.“

„Ich habe kein 2055er Geld“, erinnerte Eric. „Oder doch?“ Er war verwirrt; zuviel war inzwischen geschehen. Er griff nach seiner Brieftasche. „Ich geriet in Panik, als ich versuchte, bei Hazeltine das Gegengift ...“

„Belästige mich nicht mit den Einzelheiten. Ich bin vollkommen im Bilde.“

Schweigend erreichten sie die Erdoberfläche, jeder von düsterer Verachtung für den anderen erfüllt. Es war, sagte sich Eric, eine einleuchtende Demonstration für die Notwendigkeit, sich selbst zu respektieren. Und dadurch erhielt er zum erstenmal Einblick in seine fatalistische, quasi-selbstmörderische Neigung. Zweifellos basierte sie auf einem Mangel an Selbstwertschätzung. Um zu überleben, würde er lernen müssen, sich selbst und seine Taten anders zu sehen.

„Du verschwendest deine Zeit“, erklärte sein zweites Selbst, nachdem das Schiff auf einer bewässerten Weide außerhalb von Salt Lake City gelandet war. „Du wirst dich nicht ändern.“

Als er das Schiff verließ und hinunter auf das weiche, feuchte Gras sprang, erwiderte Eric: „Wir werden sehen.“

Ohne ein weiteres Wort schlug sein 2056er Selbst die Luke zu und hob ab; das Schiff schoß hinauf in den Himmel und verschwand.

Eric stapfte auf die nahe, asphaltierte Straße zu.

Weisungsgemäß nahm er sich in Salt Lake City ein Taxi. Es fragte nicht nach seiner Reiseerlaubnis, und er begriff, daß er vermutlich auf seinem Weg zur Stadt ein Jahr zurückgereist war und sich nun in seiner eigenen Zeit befand. Dennoch fragte er nach, um sicherzugehen.

„Nenne mir das heutige Datum“, befahl er dem Taxi.

„Es ist der 15. Juni, Sir“, informierte ihn das Taxi, während es in südliche Richtung über grüne Berge und Täler hinwegbrummte.

„Welches Jahr?“

„Blicken Sie nicht mehr durch, Sir?" fragte das Taxi. „Es ist das Jahr 2055. Und ich hoffe, das beruhigt Sie." Das Taxi war alt und schon ein wenig schäbig, reparaturbedürftig; seine Reizbarkeit verriet sich in der Aktivität seiner elektronischen Schaltungen.

„Es beruhigt mich", versicherte Eric.

Über das Videofon des Taxis erkundigte er sich beim Informationszentrum in Phoenix nach dem genauen Standort des Kriegsgefangenenlagers; diese Daten waren nicht geheim. Schließlich flog das Taxi über ebenes Wüstengelände und eintönige Steinhügel und leere Mulden hinweg, die früher einmal Seen gewesen waren. Und dann, im Zentrum dieser öden, unerschlossenen Wildnis, setzte ihn das Taxi ab; er hatte das Kriegsgefangenenlager 29 erreicht, und es befand sich genau dort, wo er es auch erwartet hatte: an dem unbewohnbarsten Fleck, der überhaupt zu finden war. Auf ihn wirkten die großen Wüstengebiete von Nevada und Arizona wie ein düsterer, fremder Planet und nicht im geringsten wie ein Teil der Erde; er gestand sich ein, daß er diesem Ort sogar jenen Teil des Mars vorzog, der sich um das 35er Wash erstreckte.

„Viel Glück, Sir", wünschte ihm das Taxi. Er bezahlte, und es brummte mit klapperndem Motor geräuschvoll davon.

„Danke", murmelte Eric. Er ging hinüber zum Wachhaus am Eingang des Lagers; dem Soldaten, der sich in der Baracke aufhielt, erklärte er, daß Tijuana Fur & Dye ihn geschickt habe, um einen Kriegsgefangenen für eine Schreibarbeit zu kaufen, die mit absoluter Fehlerlosigkeit durchgeführt werden müsse.

„Nur einen?" fragte ihn der Soldat, als er ihn zum Büro seines Vorgesetzten führte. „Wir können Ihnen fünfzig Riegs geben. Oder zweihundert. Wir sind im Moment vollkommen überbelegt. In der letzten Schlacht haben wir sechs ihrer Truppentransporter abgefangen."

Im Büro des Oberst füllte er mehrere Formulare aus und unterschrieb sie im Namen der TF&D. Der Preis, erklärte er, würde am Monatsende auf dem normalen Wege überwiesen werden, und man gab sich damit zufrieden.

„Suchen Sie sich einen aus", bot ihm der zu Tode gelangweilte Oberst an. „Schauen Sie sich ruhig um; Sie können jeden haben – obwohl sie alle gleich sind."

„Ich habe einen Rieg gesehen, der im Nebenraum Akten bearbeitet hat", bemerkte Eric. „Er – oder sie – machte auf mich einen tüchtigen Eindruck."

„Das ist der alte Di“, erwiderte der Oberst. „Di gehört fast schon zum Inventar; bereits in der ersten Kriegswoche wurde er eingeliefert. Er hat sich sogar eine von diesen Translatorboxen zusammengebastelt, damit er uns von Nutzen sein konnte. Ich wünschte, alle wären so kooperativ wie Di.“

„Ich nehme ihn“, sagte Eric.

„Allerdings kostet er einiges mehr“, bemerkte der Oberst mit listiger Miene. „Die Ausbildung, die er hier von uns erhalten hat, war nicht gerade billig.“ Er machte sich eine Notiz. „Hinzu kommt noch der Preis für die Translatorbox.“

„Sagten Sie nicht, er hätte sie sich selbst zusammengebaut?“

„Wir haben ihm das Material zur Verfügung gestellt.“

Schließlich einigten sie sich auf einen Preis, und dann betrat Eric den Nebenraum, wo der Rieg geschäftig mit seinen vielgelenkigen vier Armen in den Versicherungsakten wühlte.

„Sie gehören jetzt TF&D“, informierte Eric ihn. „Kommen Sie mit.“ Den Oberst fragte er: „Wird er versuchen, zu fliehen oder mich anzugreifen?“

„So etwas ist noch nie vorgekommen“, erklärte der Oberst, setzte eine Zigarette in Brand und lehnte sich gelangweilt an die Wand seines Büros. „Das widerspricht ihrer Mentalität; es sind bloß Käfer. Große, leuchtende Käfer.“

Schließlich war er wieder draußen unter der heißen Sonne und wartete darauf, daß das Taxi aus dem nahegelegenen Phoenix eintreffen würde. Wenn ich gewußt hätte, daß alles so schnell geht, sagte er sich, hätte ich das kaputte, alte Taxi hier solange warten lassen. Er fühlte sich unbehaglich, wie er neben dem schweigenden Rieg wartete; immerhin war dies einer ihrer offiziellen Feinde. Die Riegs kämpften gegen die Terraner und töteten sie, und dieser hier war einer ihrer aktiven Offiziere.

Wie eine Fliege begann sich der Rieg zu putzen, kämmte seine Schwingen, seine Sensorantennen und dann sein unteres Gliedmaßenpaar. Die Translatorbox hatte er unter einen seiner zerbrechlichen Arme geklemmt und ließ sie die ganze Zeit über nicht los.

„Sind Sie froh, aus dem Kriegsgefangenenlager herausgekommen zu sein?“ fragte Eric.

Auf der Box blitzten Worte auf, die in der grellen Wüstensonne nur schwer zu erkennen waren.

NICHT BESONDERS

Das Taxi erschien, und Eric stieg zusammen mit Di Do Zi ein. Rasch befanden sie sich in der Luft und flogen in Richtung Tijuana.

„Ich weiß, daß Sie ein Offizier des riegschen Nachrichtendienstes sind", eröffnete ihm Eric. „Deswegen habe ich Sie gekauft."

Die Box blieb leer. Aber der Rieg zitterte. Seine dunklen Facettenaugen wurden noch schwärzer, und die Pseudoaugen erbebten.

„Ich werde das Risiko, Ihnen alles zu sagen, jetzt eingehen", fuhr Eric fort. „Ich bin ein Mittelsmann, der Sie mit einem hohen UNO-Beamten zusammenbringen soll. Es liegt in Ihrem Interesse, in Ihrem und in dem Ihres Volkes, mit mir zu kooperieren. Ich versichere Ihnen, daß ich Sie hinauswerfen werde, falls ..."

Die Box flackerte auf.

BRINGEN SIE MICH ZURÜCK INS LAGER

„In Ordnung", sagte Eric. „Ich verstehe, daß Sie die Rolle weiterspielen wollen, die Sie so lange innegehabt haben. Auch wenn es jetzt nicht mehr notwendig ist. Ich bin darüber informiert, daß Sie noch immer mit Ihrer Regierung in Verbindung stehen. Deshalb könnten Sie der Person nützlich sein, die Sie in Tijuana treffen werden. Durch Sie kann er Kontakt mit Ihrer Regierung aufnehmen, ohne..." – er zögerte, dann brach es aus ihm hervor – „...ohne daß die Sternmenschen etwas davon erfahren."

Nach einem Moment leuchtete es auf der Box wieder auf.

ICH WAR IMMER KOOPERATIV

„Aber diesmal geht es um etwas anderes." Und er ließ das Thema fallen. Für den Rest der Reise versuchte er nicht wieder, sich mit Di Do Zi zu verständigen; das wäre vollkommen falsch gewesen. Di Do Zi wußte dies, und er wußte dies. Alles weitere oblag einem anderen und nicht ihm.

Als sie Tijuana erreichten, mietete Eric ein Zimmer im Cäsar-Hotel an der Hauptstraße der Stadt; der Portier, ein Mexikaner, starrte den Rieg an, aber er stellte keine Fragen. So war Tijuana eben, dachte Eric, während er sich zusammen mit Di auf den Weg zu ihrem Zimmer machte. Jeder kümmerte sich um seine eigenen Angelegenheiten; so war es schon immer gewesen, und selbst jetzt, obwohl Krieg herrschte, hatte sich nichts daran geändert. Man konnte alles bekommen, alles tun, was man wollte. Solange man es nicht laut und in aller Öffentlichkeit tat. Vor allem in der Nacht wurde dies deutlich. Denn nachts wurde Tijuana zu einer Stadt, in der alles möglich war, die unvorstellbarsten Dinge eingeschlossen. Einst waren es Abtreibungen, Drogen, Frauen und Glücksspiele gewesen. Nun war es das Zusammensein mit dem Feind.

Im Hotelzimmer angekommen, händigte er Di Do Zi eine Kopie der Buchungsbestätigung aus; falls es Ärger während seiner Abwesenheit geben sollte, konnte der Rieg beweisen, daß er weder aus dem Kriegsgefangenenlager entflohen noch ein Spion war. Außerdem versorgte Eric ihn mit Geld. Und er informierte ihn, wie er Kontakt mit TF&D aufnehmen konnte, falls es Schwierigkeiten gab – vor allem mit den Geheimagenten des Lilisterns. Der Rieg sollte die ganze Zeit über im Hotelzimmer bleiben, dort seine Mahlzeiten einnehmen, fernsehen, falls ihm der Sinn danach stand, niemanden hereinlassen, sofern dies möglich war, und falls es den Sternagenten irgendwie gelingen würde, zu ihm vorzudringen, sollte er nichts verraten. Selbst wenn dies seinen Tod bedeutete.

„Ich halte es für meine Pflicht, Ihnen das zu sagen“, erklärte Eric, „nicht, weil ich keinen Respekt vor dem Leben eines Riegs habe oder weil ich mir einbilde, daß ein Mensch einem Rieg vorschreiben kann, wann er zu sterben hat und wann nicht, sondern einfach deswegen, weil ich die Situation kenne und Sie nicht. Sie müssen mir glauben, daß es tatsächlich so wichtig ist.“ Er wartete, ob die Box aufleuchten würde, doch sie blieb dunkel. „Kein Kommentar?“ fragte er und war auf unbestimmte Art enttäuscht. Es hatte so wenig an wirklichem Kontakt zwischen ihm und dem Rieg gegeben; irgendwie schien ihm das ein schlechtes Omen zu sein.

Schließlich, fast widerwillig, ließ der Rieg die Box aufflackern.

AUF WIEDERSEHEN

„Sonst haben Sie nichts zu sagen?“ fragte Eric ungläubig.

WIE HEISSEN SIE?

„Mein Name steht auf den Papieren, die ich Ihnen gegeben habe“, erklärte Eric, verließ das Hotelzimmer und warf die Tür knallend hinter sich ins Schloß.

Draußen auf dem Bürgersteig winkte er ein altmodisches Bodentaxi heran und befahl dem menschlichen Fahrer, ihn zur TF&D zu bringen.

Fünfzehn Minuten später betrat er zum wohl tausendstenmal das attraktive apteryxförmige, graugestrichene Gebäude und folgte den vertrauten Korridoren bis in sein Büro. Oder zumindest war es bis vor kurzem sein Büro gewesen.

Miss Perth, seine Sekretärin, blinzelte verblüfft. „Aber, Dr. Sweetscent – ich dachte, Sie seien in Cheyenne!"

„Ist Jack Blair in der Nähe?" Er blickte sich in dem großen, von niedrigen Trennwänden unterteilten Raum um, aber von seinem Assistenten war nichts zu sehen. Lediglich Bruce Himmel schlurfte im Hintergrund herum und hielt in der Hand eine Inventurliste und einen Schreibblock. „Wie sind Sie mit der Stadtbibliothek von San Diego zurechtgekommen?" fragte Eric ihn.

Verblüfft drehte sich Himmel zu ihm herum. „Ich bin in Berufung gegangen, Doktor. Und ich werde den Prozeß bis zur letzten Instanz durchfechten. Warum sind Sie nach Tijuana zurückgekehrt?"

Til Perth schaltete sich in das Gespräch ein. „Jack ist oben bei Mr. Virgil Ackerman, Doktor. Sie sehen müde aus. Sie haben wohl einen Haufen Arbeit in Cheyenne, oder? Was für eine Verantwortung!" Ihre langwimprigen blauen Augen sahen ihn mitfühlend an, und ihre großen Brüste schienen sogar noch auf eine mütterliche, elastische, anregende Art anzuschwellen. „Soll ich Ihnen eine Tasse Kaffee holen?"

„Gern. Danke." Er setzte sich an seinen Schreibtisch und ruhte einen Moment aus, während er die Ereignisse des Tages noch einmal an seinem inneren Auge vorbeiziehen ließ. Seltsam, daß all diese Dinge ihn wieder an diesen Ort, in sein früheres Büro zurückgeführt hatten. Bedeutete dies, daß jetzt alles vorüber war? War seine kleine – oder doch nicht so kleine – Rolle in der Auseinandersetzung zwischen drei Rassen der Milchstraße beendet? Vier Rassen sogar, wenn man die Kreaturen von Beteigeuze miteinbezog, deren Gestalt an faulige Birnen erinnerte... Vielleicht war er die Verantwortung tatsächlich los. Ein Videogespräch mit Cheyenne, mit Molinari, war alles, was er noch erledigen mußte, und dann würde er wieder Virgil Ackermans Arzt sein und ihm Organ um Organ einpflanzen, sobald sie versagten. Aber da gab es immer noch Kathy. Befand sie sich im Lazarett von TF&D? Oder im Krankenhaus von San Diego? Vielleicht versuchte sie, trotz ihrer Sucht ihr normales Leben weiterzuführen und für Virgil zu arbeiten. Sie war kein Feigling; sie würde bis zum Ende weitermachen.

„Befindet sich Kathy hier im Hause?" erkundigte er sich bei Til Perth.

„Ich werde es für Sie überprüfen, Doktor." Sie schaltete ihr Tischkom ein. „Ihr Kaffee steht neben Ihnen auf dem Schreibtisch."

„Danke." Genüßlich schlürfte er den Kaffee. Es war fast wie in den alten Zeiten; schon immer war sein Büro für ihn eine Oase gewesen, ein Bereich, in dem die Vernunft galt und wo er von den Qualen seines verpfuschten Ehelebens verschont blieb. Hier konnte er sich der Illusion hingeben, daß die Menschen nett zueinander und daß die Beziehungen zwischen den Menschen freundlicher, sanfter waren. Und trotzdem – das genügte nicht. Es mußte auch Vertrauen geben. Selbst wenn sich diese Vertrautheit in eine zerstörerische Kraft verwandeln konnte.

Er nahm Papier und Kugelschreiber zur Hand und schrieb aus dem Gedächtnis die Formel des Gegenmittels für JJ-180 nieder.

„Sie liegt im Lazarett in der vierten Etage", informierte ihn Miss Perth. „Ich wußte nicht, daß sie krank ist; handelt es sich um etwas Ernstes?"

Eric faltete das Blatt zusammen und gab es ihr. „Bringen Sie das Jonas. Er wird wissen, was es ist und was er damit anfangen soll." Er fragte sich, ob er hinauf zu Kathy gehen und ihr sagen sollte, daß es bald ein Gegenmittel gab. Ja, er war dazu verpflichtet. „Na gut," brummte er. „Ich werde sie besuchen."

„Bestellen Sie ihr, daß ich ihr gute Besserung wünsche", rief ihm Til Perth nach, als er das Büro verließ und hinaus in den Korridor schlurfte.

„Natürlich", murmelte er.

Er erreichte das Lazarett. Kathy, bekleidet mit einem weißen wollenen Nachthemd, saß mit übereinandergeschlagenen Beinen und bloßen Füßen in einem Lehnstuhl und las in einer Zeitschrift. Sie wirkte alt und zusammengefallen, und offensichtlich stand sie unter dem Einfluß von starken Beruhigungsmitteln.

„Ich soll dir gute Besserung von Til ausrichten", begrüßte er sie.

Langsam, mit sichtbarer Mühe, blickte Kathy auf und sah ihn an. „Irgend etwas ... Neues?"

„Das Gegenmittel wird bald zur Verfügung stehen. Hazeltine Corporation braucht es nur noch zusammenzubrauen und herzuschicken. Es dauert vielleicht noch sechs Stunden." Er wollte ihr ermutigend zulächeln, doch es gelang ihm nicht. „Wie geht es dir?"

„Besser. Da ich jetzt weiß, daß alles gut werden wird." Sie war überraschend gefaßt und realistisch, selbst auf ihre schizoide Art. Zweifellos hatten ihr die Beruhigungsmittel geholfen. „Du hast es geschafft, nicht wahr? Du hast das Gegenmittel für mich entdeckt." Und dann, als würde sie sich erst jetzt daran erinnern, fügte sie hinzu: „Und natürlich auch für dich. Aber du hättest es behalten können, ohne mir etwas davon zu sagen. Danke, Liebster."

„Liebster." Es schmerzte ihn, daß sie ihn so nannte.

„Ich weiß", sagte Kathy bedächtig, „daß du mich im Grunde noch immer liebst, trotz der Dinge, die ich dir angetan habe. Andernfalls würdest du nicht ..."

„Natürlich würde ich das; hältst du mich für ein moralisches Ungeheuer? Jeder sollte das Gegenmittel bekommen können, jeder, der auf dem verdammten Zeug draufhängt. Selbst die Sternmenschen. Ich für meinen Teil halte Drogen, die bewußt dazu gedacht sind, Abhängigkeit und körperliche Zerstörung zu erzeugen, für ein abscheuliches Verbrechen gegen das Leben." Er verstummte dann und dachte: Und jemand, der andere süchtig macht, ist ein Verbrecher und sollte gehängt oder erschossen werden. „Ich muß jetzt gehen", erklärte er. „Ich muß zurück nach Cheyenne. Ich werde wiederkommen. Viel Glück bei deiner Therapie." Nach einem Moment des Zögerns fügte er hinzu, so sanft wie möglich: „Du weißt, daß das Mittel nichts gegen die körperlichen Schäden ausrichten kann, die bereits aufgetreten sind; du verstehst das doch, oder, Kathy?"

„Wie alt", fragte sie, „sehe ich aus?"

„So alt, wie du bist; wie fünfunddreißig."

„Nein." Sie schüttelte den Kopf. „Ich habe mich im Spiegel gesehen."

„Sorg dafür, ja, daß alle, die in jener Nacht mit dir zusammen die Droge genommen haben, sich einer Therapie mit dem Gegenmittel unterziehen. Klar?"

„Natürlich. Sie sind meine Freunde." Sie spielte mit ihrer Zeitschrift. „Eric, ich kann nicht verlangen, daß du bei mir bleibst, so wie ich jetzt aussehe. So faltig und..." Sie brach ab und versank in Schweigen.

War dies seine Chance? „Du willst dich scheiden lassen, Kathy?" fragte er. „Wenn du willst, bin ich damit einverstanden. Aber..." Er zögerte. Wie weit konnte Heuchelei gehen? Was wurde jetzt von ihm erwartet? Sein zukünftiges Selbst, sein Gegenpart aus dem Jahre 2056, hatte ihn angefleht, sich von ihr zu trennen. Zwang ihn nicht die Vernunft dazu, daß er dem nachgab, und wenn möglich, dann gleich jetzt?

Leise gestand Kathy: „Ich liebe dich noch immer. Ich möchte mich nicht von dir trennen. Und ich verspreche, dich von nun an besser zu behandeln; ehrlich, ich werde es tun. Ich *verspreche* es."

„Soll ich ehrlich sein?"

„Ja", nickte sie. „Du solltest immer ehrlich zu mir sein."

„Laß mich gehen."

Sie blickte auf. Ihre alte Tatkraft, die Bosheit, die den Charakter ihrer Verbindung bestimmt hatte, glomm in ihren Augen auf. Doch etwas hatte sich geändert. Ihre Sucht und die Beruhigungsmittel hatten sie geschwächt; die Macht, die sie früher über ihn gehabt, die ihn gelähmt und an sie gefesselt hatte, war verschwunden. Achselzuckend murmelte sie: „Nun, ich habe dich gebeten, ehrlich zu mir zu sein, und du hast meine Bitte erfüllt. Ich müßte eigentlich froh sein."

„Bist du dann einverstanden? Du hast nichts gegen eine Scheidung einzuwenden?"

„Unter einer Bedingung", sagte Kathy vorsichtig. „Nur wenn es keine andere Frau gibt."

„Es gibt keine." Er dachte an Phyllis Ackerman; aber diese Affäre zählte gewiß nicht. Selbst nicht in Kathys von Mißtrauen erfüllter Welt.

„Ich werde es herausfinden", versicherte sie. „Und wenn du mich belogen hast, werde ich die Scheidung anfechten und dir so viele Schwierigkeiten wie nur möglich machen. Du wirst dann nie von mir freikommen; das ist ebenfalls ein Versprechen."

„Dann ist also alles in Ordnung." Er spürte, wie eine große Last von ihm abfiel, so daß nur die gewöhnlichen irdischen Probleme zurückblieben, die jeder Mensch ertragen konnte. „Danke", sagte er.

„Danke, Eric, für das Gegenmittel", erwiderte Kathy. „Jetzt siehst du, was meine Drogensucht, was die langen Jahre, in denen ich Drogen genommen habe, letztendlich ermöglicht haben: Du bist mich losgeworden. Alles in allem hat es doch etwas Gutes erbracht."

Selbst wenn es um sein Leben gegangen wäre, hätte er nicht sagen können, ob sie das nun sarkastisch meinte oder nicht. Er entschied sich, das Thema zu wechseln. „Wenn es dir wieder besser geht, wirst du dann weiter für TF&D arbeiten?"

„Eric, ich glaube, ich habe etwas in Bewegung gesetzt. Als ich unter dem Einfluß der Droge stand und zurück in die Vergangenheit reiste ..." Sie brach ab und fuhr unter Schmerzen fort, denn das Sprechen machte ihr jetzt große Mühe: „Ich habe Virgil ein elektronisches

Bauteil geschickt. Damals, Mitte der dreißiger Jahre. Mit einem Brief, aus dem hervorgeht, was er damit tun sollte und wer es ihm geschickt hat. Damit er sich später an mich erinnern würde. Das heißt jetzt, heute."

„Aber ..." sagte Eric und verstummte.

„Ja?" Es gelang ihr, sich auf seine Worte zu konzentrieren. „Habe ich etwas falsch gemacht? Die Vergangenheit geändert und alles durcheinandergebracht?"

Es war fast unmöglich, stellte er fest, ihr es zu sagen. Allerdings würde sie es auf jeden Fall herausfinden, sobald sie Erkundigungen einzuziehen begann. Virgil hatte das Teil nicht erhalten, denn als sie die Vergangenheit wieder verlassen hatte, verschwand auch das Teil; vermutlich hatte Virgil als Kind nur einen leeren Briefumschlag oder überhaupt nichts erhalten. Es stimmte ihn traurig, ihr das mitteilen zu müssen.

„Was ist?" fragte sie schwerfällig. „Ich kann an deinem Gesichtsausdruck ablesen – so gut kenne ich dich inzwischen –, daß ich irgend etwas falsch gemacht habe."

„Ich bin nur überrascht", versicherte Eric. „Über deinen Einfallsreichtum. Hör zu." Er kniete neben ihr nieder und legte ihr seine Hand auf die Schulter. „Rechne nicht damit, daß sich irgend etwas dadurch geändert hat. Deine Stellung hier bei Virgil kann dadurch kaum beeinflußt werden, und außerdem zählt Virgil nicht zu den dankbarsten Menschen."

„Aber es war einen Versuch wert; meinst du nicht auch?"

„Ja", bestätigte er und richtete sich wieder auf. Er war froh, dieses Thema nicht weiter verfolgen zu müssen.

Er verabschiedete sich von ihr, klopfte ihr aufmunternd auf die Schulter und fuhr mit dem Fahrstuhl hinunter in die Etage, in der Virgil Ackermans Büro lag.

Als er eintrat, blickte Virgil auf und krächzte: „Ich habe *gehört,* daß Sie wieder zurück sind, Eric. Setzen Sie sich und erzählen Sie mir, was los ist; Kathy sieht schlecht aus, nicht wahr? Hazeltine hat nicht ..."

„Hören Sie", unterbrach Eric und schloß die Tür. Außer Virgil befand sich niemand im Raum. „Virgil, können Sie Molinari bitten, hierher zur TF&D zu kommen?"

„Warum?" Mit eulenhaften, wachsamen Augen starrte ihn Virgil an.

Eric sagte es ihm.

Als er fertig war, erklärte Virgil: „Ich werde Gino anrufen. Ich kann eine Andeutung fallenlassen, und da wir einander gut kennen, wird er auf intuitivem Wege verstehen, was ich von ihm will. Er wir kommen. Vermutlich sofort; wenn er handelt, dann blitzartig."

„Ich werde hierbleiben", entschied Eric, „und nicht nach Cheyenne zurückkehren. Vielleicht wäre es sogar besser, wieder ins Cäsar-Hotel zu gehen und auf Di aufzupassen."

„Nehmen Sie eine Waffe mit", riet Virgil. Er griff nach dem Hörer des Videofons und sagte: „Geben Sie mir das Weiße Haus in Cheyenne." Eric flüsterte er zu: „Falls sie die Leitung abhören, wird ihnen das nicht viel nützen; sie werden nicht verstehen, wovon wir sprechen." In den Hörer brummte er: „Ich möchte mit Generalsekretär Molinari verbunden werden; Virgil Ackerman persönlich ist am Apparat."

Eric lehnte sich zurück und hörte zu. Alles lief ausgezeichnet. Er konnte die Gelegenheit nutzen und sich ein wenig entspannen.

Aus dem Videofon drang die Stimme des Weißen-Haus-Telefonisten, und sie klang verzweifelt und hysterisch. „Mr. Ackerman, ist Dr. Sweetscent bei Ihnen? Wir können ihn nicht finden, und Molinari, Mr. Molinari, meine ich, ist tot und kann nicht wiederbelebt werden."

Virgil blickte auf und sah Eric an.

„Ich bin schon auf dem Weg", erklärte Eric. Er fühlte nur eine innere Leere. Sonst nichts.

„Ich wette, es ist zu spät", bemerkte Virgil.

„Mr. Ackerman", kreischte der Telefonist, „er ist jetzt schon seit zwei Stunden tot; Dr. Teagarden kann absolut nichts für ihn tun und..."

„Fragen Sie ihn, welches Organ versagt hat", bat Eric.

Der Telefonist hatte ihn gehört. „Sein Herz. Sind Sie das, Dr. Sweetscent? Dr. Teagarden sagte, die Aorta-Arterie sei geplatzt ..."

„Ich werde ein Transplantherz mitnehmen", wandte sich Eric an Virgil. Zu dem Telefonisten im Weißen Haus sagte er: „Weisen Sie Teagarden an, Molinaris Körpertemperatur soweit wie möglich zu verringern; aber ich nehme an, er hat das bereits von sich aus gemacht."

„Auf dem Landedach steht ein gutes, superschnelles Schiff", informierte ihn Virgil. „Das Schiff, mit dem wir zum 35er Wash geflogen sind; zweifellos ist es das beste in der ganzen Umgebung."

„Ich werde das Herz selbst holen", entschied Eric. „Während ich in mein Büro gehe, können Sie das Schiff schon einmal startklar machen." Er war jetzt vollkommen ruhig. Entweder war es zu spät oder nicht. Entweder kam er rechtzeitig in Cheyenne an oder nicht. Eile hatte jeden Wert verloren.

Als Virgil die Telefonzentrale von TF&D anwählte, brummte er: „Jenes 2056, das Sie erlebt haben, hat mit unserer Welt nichts zu tun."

„Offenbar nicht", stimmte Eric zu. Und rannte hinaus zum Aufzug.

13

Auf dem Landedach des Weißen Hauses wurde er bereits von Don Festenburg erwartet. Festenburg war bleich und stotterte vor Aufregung. „W-wo waren Sie, Doktor? Sie haben niemandem gesagt, daß Sie Cheyenne verlassen wollten; wir dachten, Sie würden sich noch irgendwo hier in der Nähe aufhalten.“ Er eilte auf den nächsten Eingang zu.

Eric folgte ihm mit dem verpackten Transplantherzen unter dem Arm.

An der Tür zum Schlafzimmer des Generalsekretärs trafen sie mit Teagarden zusammen; der Arzt wirkte übermüdet. „Wo, zum Teufel, haben Sie gesteckt, Doktor?“

Ich habe versucht, den Krieg zu beenden, dachte Eric, aber er fragte lediglich: „Wie weit haben Sie ihn gekühlt?“

„Der Stoffwechsel ist zum Stillstand gekommen; glauben Sie, ich wüßte nicht, was in einer derartigen Situation zu tun ist? Ich habe schriftliche Instruktionen erhalten, die automatisch in dem Moment ihre Gültigkeit bekommen, wenn Molinari bewußtlos oder tot ist und nicht mehr wiederbelebt werden kann.“ Er reichte Eric die Unterlagen.

Mit einem Blick hatte Eric den wichtigsten Punkt erfaßt. Kein Transplantorgan. Unter keinen Umständen. Selbst wenn dies die einzige Chance für Molinaris Überleben sein sollte.

„Ist das bindend?“ fragte Eric.

„Wir haben den Justizminister gefragt“, erwiderte Teagarden. „Es ist bindend. Sie sollten das wissen; man kann jemanden nur mit dessen schriftlicher Zustimmung ein Transplantorgan einsetzen.“

„Aber warum hat er das angeordnet?“ Eric schüttelte den Kopf.

„Ich weiß es nicht“, gestand Teagarden. „Wollen Sie noch einen Versuch machen, ihn ohne das Transplantherz, das Sie mitgebracht haben, wiederzubeleben?“ Seine Stimme klang verbittert und resigniert. „Das ist alles, was uns noch bleibt. Er klagte über sein Herz, bevor Sie verschwanden; er sagte Ihnen – ich habe es gehört –, daß er glaubte, eine Arterie sei geplatzt. Und Sie gingen trotzdem fort.“ Er starrte Eric an.

„Das ist das Problem mit Hypochondern", erklärte Eric. „Man kann nie sicher sein."

„Nun", seufzte Teagarden, „in Ordnung – aber ich verstehe es trotzdem nicht."

Eric wandte sich an Don Festenburg. „Was ist mit Freneksy? Weiß er Bescheid?"

Mit einem schwachen, nervösen Lächeln erwiderte Festenburg: „Natürlich."

„Und seine Reaktion?"

„Besorgnis."

„Ich schlage vor, daß Sie weiteren Schiffen des Lilisterns die Landeerlaubnis verweigern."

„Doktor", schnappte Festenburg, „Ihre Aufgabe ist es, den Patienten gesund zu machen und nicht, die Politik zu bestimmen."

„Es würde mir helfen, wenn ich wüßte, daß ..."

„Cheyenne ist abgeriegelt", räumte Festenburg schließlich ein. „Seit Molinaris Anfall ist Ihr Schiff das einzige, das landen durfte."

Eric betrat das Zimmer und begab sich an Molinaris Bett. Gino Molinari lag dort, eingehüllt in das Leitungsgewirr der Maschine, die seine Temperatur niedrig hielt und seine gesamten Körperfunktionen überwachte. Die plumpe, untersetzte Gestalt war kaum zu erkennen; sein Gesicht war vollkommen von einem neuen Gerät bedeckt, das bisher selten benutzt worden war und die hochkomplizierten Gehirnprozesse weiterfunktionieren ließ. Es war das Gehirn, das um jeden Preis erhalten werden mußte. Alles andere konnte versagen, aber nicht das Gehirn.

Alles konnte versagen – wenn Molinari nicht den Einsatz von Transplantorganen verboten hätte. Durch seine neurotische, selbstzerstörerische Anweisung hatte er für die Medizin die Uhr um ein Jahrhundert zurückgedreht.

Bereits jetzt, ohne daß er die geöffnete Brust des Mannes einer näheren Untersuchung unterzogen hatte, wußte Eric, daß er hilflos war. Außer auf seinem Spezialgebiet der Organtransplantation war er Teagarden in keiner Hinsicht überlegen. Seine ganze Karriere hatte auf der Möglichkeit beruht, die versagenden Organe auszutauschen.

„Lassen Sie mich noch einmal einen Blick auf die Unterlagen werfen." Er nahm Teagarden die Papiere ab und studierte sie diesmal sorgfältiger. Mit Sicherheit hatte ein so listiger und findiger Mann wie Molinari irgendwelche Alternativen zur Organtransplantation ausgearbeitet.

„Natürlich ist Prindle ebenfalls benachrichtigt worden“, bemerkte Festenburg. „Er hält sich bereit, eine Rede im Fernsehen zu halten, wenn es feststeht, daß wir Molinari nicht mehr retten können.“ Seine Stimme klang unnatürlich hohl; Eric sah ihn an und fragte sich, welche Gefühle ihn wohl tatsächlich beherrschen mochten.

„Was ist mit diesem Paragraphen hier?“ fragte Eric und zeigte Dr. Teagarden das Dokument. „Der den Einsatz des GRS Enterprises Robameisen-Simulacrums betrifft, das Molinari auf Videoband hat aufmehmen lassen? Die Sendung sollte heute nacht über die Fernsehsender ausgestrahlt werden.“

„Was soll damit sein?“ brummte Teagarden und überflog den entsprechenden Passus. „Natürlich wird die Sendung gestrichen. Und was die Robameise selbst betrifft, so bin ich nicht darüber informiert. Vielleicht weiß Festenburg mehr.“ Er blickte Festenburg fragend an.

„Dieser Paragraph“, erklärte Festenburg, „ist sinnlos. Buchstäblich. Was zum Beispiel hat es für einen Zweck, eine Robameise in einer Kältepackung zu konservieren? Wir haben keine Möglichkeit, Molinaris Absichten zu ergründen, und außerdem haben wir alle Hände voll zu tun. Dieses verdammte Dokument enthält dreiundvierzig Paragraphen; wir können sie nicht alle gleichzeitig ausführen, oder?“

„Aber“, versetzte Eric, „Sie wissen, wo ...“

„Ja“, nickte Festenburg, „ich weiß, wo sich das Simulacrum befindet.“

„Holen Sie es aus der Kältepackung“, forderte Eric. „Aktivieren Sie es, wie es das Dokument vorschreibt. Das, wie Sie bereits wissen, rechtlich gesehen bindend ist.“

„Ich soll es also aktivieren – und was dann?“

„Es wird es Ihnen von da an selbst sagen“, erwiderte Eric. Und auch für die nächsten Jahre, dachte er. Denn das ist der ganze Sinn dieses Dokuments. Gino Molinaris Tod braucht nicht öffentlich bekanntgemacht zu werden, denn sobald die sogenannte Robameise aktiviert ist, *hat sein Tod niemals stattgefunden.*

Und, dachte er, ich glaube, daß du das weißt, Festenburg.

Schweigend sahen sie einander an.

Eric wandte sich an einen der Geheimdienstbeamten. „Ich möchte, daß ihn vier von Ihren Leuten begleiten. Es ist nur ein Vorschlag, aber ich hoffe, Sie hören auf mich.“

Der Mann nickte und suchte sich drei seiner Leute aus; sie folgten Festenburg, der jetzt verwirrt und ängstlich und in keiner Weise gefaßt wirkte. Nur mit Widerwillen schien er seine Aufgabe zu erfüllen, und er verließ den Raum, dicht hinter ihm die vier Beamten des Geheimdienstes.

„Wie steht es mit einem weiteren Versuch, seine geplatzte Aorta-Arterie zu flicken?“ erkundigte sich Dr. Teagarden. „Wollen Sie es denn nicht einmal probieren? Wir könnten noch immer eine Kunststoff ...“

„Der Molinari dieser Zeitsequenz“, unterbrach Eric, „hat schon genug mitgemacht. Meinen Sie nicht auch? Für ihn ist jetzt der Augenblick gekommen, sich zurückzuziehen; es ist sein Wille.“ Wir müssen uns einer Tatsache stellen, erkannte er, die vermutlich keinem von uns sehr behagt, weil uns dadurch deutlich wird, daß wir eine Regierungsform bekommen werden – und bereits gehabt haben –, die nur schwer mit unseren theoretischen Vorstellungen in Einklang zu bringen ist.

Molinari hatte eine Dynastie gegründet, die aus ihm selbst bestand.

„Dieses Simulacrum kann unmöglich an Ginos Stelle herrschen“, protestierte Teagarden. „Es ist eine Maschine, und das Gesetz verbietet es ...“

„Deshalb verweigert Gino auch die Implantation von künstlichen Organen. Er kann nicht Virgils Beispiel folgen und die verbrauchten Organe auswechseln lassen, denn sonst könnte man ihn auf legale Weise absetzen. Aber das ist nicht weiter wichtig.“ Zumindest jetzt nicht. Prindle, dachte er, wird nicht der Nachfolger des Maulwurfs werden und auch Don Festenburg nicht, gleichgültig, wie gern er es sein würde. Ich habe Zweifel, ob diese Dynastie ewig bestehen kann, aber mit Sicherheit wird sie diesen Krieg überleben. Und das ist schon eine ganze Menge.

Nach einer Weile sagte Teagarden: „Darum also befindet sich das Simulacrum in einer Kältepackung. Ich verstehe.“

„Und es wird jeden Test bestehen, dem Sie ihn unterziehen werden.“ Premierminister Freneksy, jeder, Don Festenburg eingeschlossen, der es schon wußte, ehe ich davon erfuhr, dachte Eric – sie alle können nichts dagegen unternehmen. „Das unterscheidet diese Lösung von allen anderen; selbst wenn man weiß, was vor sich geht, kann man es nicht aufhalten.“ Und es vergrößerte die Möglichkeiten politischen Handelns. Entsetzte es ihn? Oder war er davon beeindruckt? Um ehrlich zu sein, er wußte es nicht. Diese Lösung war zu neu, dieses Komplott, das Molinari hinter den Kulissen mit sich selbst geschmiedet hatte. Seine Manipulationen mit den ungeheuren Möglichkeiten, die die

Wiedergeburt bot und die er auf seine unnachahmliche, blitzesschnelle Art genutzt hatte.

„Aber“, wandte Teagarden ein, „das bedeutet, daß ein anderes Zeitkontinuum nun ohne einen UNO-Generalsekretär dasteht. Was ist also gewonnen, wenn ...“

„Jener, den Don Festenburg jetzt zum Leben erwecken wird“, erklärte Eric, „stammt zweifellos von einer Welt, in der der Maulwurf nicht gewählt wurde.“ In der er eine politische Niederlage erlitten hatte und wo jemand anders Generalsekretär geworden war. Mit Sicherheit existierten eine Vielzahl derartiger Welten, wenn man bedachte, wie knapp die Wahl in diesem Universum ausgegangen war.

In dieser Welt würde das Verschwinden des Maulwurfs keine Bedeutung haben, weil er dort einfach ein weiterer in der langen Reihe unterlegener Politiker war oder vielleicht sogar seinen Abschied genommen hatte. Und sich so in der Lage befand, sich auszuruhen und neue Kräfte zu sammeln. Um Premierminister Freneksy entgegenzutreten.

„Es ist bewundernswert“, entschied Eric. Der Maulwurf hatte gewußt, daß sein ausgemergelter Körper irgendwann sterben würde, ohne daß es möglich war, ihn wieder ins Leben zurückzurufen – vor allem, da er die Implantation von künstlichen Organen ablehnte. Und wie gut war schon ein politischer Stratege, der nicht über seinen eigenen Tod hinausdenken konnte? Ohne diese Fähigkeit wäre aus ihm lediglich ein zweiter Hitler geworden, der nicht *gewollt* hatte, daß sein Land ihn überlebte.

Erneut betrachtete Eric das Dokument, das Molinari für sie angefertigt hatte. Es war in der Tat hieb- und stichfest. Rein gesetzlich mußte der nächste Molinari auf jeden Fall erweckt werden.

Und dieser wiederum würde dafür sorgen, daß ihm rechtzeitig ein Nachfolger zur Verfügung stand. Theoretisch konnte das ewig so weitergehen.

Wirklich?

Alle Molinaris in allen Zeitkontinua waren gleich alt. Höchstens weitere dreißig oder vierzig Jahre war der Austausch noch möglich.

Aber das würde ausreichen, die Erde durch den Krieg zu bringen.

Und das war alles, worum es dem Maulwurf ging.

Er versuchte nicht, unsterblich, ein Gott zu werden. Er war einfach daran interessiert, seine Regierungszeit auszuschöpfen. Was Franklin D. Roosevelt in jenem historischen großen Krieg zugestoßen war, würde ihm nicht passieren. Molinari hatte aus den Fehlern der Vergangenheit gelernt. Und unverzüglich, auf typisch piemontesische Weise gehandelt. Er hatte eine bizarre und farbige idiosynkratische Lösung für seine politischen Probleme gefunden.

Dies erklärte, warum die Uniform des UNO-Generalsekretärs und die Zeitung, die Festenburg Eric in einem Jahr in der Zukunft gezeigt hatte – oder zeigen würde – Fälschungen waren.

Ohne diese Lösung hätten sie durchaus echt sein können.

Das allein entschuldigte Molinaris Handlungen.

Eine Stunde später rief ihn Gino Molinari in seine Privaträume.

Mit rosigem Gesicht, humorvoller Miene und bekleidet mit einer nagelneuen Uniform, lehnte sich der Maulwurf in seinem Sessel zurück und bedachte Eric mit einem forschenden Blick. „Also wollten diese Bastarde mich nicht aufwecken", stellte er mit dröhnender Stimme fest. Dann lachte er unvermittelt. „Ich wußte, daß Sie sie dazu zwingen würden, Sweetscent; ich hatte alles genau geplant. Nichts dem Zufall überlassen. Sie glauben mir? Oder glauben Sie, daß es ihnen vielleicht gelungen wäre, so davonzukommen ... vor allem dieser Festenburg ... er ist verflucht durchtrieben, das wissen Sie. Ich traue ihm alle Schandtaten zu." Er rülpste. „Verlassen Sie sich darauf. Nun, soviel zu Don."

„Ich glaube, es wäre ihnen fast gelungen", bemerkte Eric.

„Ja", bestätigte Molinari und war mit einemmal wieder ernst. „Es war alles sehr knapp. Aber so ist das nun eben in der Politik; aber das macht es die Sache erst wert. Wer will schon Sicherheit? Ich nicht. Nebenbei: Diese Videobänder werden doch gesendet. Ich habe den armen Prindle zurück in den Keller geschickt – oder wo er sonst herkommt." Erneut lachte Molinari lauthals.

„Habe ich recht", fragte Eric, „wenn ich annehme, daß Sie in Ihrer Welt ..."

„Das hier ist meine Welt", unterbrach Molinari; er verschränkte die Hände hinter den Kopf, schaukelte hin und her und sah Eric unverwandt an.

„... daß Sie in der Parallelwelt, aus der Sie stammen ..."

„Quatsch!"

„... bei der Wahl zum UNO-Generalsekretär eine Niederlage erlitten haben? Ich bin nur neugierig. Ich habe nicht vor, mit irgend jemandem darüber zu sprechen."

„Falls Sie das tun", versicherte Molinari, „werde ich Sie vom Geheimdienst einbetonieren und im Atlantik versenken lassen. Oder dafür sorgen, daß man Sie im Weltraum aussetzt." Für eine Weile war er still. „Ich bin gewählt worden, Sweetscent, aber diese Mistkerle haben mich mit einem Mißtrauensvotum aus dem Amt geworfen. Haben sich das fein zusammengebastelt. Hatte mit dem Friedensvertrag zu tun. Natürlich hatten sie recht; ich hätte ihn nicht abschließen dürfen. Aber wer *will* denn schon einen Pakt mit vierarmigen leuchtenden Käfern machen, die nicht einmal sprechen können und mit einer Translatorbox wie mit einem Nachttopf durch die Gegend laufen müssen?"

„Sie wissen aber jetzt", erklärte Eric offen, „daß Ihnen keine andere Wahl bleibt. Sie müssen mit den Riegs zu einer Einigung gelangen."

„Sicher. Im nachhinein ist man immer klüger." Die Augen des Maulwurfs waren dunkel und forschend und verrieten hohe Intelligenz. „Was führen Sie im Schilde, Doktor? Heraus mit der Sprache. Spucken Sie's schon aus, wie man im vorigen Jahrhundert zu sagen pflegte."

„In Tijuana erwartet Sie ein Kontaktmann."

„Teufel, ich werde nicht nach Tijuana gehen; es ist eine schmutzige Stadt – dort geht man nur hin, um sich eine dreizehnjährige Bettgespielin zu besorgen. Eine, die sogar noch jünger ist als Mary."

„Dann wissen Sie von Mary?" War sie auch in der Alternativwelt seine Freundin gewesen?

„Er hat uns einander vorgestellt", erklärte Molinari gelassen. „Mein bester Freund; er hat alles arrangiert. Der, den man jetzt begraben wird, oder was man sonst mit seinem Leichnam vorhat. Mir ist es gleich, also hat man ihn fortgeschafft. Ich besitze schon eine Leiche, jene, die in dem Sarg liegt und von Kugeln zerfetzt ist. Sie haben sie ja gesehen. Eine Leiche ist genug; mehr davon würden mich nervös machen."

„Was hatten Sie mit dem Molinari vor, der dem Attentat zum Opfer gefallen ist?"

Molinari entblößte in einem breiten Lächeln seine Zähne. „Sie kommen nicht darauf, wetten? *Er war der erste.* Der Vorgänger des Molinaris, der soeben gestorben ist. Ich bin nicht der zweite, sondern der dritte." Er räusperte sich. „Na schön, erzählen Sie, was Sie arrangiert haben; ich warte."

„Nun", begann Eric, „Sie werden zur TF&D-Zentrale fliegen und Virgil Ackerman besuchen. Das wird kein Mißtrauen erregen. Meine Aufgabe ist es, den Kontaktmann in die Zentrale zu schaffen, so daß er mit Ihnen sprechen kann. Ich glaube, ich werde das auch schaffen. Es sei denn..."

„Es sei denn, Corning, der Topagent der Sternmenschen in Tijuana, erreicht vor Ihnen den Rieg. Hören Sie, ich werde dem Geheimdienst Anweisung geben, sich um ihn zu kümmern; das wird die Sternmenschen für eine Weile beschäftigen und sie davon abhalten, sich den Rieg zu schnappen. Als Vorwand bezichtigen wir sie, Ihre Frau süchtig gemacht zu haben; das wird die Geschichte glaubwürdig machen. Einverstanden? Nein? Ja?"

„Das müßte funktionieren." Er war müde. Dies war ein Tag, dachte er, der nie enden würde; die Last, deren er sich schon entledigt geglaubt hatte, war zurückgekehrt.

„Das scheint Sie alles nicht sehr zu beeindrucken", stellte Molinari fest.

„Im Gegenteil. Ich bin nur erschöpft." Er mußte noch immer nach Tijuana zurückkehren und Di Do Zi aus dem Hotelzimmer holen und in die TF&D-Zentrale schaffen; seine Arbeit war noch nicht beendet.

„Jemand anders", sagte Molinari plötzlich, „könnte Ihren Rieg abholen und ihn zur TF&D schaffen. Nennen Sie mir sein Versteck, und ich werde dafür sorgen, daß alles umgehend erledigt wird. Sie brauchen sich nicht mehr darum zu kümmern; betrinken Sie sich oder suchen Sie sich ein hübsches Mädchen. Oder nehmen Sie JJ-180 und besuchen Sie eine andere Zeitebene. Entspannen Sie sich. Wie ist es mit Ihrer Abhängigkeit? Inzwischen alles erledigt, wie ich es Ihnen gesagt habe?"

„Ja."

Molinari wölbte seine buschigen Augenbrauen. „Ich will verdammt sein. Erstaunlich; ich hätte es nicht für möglich gehalten. Haben Sie das Gegenmittel von Ihrem riegschen Kontaktmann bekommen?"

„Nein. Aus der Zukunft."

„Wie geht der Krieg aus? Ich kann mich nicht wie Sie in die Zukunft bewegen, sondern nur seitwärts, in parallele Gegenwarten."

„Er wird härter werden", erklärte Eric.

„Besetzung?"

„Ja, der Großteil der Erde wird okkupiert."

„Was wird aus mir?"

„Offenbar gelingt es Ihnen, zum 35er Wash zu fliehen. Nachdem Sie lange Widerstand geleistet und den Riegs genug Zeit gegeben haben, Verstärkung herbeizuschaffen."

„Dieser Gedanke gefällt mir nicht", bemerkte Molinari, „aber mir wird wohl nichts anderers übrigbleiben. Was ist mit Ihrer Frau Kathy?"

„Das Gegenmittel…"

„Ich meine Ihre Beziehung zueinander."

„Wir haben uns getrennt. Endgültig."

„In Ordnung." Molinari nickte knapp. „Sie schreiben mir die Adresse auf, wo ich den Rieg finden kann, und im Tausch dafür gebe ich Ihnen einen Namen und eine Adresse." Er griff nach Kugelschreiber und Papier und begann zu schreiben. „Eine Verwandte von Mary. Eine Kusine. Spielt hin und wieder eine kleine Rolle in irgenwelchen Fernsehschnulzen und lebt in Pasadena. Sie ist neunzehn. Zu jung?"

„Es ist illegal."

„Ich helfe Ihnen, wenn es Schwierigkeiten geben sollte." Er gab Eric den Zettel, doch Eric machte keine Anstalten, danach zu greifen. „Was ist los?" brüllte Molinari ihn an. „Hat Ihnen diese Zeitreise-Droge den Verstand geraubt, so daß Sie nicht mehr wissen, daß Sie nur ein einziges kurzes Leben haben, das vor Ihnen liegt und nicht irgendwo neben oder hinter Ihnen? Warten Sie darauf, daß das letzte Jahr zurückkehrt oder was?"

Eric streckte die Hand aus und griff nach dem Zettel. „Sie haben vollkommen recht. Seit langem schon warte ich auf das letzte Jahr. Aber ich vermute, daß es nicht wiederkehren wird."

„Vergessen Sie nicht, ihr zu sagen, daß ich Sie geschickt habe", riet Molinari, und er strahlte über das ganze Gesicht, als Eric den Zettel in seine Brieftasche schob.

Es war Nacht, und Eric wanderte durch die dunkle Straße, die Hände in die Taschen vergraben, und fragte sich, ob er in die richtige Richtung ging. Seit Jahren war er nicht mehr in Pasadena, Kalifornien, gewesen.

Vor ihm reckte sich ein großes Konapgebäude wie ein viereckiger Steinberg in die Höhe, und es war heller als der Hintergrund, und die Fenster waren wie die Augen eines großen Kürbisses. Augen, dachte Eric, sind die Fenster der Seele, aber ein Konap ist ein Konap. Was erwartete ihn dort drinnen? Ein herrschsüchtiges – oder vielleicht doch nicht so herrschsüchtiges – schwarzhaariges Mädchen, dessen Ehrgeiz es war, in einminütigen Bier- und Zigaretten-Werbespots auf dem Fernsehschirm zu erscheinen – oder wovon auch immer Molinari gesprochen hatte? Jemand, der dir wieder auf die Beine hilft, wenn es dir schlechtgeht, wenn die Ehe dich krank gemacht, und der dir Schutz und Unterstützung gewährt?

Er dachte an Phyllis Ackerman, an ihr Gespräch im 35er Wash, das gar nicht so lange her war. Falls ich wirklich die Muster ändern will, die die Matrix meines Lebens bestimmen, dachte er, dann brauche ich nur sie zu nehmen; Phyllis ist Kathy ähnlich genug, um mir zu gefallen. Wie wir beide wissen. Und sie unterscheidet sich dennoch genug von ihr, so daß es scheinen würde – ich sage scheinen –, als sei sie etwas Neues in meinem Leben. Aber mit einemmal dachte er: Dieses Mädchen hier in Pasadena – ich habe sie mir nicht ausgesucht. Gino Molinari hat es für mich getan. Also wird die Matrix vielleicht hier durchbrochen, so daß ich sie ändern kann. So daß ich die Möglichkeit habe, etwas zu beginnen, das nicht nur neu erscheint, sondern neu ist.

Er näherte sich dem Vordereingang des Konapgebäudes, holte den Zettel hervor, merkte sich den Namen, endeckte den richtigen Knopf unter den zahllosen anderen auf der großen Messingplatte und drückte ihn lange und energisch in die Vertiefung, wie es Gino Molinari wohl auch gemacht hätte.

Schließlich drang eine geisterhafte Stimme aus dem Lautsprecher, und ein winziges Bild erschien auf dem Monitor, der in der Wand über den Klingeln eingebaut war. „Ja? Wer ist da?“ Das absurd kleine Bild machte es unmöglich, die Gesichtszüge des Mädchens zu erkennen; er konnte absolut nichts über ihr Aussehen sagen. Ihre Stimme jedenfalls klang vollkehlig und, trotz der nervösen Vorsicht eines ungebundenen Mädchens, das allein lebte, angenehm warm.

„Gino Molinari hat mich gebeten, Sie aufzusuchen“, erklärte Eric und schob die Verantwortung auf den Fels, von dem alle abhängig waren auf der kollektiven Reise durch das Leben.

„Oh!“ Sie klang verwirrt. *„Mich* aufzusuchen? Sind Sie sicher, daß ich die betreffende Person bin? Ich habe ihn nur einmal getroffen und auch das nur durch Zufall.“

„Darf ich für einen Augenblick hineinkommen, Miss Garabaldi?“ fragte Eric.

„Garabaldi ist mein alter Name“, erklärte das Mädchen. „Der Name, unter dem ich beim Fernsehen arbeite, lautet Garry. Patricia Garry.“

„Lassen Sie mich nur für einen Moment hinein“, sagte Eric. „Bitte.“ Er wartete.

Die Tür summte; er stieß sie auf und betrat das Foyer. Er erreichte den Aufzug, fuhr hinauf in den fünfzehnten Stock und stand einen

Moment später vor ihrer Tür und wollte gerade anklopfen, als er bemerkte, daß sie bereits einladend offen war.

Bekleidet mit einer geblümten Schürze, das lange schwarze Haar auf ihrem Rücken zu zwei Zöpfen geflochten, kam ihm Patricia Garry entgegen und lächelte ihn an; sie besaß ein scharfgeschnittenes Gesicht, das sich zu einem makellosen Kinn verjüngte, und ihre Lippen waren so dunkel, daß sie fast schwarz wirkten. Jede Einzelheit ihres Antlitzes war so sorgfältig und präzise geformt, daß es wie ein neuer Versuch für die Perfektionierung der menschlichen Symmetrie und Balance wirkte. Er verstand nun, warum sie zum Fernsehen gegangen war; derartige Gesichtszüge, selbst wenn sie nur in der geheuchelten Begeisterung bei einem gestellten Biergelage am kalifornischen Meeresstrand erglühten, würden jeden Zuschauer faszinieren. Sie war nicht nur schön; sie war auffallend und verschwenderisch einzigartig, und als er sie ansah, wußte er, daß sie eine lange und steile Karriere vor sich hatte, falls der Krieg es nicht verhinderte.

„Hallo“, sagte sie freundlich. „Wer sind Sie?“

„Eric Sweetscent. Ich gehöre zum medizinischen Stab des Generalsekretärs.“ Oder hatte dazugehört, dachte er. Jedenfalls noch zu Beginn dieses Tages. „Können wir zusammen eine Tasse Kaffee trinken und uns unterhalten? Es würde mir sehr viel bedeuten.“

„Was für eine seltsame Begrüßung“, bemerkte Patricia Garry. „Aber warum nicht?“ Sie drehte sich herum, so daß sich ihre weite mexikanische Bluse bauschte, während sie durch den Flur schritt. Eric folgte ihr in die Küche. „Ich habe gerade das Wasser aufgesetzt. Warum hat Mr. Molinari Ihnen gesagt, Sie möchten mich aufsuchen? Aus irgendeinem besonderen Grund?“

Konnte ein Mädchen so aussehen und trotzdem nicht wissen, daß sie allein schon einen besonderen Grund darstellte? „Nun“, erwiderte er, „ich lebe in Kalifornien, in San Diego.“ Und ich glaube, dachte er, ich arbeite in Tijuana. Endlich wieder. „Ich bin Transplantchirurg, Miss Garry. Oder Pat. Ist es in Ordnung, wenn ich Pat zu Ihnen sage?“ Er setzte sich an den niedrigen Tisch, faltete die Hände und stützte sich mit den Ellbogen auf die harte, unregelmäßige Tischplatte aus dem Holz des Mammutbaums.

„Wenn Sie ein Transplantchirurg sind“, fragte Patricia Garry, während sie die Tassen aus dem Hängeschrank über der Spüle nahm, „warum befinden Sie sich dann nicht auf den Militärsatelliten oder in den Frontkrankenhäusern?“

Er spürte, wie die Welt um ihn herum zusammenbrach. „Ich weiß es nicht", gestand er.

„Sie wissen, daß Krieg herrscht." Sie drehte ihm den Rücken zu und fuhr fort: „Der Junge, zu dem ich eine Beziehung unterhielt, wurde verstümmelt, als eine Riegbombe seinen Kreuzer traf. Er befindet sich noch immer im Krankenhaus seines Stützpunktes."

„Was kann ich anderes dazu sagen", entgegnete er, „als daß Sie den Finger auf die offene Wunde gelegt haben. Mein Leben ist anders verlaufen, als es eigentlich hätte sein sollen."

„Nun, wem geben Sie die Schuld daran? Allen anderen?"

„Damals schien es mir", gestand er, „daß ich zu dem Krieg beitrug, indem ich Gino Molinari am Leben erhielt." Aber schließlich hatte er nur kurz für Molinari gearbeitet, und er hatte sich nicht selbst um diese Stellung bemüht, sondern sie war ihm durch Virgil Ackerman besorgt worden.

„Ich bin nur neugierig", erklärte Patricia. „Ich dachte nur immer, ein guter Transplantchirurg würde zur Front *wollen,* wo genug Arbeit auf ihn wartet." Sie goß Kaffee in die beiden Plastiktassen ein.

„Ja", sagte er nur, und er kam sich unnütz vor. Sie war neunzehn, halb so alt wie er, und trotzdem wußte sie besser als er, was richtig war und was man tun sollte. Mit diesem Einblick in das Leben hatte sie sicherlich auch ihre Karriere bis zur winzigsten Kleinigkeit geplant. „Möchten Sie, daß ich gehe?" fragte er. „Dann sagen Sie es ruhig."

„Sie sind doch eben erst angekommen; natürlich möchte ich nicht, daß Sie gehen. Mr. Molinari hätte Sie nicht hierhergeschickt, gäbe es nicht einen guten Grund dafür." Kritisch musterte sie ihn, als sie sich ihm gegenüber an den Tisch setzte. „Ich bin Mary Reinekes Kusine; wußten Sie das?"

„Ja", nickte er. Und du bist genauso stark wie sie, dachte er. „Pat", brach es aus ihm hervor, „Sie können mich beim Wort nehmen, daß ich heute etwas vollbracht habe, das jeden von uns betrifft, auch wenn es nichts mit meinen ärztlichen Aufgaben zu tun hat. Glauben Sie mir das? Wenn ja, dann können wir von diesem Punkt aus weitermachen."

„Wenn Sie es sagen", nickte sie mit der Nonchalance eines neunzehnjährigen Mädchens.

„Haben Sie heute Molinaris Fernsehauftritt gesehen?"

„Ja. Es war sehr interessant; er wirkte soviel größer."

„Größer." Ja, dachte er, das war der richtige Ausdruck.

„Es tat gut zu sehen, daß er seine alte Tatkraft zurückgewonnen hat.

Aber ich muß zugeben, all dieses politische Gerede, Sie wissen schon, diese aufdringlich klingenden Belehrungen, die er mit funkelnden Augen von sich gibt – es ermüdet mich. Ich habe schließlich den Plattenspieler eingeschaltet.“ Sie stützte ihr Kinn auf ihre Hand. „Wissen Sie was? Es langweilt mich zu Tode.“

Im Wohnzimmer klingelte das Videofon.

„Entschuldigen Sie mich.“ Pat Garry erhob sich und verließ die Küche. Er saß stumm da, ohne an etwas Bestimmtes zu denken und von einer unbestimmten Müdigkeit erfüllt, und dann kehrte sie auch schon wieder zurück. „Für Sie. Sie sind doch Dr. Eric Sweetscent, oder?“

„Wer ist es denn?“ Mühsam stand er auf und spürte, wie sein Herz heftig pochte.

„Das Weiße Haus in Cheyenne.“

Er trat ans Videofon. „Hallo. Dr. Sweetscent am Apparat.“

„Einen Moment, bitte.“ Der Bildschirm wurde grau. Kurz darauf erschien Gino Molinari.

„Nun, Doktor“, begann Molinari grußlos, „es hat Ihren Rieg erwischt.“

„Mein Gott“, sagte er.

„Als meine Leute dort eintrafen, fanden sie nur einen großen toten Käfer. Einer von den Sternagenten muß beobachtet haben, wie Sie mit ihm das Hotel betraten. Schade, daß sie ihn nicht direkt zur TF&D geschafft haben. Statt in dieses Hotel.“

„Ja, es wäre besser gewesen.“

„Hören Sie“, fuhr Molinari hastig fort, „ich habe Sie angerufen, weil ich wußte, daß es Sie interessieren würde. Aber geben Sie nicht sich selbst die Schuld; diese Sternmenschen sind hervorragende Könner. Es hätte jedem passieren können.“ Er beugte sich näher zur Aufnahmekamera seines Videofons und sprach eindringlich weiter. *„Aber das ist nicht so wichtig;* es gibt noch andere Möglichkeiten, Kontakt mit den Riegs aufzunehmen, drei oder vier verschiedene Wege – und wir kümmern uns bereits darum.“

„Wäre es nicht besser, dies nicht am Videofon zu erwähnen?“

„Freneksy und seine Leute haben soeben fluchtartig die Erde verlassen und sind zum Lilistern zurückgekehrt. Verlassen Sie sich darauf, Sweetscent, *sie wissen Bescheid.* Unser Problem ist also, so schnell wie möglich zu handeln. Wir gehen davon aus, daß wir binnen zwei Stunden Verbindung mit einem Regierungssender der Riegs aufgenommen haben; notfalls strahlen wir unser Verhandlungsangebot auf allen Frequenzen aus, selbst wenn der Lilistern dadurch mithören kann." Er sah auf seine Armbanduhr. „Ich muß auflegen, aber ich halte Sie auf dem laufenden." Der Monitor wurde dunkel. Geschäftig, in hektischer Hast, hatte sich Molinari seinen nächsten Aufgaben zugewandt. Er hatte keine Zeit, sich weiter mit Eric zu unterhalten. Und dann, unvermittelt, erhellte sich der Bildschirm wieder; erneut flammte Molinaris Gesicht auf. „Denken Sie daran, Doktor, Sie haben Ihre Aufgabe erledigt; Sie haben sie dazu gezwungen, meinen letzten Willen zu erfüllen, dieses zehnseitige Dokument, das sie hin und her schoben, als Sie eintrafen. Ohne Sie wäre ich jetzt nicht hier; ich habe Ihnen das schon einmal gesagt, und ich möchte nicht, daß Sie das vergessen – ich habe nicht die Zeit, dies immer und immer wieder zu sagen." Er lächelte kurz, und erneut verschwand er vom Bildschirm. Und diesmal blieb das Videofon dunkel.

Aber ein Fehler bleibt ein Fehler, dachte Eric. Er kehrte in Pat Garrys Küche zurück und setzte sich wieder an seine Kaffeetasse. Keiner von ihnen sagte etwas. Weil ich es verpfuscht habe, erkannte er, verfügen die Sternmenschen nun über genug Zeit, ihre Vorbereitungen zu treffen und mit allem, was sie haben, über die Erde herzufallen. Millionen Menschenleben, vermutlich Jahre der Besetzung – das ist der Preis, den wir alle dafür bezahlen müssen. Weil es mir heute früh als eine gute Idee erschien, Di Do Zi in ein Zimmer im Cäsar-Hotel statt direkt zur TF&D zu bringen. Doch dann dachte er: In der TF&D-Zentrale besitzen sie ebenfalls mindestens einen Agenten; wahrscheinlich hätten sie ihn dort auch erwischt.

Was nun, fragte er sich.

„Vielleicht haben Sie recht, Pat", wandte er sich an das Mädchen. „Vielleicht sollte ich wirklich Militärarzt werden und in einem Stützpunktkrankenhaus nahe der Front arbeiten."

„Ja, warum nicht?" erwiderte sie.

„Aber", fuhr er fort, „es wird nicht mehr lange dauern, und das wissen Sie noch nicht, dann befindet sich die Front hier auf der Erde."

Sie wurde bleich und versuchte zu lächeln. „Warum?"

„Politik. Das Auf und Ab des Krieges. Die Unzuverlässigkeit der Verbündeten. Die Alliierten von heute sind die Feinde von morgen. Und umgekehrt." Er leerte die Kaffeetasse und erhob sich. „Viel Glück, Pat, für Ihre Fernsehkarriere und für ihr ganzes, gerade begonnenes, junges Leben. Ich hoffe, daß Sie nicht allzuviel unter dem Krieg zu leiden haben." Der Krieg, den ich zur Erde geholt habe, dachte er. „Leben sie wohl."

Sie blieb am Küchentisch sitzen, trank ihren Kaffee und sagte nichts, als er durch den Korridor zur Tür ging, sie öffnete und sie dann hinter sich schloß. Sie hatte ihm nicht einmal auf Wiedersehen gesagt; sie war zu verängstigt, zu gelähmt von der Neuigkeit gewesen, die er ihr mitgeteilt hatte.

Trotzdem vielen Dank, Gino, dachte er, während er mit dem Lift hinunter ins Erdgeschoß fuhr. Es war eine gute Idee; es ist nicht dein Fehler, daß es nicht geklappt hat. Sie hat nur dazu geführt, daß ich jetzt weiß, wie wenig Gutes ich erreicht und wieviel Schaden ich der Welt zugefügt habe.

Er wanderte durch die dunklen Straßen von Pasadena, bis er ein Taxi entdeckte und es heranwinkte. Es hielt neben ihm, und er stieg ein, und dann fragte er sich, wohin er sich wenden sollte.

„Sie meinen", erkundigte sich das Taxi, „Sie wissen nicht, wo Sie wohnen, Sir?"

„Bring mich nach Tijuana", erklärte er plötzlich.

„Ja, Sir", erwiderte das Taxi und schoß mit großer Geschwindigkeit in Richtung Süden davon.

14

Nacht über Tijuana.

Ziellos wanderte er umher, schlurfte über den Bürgersteig, vorbei an den Neonreklamen der schmalen, barackenähnlichen Geschäfte, lauschte dem Geschrei der mexikanischen Händler und genoß wie immer die Geschäftigkeit und das sinnlose, nervöse Hupen der Flitzer und Automatentaxen und der altmodischen turbinenbetriebenen Bodenautos, die in den USA hergestellt und irgendwie vor ihrer Verschrottung über die Grenze gebracht worden waren.

„Ein Mädchen, Mister?" Ein Junge, kaum älter als elf Jahre, zupfte Eric am Ärmel. „Meine Schwester; sie ist erst sieben und hat noch nie in ihrem Leben mit einem Mann geschlafen; ich versichere Ihnen vor Gott, daß Sie garantiert der erste sein werden."

„Wieviel?" fragte Eric.

„Zehn Dollar plus die Kosten für das Zimmer; im Namen Gottes, es muß in einem Zimmer stattfinden; auf der Straße wird die Liebe zu etwas Schmutzigem; Sie können es nicht hier draußen tun und danach noch sich selbst achten."

„Eine Feststellung", stimmte Eric zu. Aber er ging weiter.

In der Nacht verschwanden die Robameisen-Händler mit ihren riesigen, unnützen, maschinengefertigten Teppichen und Körben, ihren Karren voller landeseigener Spezialitäten; die Tagmenschen von Tijuana zogen sich zusammen mit den wohlgenährten amerikanischen Touristen zurück, um Platz zu machen für die Nachtmenschen. Eilige Männer schoben sich an ihm vorbei; ein Mädchen in einem engen Rock und einer dünnen Bluse passierte seinen Weg und preßte sich kurz an ihn ... als ob zwischen uns beiden eine dauerhafte Verbindung besteht, die unser ganzes Leben durchdringt, dachte er, und dieser kurze Hitzeaustausch durch die Berührung unserer Körper drückt das tiefstmögliche Verständnis zwischen uns beiden aus. Das Mädchen ging weiter und verschwand. Kleine kräftige Mexikaner, Jugendliche, die tief ausgeschnittene Pelzpullover trugen, gingen direkt auf ihn zu, und ihre Münder standen offen, als würden sie beständig nach Luft schnappen. Vorsichtshalber trat er zur Seite.

In einer Stadt, wo alles erlaubt ist, dachte er, und nichts Bedeutung erlangt, wird man zurück in seine Kindheit versetzt. Umgeben von seinen Bauklötzen und Spielzeugen, wo sich das ganze Universum in Griffweite befindet. Der Preis dafür ist hoch: Er besteht aus dem Verlust des Erwachsenseins. Und trotzdem gefiel es ihm hier. Die Geräusche und Bewegungen repräsentierten das wahre Leben. Es gab Menschen, die dies alles für böse hielten; er dachte anders darüber. Die Menschen, die dieser Meinung waren, hatten unrecht. Die rastlosen, umherirrenden Männer, die auf der Suche nach Gott-weiß-was waren, nach etwas, das sie selbst nicht einmal benennen konnten: Ihre Anstrengungen waren wie die des ursprünglichen Protoplasmas selbst. Diese irritierend sinnlose Unrast hatte einst das Leben aus dem Meer ans Land getrieben; und jetzt, wo sie Kreaturen des Landes waren, streiften sie noch immer umher und bewegten sich ziellos durch die Straßen. Und er gehörte zu ihnen.

Vor ihm befand sich ein Tätowiersalon, modern und rationell eingerichtet, beleuchtet von einer Wand aus glosender Energie, und in ihm arbeitete der Tätowierer mit seinen elektrischen Nadeln, die nicht die Haut berührten, sondern nur dicht über sie hinwegglitten. Wie wäre es damit, fragte sich Eric. Was könnte ich mir einbrennen lassen, welches Motto oder welches Bild würde mir in diesen ungewöhnlichen Zeiten der Bedrohung Trost spenden? In diesen Zeiten, wo wir darauf warten, daß die Sternmenschen erscheinen und alles übernehmen? Hilflos und ängstlich wie wir sind, werden wir alle unsere Männlichkeit verlieren.

Er betrat den Tätowiersalon, nahm Platz und fragte: „Können Sie auf meiner Brust etwas wie ...“ Er zögerte. Der Tätowierer arbeitete an seinem Kunden weiter, einem kräftigen UNO-Soldaten, der blicklos vor sich hin starrte. „Ich möchte ein Bild“, entschied Eric.

„Schauen Sie den Katalog an.“ Er reichte Eric eine große Mappe; er schlug sie auf. Frauen mit vier Brüsten, und jede Brust gab einen ganzen Satz von sich. Nein, so etwas nicht; er blätterte weiter. Raketenschiffe, aus deren Heckdüsen Rauch quoll. Nein. Sie erinnerten ihn an sein 2056er Selbst, das er enttäuscht hatte. *Ich bin für die Riegs,* entschied er dann. Tätowiere mir diesen Spruch ein, damit ihn die Militärpolizei des Lilisterns entdeckt.

Selbstmitleid, dachte er. Oder nicht? Nun, es spielte keine Rolle.

„Nun, haben Sie sich entschieden?“ fragte ihn der Tätowierer, der inzwischen mit dem anderen Kunden fertig war.

„Ich möchte“, erklärte Eric, „daß Sie mir folgenden Satz auf die Brust schreiben: ‚Kathy ist tot.‘ Klar? Wieviel wird das kosten?“

„‚Kathy ist tot‘“, wiederholte der Tätowierer. „Woran ist sie gestorben?“

„Am Korsakow-Syndrom.“

„Soll ich das ebenfalls schreiben? Kathy ist tot, gestorben an – wie wird das buchstabiert?“ Der Tätowierer nahm Papier und Bleistift zur Hand. „Ich möchte es richtig machen.“

„Gibt es hier in der Gegend Drogen zu kaufen?“ fragte Eric. „Sie wissen schon, richtige Drogen.“

„Auf der gegenüberliegenden Straßenseite in der Apotheke.“

Er verließ den Tätowiersalon und überquerte die Straße. Die Apotheke machte einen altmodischen Eindruck, und im Schaufenster waren Schuheinlagen und Bandagen und Parfümfläschchen ausgestellt. Eric öffnete die Tür und trat an die Theke.

„Ja, Sir?“ Ein grauhaariger, respektabel und tüchtig wirkender Mann in einem weißen Kittel sah ihn abwartend an.

„JJ-180“, erklärte Eric. Er legte einen Fünfzig-Dollar-Schein auf den Ladentisch. „Drei oder vier Kapseln.“

„Das macht einhundert Dollar.“ Rein geschäftlich, ohne Anteilnahme.

Er holte noch zwei Zwanziger und zwei Fünfer hervor. Der Apotheker verschwand. Als er zurückkehrte, hielt er eine Glasphiole in der Hand und legte sie vor Eric auf die Theke; er nahm die Scheine und deponierte sie in seiner altertümlichen Registrierkasse. „Danke“, sagte Eric. Er steckte die Phiole ein und verließ die Apotheke.

Dann wandte er sich in die Richtung, in der er das Cäsar-Hotel vermutete. Als er es erreichte, begab er sich zum Portier. Er schien der gleiche Mann zu sein, der ihn und Di Do Zi früher am Tag bedient hatte. Ein Tag, dachte Eric, der viele Jahre lang gedauert hat.

„Erinnern Sie sich noch an den Rieg, mit dem ich hierherkam?“ fragte er den Portier.

Der Portier sah ihn schweigend an.

„Ist er noch immer hier?“ fuhr Eric fort. „Wurde er wirklich von Corning, dem Sternbastard in diesem Gebiet, in Stücke geschnitten? Zeigen Sie mir das Zimmer. Ich möchte es nehmen.“

„Sie müssen im voraus zahlen, Sir.“

Er zahlte, nahm den Schlüssel und fuhr mit dem Aufzug hinauf in den richtigen Stock; er folgte dem mit dunklen Teppichen ausgelegten leeren Korridor bis zur Tür des Hotelzimmers, schloß es auf, trat ein und tastete nach dem Lichtschalter.

Es wurde hell, und er sah nichts; das Zimmer war leer. Als sei der Rieg nur fortgegangen. Er hat recht gehabt, dachte Eric, als er mich bat, ihn zurück in das Kriegsgefangenenlager zu bringen; er hat es die ganze Zeit gewußt. Gewußt, wie er enden würde.

Er stand da und stellte fest, daß das Zimmer ihm Angst einflößte.

Er öffnete die Glasphiole, nahm eine Kapsel JJ-180 heraus, legte sie auf den Tisch und schnitt sie mit einem Zehncentstück in drei Teile. Er entdeckte eine gefüllte Wasserkaraffe, spülte ein Drittel der Kapsel hinunter, trat ans Fenster und begann zu warten.

Es wurde Tag. Er befand sich noch immer in dem Hotelzimmer, doch es war Zeit vergangen, obwohl er nicht wußte, wieviel. Monate? Jahre? Der Raum wirkte unverändert, aber wahrscheinlich würde er immer so aussehen; er war ewig und statisch. Er verließ das Zimmer, fuhr hinunter in die Hotelhalle und bat am Zeitschriftenstand neben der Rezeption um eine Zeitung. Die Verkäuferin, eine dicke Mexikanerin, reichte ihm die neueste Ausgabe der *Los Angeles Times;* er stellte fest, daß er zehn Jahre in die Zukunft versetzt worden war. Man schrieb den 15. Juni 2065.

Also hatte er die richtige Dosis JJ-180 genommen.

Er ging in eine Videofonzelle, warf eine Münze in den Apparat und wählte die Nummer der Tijuana Fur & Dye Corporation. Es war Mittag.

„Ich möchte mit Mr. Virgil Ackerman sprechen."

„Wie ist Ihr Name?"

„Dr. Eric Sweetscent."

„Ja, natürlich Mr. Sweetscent. Einen Moment, bitte." Der Bildschirm flackerte, und dann erschien Virgils Gesicht, und es war noch immer so vertrocknet und faltig wie immer und hatte sich nicht im geringsten verändert.

„Ich will verdammt sein! Eric Sweetscent! Wo, zum Teufel, stecken Sie, Bursche? Teufel auch, es muß ... wie lange ist es her? Drei Jahre? Vier? Wie steht es in ..."

„Was ist mit Kathy?" fragte er.

„Bitte?"

„Ich will wissen, was mit meiner Frau ist. Wie ist ihr Gesundheitszustand? Wo befindet sie sich?“

„Sie meinen Ihre Ex-Frau.“

„In Ordnung“, nickte er. „Meine Ex-Frau.“

„Woher soll ich das wissen, Eric? Seit sie hier gekündigt hat, habe ich sie nicht mehr gesehen, und das ist – das wissen Sie doch – schon sechs Jahre her. Kurz nach dem Wiederaufbau. Kurz nach dem Krieg.“

„Sagen Sie mir alles, was mir helfen könnte, sie zu finden.“

Virgil dachte nach. „Nun, Herrgott – Eric, Sie wissen doch, wie sich ihr Zustand verschlechterte. Diese psychopathischen Wutanfälle ...“

„Ich weiß nichts davon.“

Virgil wölbte die Augenbrauen. „Sie haben doch die Überweisungspapiere unterschrieben.“

„Sie meinen, sie befindet sich jetzt in einer Anstalt? Noch immer?“

„Wie Sie mir selbst erklärten, handelte es sich um eine irreversible Hirnschädigung. Hervorgerufen durch diese giftigen Drogen, die sie genommen hat. Also nehme ich an, daß sie sich noch in der Anstalt befindet. Vermutlich in San Diego. Ich glaube, Simon Ild hat es irgendwann einmal erwähnt; soll ich ihn fragen? Er sagte, er hätte jemanden getroffen, der einen Freund in einem psychiatrischen Krankenhaus nördlich von San Diego besuchte und ...“

„Fragen Sie ihn.“ Er wartete, während Virgil auf einer anderen Leitung mit Simon sprach.

Schließlich wurde das längliche, bekümmerte Antlitz seines ehemaligen Lageristen auf dem Monitor sichtbar. „Sie wollen wissen, was mit Kathy geschehen ist“, sagte Simon Ild grußlos. „Ich werde Ihnen sagen, was mir ein Freund erzählt hat. Er hat sie im Edmund-G.-Brown-Krankenhaus für Neuropsychiatrie getroffen; damals litt er an einem Nervenzusammenbruch, wie Sie es bezeichnen würden.“

„Das würde ich zwar nicht“, brummte Eric, „aber fahren Sie fort.“

„Sie besaß keine Selbstkontrolle mehr“, berichtete Simon. „Ihre Wutanfälle, ihre selbstzerstörerischen Sauftouren, bei denen sie alles kurz und klein schlug, traten immer häufiger auf. Man lieferte sie ein und setzte sie unter Phenothiazin, und das half ihr zu Anfang, wie sie meinem Freund selbst sagte, doch schließlich nützte selbst die größte Dosis Phenothiazin nichts mehr. Ich schätze, es lag an einer Schädigung ihres vorderen Gehirnlappens. Und sie hatte Schwierigkeiten, sich zu erinnern. Und Verfolgungswahn; sie glaubte, daß jeder gegen sie war und versuchen würde, sie zu verletzen ... keine großartige Paranoia, sondern eher eine unentwegte Reizbarkeit, die dazu führte, daß sie alle Leute bezichtigte, ihr etwas vorzuheucheln, ihr etwas zu verschweigen – sie beschuldigte wirklich jeden." Er schloß: „Sie hat auch über Sie gesprochen."

„Was hat sie gesagt?"

„Sie hat Ihnen und diesem Psychiater – wie war doch gleich sein Name? – vorgeworfen, Sie in das Krankenhaus hineingebracht zu haben, um sie nie wieder hinauszulassen."

„Weiß sie, warum wir das getan haben?" Warum wir das tun mußten, dachte er.

„Sie sagte, *sie* liebte Sie, aber Sie wollten sie loswerden, um eine andere zu heiraten. Und Sie hätten geschworen, damals, als Sie sich scheiden ließen, daß es keine andere Frau gäbe."

„In Ordnung", nickte Eric. „Danke, Simon." Er unterbrach die Verbindung und rief dann das Edmund-G.-Brown-Krankenhaus für Neuropsychiatrie in San Diego an.

„Edmund-G.-Brown-Krankenhaus für Neuropsychiatrie", leierte eine nervöse, überarbeitete Frau mittleren Alters herunter, die in der Telefonzentrale des Krankenhauses saß.

„Ich möchte mich nach Mrs. Katherine Sweetscents Befinden erkundigen", sagte Eric.

„Einen Moment, Sir." Die Frau sah in ihren Unterlagen nach und leitete dann das Gespräch zu einer der Stationen weiter; Eric erblickte eine junge Frau, die statt der weißen Schwesterntracht ein normales geblümtes Wollkleid trug.

„Mein Name ist Dr. Eric Sweetscent. Wie ist Mrs. Katherine Sweetscents Befinden? Macht sie irgendwelche Fortschritte?"

„Seit Ihrem letzten Anruf vor zwei Wochen, Doktor, hat sich keine Veränderung ergeben. Aber ich werde auf jeden Fall ihre Akte holen." Die Frau verschwand vom Monitor.

Großer Gott, dachte Eric. Seit zehn Jahren schon kümmere ich mich um sie; wird es den Rest meines Lebens so weitergehen?

Die Krankentechnikerin kehrte zurück. „Sie wissen, daß Dr. Bramelman die neue Gloser-Klein-Einheit zur Behandlung von Mrs. Sweetscent einsetzt – um das Gehirngewebe zu veranlassen, sich aus eigener Kraft zu regenerieren. Aber bisher..." Sie blätterte in den Unterlagen. „Die Ergebnisse sind nicht sehr vielversprechend. Ich würde vorschlagen, daß Sie uns noch einmal in einem oder besser in zwei Monaten anrufen. Vorher ist mit einer Besserung nicht zu rechnen."

„Aber es könnte damit funktionieren", bemerkte er. „Mit diesem neuen Gerät, das Sie erwähnt haben." Er hatte nie zuvor davon gehört; offensichtlich war es eine Erfindung der Zukunft. „Ich meine, es besteht doch noch immer Hoffnung?"

„Oh, ja, Doktor. Es besteht bestimmt Hoffnung." Sie sagte es in einem solchen Tonfall, daß er den Eindruck hatte, es handele sich lediglich um eine philosophische Antwort; es besteht in jedem Fall Hoffnung, soweit es sie betraf. Also bedeutete ihre Versicherung so gut wie nichts.

„Danke." Und dann bat er noch: „Sehen Sie doch bitte in Ihren Unterlagen nach, welchen Arbeitsplatz ich angegeben habe. Ich mußte kürzlich die Stellung wechseln, so daß der Vermerk inzwischen bereits überholt sein kann."

Nach einer Pause informierte ihn die Krankentechnikerin: „Hier steht, daß Sie als Cheftransplantchirurg für die Kaiser-Stiftung in Oakland arbeiten."

„Das ist richtig", bestätigte Eric. Und legte auf.

Er besorgte sich die Nummer von der Auskunft und stellte eine Verbindung mit der Kaiser-Stiftung in Oakland her.

„Ich möchte Dr. Sweetscent sprechen."

„Wer ist am Apparat, bitte?"

Einen Moment lang war er um eine Antwort verlegen. „Sagen Sie ihm, sein jüngerer Bruder."

„Ja, Sir. Einen Moment, bitte."

Sein Gesicht, sein älteres, ergrautes Gesicht, erschien auf dem Bildschirm. „Hallo."

„Hallo", sagte Eric. Er wußte nicht genau, wie er sich verhalten sollte. „Störe ich dich bei einer wichtigen Arbeit?" Sein um zehn Jahre älteres Selbst sah nicht schlecht aus. Irgendwie würdevoll.

„Nein, sprich nur. Ich habe deinen Anruf erwartet; ich erinnere mich. Du hast soeben mit dem Edmung-G.-Brown-Krankenhaus für Neuropsychiatrie telefoniert und von der Gloser-Klein-Einheit erfahren. Ich werde dir etwas sagen, was die Krankentechnikerin nicht erwähnt hat. Die Gloser-Klein-Einheit stellt das einzige Gehirn-Transplantat dar, das man bisher hat entwickeln können. Sie ersetzt teilweise den vorderen Hirnlappen; sobald sie eingesetzt wird, muß die betreffende Person die Einheit für den Rest ihres Lebens tragen. *Falls* sie hilft. Um ehrlich zu dir zu sein, es hätte eigentlich schon eine Besserung eintreten müssen."

„Also glaubst du nicht, daß es funktioniert."

„Nein," erklärte der ältere Dr. Sweetscent.

„Meinst du, wenn wir uns nicht von ihr geschieden hätten..."

„Es hätte keinen Unterschied bedeutet. Unsere Tests... nun, du kannst mir glauben."

Also würde selbst das nichts helfen, erkannte Eric. Selbst wenn ich für den Rest meines Lebens bei ihr bleiben würde. „Ich weiß deine Hilfe zu schätzen", sagte er. „Und ich finde es interessant – ich glaube, das ist das richtige Wort –, daß du dich noch immer um sie kümmerst."

„Gewissen ist Gewissen. Auf eine Art hat uns die Scheidung noch mehr dazu verpflichtet, uns um ihr Wohlergehen zu kümmern. Weil sich kurz darauf ihr Zustand so sehr verschlimmerte."

„Gibt es *irgendeinen* Ausweg?" erkundigte sich Eric.

Der ältere Eric Sweetscent, der des Jahres 2056, schüttelte den Kopf.

„Na schön", sagte Eric. „Danke, daß du ehrlich zu mir gewesen bist."

„Wie du selbst sagst, solltest du immer ehrlich zu dir selbst sein." Er fügte hinzu: „Viel Glück bei den Einlieferungsvorbereitungen; es wird schwer für dich werden. Allerdings hast du noch eine Weile Zeit damit."

„Wie ist es mit dem Krieg weitergegangen – vor allem nach der Übernahme der Erde durch die Sternmenschen?"

Der ältere Eric Sweetscent lächelte. „Teufel auch, du bist zu sehr mit deinen eigenen Schwierigkeiten beschäftigt, um es zu merken. Krieg? Welcher Krieg?"

„Lebe wohl", sagte Eric und legte auf.

Er verließ die Videofonzelle. Er hat recht, dachte er. Wäre ich vernünftig ... aber ich bin es nicht. Die Sternmenschen basteln vermutlich derzeit an einem Notfallplan und bereiten sich darauf vor loszuschlagen. Ich weiß es, und trotzdem fühle ich es nicht. Ich fühle ...

Todessehnsucht, dachte er.

Warum nicht? Gino Molinari hat aus seinem Tod ein Instrument der Politik gemacht; er hat seine Gegner damit überlistet, und er wird es vermutlich wieder tun. Natürlich, erkannte er, habe ich nicht etwas Derartiges im Sinn; ich muß niemanden überlisten. Viele Menschen werden infolge der Invasion ihr Leben verlieren: warum nicht einer mehr? Wem entsteht dadurch Schaden? Wen interessiert es schon? Er dachte: Diese zukünftigen Eric Sweetscents werden deswegen vor Wut aufheulen, aber das ist mir egal. Mir können sie gestohlen bleiben. Und abgesehen davon, daß ihre Existenz von meiner abhängt, denken sie genauso über mich. Vielleicht, sagte er sich, ist dies das Problem. Nicht mein Verhältnis zu Kathy, sondern mein Verhältnis zu mir selbst.

Er verließ die Halle des Cäsar-Hotels und trat hinaus auf die von Hektik erfüllte, zehn Jahre in der Zukunft liegende Straße von Tijuana.

Sonnenlicht blendete ihn; blinzelnd stand er da und gewöhnte sich allmählich an die Helligkeit. Selbst hier hatten sich die Bodenfahrzeuge verändert. Sie waren gepflegter, attraktiver geworden. Inzwischen hatte man auch die Straße ausreichend asphaltiert. Und da waren auch die Essenverkäufer und die Teppichhändler, nur daß es jetzt keine Robameisen waren; verblüfft stellte er fest, daß es sich um Riegs handelte. Offensichtlich befanden sie sich auf der untersten Stufe der irdischen Gesellschaft und würden sich die Gleichberechtigung erarbeiten müssen, deren Zeuge er in jener zukünftigen Welt geworden war, die einhundert Jahre nach seiner eigenen Zeit bestehen würde. Es erschien ihm nicht fair zu sein, aber so war es eben nun einmal.

Die Hände in die Taschen vergraben, mischte er sich unter die Menge, die sich über die Bürgersteige von Tijuana wälzte, bis er bei der Apotheke ankam, in der er die Kapseln mit dem JJ-180 erworben hatte. Wie immer war sie geöffnet. Und auch sie hatte sich im Verlauf dieses Jahrzehnts nicht verändert, sah man davon ab, daß die Bandagen nicht mehr im Schaufenster lagen. Statt dessen entdeckte er einen Apparat, der ihm unbekannt war. Er blieb stehen und studierte die in Spanisch gehaltene Tafel, die dahinter stand. Offenbar erhöhte dieses Gerät die sexuelle Potenz, wenn er den Text richtig verstand. Ermöglichte unbegrenzte Orgasmen, die rasch hintereinander erfolgten. Amüsiert betrat er die Apotheke und ging zum Ladentisch.

Diesmal begrüßte ihn eine schwarzhaarige, ältliche Frau. *„Si?“* sagte sie und entblößte billige Chromzähne.

„Führen Sie ein westdeutsches Mittel namens G-Totex blau?“

„Ich werde nachsehen. Sie warten, ja?“ Die Frau schlurfte davon und verschwand zwischen den Regalen mit den Pharmazeutika. „G-Totex blau sein schrecklich starkes Gift“, rief ihm die alte Frau zu. „Sie müssen sich in Buch eintragen; *si*?“

„Si“, stimmte Eric zu.

Sie legte die schwarze Packung mit dem Gift vor sich auf den Ladentisch. „Zwei US-Dollar fünfzig“, sagte die alte Frau. Sie griff nach dem Kontrollbuch und reichte es ihm, damit er sich eintragen konnte. Während er unterschrieb, packte sie die schwarze Schachtel ein. „Sie wollen sich umbringen, *Senor?*“ fragte sie plötzlich. „Nun, ich kann Senor versichern, daß Mittel sein vollkommen schmerzlos; ich habe schon einmal beobachtet. Keine Schmerzen; nur Herz bleiben unvermittelt stehen.“

„Ja“, nickte er. „Es ist ein gutes Mittel.“

„Von A.G. Chemie. Sehr zuverlässig.“ Sie strahlte ihn an.

Er zahlte – seine zehn Jahre alten Scheine wurden anstandslos akzeptiert – und verließ die Apotheke mit seinem Päckchen. Unheimlich, dachte er. In Tijuana ist noch immer alles so, wie es einst war. Und immer sein wird. Selbst wenn man sich umbringen will, scheint sich keiner darum zu kümmern; ein Wunder, daß es keine Geschäfte gibt, die das für zehn Pesos erledigen. Doch vielleicht existieren sie inzwischen sogar.

Die Selbstverständlichkeit, mit der ihn die Frau bedient hatte, schokkierte ihn ein wenig – und sie hatte absolut nichts von ihm gewußt, nicht einmal seinen Namen. Es liegt am Krieg, sagte er sich. Ich weiß gar nicht, warum ich mich davon überraschen lasse.

Als er zum Cäsar-Hotel zurückgekehrt war und hinauf zu seinem Zimmer gehen wollte, hielt ihn der Portier auf; er war ihm unbekannt. „Sir, Sie gehören nicht zu unseren Gästen.“ Rasch war der Portier hinter seinem Tresen hervorgeglitten und hatte sich ihm in den Weg gestellt. „Möchten Sie ein Zimmer?“

„Ich habe eins“, erklärte Eric, aber dann erinnerte er sich, daß dies schon zehn Jahre zurücklag; sein Anspruch war schon lange erloschen.

„Neun US-Dollar pro Nacht, und zwar im voraus“, informierte ihn der Portier. „Da Sie kein Gepäck mit sich führen.“

Eric holte seine Brieftasche hervor und reichte ihm eine Zehn-Dollar-Note. Der Portier betrachtete den Schein mit professioneller Ablehnung und deutlichem Mißtrauen.

„Die sind eingezogen worden“, informierte ihn der Portier. „Es ist schwer, sie jetzt noch einzuwechseln, da sie nicht mehr legal sind.“ Er hob den Kopf und blickte Eric herausfordernd an. „Zwanzig. Zwei Zehner. Und vielleicht werde ich sie selbst dann nicht aktzeptieren.“ Er wartete gelassen; es war offensichtlich, daß es ihm mißfiel, mit dieser Währung bezahlt zu werden. Vermutlich erinnerte ihn dieses Geld an die alten Zeiten, die schlechten Jahre während des Krieges.

Er hatte nur noch einen Schein in seiner Brieftasche, und der war ein Fünfer. Und, unglaublicherweise, vielleicht, weil er sie gegen seine Uhr eingetauscht hatte, das nutzlose Geld aus der neunzig Jahre entfernten Zukunft; er warf sie auf den Tresen, und ihre komplizierte, farbenprächtige Musterung stach ihm in die Augen. Also hat Kathys elektronisches Bauteil, das sie ihm Mitte der dreißiger Jahre schickte, Molinari vielleicht doch erreicht, dachte er. Zumindest bestand die Möglichkeit. Er freute sich darüber.

Der Portier griff nach einem der 2155er Scheine. „Was ist das?“ Er hielt ihn gegen das Licht. „So etwas habe ich noch nie gesehen. Haben Sie die Dinger selbst hergestellt?“

„Nein“, sagte Eric.

„Ich kann sie nicht gebrauchen“, entschied der Portier. „Verschwinden Sie, bevor ich die Polizei rufe; ich weiß, daß Sie die Scheine selbst gedruckt haben.“ Angewidert warf er den Schein zurück zu den anderen. „Was für ein albernes Geld. Ziehen Sie ab.“

Eric nahm seinen Fünfer, ließ die 2155er Noten auf dem Tresen liegen, wandte sich ab und verließ mit der Packung G-Totex blau das Hotel.

Es gab viele häßliche kleine Gassen in Tijuana, selbst jetzt nach dem Krieg; er stieß auf einen schmalen, düsteren Weg zwischen zwei Ziegelsteinhäusern, der von Laub übersät und mit überquellendem Müll aus zwei riesigen Ascheimern bedeckt war, die einst als Ölbehälter gedient hatten. Er setzte sich auf die unterste Stufe einer Holztreppe, die zu einem Hintereingang hinaufführte, entzündete eine Zigarette, rauchte und überlegte. Von der Straße aus konnte er nicht gesehen werden; die Menschen eilten auf dem Bürgersteig an ihm vorbei, ohne auf ihn zu achten, und er begann sie zu beobachten, vor allem die Mädchen. Auch in diesem Punkt hatte sich im Vergleich zu früher nichts geändert. Die Mädchen auf den Straßen von Tijuana kleideten sich mit unnachahmlichem Geschick: hohe Absätze, Angorapullover, glänzende Taschen, Handschuhe, die Jacke über die Schulter geworfen. Eines eilte vorbei, mit hohen, spitzen Brüsten, und ihr Geschmack verriet sich sogar in ihrem modernen BH. Was für ein Leben führten diese Mädchen? Wo hatten sie gelernt, sich so gut zu kleiden, von dem Problem mal ganz abgesehen, sich eine derart teure Garderobe zu finanzieren? In seiner eigenen Zeit hatte er sich dies schon gefragt, und er fragte sich dies auch jetzt.

Die Antwort, spekulierte er, würde er nur erhalten, wenn er eines von diesen Tijuana-Mädchen anhielt und es fragte, wo es lebte und ob es seine Kleidung hier oder jenseits der Grenze kaufte. Er fragte sich, ob diese Mädchen schon jemals in den Vereinigten Staaten gewesen waren, ob sie vielleicht Freunde in Los Angeles besaßen und ob sie so gut im Bett waren wie sie aussahen. Irgend etwas, eine unsichtbare Kraft, ermöglichte ihnen dieses Leben. Er hoffte, daß diese Kraft sie nicht gleichzeitig auch frigide machte – was wäre das für eine Travestie des Lebens.

Schlimm an diesen Mädchen ist nur, dachte er, daß sie so schnell altern. Es stimmt, was man so hört; mit dreißig sind sie verbraucht, fett, BH und Jacke und Tasche und Handschuhe sind verschwunden, und alles, was bleibt, sind die dunklen, feurigen Augen, die unter den buschigen Brauen hervorschauen, und das ursprüngliche schlanke Geschöpf ist irgendwo eingesperrt, wo es weder sprechen noch spielen oder lieben oder fliehen kann. Das Klappern der Absätze auf dem Pflaster, der Drang nach dem Leben; alles ist verschwunden, und nur ein schlurfender, schleppender Laut bleibt zurück. Der entsetzlichste Laut, den es in dieser Welt gibt: der des *Es-war-einmal;* lebendig in der Vergangenheit, verfallen in der Gegenwart, ein Leichnam aus Staub in der Zukunft. Nichts verändert sich in Tijuana, und dennoch beendet niemand seine normale Lebensspanne. Die Zeit vergeht hier so schnell, und gleichzeitig bleibt sie stehen. Man nehme nur meine Situation, dachte er. Ich begehe zehn Jahre in der Zukunft Selbstmord, oder besser, ich lösche ein Leben aus, das zehn Jahre zurückliegt. Wenn ich dies wirklich tue, was wird dann aus dem Eric Sweetscent, der jetzt für Kaiser in Oakland arbeitet? Und die zehn Jahre, die er damit verbracht hat, sich um Kathy zu kümmern – wie wirkt sich das auf sie aus?

Vielleicht ist dies mein schwacher Versuch, sie zu verletzen. Eine weitere Strafe, weil sie krank ist.

Unter meiner oberflächlichen Vernunft verbergen sich verschrobene Ansichten, dachte er. Man kann die Kranken nicht genug strafen. Ist es das? Mein Gott, sagte er sich. Kein Wunder, daß ich mich selbst hasse.

Er hielt die Packung G-Totex blau in der Hand, versuchte, ihr Gewicht zu schätzen. Spürte die Anziehungskraft der Erde. Ja, dachte er, die Erde mag sogar dieses hier. Sie akzeptiert alles.

Etwas rollte über seinen Schuh.

Er senkte den Kopf und entdeckte ein kleines Wägelchen, das in den Schutz der Schatten und Abfallhaufen davonrollte.

Das Wägelchen wurde von einem anderen verfolgt. In dem Gewirr der alten Zeitungen und Flaschen trafen sie aufeinander, und dann erbebte der Abfall, und Teile flogen nach allen Richtungen, als die beiden Wägelchen miteinander kämpften, sich gegenseitig rammten und versuchten, das Lenkzentrum des Gegners, den Faulen Braunen Hund, zu zerstören.

Sie existieren noch immer, fragte er sich ungläubig. Nach zehn Jahren? Aber wahrscheinlich baut Bruce Himmel sie noch immer zusammen. Wenn das stimmte, dann mußte Tijuana inzwischen von ihnen nur so wimmeln. Es fiel ihm schwer, diese Erkenntnis zu akzeptieren. Er beobachtete den Kampf der beiden Wägelchen weiter; es war einem von ihnen gelungen, den Faulen Braunen Hund des Gegeners aus der Verankerung zu lösen, und es schien jetzt zu triumphieren. Es rollte zurück und machte sich für den Todesstoß bereit.

Während es sich in die richtige Position manövrierte, gelang es dem beschädigten Exemplar, sich in den Schutz einer zerbeulten galvanisierten Zinkdose zu flüchten und so der Vernichtung zu entgehen. So geschützt, versank es in Bewegungslosigkeit, bereit, den Fortgang der Dinge abzuwarten, auf ewig, wenn es sein mußte.

Eric stand auf, bückte sich und griff nach dem stärkeren Wägelchen; wie rasend drehten sich seine Räder, und irgendwie gelang es ihm, sich aus der Umklammerung zu lösen. Klappernd prallte es auf dem Boden auf, rollte zurück, manövrierte umher und rammte dann seinen Fuß. Überrascht trat er einen Schritt zurück. Das Wägelchen griff ihn erneut an, und er wich weiter zurück. Zufrieden beschrieb es einen Kreis und ratterte dann davon, war schließlich bald verschwunden.

Der Verlierer befand sich noch immer in der Dose und wartete.

„Ich werde dir nichts tun“, erklärte Eric und kniete nieder, um das Wägelchen besser sehen zu können. „Schon gut“, sagte er und richtete sich wieder auf. „Ich habe verstanden.“ Es wußte, was es wollte. Es gab keine Möglichkeit, es dabei zu stören.

Selbst diese Dinge, sagte er sich, sind entschlossen, zu leben. Bruce hat recht gehabt. Sie haben ihre Chance verdient, ihren winzigen Platz unter der Sonne und dem Himmel. Das ist alles, worum sie bitten, und es ist nicht viel. Er dachte: Ich kann nicht einmal ihrem Beispiel folgen, kann nicht standhalten, nicht einmal meinen Verstand gebrauchen, um in einer abfallübersäten Gasse Tijuanas zu überleben; dieses

Ding dort, das in der Zinkdose Schutz gesucht hat, keine Frau, keine Karriere, kein Konap und kein Geld und nicht einmal die Möglichkeit besitzt, auch nur eines dieser Dinge je zu erreichen, dieses Ding, es hält stand. Aus Gründen, die mir unbekannt sind, ist sein Lebenswille größer als meiner.

Das G-Totex blau schien keine Anziehungskraft mehr auf ihn zu besitzen.

Selbst wenn ich es tun werde, dachte er, *warum sollte es ausgerechnet jetzt sein?* Wie alles andere kann es auf später verschoben werden – und in diesem Falle sollte ich es auch verschieben. Und trotzdem fühlte er sich nicht gut, sondern erschöpft, und er schloß die Augen, auch wenn er dadurch vielleicht einen weiteren Angriff des fürchterlichen Faulen Braunen Hundes heraufbeschwor, den Bruce Himmel gebaut hatte.

Mit einemmal verschwand das Gewicht auf seiner Hand. Er öffnete die Augen und stellte fest, daß das Päckchen mit dem G-Totex blau fort war. Und auch die Abfallhaufen in der Gasse schienen weniger geworden zu sein. Die langen Schatten, die die Sonne warf, verrieten ihm, daß es spät am Tage war, und dies bedeutete, daß die Wirkung des JJ-180 nachgelassen hatte und er sich wieder in seiner eigenen Zeit befand. Aber er hatte die Kapsel in der Nacht, in der Dunkelheit, genommen, und er vermutete, daß es jetzt ungefähr fünf Uhr morgens war. Also war, wie schon zuvor, die Rückkehr nicht exakt verlaufen, und er fragte sich, wieviel Zeit in der Gegenwart vergangen war. Nun, jedenfalls befanden sich die Sternmenschen auf dem Wege zur Erde.

Tatsächlich waren sie, wie er bemerkte, bereits eingetroffen.

Über ihm hing eine ungeheure dunkle, häßliche Masse am Himmel, wie ein Ding aus einem lichtlosen Land aus Eisen und Überraschung und schrecklicher, bedeutungsvoller Stille, das in diese Welt eingedrungen war. Es war groß. Selbst von seinem Standpunkt aus, mehr als anderthalb Kilometer davon entfernt, konnte er erkennen, daß es eine grenzenlose hungrige Persönlichkeit besaß, die in jedem Augenblick damit beginnen konnte, alles in der Nähe Befindliche hinunterzuschlingen. Es war still. Alle Maschinen waren abgeschaltet. Dieses Schiff hatte eine lange Reise hinter sich, hatte die Distanz zwischen der Front im interstellaren Raum bis zur Erde zurückgelegt. Es war eine kampferprobte, wissende, des Lebens überdrüssige Erscheinung, die man für absonderliche Zwecke an diesen Ort geschafft hatte.

Ich frage mich, wie schnell alles gehen wird, dachte Eric. Sie brauchen nur herunterzukommen und die wichtigen Zentren zu erobern und alles zu übernehmen. Vermutlich geht alles schneller, als ich und als alle anderen auf der Erde es sich vorstellen können.

Er verließ die Gasse, erreichte die Hauptstraße und dachte: Ich wünschte, ich hätte ein Gewehr.

Seltsam, dachte er, daß ich inmitten des größten Unglücks aller Zeiten, dieses Krieges, etwas Bedeutungsvolles entdeckt habe. Das Verlangen, genauso zu sein wie dieser Faule Braune Hund, der sich zehn Jahre in der Zukunft in dieser Zinkdose versteckt. Meinen Platz in der Welt einzunehmen, zu kämpfen, wie er kämpft: wenn es notwendig ist und vielleicht auch nur, weil es Spaß macht. Aus Vergnügen.

Auf der Straße war der Verkehr fast völlig zum Stillstand gekommen. Die Menschen in den Fahrzeugen und auf den Bürgersteigen blickten hinauf zu dem Sternenschiff.

„Taxi!“ Er winkte ein Automatentaxi herbei, das flugfähig war. „Bring mich zur Tijuana Fur & Dye“, befahl er. „Flieg’ so schnell du kannst und kümmere dich nicht um dieses Schiff dort oben und die Befehle, die es womöglich über Funk erteilt.“

Das Taxi erzitterte, erhob sich leicht vom Asphalt und hing bewegungslos in der Luft... „Es ist uns verboten aufzusteigen. Das Oberkommando der Lilistern-Armee hat angeordnet...“

„Ich habe die Autorität, diesen Befehl zu widerrufen“, erklärte Eric. „Es spielt keine Rolle, was das Oberkommando des Lilisterns sagt; die Sternmenschen sind Dreck im Vergleich zu mir. Ich muß unverzüglich zur Tijuana Fur & Dye – von meiner Anwesenheit dort hängt der Ausgang des Krieges ab.“

„Ja, Sir“, sagte das Taxi und stieg hinauf in die Luft. „Und es ist mir eine Ehre, Sir – glauben Sie mir, eine außerordentliche Ehre –, Sie an Bord zu haben.“

„Meine Anwesenheit dort“, fuhr Eric fort, „ist von unvergleichlicher strategischer Wichtigkeit.“ In der Zentrale werde ich für den Widerstand arbeiten, sagte er sich. Zusammen mit den Menschen, die ich kenne. Und wenn Virgil Ackerman zum 35er Wash flieht, werde ich ihn begleiten; der Grundstein für die Situation, die sich mir in der ein Jahr entfernten Zukunft dargeboten hat, ist gelegt.

Und zweifellos, so erkannte er, werde ich in der Tijuana Fur & Dye Corporation auf Kathy treffen.

Plötzlich wandte er sich an das Taxi. „Wenn deine Frau krank wäre...“

„Ich habe keine Frau, Sir“, unterbrach das Taxi. „Automaten heiraten niemals; jeder weiß das.“

„In Ordnung“, nickte Eric. „Wenn du dich an meiner Stelle befinden würdest und deine Frau wäre krank, so schwer krank, daß keine Hoffnung auf Heilung besteht – würdest du sie verlassen? Oder würdest du bei ihr bleiben, selbst wenn du zehn Jahre in die Zukunft gereist wärest und erfahren hättest, daß ihr Hirnschaden mit absoluter Sicherheit irreparabel ist? Und bei ihr zu bleiben, würde bedeuten ...“

„Ich verstehe, was Sie meinen“, unterbrach das Taxi. „Es würde bedeuten, daß Sie Ihr ganzes Leben damit verbringen müßten, für sie zu sorgen.“

„Das ist richtig“, bestätigte Eric.

„Ich würde bei ihr bleiben“, entschied das Taxi.

„Warum?“

„Weil“, fuhr das Taxi fort, „das Leben aus den realen Erlebnissen besteht, denen man ausgesetzt ist. Sie zu verlassen, würde bedeuten: Ich kann die Realität nicht ertragen. Ich brauche leichtere Bedingungen.“

„Ich glaube, du hast recht“, sagte Eric nach einer Weile. „Ich glaube, ich werde bei ihr bleiben.“

„Gott segne Sie, Sir“, erklärte das Taxi. „Ich weiß, daß Sie ein guter Mensch sind.“

„Danke“, murmelte Eric.

Das Taxi brummte weiter in Richtung Tijuana Fur & Dye Corporation.

Nachwort

Gleichgültig reagiert wohl kaum ein Leser auf die Werke von Philipp K. Dick. Entweder mag man sie gar nicht, oder man mag sie sehr. Ich mag sie sehr.

Dick verwendet nicht wie einige andere Autoren eine gleichbleibende Welt der Zukunft als Handlungshintergrund für eine größere Anzahl von Werken, obwohl bestimmte Versatzstücke – zum Beispiel Simulacra und Robotermechanismen aller Art – immer wieder auftauchen. Dennoch hat man das Gefühl, daß dieser Autor im Grunde an einem einzigen großen SF-Roman schreibt. Zumindest gilt dies für seine Romane beziehungsweise für die herausragendsten unter ihnen: *The Man in the High Castle (Das Orakel vom Berge), Martian Time Slip (Mozart für Marsianer), The Three Stigmata of Palmer Eldritch (LSD-Astronauten), The Simulacra (Simulacra), A Maze of Death (Irrgarten des Todes), Ubik (Ubik), Do Androids Dream of Electric Sheep? (Träumen Roboter von elektrischen Schafen?), Flow My Tears, the Policeman Said (Eine andere Welt)* und einige andere, zu denen ohne Zweifel auch *Now Wait for Last Year (Warte auf das letzte Jahr)* gehört. Ist es also weniger die Außenwelt, die diese Texte einander zugehörig erscheinen läßt, so läßt sich das Verbindende in der Innenwelt erkennen, in den ausweglos verstrickten Charakteren, in ihrem Kampf um die eigene Identität, um das Erkennen der wirklichen Struktur ihrer Umwelt.

„Der Mensch auf der Suche nach Wahrheit und Realität, in einem widrigen, nicht kontrollierbaren Universum voller Tücken und Gefahren. Es sind keine strahlenden Helden, die in Dicks Romanen agieren, sondern unscheinbare Leute, Verkäufer oder Vertreter, gegen die sich die ganze Welt verschworen hat." (Alpers/Fuchs/Hahn/Jeschke: *Lexikon der Science Fiction-Literatur)*

Im vorliegenden Roman *Now Wait For Last Year (Warte auf das letzte Jahr)* bewirkt eine Droge Zeitreise beziehungsweise die Reise in Parallelwelten – für Dick kein Grund für Euphorie. Nicht von ungefähr werden die beiden Hauptcharaktere von anderen dazu gebracht, diese

Droge zu nehmen und damit süchtig zu werden. Nicht von ungefähr ist dieses Mehr an Erkenntnis und Erleben unmittelbar mit körperlichem Verfall und Tod verbunden. Nicht von ungefähr auch kann Dr. Sweetscent mit seinen Drogenreisen in die Zukunft allenfalls etwas zur Veränderung der Außenwelt beitragen. Die Innenwelt, das heißt sich selbst, sein Leben, sein – wenn man so will – Schicksal vermag er nicht entscheidend zu beeinflussen. Die einzige Art von Erkenntnis, die ihm wirklich zuteil wird, besteht darin, die Tatsache akzeptieren zu lernen, daß er sich selbst und seiner Umwelt nicht entfliehen kann. Er nimmt beides an, als die Bürde, die er zu tragen hat – weil er angesichts der kleinen Roboterwägelchen, die verzweifelt um ihr bißchen Maschinenleben kämpfen, nicht resignieren mag.

„Gibt es *irgendeinen* Ausweg?“ heißt es an einer Stelle des Romans, und dieser Satz könnte auch als Frage an das Gesamtwerk des Philip K. Dick gerichtet werden. Nein, es gibt keinen Ausweg. Keinen, der in die Tiefen des Alls führt, und keinen, der Zukunft, Vergangenheit oder Parallelwelten als Zufluchtsort ausweist. Sich selbst, der Prägung durch die Umwelt, der Verankerung in ihr und in zwischenmenschlichen Beziehungen, in Liebe, Gleichgültigkeit und Haß, in Macht- und Ohnmachtstrukturen – dem allen entkommt man nicht, sein privates Universum schleppt man mit sich herum. Und selbst wenn man dies alles ändern könnte, wäre es keine Lösung, weil man dann auch seine Identität verloren hätte. Aus dem gleichen Grunde scheidet der Freitod als Ausweg aus. Im Gegenteil, er ist die schlechteste aller Lösungen, eine letzte Niederlage, ein Verzicht auf jenes bißchen Hoffnung, das trotz allem auch in Philip K. Dicks Romanen übrigbleibt. Im Gegenteil: Der Maulwurf zum Beispiel, jener Diktator der Erde in diesem Roman, schafft von überallher aus den Parallelwelten seine Doppelgänger herbei, um seine Identität zu bewahren – obwohl es eine Identität des Leidens, der Schmerzen und der unzähligen Tode ist.

So zerrissen Dicks Charaktere sind, so chaotisch und psychotisch ist die Umwelt dieser Charaktere, die sie schließlich zu dem gemacht hat, was sie sind. Dick sieht keine Möglichkeit, dieses Außenchaos zu ordnen, und da er keine Fluchtwege akzeptiert, sieht er auch keine Möglichkeit, dem Innenchaos beizukommen. Aber, und das erscheint mir wichtig, Dick unterscheidet zwischen dem, was einzelne Menschen anderen einzelnen Menschen antun, und dem, was einzelne Menschen vielen anderen Menschen antun. Um ersteres zu ändern, bedarf es großer und langwieriger Veränderungen der Außenwelt, um letzteres zu-

mindest zu mildern, sind Menschen auch kurzfristig und innerhalb ihres begrenzten Handlungsspektrums in der Lage. Deshalb engagiert sich Dr. Sweetscent beispielsweise dafür, die Erde aus dem unseligen Pakt mit dem Lilistern herauszuführen, den Krieg zu beenden, einen schlimmeren Diktator als den Maulwurf zu verhindern.
So wirkt letztlich nach der Lektüre eines Dick-Romans Betroffenheit nach, eine gewisse tiefe Traurigkeit, vielleicht auch ein deprimierendes Gefühl – aber eigentlich keine Resignation.

Hans Joachim Alpers